CHRISTIANE LIND

Die Heilerin und der Feuertod

atb aufbau taschenbuch

Christiane Lind, geboren 1964, ist Sozialwissenschaftlerin und wuchs in Niedersachsen auf. Nach Zwischenstationen in Gelsenkirchen und Bremen lebt sie heute mit ihrem Ehemann und fünf Katern in Kassel. Gern besucht sie aber auch ihre Schwester in Braunschweig.

Im Aufbau Taschenbuch ist außerdem ihr Roman »Die Medica und das Teufelsmoor« lieferbar.

Braunschweig 1374: Ihr Leben lang hat Aleke als uneheliche Tochter eines reichen Kaufmanns darunter gelitten, dass ihr Vater sie nie anerkannt hat und sie dem Gespött der Braunschweiger Bürger aussetzte. Umso überraschter ist sie, als er sie eines Tages um Hilfe bittet: Sein Sohn Kersten wird des Mordes verdächtigt und sitzt im Kerker. Kersten ist unfähig, sich zu verteidigen, denn er kann sich an die Geschehnisse der Mordnacht nicht erinnern. Alekes heilkundliche Kenntnisse scheinen die einzige Möglichkeit zu sein, um Licht in das Dunkel zu bringen und ihren Halbbruder zu retten. Langsam kommen sich Vater und Tochter näher, bis Righert in Alekes Leben tritt und sich in die Heilerin verliebt. Righert, dessen Familie bei einem Brand ums Leben gekommen ist, kehrt nach Jahren als erfolgreicher Händler nach Braunschweig zurück. Schon in der Unglücksnacht hat er sich geschworen, den gewaltsamen Tod seiner Familie zu rächen. Sein Hauptverdächtiger: Alekes Vater.

CHRISTIANE LIND

Die Heilerin und der Feuertod

HISTORISCHER ROMAN

atb aufbau taschenbuch

MIX
Papier aus verantwortungsvollen Quellen
FSC® C083411
www.fsc.org

ISBN 978-3-7466-3078-6

Aufbau Taschenbuch ist eine Marke der Aufbau Verlag GmbH & Co. KG

2. Auflage 2016

Umschlaggestaltung Mediabureau Di Stefano, Berlin
unter Verwendung der Motive von Sotheby's/akg-images,
Vic Pigula/E+/Getty Images, tatarnikova/istock Vectors/Getty Images
Typographie Isabella Heine, Berlin
Druck und Binden CPI books GmbH, Leck, Germany
Printed in Germany

www.aufbau-verlag.de

»Braunschweig, ich vergleiche Dich einem Pferde; denn ein Pferd kennt seine Stärke nicht und lässt sich von einem kleinen Jungen zäumen, und der reitet damit, wohin es ihm gefällt. (...) Aber wenn das Pferd erzürnt wird, dann schlägt es aus und beißt um sich, so dass niemand es halten kann noch sich ihm nähern, und jedermann entsetzt sich vor ihm. So auch die Braunschweiger: Wenn sie erzürnt werden, dann strafen sie so unbarmherzig, dass sich jedermann vor ihnen entsetzt.«

(HERMEN BOTE: DAT SCHICHTBOIK, 1514)

»Im Jahre 1374 war in der Stadt Braunschweig der Teufel los und hetzte das Volk gegen den Rat. Ein Teil der Ratsherren wurde totgeschlagen, ein Teil gefangen genommen und geköpft, ein Teil aus der Stadt vertrieben. Wem von den Ratsherren, ihren Kindern und ihrem Geschlechte es gelang, die Stadt zu verlassen, der war am besten dran. Das führerlose Volk lief in die Weinkeller, zerschlug die Fässer und ließ den Wein auf die Erde laufen.«

(DETMAR CHRONIK 1368–1394)

DRAMATIS PERSONAE

Aleke Ledinkhusen	Magd der Beginen, uneheliche Tochter des Acchem van dem Broke
Righert van Anhald	Magdeburger Kaufmann, den ein Geheimnis nach Braunschweig führt

DIE BEGINEN

Benedicte Muntaries	Vorsteherin der Beginen, Schwester des Acchem van dem Broke
Lucke	Stummes Mädchen, das die Beginen aufnahmen
Ghese Ysernehagen	Begine, Kräuterfrau und Heilerin
Ylsebe van Ghotinghe	Begine, Köchin, mager und spitzzüngig
Mechtylde von Helmenstede	Begine, die Aleke das Leben schwermacht

DIE FAMILIE ALEKES

Herrade Ledinkhusen	Alekes Mutter, starb vor zehn Jahren
Acchem van dem Broke	Fernhändler, Stadtrat und Alekes Vater
Fredereke van dem Broke	Ehefrau des Acchem van dem Broke
Kersten van dem Broke	Einziger Sohn von Acchem und Fredereke van dem Broke

Ceffeken Horneborch	Kerstens Braut, die in der Hochzeitsnacht erstochen wird
Hinrek van dem Broke	Jüngerer Bruder des Acchem van dem Broke

BRAUNSCHWEIGER UND DURCHREISENDE

Gerwen Krameres	Ratsherr und ehrgeiziger Händler
Vater Eustacius	Priester und Beichtvater der Beginen
Smalejohan	Righerts Diener
Wynneke	Righerts Magd
Ysake von Bremhen	Jüdischer Medicus, der in Salerno studierte
Rina von Bremhen	Ehefrau des Medicus, die ebenfalls Medizin studierte
Debbeken Horneborch	Mutter von Ceffeken Horneborch
Ludeke Horneborch	Vater von Ceffeken Horneborch
Olric Wagheman	Händler, der in einem Feuer starb
Zyghe Wagheman	Ehefrau des Olric, ebenfalls im Feuer umgekommen
Drews Wagheman	Sohn von Olric und Zyghe, der nach dem Brand verschwand
Hanneke Wagheman	Tochter von Olric und Zyghe
Calf	Gastwirtssohn und Freund des Drews Wagheman
Bertramme Swalenberch	Henker
Frycke Engelemestidde	Fahrender Apotheker
Hanses Oldehof	Nachbar der Familie Wagheman
Widekint von Goslere	Handelsfreund von Olric Wagheman, verarmt und Trinker
Kinen	Junges Dienstmädchen Righerts

Rickele	Magd der Familie van dem Broke
Elzebe	Magd der Familie Horneborch
Beißer/Maustod	Großer roter Kater, überlebte das Feuer

PROLOG

Braunschweig, im Jahr 1368

Mit großen Schritten eilte der Junge durch die einsamen Gassen der Stadt. Immer wieder blieb er stehen, um in die Nacht zu lauschen, ob ihm jemand folgte. Nur der Schein des Vollmonds warf ein fahles Licht auf das schmutzige Pflaster. Eine Wolke zog auf und würde in wenigen Augenblicken den Mond verdecken. Mit zusammengekniffenen Augen spähte der Junge ins Dunkel, suchte nach Hindernissen, die sich ihm in den Weg stellten. Verrottende Kohlstrünke lagen auf den Pflastersteinen neben einem alten Knochen, um den sich zwei magere Hunde balgten. Geschickt sprang der Junge zur Seite, um ihnen aus dem Weg zu gehen und beschleunigte seine Schritte. Hoffentlich war seine Mutter oder sein Vater nicht überraschend erwacht und hatte bemerkt, dass er sich im Schutz der Nacht davongeschlichen hatte. Nur zu gut wusste er, dass er im Dunkeln nicht auf den Straßen sein sollte. So oft hatte sein Vater ihm die Gefahren, die eine große Stadt wie Braunschweig barg, gepredigt – Trunkene, die nach einem Wirtshausbesuch nach Hause taumelten, Diebe und Wegelagerer, die in ihnen leichte Beute sahen, Weibsvolk, das sein Geld mit unsittlicher Arbeit verdiente.

Der Junge hatte stets den Kopf geschüttelt, wenn sein Vater wieder einmal mit seiner düsteren Litanei begonnen hatte. Das mochte alles stimmen, hatte der Junge gedacht, aber schließlich lebte er seit vierzehn Jahren, von Geburt an, in der Stadt und kannte sie so gut wie kaum ein anderer. Keines der mahnenden Worte seines Vaters hatte es vermocht, ihn davon abzuhalten, sein Glück in dieser Nacht zu versuchen.

Gar zu verlockend war das heutige Abenteuer gewesen. Calf, Sohn des Gastwirts und sein engster Freund, hatte ihm vor einer Weile mit glänzenden Augen von einem Schatz erzählt, der unter einer alten Weide zu finden wäre. An der Oker-Biegung, hinter der kurzen Brücke, dort, wo der Fluss leise glucksend seine Geschwindigkeit verringerte, als wollte er Neugierige locken. Ein passender Ort für einen Schatz, hatte der Junge gedacht und Calf atemlos gelauscht, als dieser von dem verzauberten Ort sprach. Es bedürfte nur eines Mutigen, das Gold zu heben, hatte sein Freund gesagt. Eines Mutigen und der rechten Zeit – nur in einer Vollmondnacht an einem Dreizehnten würde sich der Schatz offenbaren.

Wochen um Wochen hatten die Freunde sehnsüchtig gewartet, bis endlich der Vollmond auf einen Dreizehnten fiel. Schlag Mitternacht sollte man den Schatz finden können, hatte Calf geflüstert. Also hatte der Junge die halbe Nacht gegen den Schlaf angekämpft, ins Dunkel gelauscht, ob die Eltern und seine kleine Schwester auch schliefen. Ungeduldig hatte er gewartet, bis das Gesinde endlich alle Kerzen gelöscht hatte und jedes Geräusch im Haus verstummt war. Da hatte er sich aus dem Haus geschlichen, immer in der Angst, vom strengen Vater ertappt zu werden. Doch das Glück war ihm hold gewesen. Schlag Mitternacht hatte er an der großen Weide gestanden. Im Dunkel wirkte der Baum beinahe lebendig. Wenn der Wind durch die Äste fuhr und sie rüttelte, schien es dem Jungen, als wollte die Weide nach ihm greifen und ihn in eine düstere Umarmung ziehen. Auch das Glucksen der Oker, das am Tage wie ein freundliches Murmeln klang, wirkte in der Schwärze der Nacht auf den Jungen fremd und bedrohlich. Hörte er da nicht ein lautes Platschen, als ob ein Ertrunkener sich als Wiedergänger aus dem Schlick befreien wollte?

Vor Angst und Kälte hatte er gebibbert, und seine Zähne hatten geklappert wie die Knochen eines Gehenkten. Aber er wollte nicht davonlaufen, wollte vor dem Freund nicht als Hasenfuß gelten. Doch Calf hatte ihn im Stich gelassen, hatte den Jungen allein an der Oker-Biegung stehenlassen. Ein schöner Freund war das, der sich nicht an Verabredungen hielt und nicht wagte, sich um Mitternacht an den Fluss zu schleichen. Allein hatte der Junge nicht nach dem Schatz graben wollen. Zu sehr graute ihm in der Dunkelheit. Obwohl er es sich nicht eingestehen wollte, fürchtete er sich vor dem, was die alte Weide enthüllen würde, wenn er an ihrem Fuße zu schürfen begann. Zur tiefsten Stunde der Nacht.

Also hatte er den großen Baum neunmal umrundet, hatte sich mit den Armen den frierenden Körper warmgeschlagen, bis er endlich nicht mehr glauben konnte, dass sein Freund noch kommen würde. Da hatte der Junge die Beine in die Hand genommen und sich gesputet. Verfolgt von Schatten und Seufzern der Dunkelheit. Verspottet vom Murmeln der Oker, das wie höhnisches Gelächter in seinen Ohren klang. Auf seinem Rückweg drückte er sich eng an den Wall, der die Braunschweiger Stadtteile voneinander trennte. Nicht auszudenken, wenn ihn die Nachtwächter aufgreifen würden.

Voller Zorn hatte der Junge sich auf den Weg zur Scernerestrate gemacht, dorthin, wo das Wirtshaus von Calfs Vater stand. Den untreuen Freunde wollte der Junge wecken und ihm einiges sagen. Am Altstadtmarkt hatte er angehalten und sich suchend umgeschaut. War der Wächter auf seiner Runde bereits hier gewesen? Wenn er erst einmal einen Fuß auf den großen Platz setzte, würde jeder ihn sehen können.

Der Junge holte tief Luft und rannte so schnell, wie ihn die Füße trugen. Endlich hatte er den Marktplatz überquert, der ihm tagsüber so vertraut war, aber in der Nacht ein beklemmendes Eigenleben zu besitzen schien. Vom Pranger, an dem vor wenigen Tagen noch ein Dieb gestanden hatte und *gestäupt* worden war, schien ein Seufzen zu kommen, als trüge das Holz all die Ängste und Sorgen der Sünder in sich, die an ihm gebüßt hatten. Der Junge lief einen großen Bogen. Sein Herz schlug schneller. Inzwischen waren weitere Wolken vor den Mond gezogen, als hätte sich der Himmel gegen ihn verschworen, als Strafe, dass er sich den Eltern widersetzt hatte, weil er auf ein Abenteuer aus gewesen war.

Sein Herz schlug so schnell, dass der Zorn auf Calf verging und der Junge nur noch nach Hause wollte, in die Sicherheit seines Heimes. Vorsichtig schlich er weiter, bemüht, den Wächtern aus dem Weg zu gehen. Schließlich wusste er, so wie jeder Braunschweiger, dass man nachts nur auf den Straßen sein durfte, wenn man ein Licht bei sich trug. Doch da er sich heimlich aus dem Haus geschlichen hatte, musste der Junge auf die Helligkeit des Mondes und auf sein Geschick vertrauen. Plötzlich ertönte die Sturmglocke, und sein Herz schlug schneller, weil er fürchtete, dass die Wächter ihn entdeckt hatten. Doch bald erkannte er, dass die Glocke etwas anderem galt, etwas viel Schlimmerem. Denn als wäre die Nacht nicht bereits unheimlich genug, hatte er einen hellen Schein am Himmel entdeckt, so, als wäre der Morgen vorzeitig angebrochen. Kurz blieb der Junge stehen, um sich zu bekreuzigen. Nur noch wenige Gassen, und er könnte wieder in sein Bett krabbeln, das jetzt sicher ausgekühlt war. Vielleicht sollte er sich Beißer, den Hauskater und Rattenfänger, aufs Lager mitnehmen. Wenn der rote Kater nicht gerade ungnädig war, dann wärmte er besser als die Steine, die die Mägde im Herdfeuer erhitzten. Bei dem Gedanken an die sauberen Laken, die ihn erwarteten, fröstelte es den Jungen noch mehr. Der Wunsch, endlich wieder ins Warme zu kommen, weckte seine letzten Kräfte, und er rannte mit ausladenden Schritten.

Als er, erleichtert, nun bald wieder in Sicherheit zu sein, um die Ecke der Gasse bog, erwartete ihn ein Anblick, den er sein Lebtag nicht vergessen würde. Gierig leckten Flammenzungen an dem Haus, in dem er seine Eltern, seine kleine Schwester und das Gesinde friedlich schlafend wähnte. Schreckensstarr blieb der Junge stehen und glotzte ungläubig auf das Inferno, das sich vor seinen

Augen abspielte. Dunkler Rauch ballte sich über seinem Elternhaus, das er erst vor kurzem verlassen hatte. Was war geschehen? Und was war mit seiner Familie? War jemand den Flammen entkommen? Getrieben von Sorge um seine Lieben stürzte der Junge zum Feuer.

Menschen versperrten ihm den Weg, so dass er sich mit seinen Ellenbogen durchkämpfen musste. Aus tränennassen Augen erkannte er, was geschah: Die Nachbarn hatten sich versammelt, um dem Feuer Einhalt zu gebieten. Mit vereinter Kraft schütteten sie Wasser auf die Flammen. Eimer folgte auf Eimer. Doch zu spät. Das Feuer hielt das Haus bereits fest in seinen roten Fingern. Mit unheilvollem Knistern verrichtete es sein zerstörerisches Werk.

»Obacht!«, schrie jemand, als der Dachstuhl zusammenbrach. Funken flogen auf und stoben in alle Richtungen davon, als wollten sie sich neue Beute suchen.

Ohne nachzudenken, setzte der Junge einen Fuß vor den anderen, wie magisch angezogen von dem Lichtschein, der die Gasse hell erleuchtete. Suchend irrte sein Blick durch die Menschenmenge, wünschte sich, den Vater, die Mutter oder die kleine Schwester zu erspähen. Doch er sah nur Nachbarn. Bekannte, die zu Hilfe geeilt waren oder verhindern wollten, dass die Flammen auf ihr Heim übergriffen. Wo war seine Familie? Wo das Gesinde? Irgendjemand musste doch aufmerksam geworden sein, als der Brand ausbrach.

»Niemand ist dem Feuer entkommen. Was für ein Unglück«, hörte der Junge, als hätte er seine Fragen laut ausgesprochen, aber er wollte es nicht glauben. Bei seinem Aufbruch hatte er sie alle friedlich schlafend zurückgelassen. Wie konnte sich innerhalb kürzester Zeit alles verändern? Ungläubig trat er näher an die Flammen heran, versuchte, mit seinem Blick den dichten Rauch zu durchdringen, um zu erkennen, was aus seinem Heim geworden war. In dem Augenblick schoss ein roter Schemen durch die Nacht und warf sich dem Jungen an die Beine.

Beißer.

Der Einzige seiner Familie, der ihm geblieben war. Der Junge bückte sich, um den Kater hochzuheben. Beißer fauchte, aber er ließ es geschehen. Die Finger des Jungen glitten in das dichte rote Fell. Der Kater, dessen Herz der Junge schlagen fühlen konnte, drückte sich an ihn. Das Fell des Tieres roch nach Rauch. Wie hatte Beißer dem Inferno nur entkommen können? Wieso das dumme Tier und keiner seiner Lieben?

»Warum hast du meine Schwester im Stich gelassen?«, flüsterte der Junge dem Kater zu und zwirbelte dessen Fell. »Warum? Warum? Warum?«

Jedes Wort sprach er lauter aus, brüllte gegen das Tosen des Feuers an, als könnte er es auf diesem Weg besiegen. Beißer fauchte und biss den Jungen in die Hand, aber der spürte das nicht. Auch die Hand, die sich ihm mitfühlend auf die Schulter legte, bemerkte er kaum. Wie gebannt starrte er ins Feuer und wollte die Hoffnung nicht aufgeben, Mutter, Vater oder Schwester wie ein Wunder den Flammen entrinnen zu sehen.

»Komm besser mit, Junge«, sagte der Nachbar und presste seine Finger in seine Schulter, dass es ihn schmerzte. »Das Feuer war nicht die Schuld einer unaufmerksamen Magd.«

Der Junge, die Finger noch immer in das Fell des roten Katers verkrallt, verstand den Nachbarn erst nicht. Langsam, wie durch zähen Sirup bohrten sich dessen Worte endlich in seinen Kopf, durchdrangen die Erschöpfung, geboren aus Trauer und zu wenig Schlaf.

»Ihr meint …?« Der Junge wagte es nicht, seinen Verdacht auszusprechen. Wer sollte seine Familie so hassen? Sein Vater war ein geachteter Mann, der sich niemals etwas hatte zuschulden kommen lassen. Seine Mutter hatte für jeden Menschen ein freundliches Wort übrig und verteilte, wie der Vater sagte, viel zu großherzig Almosen an die Armen. Und Hanneke – ein Schluchzer entrang sich der Brust des Jungen. Hanneke war doch noch viel zu klein, um einen derart großen Zorn auf sich zu ziehen. »Was soll ich nur tun?«

»Hast du Verwandte, zu denen du flüchten kannst?« Sanft zog der Nachbar den Jungen vom Feuer weg, in das Halbdunkel eines Torbogens. »Ich kann dir ein paar Münzen für die Reise geben. Aber du solltest so schnell wie möglich aufbrechen.«

»Ja.« Der Junge nickte, ohne dass er die Worte wirklich verstand. Er starrte in die schwelenden Trümmer. Jeden Augenblick erwartete er, seinen Vater oder seine Mutter rufen zu hören. Oder Hannekes Stimme, die ihn bei seinem Spitznamen rief. Doch nur das Knistern des brennenden Fachwerks und die Rufe der Nachbarn waren zu hören. Keine vertraute Stimme erlöste ihn aus der Trauer.

Tot.

Alle tot.

Nicht einmal das Gesinde lebte mehr. Und es sollte nicht das Schicksal gewesen sein, sondern ein böser Mensch … Argwöhnisch blickte der Junge sich um, doch er sah nur Menschen, die er kannte. Nachbarn und Freunde, in deren Augen er Mitgefühl und Entsetzen las. Fast so ein starkes Entsetzen, wie auch er es verspürte. Plötzlich begann er so stark zu zittern, dass Beißer fauchte und unruhig zappelte. Ohne nachzudenken, setzte er den Kater auf den Boden. Beißer legte die Ohren flach an und plusterte Schwanz und Rückenfell auf, bevor er ins Dunkel der Nacht verschwand.

Jetzt bin ich ganz allein, dachte der Junge. Nicht einmal mehr der Kater ist mir geblieben. Kummer drohte ihn zu überwältigen, aber die Worte des Nachbarn weckten etwas Weiteres. Etwas, das stärker als jede Trauer war. Den Wunsch nach Vergeltung. Nach Rache an dem Bösen, der seine Familie den Flammen überlassen hatte. Jetzt war nicht die Zeit, um seine Lieben zu weinen, jetzt war die Zeit, sich zurückzuziehen und einen Plan zu schmieden, der ihm Sühne für die Ermordeten brächte. Nur noch ein Ziel kannte er. Ein Ziel, das die Tränen trocknete und sein Herz ruhiger schlagen ließ.

»Ja«, sagte der Junge erneut zu dem freundlichen Nachbarn. Nach einem letzten Blick auf die Trümmer, die einmal sein Zuhause und sein Leben gewesen waren, wandte er sich brüsk ab. »Ich danke Euch. Morgen früh, sobald die Stadttore sich öffnen, breche ich auf.«

Mit hochgerecktem Haupt folgte er dem Nachbarn zu dessen Haus.

Das wohl vierjährige Mädchen, auf dessen rußgeschwärztem Gesicht sich die schiere Panik abmalte, sah der Junge nicht. Die Kleine zitterte am ganzen Körper; rote Verbrennungsmale zogen sich über ihren linken Arm bis hin zur Schulter und auch über Hals und Gesicht, verdeckt durch dunklen Ruß. Ihr Mund war zu einem stummen Schrei aufgerissen, bis Beißer zu ihr lief und sich an ihre Beine schmiegte. Sie beugte sich herunter, um den Kater zu streicheln. Tränen zogen helle Spuren in die Schwärze des Gesichtchens.

KAPITEL 1

Braunschweig, im Jahr 1374

Aleke.« Unter Hunderten hätte sie seine Stimme erkannt, obwohl er bisher nur wenige Worte mit ihr gewechselt hatte. Ihr Herz schlug schneller, und sie leckte sich die trockenen Lippen. »Aleke. Ich brauche deine Hilfe.«

Langsam, ganz langsam drehte sie sich um, nachdem sie gewiss war, ihre Fassung wiedererlangt zu haben. Er sollte nicht sehen, dass ihre Hände zitterten, als hätte sie ein Fieber ergriffen. Mit einem schnellen Blick musterte sie ihr Kleid und biss sich auf die Lippen. Erde von den Kräuterbeeten klebte an ihrem schlichten grauen Rock. Dieselbe Erde, die auch ihre Hände bedeckte. Eilig versuchte Aleke, die zitternden Finger an ihrer Schürze zu säubern, aber der dunkle Boden, der ihre Heilkräuter und Blumen so gut nährte, hatte sich tief in ihre Haut gegraben. Wie oft hatte sie sich dieses Treffen in ihren Träumen ausgemalt. Aber niemals hatte sie gedacht, dass sie dabei aussehen würde wie eine Dienstmagd, wenn er sie endlich aufsuchen würde. Warum nur musste er ihr so viel bedeuten, wo sie ihm so wenig bedeutete?

Genug gegrübelt. Aleke drehte sich um und schaute ihn an. Mit ruhigem Blick, als brächte sein Anblick sie nicht zum Zittern. Vor Wut. Aber auch vor dem Wunsch, endlich Anerkennung von ihm zu erhalten. So stark waren die Gefühle, die in ihr aufwallten, dass sie ihren Blick niederschlagen musste. Vor ihm. Vor dem Fremden, der ihr Vater war.

Aleke atmete tief durch und hob dann erneut den Blick, um Acchem van dem Broke zu mustern. Gut sah er aus. Hochgewachsen und schlank. Nur wenige graue Strähnen durchzogen das kräftige dunkelbraune Haar, das sie von ihm geerbt hatte. Auch die lange schmale Nase kannte Aleke nur zu gut. Jeder Blick in die glatte Oberfläche eines Teichs oder eines Brunnens offenbarte ihr, wessen Tochter sie war, auch wenn ihr Vater sie nie öffentlich anerkannt hatte. Nur die rauchgrauen Augen hatte Aleke von ihrer Mutter; die ihres Vaters waren von einem tiefen Braun wie edles Mahagoni. Hochgewachsen war sie, wie er, größer als die meisten Schwestern, die im Konvent lebten, und so schlank, dass die Köchin Ylsebe van Ghotinghe Aleke oft eine zweite Portion Eintopf oder Getreidebrei aufnötigte.

Es verwunderte Aleke, wie bescheiden ihr Vater gekleidet war. Ein enganliegender *Scheggenrock* von der Farbe der Felder um Braunschweig umschloss seine hochgewachsene Gestalt. Auch die Beinkleider und die Schuhe waren in dem dunklen Erdton gehalten. Als einziger Zierrat diente ein silberner Gürtel, der die Lederscheide hielt, in der ein schmaler Dolch steckte.

»Herr van dem Broke«, sagte sie schließlich, dankbar, dass ihre Stimme ruhig und gefasst klang. »Was führt Euch zu mir?«

»Ach, Aleke.« Er trat einen Schritt näher an sie heran, streckte die rechte Hand aus, als wollte er sie berühren. Aleke riss den Kopf hoch wie ein scheuendes Pferd. Nein, nicht das. Kurz malte sich Schmerz auf dem Gesicht ihres Vaters ab. Er ließ die Hand sinken. »Ich … ich …«

»Was wollt Ihr?«, fragte sie und erschrak über die Bitterkeit, die in ihren Worten mitschwang. Bitterkeit, die sie so laut werden ließ, dass die Schwestern, die im Garten arbeiteten, aufschauten und nicht mehr vorgaben, nicht neugierig zu sein. Aleke senkte die Stimme. »Wie kann ich Euch helfen?«

»Ich weiß, dass ich kein guter Vater war«, begann er, doch sie unterbrach ihn harsch.

»Ich verdanke Euch, dass ich hier leben kann. Ihr seid mir nichts schuldig.«

Ein Blitz müsste aus dem Himmel fahren, um sie für diese dreiste Lüge zu strafen. Wie oft hatte sie mit ihm gehadert, weil er ihre Mutter nicht geheiratet hatte, weil er sie als *Bankert* hatte aufwachsen lassen, dem Gespött der Braunschweiger ausgeliefert. Wären nicht die Schwestern, bei denen ihre Mutter und sie Obhut gefunden hatten … Aleke mochte nicht weiter darüber nachdenken, welches Schicksal ihre Mutter und sie erwartet hätte.

Am schlimmsten wog, dass sie ihm dankbar sein musste. Zahlte ihr Vater den Schwestern doch jedes Jahr eine gute Summe, damit Aleke hier leben konnte. Erst hatte er für ihre Mutter und sie gezahlt; nach dem viel zu frühen Tod von Herrade hatte Acchem van dem Broke weiter für seine Tochter gesorgt. Wie gern hätte sie ihm schon vor Jahren seine Zuwendungen zurückgegeben, aber die Schwestern brauchten jede Spende, die sie bekamen, um das Spital und die Armenspeisung zu unterhalten. Ihrem Vater etwas schuldig zu sein fraß jeden Tag an Alekes Stolz, mochte die Meisterin ihr noch so oft sagen, dass Stolz eine Sünde war. Selbst jetzt, wo sie durch ihre Heilkunst und Handarbeiten zum Unterhalt des Konvents beitrug, floss weiterhin Geld ihres Vaters an die *Magistra*.

»Aleke?« Ihr Vater schaute sie an, als erwartete er eine Antwort. Warum nur waren ihre Gedanken wieder gewandert?

»Entschuldigt. Euer Besuch hat mich überrascht. Gar zu unerwartet kam er.« Diese Spitze konnte sie ihm nicht ersparen, aber nun genug davon. Er wünschte ihre Hilfe. Die würde sie gern gewähren, um dann ihrer Wege zu gehen und ihren Vater für immer zu vergessen. »Womit kann ich dienen?«

»Kersten. Mein Sohn.« So viel Leid klang aus seiner Stimme, dass Aleke ihn anschaute. Ihr suchender Blick entdeckte Furchen, die Sorge in seine Mundwinkel gegraben hatte. Tiefe Schatten lagen unter seinen Augen, als würde etwas an ihm nagen und ihm die Ruhe rauben. »Er ist im Kerker.«

Ihr Halbbruder im Kerker? Aleke sog scharf die Luft ein. Warum hatte sie noch nichts davon gehört? Sonst drangen die Gerüchte über die Geschehnisse in der Stadt immer schnell zu den Schwestern von St. Petri.

»Hat er nicht erst vor zwei Tagen Hochzeit gefeiert?« Auch wenn sie es sich niemals eingestehen würde, suchte Aleke jede Neuigkeit über die Familie van dem Broke wie ein hungriger Spatz die Brotkrumen. »Mit der Tochter des Händlers Horneborch?«

»Ceffeken.« So wie ihr Vater den Namen aussprach, schien es kein gutes Geschick mit der Ehe genommen zu haben. »Ein hübsches Kind. Und immer fröhlich.«

Sein Blick schien über Aleke hinwegzuwandern, in eine bessere Zeit. Was hatte es nur mit der Horneborch-Tochter auf sich? War sie Kersten van dem Broke davongelaufen?

»Kersten ist angeklagt, seine Braut getötet zu haben.« So leise sprach ihr Vater, dass Aleke sich vorbeugen musste, um seine Worte zu verstehen. Es fiel Acchem van dem Broke sichtlich schwer, über den Schrecken zu reden, der seine Familie überfallen hatte. »Am Morgen nach der Hochzeit hat die Magd Ceffeken in ihrem Blute gefunden. Kersten lag wie tot neben ihr, voller Blut. Die Magd musste ihn fest rütteln, dass er erwachte.«

Aleke hob eine Hand vor den Mund, um den Schrei zu unterdrücken, den diese Hiobsbotschaft hervorrief. Was war ihr Halbbruder für ein Mensch, seine Frau in der Hochzeitsnacht zu ermorden? Hatte Kersten etwa zu arg getrunken? Hätte das Gesinde nichts von dem Streit, der so übel endete, bemerken müssen? Die arme junge Frau hatte sicher geschrien und um ihr Leben gekämpft. Viele Fragen stürmten auf Aleke ein, aber sie wagte nicht, sie ihrem Vater zu stellen, der so niedergedrückt von dem Leid schien.

»Kersten. Er … er ist mein einziges Kind.«

Acchem van dem Brokes Worte schnitten wie ein scharfes Messer durch Alekes Herz. Sie krallte die Fingernägel in ihre Handflächen, um einen anderen Schmerz zu spüren. Warum nur schmeckte diese Zurückweisung so bitter? Warum nur hoffte sie nach all den Jahren immer noch, dass ihr Vater sie anerkannte? Obwohl sie sich bemühte, sich nicht anmerken zu lassen, wie sehr die Worte ihres Vaters sie getroffen hatten, schien sie sich verraten zu haben.

»Es … es tut mir leid«, flüsterte Acchem van dem Broke. Wieder streckte er die Hand nach ihr aus. Wieder wich sie vor ihm zurück. »Ich … ich … Kersten ist mein einziger Sohn.«

Abwehrend hob Aleke die Hände. Sie wollte keine Entschuldigung hören. Ihr Vater war ihr keinerlei Rechenschaft schuldig. Jedes Wort der Reue schmerzte beinahe noch schlimmer als seine unbedachte Äußerung. Hatte er doch nur ausgesprochen, was sie ohnehin geahnt hatte. Für ihren Vater existierte sie nicht. Nicht als sein Kind. Nur als jemand, der gerade gut genug war, ihm zu helfen, wenn er Hilfe brauchte.

»Was erwartet Ihr von mir?«, fragte sie. Ihr Gesicht eine Maske des Hochmuts, so wie sie es ihr Leben lang geübt hatte, um sich gegen Hohn und Schmerz zu wappnen. »Ist es nicht Aufgabe der Gerichtsbarkeit, die Wahrheit zu finden?«

»Kersten sagt, dass er sich an nichts erinnern kann.« Acchem van dem Broke schaute Aleke so hilfeflehend an, dass sie ihm den Schmerz beinahe verziehen hätte. Doch der Blutstropfen, der langsam aus ihrer Faust trat, erinnerte sie. Vorsichtig löste sie die Finger. »Man sagt, du kennst alle Kräuter …«

Fragend schaute Aleke ihren Vater an. Ja, das stimmte.

Seitdem sie mit ihrer Mutter zu den Schwestern gezogen war, hatte Aleke ihr Wissen über Heilkräuter und Gifte vertieft, so dass sie eine große Stütze der Schwestern war, von denen etliche in der Stadt die Kranken pflegten. Aber was sollten ihre Kenntnisse ihrem Halbbruder nützen? Wollte ihr Vater etwa ein Kraut, das Kersten vor der Folter bewahrte? Sollte Aleke ihm ein Gift brauen, damit er sich das Leben nehmen konnte? Nein, das würde ihr Vater niemals von ihr verlangen.

»Das ist wahr …«, antwortete sie sehr vorsichtig. Neuer Ärger wallte in ihr auf, dass Acchem van dem Broke sich an sie erst als Teil seiner Familie erinnerte, als sein Sohn in Gefahr war. Sonst war Aleke nicht gut genug, aber für Kersten van dem Broke gab ihr gemeinsamer Vater alle Vorbehalte gegen die unehrenhafte Tochter auf. »Man sagt, ich kenne mich mit Heilkräutern aus. Aber was kann Euch mein Wissen helfen?«

»Sprich mit meinem Sohn«, bat er und ließ sie nicht aus den Augen. »Rede mit ihm. Vielleicht kennst du ein Gift, das ihm die Erinnerung raubte. Es muss eine Erklärung geben. Für Ceffekens Tod.«

Es gibt eine Erklärung, dachte Aleke, aber die will er nicht hören. An die will er nicht glauben. Dass sein Sohn, sein wunderbares Kind, ein Mörder ist. Obwohl sie sich sofort dafür schämte, konnte sie das Aufwallen von Genugtuung nicht verhindern. Wurde der Mann, der sie gezeugt hatte, nun endlich dafür gestraft, dass er ihre Mutter und sie der Schande überlassen hatte? Ihre Mutter. Aleke seufzte leicht. Ihre Mutter würde nicht wollen, dass sie sich Rachegelüsten hingab.

»Acchem van dem Broke ist ein guter Mann, der deinen Zorn nicht verdient«, hatte Herrade ihrer Tochter oft gesagt. In ihren schönen rauchgrauen Augen hatte Aleke eine tiefe Liebe zu dem Mann entdecken können, der Herrade ins Unglück gestürzt hatte. Eine Liebe, die nach all den Jahren nicht vergangen war. »Er unterstützt uns, obwohl er …«

Hier hatte ihre Mutter stets geschwiegen. Ihr zartes Gesicht hatte für einen Augenblick einen Ausdruck der Härte gezeigt, den Aleke nur zu gut verstehen konnte. Schließlich musste ihre Mutter sich genauso viel Verachtung gefallen lassen wie Aleke. Selbst bei den Schwestern gab es einige, die Aleke nur zu gern spüren ließen, dass ihre Herkunft zu wünschen übrig ließ. Schnell hatte das Mädchen gelernt, sich mit Worten zu wehren, und ihre spitze Zunge war gefürchtet.

Ein lautes Räuspern holte Alekes Gedanken aus der Vergangenheit zurück in den Garten. Das milde Licht der Märzsonne warf einen freundlichen Schimmer auf die ersten Kräuter und Blumen, die durch das Dunkel der Erde gebrochen waren. Ein zarter Wind streichelte Alekes Haut. Die Sanftheit des Wetters wirkte unwirklich auf sie, als sie an den Schrecken dachte, den ihr Vater mit sich gebracht hatte. Warum musste er sie in die Angelegenheiten *seiner* Familie zerren? Neunzehn Jahre lang hatte er sich aus ihrem Leben ferngehalten, neunzehn Jahren hatte sie sich nach einem freundlichen Wort, einer liebevollen Geste gesehnt – warum musste er gerade jetzt in den Frieden einbrechen, den sie bei den Schwestern gefunden hatte?

»Hilfst du mir?«, wiederholte Acchem van dem Broke mit leiser Stimme, als hätte er jede Hoffnung aufgegeben. »Ich weiß nicht, wen ich sonst bitten könnte.«

Er senkte den Blick. Auf einmal wirkte er älter, als es seine Jahre vorgaben. Niedergedrückt von Trauer und Verzweiflung.

Den Apotheker hätte sie ihm nennen können. Oder einen *Bader*. Männer, die sich auf die Wirkung von Kräutern und Tränken verstanden. Aber die Anziehungskraft, die Aleke so gern leugnen wollte, der sie aber sich nicht entziehen konnte, ließ nicht zu, dass sie ihren Vater wegschickte.

»Ich muss die Vorsteherin fragen.« Sie konnte ihren Vater nicht leiden sehen, auch wenn Aleke sich so oft gewünscht hatte, ihn spüren zu lassen, was es für sie und ihre Mutter bedeutete, ehrlos zu sein. »Sie muss entscheiden, ob ich meine Pflichten hier zurückstellen kann.«

Obwohl sie ahnte, was die *Magistra* antworten würde. Schließlich war sie die Schwester ihres Vaters. Etwas, worüber Aleke und die Vorsteherin bisher Stillschweigen bewahrt hatten, etwas, das sie beide wussten, über das sie aber niemals sprachen. Wenn überhaupt, dann hatte Benedicte Muntaries sich stets bemüht, Aleke nicht zu bevorzugen, und ihr eher die schlechtesten Aufgaben zugeteilt, damit nur keine der Schwestern glauben konnte, dass Aleke Vorrechte bekäme.

»Willst du eine *Begine* werden?«, fragte Acchem van dem Broke, als hätte er sich jemals Gedanken über Alekes Leben gemacht. »Willst du weiter hier leben?«

»Wir nennen uns Schwestern«, antwortete sie. Als wäre

das jetzt von Bedeutung. Aber es beruhigte sie, an etwas Altbekanntem festzuhalten und ihre Gedanken nicht damit zu beschäftigen, was es bedeutete, dass ihr Leben und das ihres Vaters sich verschränkten. »Ich gebe Euch so bald wie möglich Bescheid.«

»Danke. Danke«, sagte ihr Vater. Er hob die Arme, als wollte er sie in die Arme schließen, aber nach einem Blick in ihre Augen ließ er die Hände wieder sinken. »Ich danke dir.«

»Dankt mir erst, wenn ich es verdient habe.« Die Worte klangen harscher, als Aleke es beabsichtigt hatte, aber sie wusste nicht, wie sie das Gesagte abmildern konnte.

Schweigend standen sie sich gegenüber. Ein einsamer Vogel begrüßte singend den Frühling. So fröhlich, dass es Aleke schmerzte. Sie griff nach dem Korb, in dem sie Blumenzwiebeln und Kräutersamen trug.

»Ich gebe Euch Bescheid«, sagte sie erneut, unfähig, andere Worte zu finden, mit denen sie ihm Trost zusprechen könnte. Vielleicht auch unwillig – sie hätte es nicht sagen können.

»Danke«, wiederholte er, als suchte er auch nach Worten, die das zu sagen vermochten, was besser ungesagt blieb. »Grüß meine Schwester von mir.«

Sie nickte.

Er wandte sich ab. Aleke schaute ihrem Vater nach, als er durch den kleinen Garten zurück zum Tor ging. Den Rücken gebeugt, als könnte er die Last kaum tragen, die das Leben ihm auferlegt hatte. Als er das Tor erreicht hatte, blieb er stehen und wandte sich zu ihr um. Grüßend hob er die Hand. Ohne zu überlegen, hob sie die ihre ebenfalls. Einen Augenblick schauten sie einander an, fühlten sich einander näher als zuvor, als sie nur wenige Schritte getrennt hatten. Aleke wollte schon die Röcke raffen und sich in die Arme ihres Vaters stürzen, aber dafür war es zu spät.

Sie wandte sich ab, folgte den Wegen bis zum Haus, in dem die zwölf Schwestern lebten. Benedicte Muntaries, die Vorsteherin, war sicher in ihrem Gemach und bereitete sich auf das abendliche Gebet vor. Aleke zögerte. Sollte sie sich nicht etwas Zeit nehmen, um die Bitte ihres Vaters zu überdenken? Musste sie nicht erst überlegen, welche Gefahren es für die Schwestern mit sich brächte, wenn eine von ihnen sich in Angelegenheiten der weltlichen Gerichtsbarkeit einmischte? Zu gut wusste Aleke, dass die Gemeinschaft der Frauen vielen Braunschweigern ein Dorn im Auge war. Immer wieder tauchten Gerüchte auf, die die Schwestern der Zauberei oder Unkeuschheit bezichtigten. Dank Benedicte Muntaries hatte die kleine Gemeinschaft bisher trotz aller Anfeindungen überleben können, aber die Vorsteherin hatte alle Schwestern angewiesen, sich an die Regeln zu halten. Ihren Halbbruder aus dem Kerker zu retten fiel sicher nicht unter dieses Regelwerk.

KAPITEL 2

Durch die Regenfälle der letzten Wochen war der Weg so matschig, dass die Hufe des Pferdes sich mit einem schmatzenden Geräusch aus dem Schlamm lösten. Während Righert den Wagen mit sicherer Hand über die Fernstraße lenkte, erhoben sich die Umrisse der Stadt Braunschweig vor ihnen. Die Kirchen und der große Dom waren unverkennbar, doch vor allem stachen die Türme der Braunschweiger Stadtmauer ins Auge. Von der wehrhaften Befestigung aus konnten die Wächter sicher weit ins Umland schauen. Umrahmt war die Stadt von einem Graben, der nur über Brücken an den Stadttoren überquert werden konnte. Derartig gesichert schien Braunschweig jedem Angriff von außen trotzen zu können.

Der Rappe tänzelte, als wollte er den Wagen hinter sich abschütteln. Righert zügelte das Pferd, bis es stillstand und nur noch ab und zu mit dem Huf aufstampfte, um seine Ungeduld zu äußern. Der große friesische Hengst war es eher gewöhnt, unter dem Reiter zu gehen, als einen Wagen zu ziehen.

Righert übergab die Zügel an seinen Knecht Smalejohan und stieg vom Bock, um das Pferd an der Trense zu greifen. Beruhigend klopfte er seinem Hengst auf den starken Hals, während er die Stadt betrachtete, die sich vor ihm erstreckte. Obwohl er sich der Entscheidung, wieder zurückzukehren, gewiss war, konnte sich Righert einer Aufregung nicht erwehren, die sich auf den Rappen übertrug, der nun schnaubend den Kopf hochriss.

Erneut sprach Righert beruhigend auf das Pferd ein, während sie auf das Tor zugingen, das Steintor, wie er sich wohl erinnerte. Hohl klangen die Hufe des Rappen auf der hölzernen Brücke über die Oker, als Righert das Pferd auf das Stadttor zuführte. Dessen Flügel waren geöffnet, doch Righert konnte nicht umhin, einen Schauder zu spüren. Wenn die Tore sich hinter ihm schlossen, wäre er gefangen in der Stadt. Zornig über den Gedanken schüttelte er den Kopf. Es war sein Entschluss gewesen, nach Braunschweig zurückzukehren, auch gegen den Rat seines Onkels.

Der Wächter des äußeren Tors musterte Righert, Smalejohan und den Wagen mit einem langen, kritischen Blick, bevor er sie durchwinkte. Righert schauderte, als er Pferd und Wagen unter dem Torturm hindurch zum inneren Tor lenkte.

Gähnend kam der Torwächter aus seiner Bude und musterte Righert und Smalejohan ebenfalls mit kritischem Blick.

»Was wollt Ihr in Braunschweig?«, fragte der Mann. »Seid Ihr durchreisende Händler oder gedenkt Ihr zu bleiben?«

»Mein Onkel ist Händler in Magdeburg.« Righert lächelte. Offen und vertrauenserweckend, hoffte er. »Ich soll für ihn das Geschäft in Braunschweig aufbauen.«

Smalejohan nickte nur. Righerts Knecht machte nie viele Worte.

»Was verkauft Ihr?«

»Tuchwaren und Stoffe. Seide aus Venedig.«

»Kein Malz oder Hopfen?«

»Nein.« Righert lächelte so verkrampft, dass ihn die Muskeln schmerzten. Hatte er nicht klar und deutlich gesagt, was er im Angebot hatte? »Nur Tuchwaren.«

»Gut.« Der Wächter stieß einen Pfiff aus, woraufhin ein zweiter, deutlich jüngerer Mann aus der Bude kam. »Bring den Mann zur Marktwaage, damit er seinen Zoll entrichtet.«

Der jüngere Wächter nickte. »Folgt mir.«

So maulfaul hatte er die Braunschweiger nicht in Erinnerung, dachte Righert, während er den sich sträubenden Rappen mit einem Zungenschnalzen anspornte. Das Pferd brach immer wieder zur Seite aus, als wollte es aus dem Geschirr entkommen. Nun sprang auch Smalejohan vom Wagen herab und griff nach dem Zaum des Rappen auf der rechten Seite und murmelte beruhigende Laute, bis der Friesenhengst sich beruhigte. Langsam folgten sie dem Wächter, der sie über den Steynwech führte, am Paulinerkloster und der Burg Dankwarderode vorbei. Kurz überlegte Righert, ob er den Mann fragen sollte, warum der nicht den kürzeren Weg über den Bolewech nahm, aber er entschloss sich zu verschweigen, wie gut er Braunschweig kannte.

Righerts Blick wanderte durch die Gassen der Stadt, suchte nach etwas, das ihm bekannt vorkam. In den vergangenen sechs Jahren war Braunschweig gewachsen und gediehen. Die Gassen waren mit festen Steinen gepflastert und Ablaufrinnen in ihrer Mitte sorgten dafür, dass der Dreck nicht mehr zum Himmel stank. Eine schöne und stolze Stadt war sie geworden, seine alte Heimat. Dennoch schien es Righert, als gäbe es in Braunschweig mehr Arme und Almosenbettler als in Magdeburg. An der Mauer saß ein Mann, dem die linke Hand und beide Füße fehlten. Ein Fuß stand neben ihm, wohl dazu gedacht, die Spendenfreudigkeit der Braunschweiger Bürger anzuregen. Solche wie den hatte Righert schon in Magdeburg gesehen. Opfer des *höllischen Feuers*, denen nur das Betteln blieb, um ihren Lebensunterhalt zu sichern.

Vier Hühner und ein gerupft aussehender Hahn flatterten herbei, als eine Magd Abfall aus dem zweiten Stock eines großen Fachwerkhauses auf die Straße schüttete. Erstaunlich, dachte Righert, dass es keine Schweine hier auf den Gassen gab, die sich um den Abfall kümmerten, so wie er es aus Magdeburg kannte. Aber die allgegenwärtigen Ratten huschten auch hier über die Straßen, obwohl es helllichter Tag war.

Je näher sie dem Altstadtmarkt kamen, desto mehr Menschen und auch Tiere bevölkerten die Straße. Der Rappe scheute und rollte die Augen, als vor ihnen aus der Gasse eine Schar Gänse unter wildem Schnattern hervorschossen, gefolgt von einem fluchenden Jungen, der eine Rute pfeifend durch die Luft zog, damit er das Federvieh wieder auf den rechten Weg brachte.

Suchend schaute Righert sich um, fürchtete, dass er jemanden sehen würde, der ihn erkennen könnte, auch wenn er in den vergangenen sechs Jahren gewachsen, von einem Jungen zu einem Mann geworden war.

Doch die Braunschweiger widmeten ihm keinen Blick,

sondern eilten geschäftig ihrer Wege. Die Kaufleute und deren Frauen schienen Gefallen daran zu finden, ihren Reichtum zur Schau zu stellen. Was war das nur für eine Stadt, dachte Righert, in der Männer wie Pfauen durch die Straßen paradierten, mit derart kurzen *Scheggen*, dass sie gerade die Blöße bedeckten. Kein Wunder, dass die Stadt eine Verordnung erlassen hatte, die vorschrieb, dass Röcke mindestens eine Handbreit über das Knie herabreichen sollten. Nicht alle Jünglinge Braunschweigs schienen sich um diese Verordnung zu scheren.

Derartig lange *Gugelschwänze* hatte er Männer in Magdeburg nie tragen sehen und erinnerte sich auch nicht, dass die Braunschweiger vor sechs Jahren so aufgedonnert gewesen waren. Ab und zu entdeckte Righert eine Braunschweigerin, deren Haube nach der neuesten Mode zwei Hörner hatte. Teufelshauben nannten einige Pfarrer diesen Tand und wetterten von den Kanzeln gegen Eitelkeit und Dünkel und drohten ewige Verdammnis denjenigen, denen ihr Äußeres wichtiger war als das Heil ihrer Seelen. Nun, für ihn sollte das nur gut sein, dachte sich Righert. Männer und Frauen, die derart viel Zeit damit verbrachten, ihr Äußeres zu pflegen, achteten seiner Erfahrung nach wenig auf andere Menschen, so dass sie ihn seiner Wege gehen lassen würden.

Zu Righerts Überraschung wirkten viele Braunschweiger Bürger, die er bisher gesehen hatte, nicht zufrieden. So wie es Righert in Magdeburg bereits gehört hatte, aber kaum glauben konnte, galt Braunschweig doch als eine der reichsten Städte der Hanse. Steigende Steuern hatten in den letzten Monaten immer wieder zu Murren unter den Bürgern geführt. Vor allem die *Gilden* hatten sich hervorgetan, hatten Magdeburger Händler berichtet, deren Weg sie durch Braunschweig geführt hatte. Immer lauter forderten die *Gildemeister* ihren Anteil an der Herrschaft der Stadt. Doch noch hielten die Ratsherren die Macht in ihren Händen und schienen bereit, sie gegen alles und jeden zu verteidigen. Eine seltsame Stimmung schwebte über der Stadt, eine Art düsterer Erwartung. Vielleicht lag es nicht an Braunschweig, sondern an ihm. Auch wenn Righert es sich nicht eingestehen wollte, wühlte die Rückkehr in seine alte Heimat in ihm Erinnerungen auf, die er lieber verborgen gehalten hätte.

»Achtung«, rief Smalejohan, der inzwischen wieder auf den Bock geklettert war, um einen besseren Überblick zu haben.

Gewarnt durch den Ruf seines Knechtes konnte Righert den Rappen halten, als der mit dem Kopf schlug, als eine mollige Bäuerin, die eine fette Sau vor sich her trieb, ihnen den Weg versperrte. Beide, Frau und Schwein, warfen Pferd und Mann einen derart übelgelaunten Blick zu, dass Righert sich ein Lächeln gestattete. Auch wenn sich einiges geändert hatte, war vieles doch gleich geblieben. Wieder tänzelte sein Rappe aufgeregt hin und her, als fürchtete auch er die Stadt und deren Bürger.

»Ist gut. Keiner will dir etwas Böses«, sprach Righert auf das Pferd ein. Wen versuchte er zu beruhigen – sich oder seinen temperamentvollen Rappen? Lass die Vergangenheit ruhen, hatte sein Onkel ihm geraten und nicht verstehen können, warum es Righert wieder nach Braunschweig zog.

»Du kannst hier in Magdeburg erfolgreicher handeln«, hatte der Onkel eingewandt und seine Sorge um den Neffen hinter dem Gebaren eines Händlers verborgen, wie Righert nur zu gut erkannte. »In Braunschweig gärt es wie in einem üblen Most. Lass die Stadt hinter dir. Heirate ein Magdeburger Mädchen …«

»Du wolltest doch immer einen Standort an den Fernstraßen«, hatte Righert geantwortet, als ginge es ihm wirklich um den Handel. Obwohl er es besser wusste. Obwohl auch der Onkel es besser wusste. Aber keiner von ihnen hatte ansprechen wollen, was sich wirklich hinter Righerts Plänen verbarg, in der Stadt an der Oker mit Tuch zu handeln. »Ein jeder Mann, der von Ost nach West oder von Nord nach Süd will, kommt an Braunschweig nicht vorbei.«

»Ja«, hatte der Onkel zugeben müssen. Auf seinem runden Gesicht konnte Righert ablesen, wie der Händler mit sich stritt, seinen Neffen in die Stadt an der Oker ziehen zu lassen. Letztlich hatte der Onkel aber erkennen müssen, dass Righert seine Entscheidung schon vor langem getroffen hatte.

Also hatte er ihn schließlich reisen lassen. Die Tante hatte Righert einen tränenreichen Abschied bereitet, als würde er niemals wieder nach Magdeburg zurückkehren. In die Stadt, die ihm in den vergangenen sechs Jahren eine Heimat geworden war. Auch ihm war es schwergefallen, sie zu verlassen. Immer hatten Tante und Onkel ihn so behandelt wie eines ihrer eigenen sechs Kinder. Vom ersten Tag an hatte die Tante ihn in ihr großes Herz geschlossen und ihm in Magdeburg ein Zuhause bereitet.

Righert lächelte, als er an den gewaltigen Proviant dachte, den die Tante ihm in die Hand gedrückt hatte, als wollte er zu einer Reise ins Heilige Land aufbrechen.

»Ich komme wieder«, hatte er ihr versichert und damit auch sich die Gewissheit geben wollen, dass er nur eine kurze Zeit in dieser Stadt bleiben würde, in der er geboren worden war. Aber er kehrte nicht aus nostalgischen Gründen zurück, sondern um endlich Rache nehmen zu können, um dann mit seiner Vergangenheit abzuschließen. Wieder tänzelte der Rappe, als wollte er seinen Herrn dafür strafen, dass der seine Gedanken schweifen ließ.

»Ist gut, Pferd. Gleich sind wir am Ziel.«

Während er den Schwarzen geschickt an einer Gruppe plaudernder Mägde vorbeiführte, war er sich der Blicke der Braunschweiger wohl bewusst, die ihm folgten. Neugierig die einen, misstrauisch die anderen. Vor allem den Frauen gefiel er, das wusste er. Schon in Magdeburg hatte es einige Händlerstöchter gegeben, die Righert mehr oder weniger deutlich zu verstehen gegeben hatten, dass sie sich nicht verwehren würden, sollte er ihnen die Heirat antragen.

Auch wenn er sich einige Male durch ein keckes Grübchen, tiefblaue Augen oder goldblonde Locken versucht gefühlt hatte, hatte Righert niemals zugelassen, dass ihn eine Frau von seinem Ziel abbrachte. Zu tief saßen der Zorn und der Wunsch, denjenigen zu finden, der sein Leben zerstört hatte. Erst musste er das Versprechen einlösen, das er sich selbst vor sechs Jahren gegeben hatte. Erst, wenn seine Familie gerächt war, konnte Righert daran denken, selbst eine Familie zu gründen und sesshaft zu werden.

»Junge, Rache fällt auch auf den zurück, der sie ausübt«, hatte der Onkel, der sonst eher schweigsam blieb und der Tante das Reden überließ, gesagt, nachdem Righert ihm von seinen Plänen erzählt hatte. »Suche nach Gerechtigkeit, aber nicht nach Rache.«

Als Antwort hatte Righert nur gelächelt. Ein bitteres Lächeln, hinter dem er seine Gefühle verbarg. Sosehr er Onkel und Tante schätzte, niemals würden sie verstehen können, was ihn antrieb. Was Righert van Anhald in jungen Jahren zu einem der erfolgreichsten Händler Magdeburgs gemacht hatte. Was ihn dazu brachte, besser und gewiefter zu sein als alle anderen. Ohne den Zorn, den er immer wieder nährte, wäre Righert nur ein junger Mann wie Hunderte andere auch.

Er zog all die Kraft, die er brauchte, aus dem Gedanken an die Strafe, die er über diejenigen verhängen würde, die sein Leben zerstört hatten. Nichts würde ihn davon abhalten, sein Versprechen zu erfüllen. Nichts und niemand. Weder Onkel und Tante noch das verführerische Lächeln einer schönen Frau.

Endlich hatten sie ihr Ziel erreicht, den Altstadtmarkt, wo sich Marktwaage und Zollhaus befanden, in denen Righert seine Waren vorstellen und verzollen musste. Hier konnte er auch gleich erklären, dass in den nächsten Tagen noch zwei Pferdewagen mit Wynneke, Smalejohans Weib und Righerts Magd, eintreffen würden, die ebenfalls Tuch geladen hatten. Nachdem er alle Formalitäten zur Zufriedenheit der Stadtwächter und des Marktmeisters erledigt hatte, stieg Righert auf den Wagen und durfte nun endlich in die Jacopes Strate fahren, wo er ein Haus gekauft hatte, ohne es bisher gesehen zu haben.

Erst hatte er überlegt, sich am Altstadtmarkt anzusiedeln, in einem der prächtigen Häuser, die nur zu deutlich den Reichtum ihrer Besitzer zeigten, waren sie doch aus Stein und nicht aus Fachwerk wie die Wohnungen der ärmeren Braunschweiger. Einige dieser Steinhäuser schienen dem Palas der Burg Heinrichs des Löwen nacheifern, derart groß und mächtig waren sie gebaut. Hier müsste er wohnen, wenn er tatsächlich beabsichtigte, ein erfolgreicher Tuchhändler zu sein. Doch Righerts Pläne ließen es ihm angeraten erscheinen, etwas abseits der reichen Patrizier sein Domizil aufzuschlagen.

Der Rappe schnaubte, als wollte er nun endlich seine Hufe in den Stall setzen.

»Wir sind ja gleich da«, redete Righert dem Pferd gut zu. »Gedulde dich noch ein bisschen.«

Erneut wurden sie aufgehalten. Ein Junge, wohl der Sohn eines Gastwirts, rollte ein Fass vor sich her. Das erinnerte Righert an Calf, seinen Freund, der ihn verraten hatte. Ob der noch in Braunschweig lebte und inzwischen die Stelle seines Vaters eingenommen hatte? Nein, Calf wollte er auf keinen Fall sehen, weil er fürchten musste, dass sein früherer Freund ihn wiedererkennen und so viel zu schnell offenbaren würde, was Righert noch geheim halten wollte.

Endlich erreichten sie das Haus. Kein Steinhaus, sondern eines aus Fachwerk. Aber ein Händlerhaus mit einer großen Hofeinfahrt, die man *Däle* nannte. Righert sprang vom Wagen, nahm das Pferd am Zaum und führte es durch den Durchgang in den Hof, wo sich die Stallung und das Warenlager befanden. Righert schaute sich um. Auch eine *Kemenate* hatte sein Haus. Dort würde er sein Domizil aufschlagen, solange er in der Stadt weilte.

»Für ein paar Wochen wird es wohl gut sein.«

Smalejohan nickte bestätigend.

»Kümmere du dich um Pferd und Wagen.« Mühsam zügelte Righert seine Ungeduld. Er hätte schwören können, dass er vorhin Acchem van dem Broke auf dem Markt gesehen hatte, und konnte es nicht erwarten, dem Händler gegenüberzutreten. »Ich muss noch einmal zurück auf den Markt.«

»Ja.« Smalejohan war kein Mann vieler Worte, einer der Gründe, warum Righert den Knecht sehr schätzte und zufrieden war, dass Smalejohan mit ihm nach Braunschweig gereist war. Außerdem war Smalejohan zuverlässig und würde sich gut um den Rappen kümmern, der es kaum abwarten konnte, endlich aus dem Geschirr ausgespannt zu werden.

Ein wenig plagte Righert das schlechte Gewissen, dass er dem Knecht die Arbeit überließ. An der Hofeinfahrt blieb er stehen und sah zurück. Obwohl Smalejohan, der zwei Köpfe kleiner als Righert war, mager und beinahe zerbrechlich wirkte, trug er die Tuchballen mit Leichtigkeit, als wären sie aus Federn und nicht aus guter, schwerer Wolle.

Auf dem Weg zurück fiel Righert ein ausnehmend prächtiges Gebäude ins Auge. Anders als in Magdeburg standen die Braunschweiger Häuser mit den breiten Traufen zur Straße und nahmen viel Platz ein. Vor diesem Haus, dessen Fenster mit buntbemalten Friesen geschmückt waren, was für einen vermögenden Eigentümer sprach, hatten sich etliche Braunschweiger in kleinen Grüppchen versammelt und tuschelten miteinander. Immer wieder deutete jemand auf das reichverzierte Haus und schüttelte den Kopf oder sprach mit großen Gesten auf sein Gegenüber ein.

Righerts Neugier war geweckt, und er lenkte seine Schritte an den Rand der Menschenmenge. Acchem van dem Broke könnte er auch morgen noch aufsuchen. Righerts Blick suchte nach jemandem, der ihm Rede und Antwort stehen würde, was es mit diesem Haus auf sich hatte. Vor ihm unterhielten sich zwei Männer, die den Fremden nur abschätzig musterten und nicht bereit schienen, das Gespräch mit ihm zu suchen.

Ein zerlumpter Junge allerdings, dessen Kleidung nur vom Dreck zusammengehalten schien, der ihn bedeckte, hatte Righert mit einem schnellen Blick abgeschätzt und schien eine lohnende Beute in ihm zu sehen. Bevor ein anderes Gassenkind oder gar ein Bürger sich dem Fremdling nähern konnte, stand der Junge bereits neben Righert und starrte ihn unverfroren an.

»Ihr seid neu in der Stadt«, stellte der Junge fest. Seine Stimme war erstaunlich tief für einen, der vielleicht zehn Jahre zählen mochte. »Braucht Ihr jemanden, der Euch den Weg weist? Ich kenne die Gassen der Stadt wie kein Zweiter. Oder sucht Ihr eine *Hübschlerin*? Ein Spielchen?«

»Ich kenne Braunschweig.« Righert musterte den Jungen. Wäre er wirklich ein Fremder, hätte das Kind ihn sicher in die übleren Teile der Stadt geführt, wo seine Kumpane nur auf Dumme lauerten, die nicht genügend Obacht gaben. »Aber ich möchte wissen, warum sich alle Menschen hier versammeln. Geht es um Steuern?«

»Um Steuern?« Der Junge lachte. So voller Bitterkeit, dass Righert Mitgefühl verspürte, obwohl das Kind sicher einiges auf dem Kerbholz hatte, wie der verschlagene Blick zeigte, der seine Worte begleitete. »Was ist Euch eine Antwort wert?«

»Hier.« Righert warf dem Jungen eine kleine Münze zu, die dieser noch im Fluge fing und geschickt irgendwo in seinen Lumpen verstaute. »Wenn mir die Antwort gefällt, kriegst du mehr.«

Misstrauisch zogen sich die Augen des Jungen zusammen. Er schien einen Augenblick zu überlegen, ob er Righert trauen konnte.

»Kersten van dem Broke hat in dem Haus seine Braut ermordet. In der Hochzeitsnacht.«

Righert stutzte. Nur mühsam gelang es ihm, seine Fassung zu bewahren und sich die Aufregung nicht anmerken zu lassen. Vielleicht irrte er sich auch. Van dem Broke war ein häufiger Name in dieser Stadt. Oder war es ein Wink des Schicksals?

»Kersten van dem Broke?«, fragte er daher beiläufig. »Ist er verwandt mit Acchem van dem Broke?«

»Ihr seid nicht von hier«, stellte der Junge fest. Sein flinker Blick musterte Righert, als wollte das Kind herausfinden, was der Fremde wert wäre. »Sonst wüsstet Ihr es.«

Fordernd hielt der schmutzstarrende Junge seine Hand auf. Eine kleine Hand, die Righert eher an die Kralle eines Tieres erinnerte als an die Hand eines Menschen. Wie kam es nur, dass in einer so reichen Stadt wie Braunschweig sich niemand um ein Kind kümmerte, dessen Bauch vor Hunger aufgedunsen war? Auch wenn er nur einen kleinen Beitrag leisten konnte, so wollte er dafür sorgen, dass der Junge heute Nacht satt schlafen konnte. Righert nestelte in seinen Taschen, suchte noch ein paar Pfennige, die er dem Jungen zuwarf.

»Nun sag schon, was du weißt.«

»Kersten ist der einzige Sohn vom alten van dem Broke.« Aufmerksam musterte der Gassenjunge Righert, als wollte er dessen Geheimnis erfahren, um es dann meistbietend verkaufen zu können.

Righert blieb äußerlich gefasst, obwohl sein Inneres in Aufruhr geriet ob der unerwarteten Neuigkeit. Wie der Vater, so der Sohn, dachte Righert. Ein Leben bedeutet ihnen nichts. Obwohl er bisher nur einen Verdacht hatte, dass der van dem Broke in das Unglück, das Righerts Familie vor sechs Jahren getroffen hatte, verwickelt war. Jedoch einen Verdacht, der so stark war, dass er Righert nach Braunschweig geführt hatte. Aber das würde er dem neugierigen Gassenkind sicher nicht anvertrauen.

»Der einzige Sohn?«, fragte Righert daher betont nebenbei, um noch mehr von dem Kind zu erfahren.

Der Junge trat etwas näher und senkte verschwörerisch die Stimme, so dass Righert sich zu ihm herabbeugen musste, um die Worte zu verstehen. »Es gibt noch eine unehrliche Tochter. Von einer Magd. Ein Teufelsweib.

Schön wie die Sünde, aber mit einer Zunge spitz wie ein gutes Messer.«

Der Kleine schüttelte sich, als hätte er schon des Öfteren eine Begegnung mit der scharfzüngigen Tochter hinter sich bringen müssen.

»So, so«, antwortete Righert, als hätte er bisher nur wenig von Acchem van dem Broke gehört. Dabei erinnerte er sich nur zu gut an den Mann. Einen Freund seines Vaters, der die Familie oft besucht hatte. Hanneke hatte van dem Broke geliebt, weil er sie bei jedem Besuch mit einer Nascherei oder einem hübschen Tand überrascht hatte. Doch nein, an seine kleine Schwester wollte Righert jetzt nicht denken. Noch immer schmerzte die Erinnerung an sie.

Da dachte er lieber an Aleke. An die illegitime Tochter des reichen Händlers, die ein Jahr jünger war als er. Oft hatte er das Mädchen nicht gesehen, aber er erinnerte sich gut an sie. Schon als Kind hatte Aleke kämpfen müssen. Wegen des Makels ihrer Geburt. Dafür hatte Righert sie bewundert, obwohl sie auch ihn mit Flüchen und Steinwürfen bedacht hatte, obwohl er sie niemals beschimpft hatte. Ob sie ihren Platz im Leben gefunden hatte, fragte er sich einen Augenblick, bevor er den Gedanken an Aleke abschüttelte. Viel wichtiger erschien ihm das Schicksal des einzigen Sohns und Erben seines Feindes.

»Ist Kersten van dem Broke bereits im Kerker? Oder ist er geflohen?«

»Am gestrigen Morgen haben ihn die *Büttel* geholt.« Der Junge schaute über seine Schultern, ob ihnen jemand zuhörte. Doch nur ein paar Braunschweiger Frauen hatten Righert und den Jungen angestarrt und wandten den Blick ab, als Righert sie anschaute.

»Ich kann Euch zu ihm führen, wenn Ihr es wünscht. Ich kenne den Gehilfen des *Büttels*.«

»Jetzt nicht.« Righert schüttelte den Kopf. Erst musste er überlegen, was er mit dem neugewonnenen Wissen anfangen könnte. Würde die furchtbare Tat, die Kersten van dem Broke begangen hatte, Righerts Rache im Wege stehen, oder würde sie ihm sogar helfen? »Wo finde ich dich, wenn ich einen Boten brauche?«

»Fragt nach Bertel, dem Dünnen. So kennt mich jeder hier.« Dann stob der Junge davon, als wären die *Büttel* hinter ihm her. Flink wie ein Wiesel drängte er sich zwischen den Menschen durch, die immer noch miteinander tuschelten. Plötzlich jedoch blieb er stehen und rief: »Einem großzügigen Fremden wie Euch bin ich gern zu Diensten.«

Diese Worte führten dazu, dass die braven Bürger nun ihre Blicke auf Righert richteten. Righert verfluchte den Gassenjungen, der ihm so viel ungewollte Aufmerksamkeit beschert hatte, und wandte sich ab. Noch war es zu früh, den Braunschweigern zu verraten, wer er war. Es wäre schlecht für seinen Plan, sollte ihn jetzt schon jemand von den alten Nachbarn erkennen. Sollte er Calf aufsuchen, oder würde er damit riskieren, sich zu offenbaren? Vertrauen konnte Righert seinem Freund aus Kindertagen nicht. Obwohl er es besser wissen sollte, gab Righert Calf immer noch Schuld daran, dass er an dem furchtbaren Tag nicht bei seiner Familie gewesen war, sondern sie im Stich gelassen hatte.

Während er seine Schritte an den Rand der Gasse lenkte, grübelte Righert über die Wege des Schicksals nach, die ihn ausgerechnet an dem Tag nach Braunschweig geführt hatten, an dem der Sohn des Acchem van dem Broke einen Mord begangen hatte. Vielleicht kam Vergeltung schneller, als er es geplant hatte.

KAPITEL 3

»Bist du sicher, dass du Kersten van dem Broke helfen willst?« Die Frage der Vorsteherin, nein, der zweifelnde Ton, in dem Benedicte Muntaries diese Worte ausgesprochen hatte, klang Aleke in den Ohren, während sie auf dem Weg zum Altstadtmarkt war. Die *Magistra* hatte Aleke erlaubt, ihre Pflichten als Magd zu vernachlässigen, um mehr über den Mord an Ceffeken Horneborch zu erfahren. »Kannst du guten Gewissens sagen, dass du es ehrlich meinst?«

»Ja«, hatte Aleke knapp erwidert. »Aber wenn Ihr meine Arbeit nicht entbehren könnt.«

Ein Teil von ihr hatte gehofft, dass die Vorsteherin es nicht erlauben würde, dass Aleke sich in die weltlichen Angelegenheiten ihres Vaters einmischte, aber dieser Ausweg blieb ihr versperrt.

»Dein … Acchem van dem Broke hat uns etwas Geld dafür versprochen, dass du meinem Neffen hilfst.« Es war Benedicte Muntaries sichtlich unangenehm, diese Dinge anzusprechen. Aleke ärgerte sich, dass die *Magistra* es nicht über sich brachte, Acchem van dem Broke das zu nennen, was er war: Alekes Vater. Noch mehr ärgerte sie sich, dass ihr Vater ihr verschwiegen hatte, dass er bereits bei seiner Schwester vorgesprochen hatte. »Daher bist du für die nächsten Tage von allen Arbeiten befreit.«

»Danke«, brachte Aleke mühsam hervor, weil der Zorn ausbrechen wollte, was ihr nur wieder einen Tadel und Ärger einbrächte.

»Außer von der Hilfe für die Köchin.« Die Vorsteherin lächelte. Alterslos wirkte ihr klares Gesicht mit der langen, schmalen Nase, dem Merkmal, das Aleke stets daran erinnerte, dass die *Magistra* ihre Tante war, auch wenn dies niemals angesprochen wurde. »Aber das weißt du ja.«

»Darf ich nun gehen?«, presste Aleke hervor, hin und her gerissen zwischen dem Wunsch, Benedicte Muntaries ihre Wut entgegenzuschleudern, und dem tiefen Respekt, den sie der Vorsteherin entgegenbrachte. »Ich muss vor dem Abendgebet zurück sein, wie es die Regeln vorschreiben.«

»Aber nur, wenn du dein Herz genau prüfst und dir gewiss sein kannst, dass dich weder Zorn noch Rache antreiben«, hatte die Forderung der Vorsteherin gelautet, mit der sie Aleke entlassen hatte.

Verwirrt und erschüttert durch die Frage, der sie sich nicht stellen wollte, hatte sich Aleke in die *Däle* geflüchtet. Zu Ylsebe van Ghotinghe, der Köchin, deren spitze Zunge genauso gefürchtet war wie die Alekes. Die junge Frau hatte der Köchin weder von dem überraschenden Besuch ihres Vaters noch von dessen Wünschen berichten müssen. Ylsebe wusste bereits davon. Gerüchte flogen in der Schwesternschaft schneller als die Spatzen, die sich im Hof um Brotkrumen zankten.

»Glaub nicht, dass du nicht arbeiten musst, nur weil der Ratsherr nach dir fragt«, hatte die Köchin gemurrt.

Ylsebe van Ghotinghe sah so gar nicht aus, wie man sich

eine Köchin vorstellte, dachte Aleke mit einem Lächeln. Hochgewachsen und hager, das ergrauende Haar unter einer Haube verborgen, stand sie an der Feuerstelle und rührte mit einem großen Löffel in dem riesigen Kessel. So gewaltig war ihre Anstrengung, dass Schweißtropfen über das lange Gesicht rannen, das Aleke ein wenig an ein Pferd erinnerte. Ein hart arbeitendes Pferd, das sich seines Wertes wohl bewusst war und jeden beißen würde, der es wagte, ihm falsch zu kommen. »Geh auf den Markt. Spute dich, sonst gibt es heute Abend altbackenes Brot und Wasser.«

»Danke«, hatte Aleke geflüstert. Ylsebe hatte genickt, als verstünde sie, wie wichtig es Aleke war, dass die Köchin sie behandelte wie an jedem anderen Tag auch. Dass Ylsebe sie nicht ausfragte, was es mit Acchem van dem Broke auf sich hatte. Die Köchin interessierte sich nicht für Gerüchte oder Menschen, ihr ganzes Trachten galt den Mahlzeiten und dem Erproben neuer Rezepte. Etwas, was Aleke an manchen Tagen zur Weißglut treiben konnte, ihr heute aber eine Gewissheit und Ruhe verlieh, für die sie zutiefst dankbar war. Sie würde sich sputen und versuchen, auf dem Markt etwas Besonderes zu finden, mit dem sie Ylsebe eine kleine Freude bereiten konnte.

Als Aleke aus dem *Beginenhaus* vor die Tür trat, stolperte sie über den großen, roten Kater, der sie sichtlich wütend anzischte. Aleke schaute sich suchend um. Dort am Tor erwartete Lucke sie bereits. Das stumme zehnjährige Mädchen schien stets zu spüren, wenn Aleke auf den Markt gehen wollte. Für die Kleine gab es nichts Schöneres, als zwischen den Ständen umherzustreunen, auf der

Suche nach einer Nascherei. Viele der Marktleute kannten das Mädchen inzwischen, dessen auffällige Brandnarbe von einem bitteren Schicksal sprach, und schenkten ihr gern etwas. Lucke sah immer hungrig aus, obwohl sie von Ylsebe van Ghotinghe häufig Küchelchen oder Brot zugesteckt bekam.

»Tut mir leid, Lucke.« Aleke schüttelte den Kopf. »Heute nicht. Heute muss ich nach dem Markt noch etwas erledigen, für das ich besser allein bin.«

Aus großen Augen schaute das Mädchen Aleke an. So flehend, dass sie ein schlechtes Gewissen bekam. Aber sie konnte und wollte Lucke auf keinen Fall mit einer Mordgeschichte belasten. Niemand wusste, was dem Mädchen geschehen war, bevor es zu den Schwestern gekommen war, aber es konnte nichts Gutes gewesen sein. In seinen braungrünen Augen fand sich immer ein Anflug von Panik, als hätte sie schon vor langer Zeit das Vertrauen in die Welt und die Menschen verloren. Etwas über den Mord zu erfahren würde Lucke nur ängstigen.

Mit einem großen Satz sprang der rote Kater an Luckes Seite, als wollte er das Mädchen vor aller Unbill beschützen. Aleke musste lächeln, obwohl sie – wie fast jede *Begine* – schon einige Kratzer und Bisse von dem Tier zu ertragen gehabt hatte.

»Ich bringe dir etwas Schönes mit. Versprochen.« Aleke strich dem Mädchen über das dunkle Haar. »Und beim nächsten Mal gehen wir wieder gemeinsam.«

Lucke nickte, drehte sich um und verschwand im Garten, gefolgt von ihrem roten Beschützer.

Gerade weil sie es heute so eilig hatte, schien Aleke heute gar nicht voranzukommen. Ständig versperrte ihr jemand den Weg, so dass sie sich gedulden musste. Erst kämpfte ein Bauer mit seinem störrischen Esel, der auf dem Rücken zwei gewaltige Getreidesäcke schleppte. Aleke wagte sich nicht am Hinterteil des Esels vorbei, aus Furcht, dass das verärgerte Grautier auskeilen könnte. Dann kam sie nicht an einer Bauernfamilie vorbei, die Kiepen, beladen mit Lauch und eingelagerten Äpfeln, und Käfige, in denen Hühner panisch gackerten, trugen.

Zu guter Letzt versperrten ihr noch zwei Braunschweigerinnen, deren Hörnerhauben derart ausladend waren, dass man nicht an ihnen vorbeischauen konnte, den Weg, der Aleke am Haus zu den Sieben Türmen vorbeiführte, dem prachtvollen Wohnsitz des Tile van dem Damme. Mit der Zinnenkrone und den hohen Giebeln wirkte es mehr wie eine Burg als wie ein Wohnhaus. Der Bürgermeister der Altstadt ließ es sich nicht nehmen, seinen Reichtum zur Schau zu stellen. Wie es wohl im Innern des Hauses aussah, hatte sich Aleke oft gefragt, wohl wissend, dass sie als Bankert niemals eingeladen würde, den Wohnsitz einer der ältesten Familien der Stadt zu betreten.

Seitdem Tile van dem Damme den Herzog Ernst von Braunschweig im vergangenen Winter zu Gast gehabt hatte, trüge van dem Damme seine Nase so hoch, dass er sicher bald umkippen würde, hatte Aleke die *Magistra* vor kurzem sagen hören. Benedicte Muntaries hielt wenig von dem Patrizier, der seinen Reichtum geschickt mehrte und dafür nutzte, die Politik der Stadt nach seinem Willen zu lenken. Gemeinsam mit ihrem Vater, der im Gemeinen Rat saß und zu den reichsten Händlern gehörte. Wie anders wäre ihr Leben verlaufen, hätte ihr Vater ihre Mutter geheiratet. Egal wie oft sie dies gedacht hatte, jedes Mal wieder schmerzte das Wissen um die Ungerechtigkeit. Aleke versuchte, den Ärger abzuschütteln, aber er folgte ihr wie ein Schatten, seitdem sie das Rathaus gesehen hatte.

Endlich betrat sie den Markt. Sosehr Aleke sich auch geärgert hatte, wie immer, wenn sie auf den großen Platz trat, konnte sie sich nur staunend umsehen. Von Markttag zu Markttag schien die Zahl der Stände zu wachsen, schien es immer ausgefallenere Angebote zu geben. Ob die Märkte in anderen Städten ebenso prächtig und riesig waren wie der ihrer Heimatstadt, fragte sich Aleke, als sie an den Reihen der Verkaufsbuden entlangging, die sich mehrere Händler teilten. Über allem schwebte ein Gestank von Tierkot und Menschenschweiß, der Aleke in die Nase stach.

Ihr Blick wanderte weiter, hin zu den Steinhäusern, die den Platz umgaben. Am auffallendsten war das Gewandhaus, das prächtige Gebäude, in dem die Gewandschneider ihre Dienste und Waren feilboten. Sehnsüchtig schaute Aleke zum Schuhhof, wo die Schuhmacher ihre Stände aufgebaut hatten. Das Leder ihrer Schuhe war abgelaufen, und wenn sie es sich leisten könnte, hätte Aleke schon längst ein neues Paar gebraucht, aber noch musste sie mit diesen zurechtkommen, weil sie die Vorsteherin nicht um Geld bitten wollte. Das Gebäude, in dem die beiden wichtigen *Gilden* der Schuster und Gerber sich trafen und arbeiteten, lag dem Haus zu den Sieben Türmen gegenüber. So, wie auch die *Gildemeister* und der Bürgermeister einander sich oft unversöhnlich gegenüberstanden. Im Schuhhof herrschte ein ebenso buntes Treiben wie auf dem Platz. *Gildegenossen* aus Braunschweig und anderen Städten trafen sich dort, um zu kaufen und zu verkaufen und Neuigkeiten zu tauschen. Doch heute hatte Aleke keine Zeit, das Gewimmel zu betrachten.

Abschließend verweilte ihr Blick auf den kleineren Häuser, in denen die Männer wohnten, die vom Rat bezahlt wurden: der Stadtschreiber und der *Büttel*, aber auch die Männer, deren Aufgabe es war, nachts die Straßen mit Ketten abzusperren, um Sicherheit zu gewährleisten. Auf dem Markt konnte man vergessen, dass Braunschweig eine große Stadt war, die sich vor Feinden von außen und innen schützen musste.

Aleke rümpfte die Nase, als sie an den Ständen der Knochenhauer vorbeikam. Der Geruch des Blutes so früh am Tag schlug ihr auf den Magen, so dass sie nicht in Versuchung kam, bei einem der *Garbrader* stehen zu bleiben, um dort etwas zu kaufen. Stattdessen ging sie zielstrebig zu den Bauern. Sie musste sich sputen, wenn sie von den Frauen, die in großen Kiepen Butter, Eier, Käse und auch Geflügel anboten, noch gute Ware erhalten wollte. Ihr Blick suchte nach Bäuerinnen und Händlern, die sie kannte und deren Waren sie schätzte.

Geschickt schlängelte Aleke sich an zwei streitenden Landmännern vorbei, deren Schweine sich ebenfalls miteinander zankten. Ihr Weg führte sie zum Stand eines Bäckers, wo Ylsebe gerne kaufte, wenn sie selbst keine Zeit zum Backen fand. Erleichtert atmete Aleke auf. Hier roch es angenehm nach frischen Backwaren. So angenehm, dass ihr Magen vernehmlich knurrte.

»Hier, für eine gute Kundin.« Mit einem Lächeln überreichte ihr der Bäcker einen Wecken, in den Aleke voller Genuss biss.

Endlich war ihr Korb gefüllt. Ein letzter Blick auf die vielfarbigen Tücher und Stoffe, die Händler auf den Tischen entlang den Hauswänden ausgebreitet hatten, bevor sie ihr Auftrag weiterführte. Gerade wollte sie den Markt verlassen, als ein lautstark ausgetragener Streit ihre Aufmerksamkeit weckte.

Aleke kniff die Augen zusammen, um die beiden Männer besser erkennen zu können, die am Rande des Marktes in einen Disput vertieft schienen. Obwohl sie sich sichtlich bemühten, ihre Stimmen zu dämpfen, konnte Aleke erkennen, wie der Schlankere der beiden den Zweiten, einen wohlgenäherten Patrizier, am Bund der *Schegge* packte, die der Mode entsprechend eng anlag, und wild gestikulierend auf ihn einredete. Als der Schlanke sich in seiner Rage umdrehte, erkannte Aleke den Mann.

Hinrek van dem Broke. Der jüngere Bruder ihres Vaters. Auf den ersten Blick hätte man ihn für Acchem van dem Broke halten können, schlank und hochgewachsen, wie er war. Auffallend die dichten dunkelbraunen Haare und die lange Nase, Kennzeichen aller Mitglieder der Patrizierfamilie van dem Broke. Doch auf den zweiten Blick offenbarte sich, dass der Mann deutlich jünger war als Acchem van dem Broke. Knabenhafter und seltsam unfertig wirkte Hinrek van dem Broke, obwohl er sicher schon mehr als dreißig Jahre zählte. Da, wo der Patrizier

Willensstärke ausstrahlte, wirkte der Jüngere gelangweilt und dem guten Leben zugetan. Ein weicher Zug um den Mund ließ ihn kraftlos, beinahe weibisch wirken. Hinrek van dem Broke, ein stadtbekannter Gernegroß und Nichtsnutz, der immer wieder mit neuen Ideen hervortrat, die alle zum Scheitern verurteilt waren.

Was war das nur für ein Tag, an dem sie ihre gesamte Familie sah, die sie sonst kaum zu Gesicht bekam? Als die Männer Aleke bemerkten, wandten sie sich ab. Etwas an Hinrek van dem Broke war ihr schon immer unheimlich gewesen. Der Mann hatte Aleke bei den wenigen Begegnungen, die sie miteinander hatten, stets spüren lassen, wie wenig er von seiner illegitimen Verwandten hielt. Auch den Mann, der Hinrek begleitete, kannte Aleke. Gerwen Krameres, ein Ratsherr und Weiberheld, wie er im Buche stand. Auch ihr hatte er sich einmal genähert, aber sie hatte Zeter und Mordio geschrien, so dass Gerwen Krameres sie von diesem Tag an nur mit Spott bedachte, was Aleke ärgerte, aber ihr deutlich angenehmer war als seine unerwünschte Aufmerksamkeit.

Der dunkle Klang der Glocken von Sankt Martin verkündete die Mittagszeit und erinnerte Aleke daran, dass sie sich sputen musste. Geschickt drängte sie sich an den anderen Frauen vorbei, die das schöne Frühlingswetter dazu anregte, ihre Zeit zu verplaudern.

Als hätten sie einen eigenen Willen trugen Alekes Füße sie vom Markt nicht zu St. Petri, sondern zum Haus ihres Halbbruders in der Scernerestrate. Selbst wenn sie nicht gewusst hätte, dass Kersten van dem Broke und seine frischangetraute Frau in diesem Haus ihre Wohnung und ihren Handel bezogen hätten, so hätten ihr die neugierigen Bürger, die in Gruppen dort standen, den Weg gewiesen. Obwohl Aleke erwartet hatte, dass sich etliche der braven Bürger Braunschweigs den Skandal nicht entgehen lassen würden, so überraschte sie die schiere Zahl der Menschen, die es sich nicht hatten nehmen lassen, dem Ort des schrecklichen Verbrechens einen Besuch abzustatten.

Morde gab es selten in der Stadt. Die Gerichtsverhandlung und die anschließende Hinrichtung würden sicher Gesprächsstoff und Unterhaltung für Wochen bieten, dachte Aleke bitter, als sie die Menschen sah, die vor dem Haus ihres Halbbruders stehen blieben und miteinander flüsterten. Sei freundlicher zu deinen Mitmenschen, fiel ihr die Ermahnung der Vorsteherin wieder ein. Benedicte Muntaries forderte Aleke stets auf, sich zu bemühen, besser von den anderen zu denken. Vielleicht waren die Menschen ja gekommen, um Trost in schwerer Stunde zu spenden. Aleke stieß ein Schnauben aus. Ja, so sahen sie aus. Die beiden Matronen, in viel zu grelle Gewänder gekleidet, steckten die Köpfe so eng zusammen, dass ihre *Kruseler* sich beinahe berührten. Aleke meinte förmlich zu sehen, wie sie sich ereiferten und geiferten und sich an jeder blutigen Einzelheit ergötzten.

»Du sollst nicht falsch Zeugnis reden wider deinen Nächsten«, flötete Aleke daher, als sie an den beiden vorbeiging. »Oder kennt Ihr das achte Gebot etwa nicht?«

Beide Frauen warfen ihr einen bösen Blick zu, aber immerhin verzogen sie sich. Aleke schüttelte den Kopf. Zu gut erinnerte sie sich an das arge Gezischel, das ihr und ihrer Mutter bis zu deren Tode gefolgt war. Dann ärgerte sie sich über sich selbst. Ihr hitziges Temperament hatte sie wieder einmal erst handeln und dann denken lassen. Wenn sie die beiden nicht vergrault hätte, vielleicht hätte sie von den Matronen etwas Wichtiges erfahren können. Von nun an werde ich schweigen, versprach sie sich selbst. Schweigen und die Ohren offenhalten.

Vielleicht sollte sie mit jemandem reden, der ihren Halbbruder kannte. Sie selbst hatte Kersten van dem Broke nur wenige Male in ihrem Leben gesehen. Die Wege eines Patrizierkindes und eines Bastards, der im Konvent lebte, pflegten sich selten zu kreuzen. Aleke erinnerte sich an Kersten als einen hübschen Jungen mit kräftigem dunkelbraunem Haar, wie auch sie es vom Vater geerbt hatte.

Tratsch, den Aleke an den Markttagen begehrlich aufgeschnappt hatte, sprach davon, dass Kersten van dem Broke bei den Weibsleuten viel Anklang fand. Dass es einige hübsche Braunschweiger Bürgerstöchter gab, die sich erhofften, dass der junge Händler sein Herz an sie verlöre. Lange Zeit hatte es so ausgesehen, als würde Alekes Halbbruder sein Leben bis zur Neige auskosten wollen und sich nicht binden lassen.

Für die meisten Braunschweiger überraschend, hatte Acchem van dem Broke dann die Hochzeit seines Sohns und Erben mit Ceffeken Horneborch angekündigt, der Tochter eines Händlers, der sein Vermögen mit Tuchwaren gemacht hatte. Ceffeken hatte Aleke wohl nur einoder zweimal gesehen, als sie gemeinsam den Markt besucht hatten. Ein hübsches Mädchen mit großen, blauen Augen und leuchtend goldenen Locken, das immer zu lächeln schien und niemandem etwas Arges wollte. Vielleicht ein wenig zu lieb und naiv, dachte Aleke in einer Aufwallung von Neid. Aber lebensfroh, so lebensfroh.

Ihr schauderte bei dem Gedanken, dass dieses junge, fröhliche Mädchen die Hochzeitsnacht nicht überlebt hatte. Obwohl sie ihn so gut wie nicht kannte, wünschte Aleke, dass ihr Halbbruder nicht der Mörder dieser jungen Frau gewesen war. Der Gedanke, dass Kersten van dem Broke und sie den Vater teilten, ließ Aleke schaudern. Sollte ihr Halbbruder ein Mörder sein, was würde das für sie bedeuten? Sie stellte den Korb mit den Marktwaren zu Boden, um sich mit den Händen über die fröstelnden Arme zu reiben.

Als sie aufschaute, sah sie geradewegs in ein Paar dunkelbraune Augen, die in ihre Seele zu blicken schienen. Aleke starrte zurück. Sie ließ sich von niemandem Angst einjagen, auch von ihm nicht. Diesem Fremden mit den Haaren von der Farbe eines Rabengefieders. Dunkle Schatten eines Bartes wuchsen auf seinen Wangen und verliehen ihm etwas Verwegenes. Aleke schien, als gäbe es keine anderen Menschen auf der Gasse. Selbst der Lärm der plappernden Stimmen, der plärrenden Kinder und der allgegenwärtigen Hühner schien plötzlich zu verstummen, als hätte die Welt sich entschlossen zu schweigen, während der Fremde und Aleke einander mit den Blicken maßen. Schließlich nickte er ihr zu und lächelte. Sie erwiderte das Nicken, kurz und äußerst gemessen. Er wandte sich ab, um mit einem Gassenjungen zu sprechen, der sich langsam angeschlichen hatte, wohl in Hoffnung auf ein Almosen.

Aleke konnte den Blick nicht von ihm lösen, weil ein

Schimmer der Erinnerung sie streifte. Sie meinte den Mann zu kennen, aber vermochte nicht zu fassen, woher und seit wann. Etwas an der Haltung des Mannes ließ Aleke stutzen. Das war keiner der üblichen Gaffer und Unglückssucher. Nein, er wirkte, als suchte er etwas, als hätte ihn mehr als die Lust am Tratsch hierher geführt. So wie sie.

Würde er es missverstehen, wenn sie sich ihm näherte? Würde er denken, dass sie sich ihm aufdrängte, gar anbot? Neugier und Scham trugen einen Kampf miteinander aus, den die Begier, mehr über den ungewöhnlichen Mann erfahren zu wollen, gewann. Langsam schlenderte Aleke über die Gasse, wich durch einen geschickten Sprung einem Kotklumpen aus, der in der Abflussrinne steckte. Mit offenen Ohren lauschte sie dem Getuschel, das die Braunschweiger führten.

»Alles voller Blut, hat es geheißen. Keinen Tropfen hat sie noch im Körper gehabt.«

»So eine schöne Frau ist sie gewesen.«

»Na ja, der Acchem hat dem Kersten ja immer alles durchgehen lassen. So wie früher dem Hinrek. Da kann nichts Gutes draus wachsen.«

Aleke konnte nur den Kopf schütteln über die guten Braunschweiger Bürgerinnen und Bürger, die gar nicht genug tratschen konnten. Sie hätte schwören können, dass kaum einer von denen, die jetzt das große Wort führten, ihren Halbbruder oder dessen Ehefrau besser gekannt hätte als sie selbst. Da drangen Worte an ihr Ohr, die Aleke dazu brachten, stehen zu bleiben und sich die Sprecherin genauer anzusehen.

»Eifersüchtig soll er gewesen sein, weil die Ceffeken zu oft mit einem anderen getanzt hat. Und das auf ihrer eigenen Hochzeit.«

Die junge Frau mit schiefem Gesicht und durchdringendem Blick, unter deren gelockertem *Kruseler* aschefarbene Haarsträhnen hervorlugten, schien Alekes prüfenden Blick zu spüren und wandte sich zu ihr um. Gesicht und Gestalt strahlten eine Härte aus, die Aleke zurückfahren ließ.

»Was starrst du so?«, fauchte die Harsche sie an. Ihr Blick musterte Aleke von Kopf bis Fuß. »Geh zu deinen Betschwestern.«

»Ihr habt gesagt, dass der Kersten seine Braut aus Eifersucht umgebracht hat«, antwortete Aleke. Nur mühsam hielt sie ihre Zunge im Zaum, um der anderen deren harte Worte nicht mit gleicher Münze heimzuzahlen. Aber zu wichtig schien Aleke deren Wissen. Wenn auch nur ein wenig davon wahr wäre, dann … sie schluckte … ja, dann gäbe es eine Erklärung für die grässliche Bluttat. »Woher wisst Ihr das? Wart Ihr auf der Hochzeitsfeier?«

»Was geht's dich an?«, zischte die Harte Aleke zu. Ihr Speichel traf den Arm von Alekes Gewand, als sie sich einfach abwandte, um Aleke stehenzulassen. Die Frau schüttelte den Kopf. »Diese Beginenweiber.«

»Einen Augenblick, gute Frau.« Alekes Arm schnellte vor und packte die unhöfliche Gesellin an der Schulter. Aus dem Augenwinkel sah Aleke, dass der Fremde sich ihnen beiden näherte. Sie musste schnell handeln, wollte sie noch etwas erfahren, bevor die Harte sie abschüttelte.

»Ich habe Euch eine höfliche Frage gestellt und kann mit Fug und Recht auf eine ebenso höfliche Antwort hoffen.«

»Lass mich los!«, kreischte die Harte, als wollte Aleke ihr ans Leben. Sie holte zu einem Schlag aus, unter dem Aleke sich duckte. »Verschwinde, du … du …«

»Gute Herrin.« Der Fremde lächelte die Harte an, als wäre sie eine hübsche Jungfer. »Ihr seid sehr wohl im Recht, die *Begine* strafen zu wollen, doch verzeiht, dass ich mich einmische. Auch ich würde gern erfahren, was Ihr zu sagen habt.«

»Nun, denn, also«, stammelte die Harte und warf dem Fremden einen koketten Blick zu, den der mit einem Lächeln belohnte. Aleke konnte nur staunend beobachten, wie das böse Weib sich wandelte unter der männlichen Aufmerksamkeit. »Mir kam zu Ohren, dass es einen unschönen Streit auf der Feier gab.«

»Ja.« Wie gelang es dem Fremden nur, die Harsche und ihre Freundin derart für sich einzunehmen, fragte sich Aleke, während sie die kleine Gruppe beobachtete, die ganz vergessen hatte, dass es Aleke gab. »Sprecht bitte weiter. Ihr habt eine Stimme, die schöner klingt als die Nachtigall.«

Obwohl sie sich vorgenommen hatte zu schweigen, konnte Aleke ein Schnauben nicht unterdrücken, was ihr einen bösen Blick des Fremden und einen scheelen Blick der Harschen einbrachte. Sie wandte sich ab, als wollte sie gehen, aber lauschte jedem Wort des Geplänkels. Wie Aleke befürchtet hatte, kannten die Weiber nur Tratsch und Klatsch. Endlich verabschiedeten sich die beiden Frauen und ließen Aleke und den Fremden allein.

»Wer seid Ihr, dass Ihr Euch derart für die Geschicke des Kersten van dem Broke interessiert?«, fuhr sie den Mann an, der sie siegessicher anlächelte. Seine süßen Worte und das falsche Lächeln mochten ihm bei der Harschen und deren Freundin geholfen haben, aber Aleke fiele niemals darauf herein. »Was schert Euch das tragische Schicksal Ceffekens? Seid Ihr auch ein Gaffer?«

»Righert van Anhald. Aus Magdeburg. Tuchhändler.« Eine spöttische Verbeugung begleitete seine Worte. »Zu Euren Diensten, Frau …«

»Aleke Ledinkhusen«, antwortete sie ihm, ohne nachzudenken. Wieder war es ihr, als hielte sein Blick den ihren gefangen. Als gäbe es mehr zwischen ihnen, als sie eingestehen wollte. Charmant konnte er sein, das hatte der Fremde eben zur Genüge bewiesen. Ein wenig ärgerte Aleke sich, dass er sein Lächeln an die Harsche und deren Freundin vergeudet hatte und sie nur mit Spott bedachte. Mühsam riss sie sich aus den Gedanken. »Ich benötige Eure Dienste nicht.«

Sie griff nach ihrem Korb und schritt hocherhobenen Hauptes davon. Dumm nur, dass sie auf einem Kotklumpen ausrutschte und so dem Mann beinahe zu Füßen gelegen hätte. Hätte Righert van Anhald nicht beherzt nach ihrem Arm gegriffen – Aleke wollte sich nicht vorstellen, wie sie vor ihm im Dreck lag.

»Es scheint, als könntet Ihr meine Hilfe doch brauchen.« Aleke musste sein Gesicht nicht sehen, um den Spott zu bemerken, der seine Worte begleitete.

»Ich danke Euch«, antwortete sie mit dem Rest Würde, der ihr geblieben war. Sie entzog ihm ihren Arm, drehte sich um und ging, immer noch erhobenen Hauptes, aber vorsichtiger, davon. Sie war sich sicher, dass sein Blick ihr folgte, und es kostete sie große Mühe, sich nicht umzudrehen.

Noch immer stand Lucke am Tor und schaute suchend hinaus. Aleke spürte das schlechte Gewissen in sich aufsteigen, weil sie die Kleine nicht mit auf den Markt genommen hatte. Das arme stumme Kind war stets lieb und bescheiden, und Aleke hatte ihm diese kleine Freude verwehrt.

»Ach, Lucke.« Aleke lächelte dem Mädchen zu. Sie suchte in ihrer Tasche nach der Nascherei, die sie als Entschuldigung gekauft hatte. »Das nächste Mal darfst du wieder mit auf den Markt. Heut ging's einfach nicht.«

Mit großen Augen schaute die Kleine sie an, bevor sie ernsthaft nickte, so, als ob sie verstünde, was Aleke ihr sagen wollte. Die Schwestern waren sich uneins, ob das Findelkind, dessen linke Gesichtshälfte durch Verbrennungen gezeichnet war, nur stumm war oder ob Lucke auch langsam im Denken war. Für Aleke war nur von Bedeutung, dass der Kleinen etwas Schlimmes zugestoßen sein musste, und sie bemühte sich nach Kräften, Lucke zur Seite zu stehen.

Mit einem Nicken des Dankes nahm das Mädchen die Süßigkeit und betrachtete sie ausgiebig, bevor sie den Wecken in den Mund schob. Nach dem ersten Bissen deutete Lucke stirnrunzelnd auf den Wecken und dann auf den gewaltigen roten Kater, der Aleke von einem Mäuerchen herab misstrauisch beäugte.

»Natürlich habe ich deinen Liebling nicht vergessen.« Wieder griff Aleke in ihre Tasche, bis sie den Hühnerhals gefunden hatte, der für den Kater gedacht war. Aus Schaden klug geworden, warf sie Maustod die Leckerei zu. Nur beim ersten Mal war sie so vermessen gewesen, ihm einen Hühnerhals per Hand geben zu wollen. Tagelang hatten rote Kratzspuren ihren Handrücken geziert. Nachdem der Kater zufriedengestellt war, wandte sich Aleke erneut Lucke zu. »Seltsames geschieht in der Stadt. Beinahe, als ob Aufruhr in der Luft liege.«

Die Wahrheit, warum sie sich derart unwohl fühlte, und ihre Gedanken wanderten wie Schafe, die auf der Suche nach besseren Weidegründen waren, konnte sie nicht einmal dem stummen Mädchen anvertrauen. Zum ersten Mal in Alekes Leben war es einem Mann gelungen, ihr die Ruhe zu nehmen. Doch ihr Gefühl warnte Aleke vor dem Fremden, der sich Righert van Anhald nannte. Ein tiefes Gefühl, so tief, dass es sie schon wieder reizte, sich erst recht mit dem Mann zu messen.

KAPITEL 4

Mäßige dich.« Gerwen Krameres schlug Hinrek van dem Brokes Hände zur Seite. Verachtung zeichnete sich auf seinem runden Gesicht ab, das derart rot angelaufen war, dass Krameres' helles Haar beinahe weiß wirkte, als wäre der feiste Ratsherr vor seiner Zeit ergraut. »Wir ziehen schon Aufmerksamkeit auf uns.«

»Dann sorge dafür, dass mein Neffe so schnell wie möglich der *peinlichen Befragung* unterzogen wird.« Hinrek holte tief Luft, um seinem Gegenüber nicht die Faust ins Gesicht zu rammen. Zu stark war der Ärger, der sich in ihm angestaut hatte. Wie die Oker zu Beginn des Frühlings, wenn der Fluss nur darauf wartete, sich Bahn zu brechen und alles mitzureißen, was ihm in den Weg geriet. Am meisten ärgerte sich Hinrek jedoch, dass er Gerwen recht geben musste. Sie mussten vorsichtig sein, durften nicht ins Gerede kommen. »Du als Ratsherr solltest da Einfluss nehmen können, oder?«

Mühsam dämpfte er seine Stimme, als würden nur zwei alte Bekannte miteinander reden und nicht zwei Kumpane, die einiges zu verbergen hatten. Gerwen Krameres hatte recht damit, dass Hinrek und er noch einige Zeit unauffällig leben müssten. Sonst wären ihre Pläne bald hinfällig, und er würde sich nie aus dem Schatten seines Bruders lösen können. Ein saures Gefühl stieg in Hinreks

Mund auf, als er an seinen Bruder dachte. Acchem. Nur weil jener früher geboren war, gehörte ihm alles, und für Hinrek blieb nur das Schwarze unter dem Fingernagel. Oder schlimmer noch – das, was sein Bruder ihm generös gewährte. Er hätte nicht zu sagen vermocht, was mehr an ihm fraß – die Großzügigkeit seines Bruders oder das Wissen, dass Acchem Hinrek jederzeit in eine unverdiente Armut stürzen könnte.

»Wie stellst du dir das vor?«, zischte Krameres zur Antwort. Er hob die Hände, als wollte er Hinrek packen und schütteln wie einen Welpen, dem man Gehorsam beibringen musste. »Kersten ist erst gestern in den Kerker geworfen worden. So schnell kann ich ihm nicht mit der Folter drohen.«

»Aber mit jedem Tag, der vergeht ...« Hinrek hasste es, wenn seine Stimme so winselnd und hilflos klang. Vor allem, als er den Abscheu auf Gerwens Gesicht sah. Zorn brandete in ihm auf. Eines Tages würde er den Mores lehren. Noch immer stand Krameres bei Hinrek in der Schuld, auch wenn sie nun aneinandergekettet waren wie reuige Sünder auf dem Weg zum Pranger. Das Bild, das er vor sich sah, brachte Hinrek zum Lachen. Einem bitteren Lachen, geboren aus Ohnmacht und Zorn.

»Was grinst du so blöde«, fuhr Gerwen Krameres ihn an. Das ohnehin schon rote Gesicht des Ratsherrn lief noch dunkler an. Vielleicht bekäme er vor Wut ja einen Schlag, was Hinrek von vielen Nöten befreien würde. »Sorge lieber dafür, dass dein Bruder uns nicht in die Quere kommt.«

»Der ist beschäftigt damit, seinen Sohn aus dem Kerker

zu holen«, spottete Hinrek, um sich gegen die Angst zu wehren, die nach ihm griff. Die Angst, die ihn nicht mehr ruhig schlafen ließ. Hatte er zu viel gewagt? Sollten die Pfaffen recht behalten, würde Hinrek für seine Taten in der Hölle schmoren und keine Vergebung finden können. Um sich abzulenken, sprach er eilig weiter. »Aber wie ihm das gelingen soll, das –«

»Wer ist das?« Aufgeregt deutete Gerwen Krameres mit seinem fleischigen Zeigefinger in Richtung eines Marktstandes, vor dem eine junge Frau stand, deren Gewand die langweilige Farbe der *Beginen* trug, und die neugierig zu ihnen herüberglotzte und sie zu belauschen schien. Kurzsichtig kniff der Ratsherr die Augen zusammen. »Ich kenne sie. Da bin ich mir sicher.«

Hinrek wandte sich um. Auf den ersten Blick erkannte er sie. »Das ist Aleke, die Tochter von Herrade, die als Magd bei uns diente.«

»Bis dein Bruder Gefallen an ihr fand.« Gerwen Krameres lachte meckernd. Man sagte, dass auch von ihm einige Bastarde in Braunschweig lebten. Vor dem feisten Ratsherrn mit den weißblonden Haaren war kein Weiberrock sicher. Krameres schreckte auch vor Gewalt nicht zurück, um die Frau zu nehmen, die ihm gefiel. »Dumm, wie er ist, zahlt Acchem immer noch für sie, habe ich läuten gehört.«

»Ja«, antwortete Hinrek schmallippig. »Heiraten konnte Acchem die Herrade nicht, aber er hat ihr immer Geld gegeben. Und nach ihrem Tod dem Kind. Obwohl ein Jahr nach Alekes Geburt schon Kersten geboren wurde.«

Hinrek schüttelte den Kopf. Er hatte nie verstehen können, dass Fredereke diese Geldverschwendung nicht unterbunden hatte.

»Wieso konnte er die Frau nicht ehelichen?« Gerwen Krameres' Aufmerksamkeit war geweckt, wie Hinrek zu seinem Ärger erkennen musste. Hätte er nur nicht davon angefangen. Wusste doch jeder in Braunschweig, dass Krameres jedes Fetzchen Wissen sammelte und in seinem Kopf aufbewahrte, um es eines Tages gewinnbringend einzusetzen. »Hätte euer Vater seinen Liebling enterbt, nur weil der eine Magd zur Frau nehmen wollte?«

»Was soll das?«, wehrte Hinrek ab. Er wollte nicht über Herrade Ledinkhusen und deren Bankert reden. Vor allem nicht mit Gerwen Krameres, der nur darauf aus war, Hinrek noch mehr in seine Hände zu bekommen. »Ich mag nicht von alten Zeiten sprechen. Sag mir endlich, ob du mir wenigstens aushelfen kannst.«

Krameres griff nach Hinreks Arm und zog ihn ein Stück zur Seite, weg von dem Blick der neugierigen Aleke.

»Hab ich's dir nicht oft genug gesagt. Die drückenden Steuern haben mich ausgepresst. Du musst dich gedulden.«

Gedulden. Der Krameres hatte gut reden. Schließlich saßen ihm keine Gläubiger im Nacken. Aber Hinrek war klug genug zu erkennen, dass er heute nicht weiterkäme. Auf Gerwen Krameres' Gesicht zeichnete sich eine Härte ab, an der jedes weitere Wort abprallen würde. Sein Kumpan würde sich auf keinen Handel einlassen. Nun gut.

»Sorg dafür, dass der Kersten bald seiner gerechten Strafe zugeführt wird«, zischte er Gerwen Krameres zu, bevor er sich abwandte. »Du weißt, was auf dem Spiel steht. Für uns beide.«

Unter Einsatz seiner Ellenbogen drängte er sich durch die Menschenmenge, die unbehelligt von den Sorgen, die ihn drückten, ihrem Tagesgeschehen nachgingen. Was sie wohl sagen würden, die braven Braunschweiger, wenn sie wüssten, was der Krameres und er auf dem Kerbholz trugen und was sie noch planten. Dumme Schafe.

Obwohl er eine dicke Vettel, die sich ihm mitten in den Weg stellte, so kräftig zur Seite stieß, dass sie auf ihrem gepolsterten Hinterteil landete und ihm nachkeifte, kam Hinrek zu spät. Aleke Ledinkhusen war bereits verschwunden. Hinrek stieß einen Fluch zwischen den Zähnen hervor, der ihm einen erschreckten Blick von zwei Mägden einbrachte, die den Markttag für einen ausgiebigen Schwatz nutzten. Er warf ihnen einen wütenden Blick zu und lächelte, als sie bestürzt von dannen eilten.

Ob sie wohl wieder zu ihren *Beginen* zurückgekehrt war, die Aleke? Hinrek schnaubte, als er darüber nachgrübelte, dass sein Bruder es nicht für nötig hielt, dem Mädchen zu verbieten, ihr Leben an diese Betschwestern zu vergeuden. Armutsgelübde – warum die Weiber nicht gleich in ein Kloster gingen, wollte sich Hinrek nicht erschließen.

Und Aleke? Auch wenn sie nur eine uneheliche van dem Broke war, so würde sie sich sicher gut verheiraten lassen. Wäre ein Pfand, um eine Handelsallianz zu festigen oder eine neue aufzubauen. Aber so war er eben, sein Bruder Acchem. Viel zu weich und den Gefühlen unterworfen. Nicht das Geschäft war dem Acchem wichtig, sondern seine Familie. Aber das hatte auch nicht verhindert, dass Kersten im Kerker gelandet war, weil er seine Braut ermordet hatte. Die schöne Ceffeken. Was für eine prachtvolle Hochzeit war es gewesen. Eine Feier, bei der Acchem van dem Broke seinen Reichtum zur Schau stellen konnte. Reichtum, den er auf Hinreks Rücken aufgebaut hatte. Hinrek stieß ein bitteres Schnauben aus. Seine Kehle fühlte sich an wie zugeschnürt, als er daran dachte, dass er auch heute wieder bei seinem Bruder als Bittsteller vorstellig werden musste. Obwohl er wusste, dass dies möglicherweise das letzte Mal war, stieg die Wut gallebitter in ihm empor. Er wusste nicht, was schlimmer war. Die schlichte Freundlichkeit, mit der Acchem van dem Broke ihm das Geld geben würde, oder das Wissen, dass ihr Vater recht gehabt hatte. Hinrek taugte nicht zum Händler. Alles, was der jüngste Sohn des alten van dem Broke begonnen hatte, war schiefgegangen, als wäre Hinrek verflucht. Ferkel, die ihm im Stall starben, bevor sie zu schlachtreifen Schweinen herangewachsen waren. Ungeziefer, das das Korn heimgesucht hatte, das Hinrek gewinnbringend verkaufen wollte. Ganz zu schweigen von dem Pech mit dem gesunkenen Schiff, auf dem Hinrek teure Tuchwaren aus Venedig nach Braunschweig hatte bringen wollen. Alles war ihm misslungen, weil das Schicksal es schlecht mit ihm meinte. Seinem Bruder hingegen gelang alles, was er anfasste. Acchem van dem Brokes Geschäfte wuchsen und gediehen, seine Ehe war glücklich …

Während Hinreks Pech mit den Frauen unter seinen Freunden beinahe schon sprichwörtlich war. Viele Weiber hatten sich auf eine Liebschaft mit dem jüngeren van dem Broke eingelassen, weil sie auf Geld und ein gutes Geschäft hofften. Schnell waren diese Frauen von dannen gezogen, nachdem sie erkannt hatten, dass Hinrek wenig zu bieten hatte. Dumme Weiber, denen er keine Träne nachweinte, war Hinrek doch auf seine Kosten gekommen.

Und dann kam sie. Die eine. Die eine Frau, für die Hinrek alles aufgegeben hätte. Seine Saufkumpane, seine Spiele, selbst seinen Hass auf seinen älteren Bruder. Für eine kurze Zeit des Glücks hatte Hinrek geglaubt, Liebe und Frieden finden zu können. Mit ihr. Der fröhlichen Jungen, deren Lachen wie ein Lied in seinen Ohren klang. Die Frau, die er hätte lieben können.

Ceffeken Horneborch.

Wunderschöne, sanfte und liebliche Ceffeken, die auch noch über eine verführerische Mitgift verfügen konnte. Aber zum ersten Mal in seinem Leben hatte Hinrek nicht auf das Geld geschielt, das die junge Frau mit sich brachte. Nein, dumm wie ein Jüngling war er Ceffeken verfallen, hatte sogar ein Gedicht darüber verfasst, wie sich die Sonne in ihrem güldenen Haar spiegelte. Zum ersten Mal in seinem Leben war Hinrek einer Frau gegenüber scheu gewesen, hatte es nicht gewagt, ihr seine Gefühle zu offenbaren, bis es zu spät gewesen war …

Warum nur hatte er sie nicht um ihre Hand gebeten? Stattdessen hatte er die größte Dummheit seines an Verfehlungen nicht armen Lebens begangen, als er Ceffeken eines Sonntags seiner Familie vorstellte. Von diesem Tag an hatte seine Geliebte in ihm nur noch einen Freund gesehen, den Mann, der ihr den Ehemann vorgestellt hatte.

Zornig trat Hinrek nach einem Hund, der zu müde oder zu faul war, ihm aus dem Weg zu gehen. Das magere, struppige Tier jaulte auf, bevor es eilig davonhumpelte. Hinrek starrte ihm nach, bückte sich nach einem Stein, aber sein Wurf ging ins Leere. Immer noch zornig suchte er nach einem weiteren Stein, aber inzwischen hatte der Köter das Weite gesucht, so dass Hinrek seiner Wut keine Befriedigung gönnen konnte. Er schob jeden Gedanken an Ceffeken zur Seite, um sich auf die dringenden Fragen konzentrieren zu können, für die eine Lösung gefunden werden musste.

Wie hatte er nur so dumm sein können? Wieder hatte ein schöner Plan sich gegen ihn gewandt und drohte, ihn in den Abgrund zu reißen. Anstatt Gerwen Krameres noch mehr in Hinreks Schuld zu treiben, schien sich das Blatt gewendet zu haben. Krameres behandelte ihn wie einen lästigen Bettler, dem man einfach so die Tür vor der Nase zuschlagen konnte. Warum hatte Hinrek nicht weitergedacht und etwas in der Hand behalten, um Krameres weiterhin gefügig zu halten.

Zornig stampfte Hinrek mit dem Fuß auf. Sollte sein Vater recht behalten, der seinen zweiten Sohn stets für nicht besonders klug gehalten hatte? Wie sehr hatte Hinrek den Alten dafür gehasst, dass der ihn seine Verachtung hatte spüren lassen. Vor allem wegen der Herrade. Als ob das Wort einer Magd etwas zu bedeuten hätte. Selbst nach ihrem Tod verfolgte ihn das rachsüchtige Weibsstück. Überall stieß er auf Herrades Tochter, als wollten alte Sünden ihn einholen.

Warum Aleke ihn und Krameres so angestiert hatte?

Ob sein Bruder dahintersteckte? Hinrek griff sich an den Hals, der sich anfühlte, als presste ihm jemand mit Bärenkräften langsam die Luft aus. Ahnte Acchem etwa, was sich zugetragen hatte?

Bevor die Angst ihn übermannen konnte, drehte Hinrek sich um und begab sich auf den Weg zum Haus seines Bruders in der Sunnentwete. Unter Aufbietung aller Kräfte konnte er sich davon abhalten, die Gasse entlang zu rennen wie ein schmutziges Straßenkind. Doch seinen Gedanken konnte er nicht entkommen. Je länger er nachgrübelte, desto wahrscheinlicher erschien es Hinrek, dass Acchem hinter Krameres' Intrige gekommen war. Nein, versuchte er sich zu beruhigen, woher sollte der Bruder davon erfahren haben? Der Krameres und er waren vorsichtig gewesen, hatten jede Spur, die auf sie hinweisen würde, verborgen. Doch die Angst blieb sein Gefährte. Immer wieder kreisten Hinreks Gedanken um die Frage, wie Aleke, der Bastard, ins Bild passte? War es nur Zufall gewesen, dass das Weib ihm auf dem Markt begegnet war, oder folgte sie ihm? War sein Bruder wirklich zu dem Bankert geeilt, um sie um Hilfe zu bitten, wie die Braunschweiger tuschelten?

Hinrek spürte, wie sein Rücken schweißnass wurde, obwohl die Frühlingssonne kaum Kraft hatte. Auch seine Handflächen fühlten sich feucht an. Hinrek hasste sich für diese Schwäche. Sein verfluchter Bruder war daran schuld. Aber bald würde er es ihm heimzahlen können. Nein, die Heimzahlung hatte bereits begonnen, aber noch ahnte Acchem nicht, welche Leiden ihn erwarteten, Leiden, die er Hinrek verdankte.

KAPITEL 5

Hier.« Aleke reichte dem *Büttel* das Säckel, das ihr Vater ihr gegeben hatte. »Ich will mit dem Kersten sprechen.«

»Folgt mir. Aber nicht lange.« Blitzschnell war das Geld im groben Gewand des Mannes verschwunden. Er deutete auf eine Sanduhr, die auf einem grobgezimmerten Tisch stand. »Mehr Zeit gewähre ich Euch nicht.«

»Das wird reichen.«

»Und dass Ihr ihm nichts gebt. Außer Essen, mein ich.«

»Ja, ja«, antwortete Aleke ungeduldig. Was hätte sie ihrem Halbbruder schon geben sollen? Ein Schwert etwa, das sie unter ihrer Haube verborgen trug. »Nun, bring mich hin.«

»Ist schon ein starkes Stück«, brummelte der *Büttel* vor sich hin, während er vor Aleke durch den schmalen Gang hin zu dem Kerker ging. Nur das Flackern der Pechfackeln an den Wänden warf etwas Licht vor sie, so dass Aleke auf den rohen, nahezu unbehauenen Steinen der Treppe nicht ausrutschte. »Das einzige Kind des … oh. Entschuldigt.«

»Was hast du gehört?« Aleke gab vor, die letzte Bemerkung des Mannes nicht verstanden zu haben. Man sollte meinen, dass sie inzwischen an all die kleinen Verletzungen und Sticheleien gewöhnt war, aber es schmerzte sie jedes Mal, wenn eine unbedachte – oder auch gezielte – Äußerung sie auf ihre Herkunft verwies. »Hat Kersten gestanden?«

»Er behauptet, er erinnere sich nicht.« Der Wärter stieß ein Schnauben aus, das wohl ein Lachen sein sollte, Aleke jedoch an ein krankes Pferd erinnerte. »Hat die ganze Nacht vergessen. Die Hochzeitsnacht. Schöner Bräutigam.«

Während der Mann weiter vor sich hin brabbelte, liefen die Gedanken durch Alekes Kopf. Sicher konnte es eine Ausrede sein, dass Kersten sich nicht mehr erinnern konnte, aber selbst ein Dummkopf wäre aus dem Zimmer voller Blut geflohen. Ja, es gab einige Kräuter, die auch einen kräftigen Mann in eine lange Dunkelheit zu schicken vermochten. Ein Kraut jedoch, das Vergessen mit sich brachte, war Aleke unbekannt. Und wenn sie es nicht kannte, wie sollte jemand, der kein Heiler war, davon wissen. In Braunschweig gab es nur wenige Menschen, die sich mit Kräutern auskannten. Kaum jemanden, der mehr wusste als sie oder ihre Lehrmeisterin. Hier konnte sie ansetzen, falls sie Kersten van dem Broke glaubte.

»Hier.« Der *Büttel* öffnete eine Tür und deutete in die Dunkelheit vor sich. Seine schmutzstarrende Hand reichte Aleke einen Kerzenstummel. »Hier, das muss reichen. In einer halben Stunde hole ich Euch wieder ab. Mehr Zeit bleibt nicht.«

»Danke«, presste Aleke heraus, um sich von dem Gestank abzulenken, der ihr entgegenschlug. Herr im Himmel, wechselten die *Büttel* denn niemals das Stroh, das auf dem Boden lag? Und den Fäkalieneimer hatte bestimmt noch niemals jemand ausgeleert. Was wohl die Ratsherren davon hielten, dass in ihrer schönen Stadt so ein Dreckloch als Gefängnis diente?

Aleke atmete durch den Mund, während sie den Kerkerraum betrat. Noch hatten ihre Augen sich nicht an das Dunkel gewöhnt, das die Kerze kaum zu durchdringen vermochte. Ein leises Rascheln im Stroh wies sie auf davonhuschende Mäuse hin, so dass Aleke ihre Füße sehr, sehr vorsichtig voreinandersetzte. Nach kurzer Zeit hatten sich ihre Augen an das Halbdunkel des Kerkers gewöhnt. Erschrocken sog sie die Luft ein.

Schon oft hatte Aleke davon sagen gehört, wie schrecklich der Kerker wäre. Aber etwas zu hören und es mit eigenen Augen zu sehen und mit eigener Nase zu riechen waren zwei Paar Schuhe, wie sie feststellen musste. Mühsam kämpfte sie den Würgereiz zurück, der in ihr aufstieg, als sie den Gestank von Unrat roch, der wohl jahrelang vor sich hingerottet hatte, ohne dass jemand ihn beseitigt hätte.

Ihre Ohren vernahmen das leise Quieken von Ratten, die ihr Besuch aufgescheucht hatte. Selbst ein Mörder hatte Besseres verdient als dieses elende Loch.

»Wer ist da?« In einer Ecke der Zelle kauerte eine Gestalt, die sich nun langsam aufrichtete, begleitet von einem leisen Rasseln. Erst fürchtete die erschreckte Aleke, dass Kersten van dem Broke unter einer Lungenfäule litt, bis sie erkannte, dass man ihn in Ketten geschlagen hatte, als könnte er aus diesem düsteren Loch ausbrechen. »Was wollt Ihr? Ich weiß nichts. Wirklich nichts. Ich wünschte, ich könnte mich erinnern.«

Eine Woge des Mitgefühls überkam Aleke, als sie die Verzweiflung in seiner Stimme spürte. Selbst mit viel Einfühlungsvermögen blieb es ihr unmöglich, sich vorzustellen, was es wohl bedeutete, morgens neben der Leiche der Ehefrau aufzuwachen. Ob Kersten Ceffeken geliebt hatte? Oder war die Verbindung eher den Geschäftsinteressen der Väter geschuldet?

Vorsichtig, jeden Schritt abwägend, tastete sie sich näher an ihren Halbbruder heran. Noch vorsichtiger stellte sie die Kerze auf den Boden, damit auch Kersten van dem Broke etwas sehen konnte. Als er näher an den Lichtschein trat, erkannte Aleke ihn sofort. Obwohl er sichtlich unter der Kerkerhaft litt, sah Kersten van dem Broke ausnehmend gut aus. Als Aleke ihn betrachtete, vermeinte sie, ihren Vater in jungen Jahren vor sich zu sehen, und konnte nachvollziehen, warum ihre Mutter dem Acchem van dem Broke in Liebe verfallen war, auch wenn das für Herrade Ledinkhusen niemals zu einem glücklichen Ende führen konnte. Allerdings wirkte Kersten van dem Broke weicher als sein Vater, sanfter, als hätte das Leben noch keine schweren Entscheidungen von ihm verlangt. Bis jetzt, wo ihn das Schicksal in den Kerker geworfen hatte.

Nur zu gut erinnerte sich Aleke an ihre wenigen Begegnungen mit Kersten. Stolz hatte der Junge gewirkt, wie er neben seinem bedeutenden Vater durch die Straßen geritten war und auf sie herabgesehen hatte. Stolz und geliebt und verwöhnt. Sicher hatte Kersten niemals Hunger leiden oder sich gegen Beschimpfungen wehren müssen. Wieder einmal spürte sie Bitterkeit in sich aufsteigen. Eine Bitterkeit, die sie schon ihr Leben lang begleitete.

Aber nein, nicht heute. Sie hatte versprochen, Kersten zu helfen. Warum auch immer.

»Ich bin's. Aleke Ledinkhusen«, antwortete sie ihm schließlich. »Aleke. Deine … deine Halbschwester.«

Ohne nachzudenken, hatte sie das vertraute Du als Anrede gewählt, so, wie es unter Geschwistern üblich war. Sie hätte nicht sagen können, warum, aber es erschien ihr unpassend, ihren Halbbruder im Kerker auf Abstand zu halten. Zu sichtbar hatte die kurze Haft oder auch die Schuld am Tod seiner Ehefrau ihn mitgenommen – und dennoch wirkte er immer noch vornehm und hochmütig wie ein Patrizier.

»Du?« Vorsichtig kam Kersten näher. Ohne nachzudenken, wich Aleke vor der Wolke des Gestanks zurück, die er mit sich trug. Das Rasseln einer Kette machte ihr deutlich, dass sie von ihm nichts zu befürchten hatte. »Willst du dich an meinem Unglück weiden?«

»Nur was ich selber denk und tu, trau ich allen anderen zu«, rutschte Aleke heraus, bevor sie darüber nachdenken konnte. Dieses Leitwort hatte ihre Mutter stets benutzt, wenn sich wieder jemand über Alekes Herkunft lustig machen wollte und ihr unterstellte, unehrenhaft zu handeln, nur weil sie von unehrlicher Geburt war. »Mein … unser Vater schickt mich. Hier ist etwas zu essen.«

»Warum schickt er nicht eine von den Mägden? Warum besucht er mich nicht? Hat er den Glauben an meine Unschuld verloren?«

Trotz seiner bitteren Worte griff Kersten gierig nach dem Korb, den Aleke vor ihm auf den schmutzigen Boden gestellt hatte. Er brach große Stücke von dem frischen

Brot, dessen Duft sich mit dem Gestank nach fauligem Stroh und menschlichem Schweiß vermischte. Hastig schlang er das Brot in sich hinein, stopfte Käse hinterher und spülte mit langen Schlucken aus dem Weinschlauch nach. Gern hätte Aleke ihm Zeit gelassen, das gute Mahl in Ruhe zu genießen, aber zu gut erinnerte sie sich an die Worte des Wärters.

»Weißt du noch etwas aus … aus der Nacht?«, fragte sie ihn daher vorsichtig. »Oder von der Hochzeitsfeier? Erinnerst du dich an etwas … etwas Besonderes?«

Er schaute auf. Sie meinte, Tränen in seinen Augen glitzern zu sehen, es konnte aber auch eine Täuschung des Lichts sein.

»Nein. Nein.« Dass Kersten den Kopf schüttelte, konnte sie selbst im schwachen Schimmer der Kerze erkennen. Er ließ das Brot sinken, während er zu überlegen schien. Lange zu überlegen schien. Die Zeit verrann. »Nein. Wirklich nichts. Die üblichen Zoten, die man immer zu hören bekommt. Aber Ceffeken und ich haben nur wenig getrunken. Wir … wir hatten uns auf die Nacht gefreut …«

Seine Stimme brach ab. Sollte sie ihn jetzt fragen, ob es stimmte, dass er eifersüchtig gewesen war? Oder sollte sie ihm die Zeit geben, die er brauchte, um Worte zu finden, auch wenn der *Büttel* draußen lauerte. Bevor Aleke eine Entscheidung treffen konnte, sprach Kersten weiter.

»Ich habe sie geliebt, weißt du«, flüsterte er schließlich. Seine Stimme war so voller Trauer, dass es Aleke ins Herz schnitt. »Unsere Väter wünschten unsere Heirat, aber Ceffeken und ich … es war ein Geschenk.«

»Hmmhmm«, konnte Aleke nur sagen, die bisher noch

keinen Mann gefunden hatte, den sie lieben wollte. Ungewollt und ungerufen schlich sich das Bild eines Gesichts, umrahmt von schwarzen Rabenhaaren, in ihre Gedanken.

»Beim *Schauteufellaufen* habe ich sie das erste Mal gesehen. Sie hatte als Einzige der Mädchen keine Angst …« Kerstens Stimme brach. »Nachdem Onkel Hinrek sie mir dann vorstellte …«

»Es tut mir leid, aber an was in der Nacht erinnerst du dich?«

»Wir kamen ins Zimmer. Ich trank einen Schluck von dem Wein, der dort für uns stand, teilte den Kelch mit Ceffeken …« Kersten bemühte sich sichtlich, sich zu erinnern. »Dann erwachte ich morgens, und meine Ceffeken war tot. Ich hatte ihr Blut überall an mir.«

»Hattest du einen trockenen Mund, als du erwachtest?«, fragte Aleke schnell, bevor ihr Halbbruder seinen bitteren Erinnerungen nachgeben konnte. »Raste dein Herz?«

»Hätte dein Herz nicht gerast, wenn neben dir der Mensch liegt, den du am meisten liebst auf der Welt, in seinem Blute. Ohne Atem.«

»Hast du Dämonen gesehen oder andere seltsame Träume gehabt?«, fragte Aleke weiter, ohne auf Kerstens Antwort einzugehen. Die nächste Frage fiel ihr schwer, ihre Wangen brannten vor Scham, aber sie musste sie stellen. »Träume, in denen du … in denen du Liebe machtest?«

»Warum fragst du so etwas?« Kerstens Stimme klang verärgert, aber dann antwortete er doch. »Nein, ich erinnere mich an nichts. Nur an einen tiefen, tiefen Schlaf. Und an den Schrecken beim Erwachen.«

Seine Stimme brach. Obwohl sein Leid Aleke betrübte, konnte sie sich nicht damit aufhalten. Sie musste so viel erfahren wie nur möglich. »Bitte, versuch dich –«

Die Kerkertür öffnete sich. »Eure Zeit ist um«, platzte der *Büttel* in das Gespräch. »Komm, bevor ich Ärger bekomme.«

»Gib nicht auf«, flüsterte Aleke ihrem Halbbruder zu. Verstohlen drückte sie ihm die Hand. Eine hilflose Geste, aber was konnte sie tun. »Ich werde den Schuldigen finden.«

»Das bringt mir Ceffeken nicht zurück«, antwortete Kersten mit dunkler Stimme. »Aber danke.«

Aleke atmete befreit auf, nachdem der *Büttel* die Kerkertür geschlossen hatte und sie im Licht der Fackeln sehen konnte.

»Wollt Ihr die Folterkammer noch sehen?«, flüsterte der *Büttel* in Alekes Ohr und kam ihr unangenehm nahe. »Ist gleich nebenan. Kostet auch nicht viel.«

»Nein, bringt mich hinaus!«, sagte sie mit allem Mut, den sie aufbrachte.

Während sie dem Wärter durch den dunklen Gang nacheilte, kreisten Alekes Gedanken immer wieder um die Frage, welches Kraut so stark war, dass es einen gesunden Mann in den Tiefschlaf schickte? Ein Kraut, das nahezu geschmacklos sein musste. Ein Kraut, das keine dunklen Träume mit sich brachte. So ein Kraut gab es nicht.

Kersten van dem Broke musste lügen. Eine andere Erklärung konnte es nicht geben.

»Das nächste Mal sagt mir vorher Bescheid. Dann habt

Ihr mehr Zeit.« Begehrlich hielt der Wärter die Hand auf, und Aleke ließ zwei Münzen hineinfallen, die sie – auf den Rat ihres Vaters hin – zurückbehalten hatte.

Sie trat vor die Tür und blinzelte, als ihr das Licht der Sonne ins Gesicht schien. Einen Moment schloss sie die Augen, atmete die im Vergleich zum Kerker saubere Luft der Stadt tief ein. Als sie die Augen öffnete, entdeckte sie den Fremden, der sich ihr als Righert van Anhald vorgestellt hatte. Entspannt lehnte er gegenüber dem Altstadtrathaus an einer Mauer und lächelte, als ihr Blick auf ihn fiel. Ihr Herz pochte schneller, als wollte es ihr aus der Brust springen. Aleke holte tief Luft, um sich zu beruhigen, bevor sie neugierig die Straße überquerte, begleitet von seinem Lächeln. Einem Lächeln, mit dem er die Harsche umgarnt hatte und dem auch Aleke nur schwer widerstehen konnte.

»Ihr schon wieder«, rutschte Aleke heraus, bevor sie nachdenken konnte. »Was sucht Ihr hier?«

»Das Gleiche könnte ich Euch fragen, oder?« Das spöttische Lächeln, mit dem er sie vom Kopf bis zu den Füßen musterte, weckte in Aleke den Wunsch, ein besseres Kleid zu tragen oder ihn zum Schweigen zu bringen. Oder beides. »Was sucht eine Magd der Chorfrauen im Kerker?«

»Wenn Ihr schon herausgefunden habt, wem ich diene, sollte Euch die Lösung dieser Frage keine Schwierigkeiten bereiten.«

Aleke wandte sich um, um den Fremden stehenzulassen, obwohl es ihr schmeichelte, dass er sich wohl nach ihr erkundigt hatte. Obwohl sie ihm in die Augen sehen wollte, sich mit ihm messen wollte, bis einer von ihnen den Blick abwand.

»Hat er es Eurer Meinung nach getan?«, fragte der Mann namens Righert. »Hat Euer Bruder seine Braut ermordet?«

Aleke blieb stehen, schweigend. Unfähig zu antworten. Wie ein Raubtier hatte der Mann sich an seine Beute herangeschlichen und sie überfallen. Er wusste es. Ein Fremder, der erst vor kurzem nach Braunschweig gekommen war, hatte bereits von ihrer Herkunft gehört. Musste sie ihre Heimat verlassen, um nicht immer von der Schande verfolgt zu werden, die ihre Eltern über sie gebracht hatten? Aleke holte tief Luft. Sich nur nicht anmerken lassen, wie sehr seine Worte sie getroffen hatten. Mit funkelnden Augen drehte sie sich um.

»Was interessiert es Euch?«, fragte sie schnippisch. »Wollt Ihr Gerüchte oder Stoffe verkaufen? Oder ist es, da – wo immer Ihr auch herkommen mögt – üblich, fremden Frauen nachzusteigen.«

»Magdeburg«, antwortete er. Sein Lächeln schien sie immer noch zu verspotten. Gleichzeitig lag etwas in seinen Augen, das Aleke nicht zu lesen verstand, so dass sie sich immer kribbeliger fühlte. »Und nein.«

»Nein?«, wiederholte sie, verdutzt und verärgert, dass es ihm gelungen war, sie zu verwirren. »Was soll das bedeuten – nein?«

»Ihr hattet gefragt, ob es in meiner Heimatstadt üblich sei, Damen zu folgen«, sagte er, wobei sein Lächeln sich zu einem spöttischen Grinsen verbreiterte. »Und ich antwortete mit Nein.«

»Also, was wollt Ihr von mir?«, rettete sich Aleke in Barschheit, um dem Fremden nicht noch mehr zu verraten, wie sehr es ihm gelang, sie aus der Ruhe zu bringen. »Labt Ihr Euch wie so viele am Elend anderer? Am Leid meines armen … Bruders.«

»Nein. Wie könnt Ihr so etwas nur annehmen?« Schlagartig verdunkelte Zorn sein Gesicht. Ein Zorn, so tief und urtümlich, dass er Aleke erschreckte. Trotzig hob sie den Kopf. »Ich … ich wollte Eurer Familie meine Hilfe anbieten.«

Er verbeugte sich vor ihr, und als er den Kopf wieder hob, wirkte sein Gesicht wieder friedlich wie ein Teich im Licht der Frühlingssonne.

»Warum solltet Ihr Kersten helfen?«, fragte sie, froh, dass ihre Stimme nicht zitterte. Noch immer stand ihr das Bild vor Augen, wie der Zorn aus ihm herausgebrochen war. »Ihr kennt mich nicht. Ihr kennt meine Familie nicht.«

»Als Händler habe ich selbstverständlich von Eurem Vater gehört.« Seine Stimme klang gelassen, so dass es Aleke immer schwerer fiel, sich zu erinnern, welche Wut sich hinter der Höflichkeit verbarg. Was mochte Righert van Anhald wohl noch alles verheimlichen? »Ich kann mir vorstellen, dass er gern Geschäfte mit einem Magdeburger machte, der ihm und seinem Sohn geholfen hat.«

Scharf sog Aleke die Luft ein. Warum nur wurde ihr dummes Herz schwer, nachdem der Magdeburger seine Absichten ausgesprochen hatte? War sie wirklich so naiv gewesen zu glauben, dass er ihretwegen gekommen war? Obwohl es nicht das erste Mal war, dass ein Mann versucht hatte, über sie mit ihrem Vater in Geschäfte zu kommen, schmerzte es Aleke dieses Mal sehr.

»Ich brauche Eure Hilfe nicht.« Aleke wandte sich ab. Mit zitternden Fingern raffte sie die *Hoyke* vor ihrer Brust zusammen. »Meine Familie benötigt Eure Hilfe nicht.«

Obwohl sie sich dagegen wehrte, traten Tränen in ihre Augen. Tränen der Enttäuschung, weil selbst ein Fremder in ihr nicht eine junge, hübsche Frau sah, sondern nur die Tochter von Acchem van dem Broke. Nein, korrigierte sie ihre Gedanken. Den *Bankert* von Acchem van dem Broke. Wäre sie wahrlich die Tochter ihres Vaters, so hätte Righert van Anhald ihr nicht vor dem Kerker aufgelauert, sondern hätte sie ehrbar im Haus ihres Vaters aufgesucht. Warum nur schmerzte es sie so sehr, dass auch der Magdeburger sie übel behandelte wie so viele andere?

»Wartet!«, rief er ihr nach. Sie konnte hören, wie er sich ihr mit langen Schritten näherte. »So wartet doch.«

Obwohl sie eilte, so schnell es ihr möglich war, kam er näher und näher. Sie blieb stehen. Mit beiden Händen wischte sie sich die Tränen aus dem Gesicht und hielt den Kopf gesenkt, damit er ihr den Schmerz nicht ansehen konnte. Aus dem Augenwinkel konnte sie erkennen, dass einige Mägde, die mit Wäsche von der Oker gekommen waren, neugierig stehen blieben und sie anstarrten.

»Entschuldigt.« Inzwischen hatte Righert van Anhald sie erreicht. »Ich wollte Euch nicht verärgern.«

»Das habt Ihr nicht.« Angelegentlich betrachtete Aleke ihre Hände. »Ich weiß nur Besseres mit meiner Zeit anzufangen, als mit einem Händler zu reden.«

»Was meint Ihr?« Er wirkte ehrlich überrascht.

»Nun«, antwortete sie, ihre Stimme spitz vor Bosheit. »Da Ihr so gut über alles Bescheid wisst, solltet Ihr Euch denken können, dass Acchem van dem Broke im Augenblick der Sinn weniger nach Geschäften steht.«

Bevor er sich eine Antwort überlegen konnte, sah sie auf. Ihm geradewegs in die Augen. Inzwischen war es nicht mehr von Bedeutung für sie, ob er entdeckte, dass sie geweint hatte. Dass sie seinetwegen Tränen vergossen hatte.

»Ein besserer Mann als Ihr würde sich schämen, die Not eines anderen Menschen auszunutzen, nur um der Geschäfte willen«, sagte sie mit schneidender Stimme und genoss es, als Schamesröte seinen Hals und sein Gesicht färbte. »Ich möchte Euch bitten, mich nicht weiter zu verfolgen.«

Die letzten Sätze sprach sie so laut aus, damit die neugierig lauschenden Mägde auch jedes Wort hören konnten, was die Röte auf Righert van Anhalds Gesicht noch mehr vertiefte, wie Aleke mit Befriedigung feststellte. Ohne ein weiteres Wort drehte sie sich um und ließ ihn stehen. Der Magdeburger hatte genau das bekommen, was er verdiente.

KAPITEL 6

Am nächsten Morgen, nach einer Nacht, in der sie sich schlaflos auf ihrem Lager gewälzt hatte, entschloss sich Aleke, mit ihrem Vater und dessen Frau zu reden. Sie musste erfahren, ob das Gerücht, dass Kersten eifersüchtig gewesen sei, ein Körnchen Wahrheit enthielt. Sollte ihr Halbbruder schuldig sein, würde Aleke ihm nicht helfen können. Ihm nicht helfen wollen. Warum nur hatte ihr Vater Aleke nichts von dem Zwist auf der Feier erzählt? Gab es noch mehr, das er ihr verschwiegen hatte?

Aleke streckte sich, froh, dass sie heute nicht der Köchin helfen musste. Zu viele Gedanken stolperten durch ihren Kopf, als dass sie sich mit Ylsebes scharfer Zunge hätte messen mögen. Aber das Schicksal meinte es nicht gut mit ihr.

»Wohin so schnell?«, erklang Mechtylde von Helmenstedes spitze Stimme hinter ihr.

Aleke wandte sich um. Mechtylde von Helmenstede strafte all die Redewendungen Lügen, die behaupteten, dass alle fülligen Menschen freundliche Wesen seien. Alles an der Frau war rund – ihr Gesicht, ihr Körper, vor allem jedoch ihre Hände, deren weiße Festigkeit Aleke an das Marzipan erinnerte, das der Apotheker Frycke Engelemestidde verkaufte. Entgegen diesem angenehmen Eindruck war Mechtylde von Helmenstede eine bösartige Frau, deren Sinnen und Trachten sich nur darauf zu richten schienen, Aleke das Leben schwerzumachen und ihr stets und ständig unter die Nase zu reiben, dass Aleke von unehrlicher Geburt war.

Schon oft hatte Aleke gedacht, dass die *Magistra* Mechtylde von Helmenstede eigentlich aus der Gemeinschaft der Schwestern ausschließen müsste, weil die mollige Frau nur Zwietracht und Unfrieden mit sich brachte, etwas, was die Regeln des Konvents untersagten.

»Was geht es Euch an?«, antwortete Aleke harsch, woraufhin sie sich ärgerte, dass es der anderen Frau erneut gelungen war, Aleke so zu verärgern, dass diese sich unhöflich verhielt.

»Nun, ich dachte, dass du Beistand brauchen könntest.« Die Schwester, deren Neugier und Besserwisserei selbst Menschen mit einer Engelsgeduld wie die *Magistra* herausforderten, und Aleke gerieten so häufig aneinander, dass die Vorsteherin schon viele Gespräche mit ihnen geführt hatte. »Dein Halbbruder sitzt im Kerker, habe ich gehört. Das ist der Sünde Lohn«, schloss Mechtylde salbungsvoll.

Wäre sie nicht so übermüdet gewesen, hätte Aleke sich vielleicht die mahnenden Worte der *Magistra* zu Herzen genommen und nach einer freundlichen Antwort gesucht. An diesem Morgen jedoch kam Mechtylde Aleke gerade recht, damit sie ihren Zorn abladen konnte.

»Wessen Sünde meint Ihr?«, antwortete sie mit schneidender Stimme. Sie hatte sich umgedreht und musterte die mollige Gestalt Mechtyldes mit durchdringendem

Blick. Von den beinahe farblosen Augen über die flache Nase bis zum fliehenden Kinn wirkte die Schwester selbstzufrieden und satt. Kein Wunder, da Mechtylde bei jeder gemeinsamen Mahlzeit zulangte, als hätte sie seit einer Ewigkeit nichts zu essen bekommen.

»Nun … nun …«, stotterte die Mollige und schaute sich hilfesuchend um. Doch Aleke und sie waren allein.

»Sprecht!«, herrschte Aleke ihr Gegenüber an, lautstärker, als sie es gewollt hatte, aber sie war die ständigen Anfeindungen und Spitzen der Schwester so leid. Keine andere *Begine* ließ Aleke so sehr spüren, dass sie nur geduldet und eine Magd war, dass Aleke niemals vollständig zur Gemeinschaft gehören würde. »Sagt schon, was Ihr zu sagen habt.«

Doch wie so viele Lästermäuler suchte Mechtylde lieber das Weite als eine offene Auseinandersetzung. »Ich habe in der *Däle* zu tun. Deine Pflichten hat die *Magistra* nun mir aufgetragen«, klagte sie, bevor sie eilig davonlief.

»Ich hoffe, Ihr erledigt sie genauso ordentlich wie ich«, rief Aleke ihr nach. An diesem Morgen musste sie einfach das letzte Wort behalten.

Auch heute warteten Lucke und der Kater vor der Tür des *Beginenhauses*. Trotz ihrer Müdigkeit und des Scharmützels mit Mechtylde musste Aleke lächeln, als sie die beiden auf den Steinen sitzen sah. Nebeneinander, die Augen geschlossen und die Gesichter den zarten Strahlen der Frühlingssonne entgegengereckt.

»Guten Morgen«, sprach Aleke das Mädchen an, bevor sie ihm vorsichtig auf die Schulter tippte. Lucke ließ nur ungern zu, von anderen Menschen berührt zu werden, aber Aleke musste an ihr vorbei, wenn sie auf die Gasse hinauswollte. Das Kind öffnete die Augen und schaute sie an. »Kannst du heute nach meinen Kräutern sehen? Ich werde den ganzen Tag unterwegs sein.«

Lucke schien einen Augenblick zu überlegen, bevor sie ernsthaft mit dem Kopf nickte. Jetzt konnte Aleke sicher sein, dass ihr Gärtchen gut betreut wurde.

»Danke«, sagte sie und strich dem Kind sanft über die Haare.

Lucke nickte, Maustod fauchte, und beide sahen Aleke nach, wie sie sich auf den Weg zum Haus ihres Vaters begab.

Endlich hatte sie das stattliche Haus erreicht. Sicher war es nicht so prunkvoll wie das Haus zu den Sieben Türmen, an dem sie ihr Weg entlanggeführt hatte. Zu Alekes Überraschung hatte sich dort eine Menschenmenge versammelt, die nach dem Patrizier van Damme rief, der in dem edlen Gebäude wohnte. Die Rufe hatten derart wütend geklungen, dass Aleke sich gesputet hatte, an den Menschen vorbeizukommen, ohne in einen Händel gezogen zu werden. Wenn sie in das *Beginenhaus* zurückgekehrt war, wollte sie Benedicte Muntaries fragen, was das alles zu bedeuten hatte.

Bevor sie sich der Tür näherte, schaute Aleke sich das Haus ihres Vaters genau an. Schließlich hätte sie hier leben können, wenn Acchem van dem Broke ihre Mutter geheiratet hätte. Das Gebäude fügte sich schlicht ein in das Gesamtbild der Gasse. Alle Häuser hier bauten ihr Fachwerk auf einem gemauerten Erdgeschoss auf, von dem aus die dunklen Balken mit den hellen Zwischenräumen wuchsen. In den schmalen, bleigefassten Fensterscheiben fingen sich die Strahlen der Frühlingssonne. Ein wenig wunderte sich Aleke schon, dass ihr Vater nicht in einem der vornehmen Steinhäuser am Altstadtmarkt wohnte wie die anderen Ratsherren der Altstadt. Aber warum wunderte sie sich, dachte sie dann, was wusste sie schon von ihrem Vater?

»Was willst du?« Eine stämmige Magd, deren mausbraune Haare ihr in die Augen fielen, baute sich vor Aleke auf, nachdem diese mehrfach den eisernen Türklopfer betätigt hatte. »Erst Freitag gibt es Almosen für Gesindel wie dich.«

»Ich habe eine Nachricht von Kersten«, presste Aleke hervor. Nur mühsam konnte sie ihren Zorn zügeln, wusste sie doch genau, dass die Magd sie erkannt hatte. Egal, wie oft sie wegen ihrer Herkunft verhöhnt wurde, es gelang ihr einfach nicht, sich ein dickes Fell wachsen zu lassen und den Spott klaglos hinzunehmen. »Dein Herr wird nicht erfreut sein, wenn er sie deinetwegen nicht erhält.«

Murrend trat die Magd einen Schritt zur Seite, um Aleke ins Haus zu lassen. Neugierig und auch etwas neidisch schaute sie sich um, während sie auf die Rückkehr der Magd wartete.

»Aleke! Bitte kommt herein.« Fredereke, die Ehefrau Acchem van dem Brokes, folgte der Magd in die *Däle*. »Entschuldigt, dass Hulda Euch nicht bereits in die Stube geführt hat.«

Die Ehefrau ihres Vaters trug, wie es der Mode entsprach, ein Gewand, das den Oberkörper bis hin zur Hüfte eng umschloss. Das Unterkleid war von einem hellen Braun. Auch das dunkelrote Überkleid aus Samt lag eng am Körper an; nur an den Ärmeln hing es vom Ellenbogen abwärts in weiten Falten herab. Alekes Blick glitt zu dem auffallend bunten Streifen, der die Vorderseite des *Surcots* zierte. Dann jedoch fing der prächtige, mit Perlen bestickte Gürtel, an dem ein ebenso prächtiger Geldbeutel, ein Rosenkranz sowie das Gebetbuch hingen, Alekes Blick. Als Frau eines der reichsten Händler konnte Fredereke van dem Broke sich diesen Prunk leisten. »Bitte kommt.«

Aleke folgte Fredereke van dem Broke durch die *Däle*, eine schmale Stiege hinauf in die *Kemenate*. Als die Gattin ihres Vaters vor ihr die Stiege emporstieg, konnte sie erkennen, dass das Gewand auch am Nacken einen viereckigen Ausschnitt hatte. Ein Stich der Eifersucht durchzog Aleke, als sie das modische Gewand Fredereke van dem Brokes mit ihrem eigenen Kleid verglich, das im schlichten Grau der Schwestern gehalten war. Es ist nicht alles Gold, das da gleißet, pflegte Ghese Ysernehagen zu sagen, die Kräuterfrau und Heilerin, der Aleke ihr gesamtes Wissen verdankte, womit sie sicher recht hatte, aber ein wenig sehnte Aleke sich nach feinen Stoffen und schönem Schmuck.

»Danke.« Aleke betrat nach Fredereke van dem Broke einen anheimelnd wirkenden Raum, dessen Wände halbhoch mit Holz vertäfelt waren. Trotzdem schaute Aleke sich etwas unbehaglich um. Bisher war Aleke noch nie im Haus ihres Vaters gewesen und fühlte sich fehl am Platz.

Alles hier wirkte gediegen und strahlte Wohlstand aus. Die Farben der Teppiche an den Wänden leuchteten, als wären sie aus feinster Seide. Zwei schwere, eisenbeschlagene Truhen, die edle Schnitzereien zierten, befanden sich an den Seiten. Neugierig fragte sich Aleke, was dort wohl drinnen sein mochte. In der Mitte des Zimmers standen zwei Bänke um einen breiten Tisch mit weißem Laken, auf den die Magd ein Tablett mit einem Krug und mehreren Bechern gestellt hatte.

»Setzt Euch.« Einladend wies Fredereke van dem Broke auf die Bänke. Sie griff nach dem Krug und schenkte ein. Der Duft eines guten Rotweins schmeichelte Alekes Nase. »Bitte.«

Alekes Unbehagen wuchs. Mit der Ehefrau ihres Vaters hatte sie bisher nur wenige Worte gewechselt und wusste auch jetzt nicht, was sie sagen sollte. Fredereke van dem Broke musterte sie von Kopf bis Fuß, schien es Aleke, die sich immer unwohler fühlte.

»Ist mein Vater … Euer Gemahl zu sprechen?«

»Ich werde ihm gleich Bescheid geben«, flüsterte Fredereke van dem Broke. Ihr schmales Gesicht, das von einer bestickten Haube umrahmt war, wirkte nahezu durchscheinend. Dunkle Ringe betonten die großen tiefblauen Augen. Die Frau schien in den letzten Nächten wenig Schlaf gefunden zu haben.

Aber dennoch ließ sich ihre Schönheit nicht verleugnen, wie Aleke anerkennen musste. Sie konnte nicht umhin, Fredereke mit Herrade zu vergleichen, weil sie herausfinden wollte, warum ihr Vater sich für seine Ehefrau entschieden hatte. Warum er nicht für Herrade gekämpft hatte, auch wenn sie nur eine Magd gewesen war. Sosehr sich Aleke jedoch bemühte, fand sie keine Gemeinsamkeiten der beiden Frauen. Wo Herrade hochgewachsen und kräftig, aber dennoch schlank gewesen war, war Fredereke van dem Broke klein und so zierlich, dass sie beinahe zerbrechlich wirkte. Herrades Augen hatten an einen Herbsttag erinnert, während die Fredereke van dem Brokes die Farbe des Sommerhimmels hatten. Sicher waren ihre Haare unter der spitzenumsäumten Haube von einem hellen Blond, während Herrades Haare braun gewesen waren, mit einem kräftigen roten Schimmer. Alekes Herz schmerzte, als sie an die Schönheit ihrer Mutter dachte.

»Aleke?«

Sie war derart tief in ihren Erinnerungen versunken, dass sie Fredereke van dem Broke verwirrt anschaute. »Entschuldigt, ich habe nachgedacht.«

»Ich wollte einen Augenblick mit Euch allein sprechen«, sagte die Ehefrau ihres Vaters mit drängender Stimme. Gehetzt schaute sie dabei zur Tür, als erwartete sie jeden Augenblick, ihren Gemahl eintreten zu sehen. »Ihr ... Ihr wart bei Kersten, nicht wahr?«

Aleke konnte nur nicken. Ihre Gedanken beschäftigten sich zu sehr mit der Frage, was die Ehefrau ihres Vaters wohl von ihr wünschte.

»Haltet Ihr ihn für unschuldig?« Fredereke van dem Broke rang ihre Hände, als könnte sie so die Sorgen fangen, die auf ihrer Seele lasteten. »Wie geht es meinem Sohn?«

So viel Liebe zu Kersten sprach aus den wenigen Worten, dass Aleke nicht anders konnte, als Fredereke van dem Broke zu schätzen, auch wenn die Frau den Platz eingenommen hatte, der Herrade zugestanden hätte. Zum ersten Mal seit langer Zeit spürte Aleke inneren Frieden, als sie mit der Ehefrau ihres Vaters zusammen saß und redete.

»Ich bin mir nicht sicher«, sagte sie nach kurzem Überlegen. Sie hatte einen Augenblick gezögert, ob sie Fredereke van dem Broke die Wahrheit sagen sollte, aber es erschien Aleke unrecht, Kerstens Mutter zu belügen. »Er scheint Ceffeken sehr geliebt zu haben. Aber es wird schwer sein, seine Unschuld zu beweisen …«

»Ich weiß.« Eine einzelne Träne fand ihren Weg über Fredereke van dem Brokes Wange. »Der Anschein spricht gegen ihn. All das Blut … Die armen Horneborchs.«

Sie schauderte.

»Es tut mir leid, aber …« Aleke holte tief Luft. Sie musste diese Frage stellen, wenn sie dem Geheimnis um Ceffeken Horneborchs Tod näher kommen wollte. »Ich hörte Gerüchte, dass es auf der Hochzeitsfeier zu einem Eklat kam, weil Ceffeken zu lange mit einem anderen tanzte …«

Auf Fredereke van dem Brokes sanften Zügen malte sich ein Wechselbad der Gefühle ab. Die Trauer um ihren Sohn wich Überraschung und dann Zorn.

»Nein!«, stieß sie, ohne zu überlegen, hervor. Ihre Augen verdunkelten sich vor Zorn. »Was sind das nur für böse Menschen, die solche Lügen verbreiten.«

»Es gab also nichts Besonderes auf der Feier«, hakte Aleke sanft, aber beharrlich nach. Ihrer Erfahrung nach trugen Gerüchte meist einen winzigen Kern Wahrheit in sich, dem nachzugehen sich sicher lohnen würde.

Fredereke van dem Broke überlegte, bevor sie antwortete. »Doch, aber den Streit hat Hinrek begonnen. Der Bruder meines Mannes.«

Als ob Aleke das nicht wüsste. Sie kannte die Familie ihres Vaters und wusste von dem Ärger, der dem jüngeren van dem Broke folgte. So wie viele Braunschweiger die Geschichten um Hinrek van dem Broke kannten und nur zu gern erzählten. Schließlich war Acchem van dem Broke einer der wichtigsten Händler der Stadt, und die unglücklichen Geschäfte seines jüngeren Bruders waren an vielen Markttagen Gespräch in Braunschweig gewesen.

»Hinrek ...« Fredereke van dem Broke runzelte die Stirn, als wüsste sie nicht, ob sie Aleke wirklich vertrauen könnte, was diese ärgerte, schließlich half sie der Familie, ohne dafür etwas zu fordern. »Ich glaube, er war selbst ein wenig in Ceffeken vernarrt. Soweit er einen anderen Menschen als sich lieben kann. Auf der Feier forderte er einen Kuss von ihr, weil er Kersten und sie einander vorgestellt hatte ...«

Aleke konnte sich nur zu gut vorstellen, wie ein Mann, der dem Wein zugesprochen hatte, eine junge Braut bedrängte. Die arme Ceffeken. Sicher hatte sie etwas Besseres von ihrem Hochzeitstage erwartet.

»Ceffeken weigerte sich. Kersten ist ihr zur Seite gesprungen und hat Hinrek hinausbefördert.« In Erinnerung an das unschöne Erlebnis schüttelte Fredereke van dem Broke sich. Obwohl sie sich bemühte, ihre Gefühle zu beherrschen, bemerkte Aleke, wie wenig die Ehefrau ihres Vaters von dessen jüngerem Bruder hielt. »Später kam Hinrek noch einmal zurück, um sich wortreich zu entschuldigen.«

»Könnte ...« Der Gedanke war beinahe zu erschreckend, um ihn auszusprechen, und gleichzeitig so naheliegend, dass Aleke einfach fragen musste. »Könnte Hinrek Ceffeken getötet haben?«

Fredereke van dem Broke sah zu Boden, während sie ihre Finger immer wieder ineinander verflocht. »Den Verdacht hatte ich auch. Aber Hinrek hat die ganze Nacht mit seinen Kumpanen gesoffen, bis sie ihn nach Hause tragen mussten, weil er nicht mehr stehen konnte.«

Da sie nun einmal dieses Thema angeschnitten hatten, bohrte Aleke gleich weiter: »Wem traut Ihr die Tat zu?«

Ausgesprochen klangen die Worte barscher, als Aleke sie gemeint hatte. Aber sie war zu müde, um lange nach Worten zu suchen. Und selbst die schönsten Worte konnten nicht beschönigen, dass die arme Ceffeken ermordet worden war.

»Glaub mir, ich bin in Gedanken alle Hochzeitsgäste durchgegangen. Auch die Menschen, mit denen Acchem im Streit lag wegen seiner Geschäfte, aber ...«

Aleke nickte. Niemand würde heimtückisch eine junge Frau in ihrer Hochzeitsnacht ermorden, nur weil man sich über die Qualität von Tuch gestritten hatte. Bevor sie eine weitere Frage stellen konnte, trat ihr Vater ins Zimmer. Er ging gebeugt. Alles Leben schien aus ihm gewichen zu sein, seitdem sie ihn das letzte Mal gesehen hatte. Er musste eine schlimme Neuigkeit erhalten haben, die ihn derart niederdrückte. Ohne nachzudenken, trat Aleke einen Schritt auf ihn zu, um ihm Trost zu spenden. Als er sie erstaunt ansah, wurde ihr die Verwegenheit ihres Handelns bewusst, und sie blieb stehen, die Hand noch erhoben.

»Was ist geschehen, mein Lieber?« Fredereke van dem Broke war an die Seite ihres Mannes getreten und hielt seine Linke in ihrer Hand. Mit der freien Hand winkte sie Aleke zu sich heran. Aber die konnte sich nicht rühren.

»Kersten. Kersten.«

So gramvoll klang das eine Wort, dass Aleke fürchtete, ihr Bruder wäre im Kerker gestorben. Sie wechselte einen schnellen Blick mit Fredereke van dem Broke, auf deren Gesicht sich ebenfalls tiefe Sorge abzeichnete.

»Was ist mit ihm?«, schrie sie, nachdem Acchem van dem Broke nichts anderes als den Namen seines Sohnes herausbrachte. »So sprich doch. Bitte!«

»Hinrek … er …« Acchem van dem Broke rang sichtlich nach Fassung. Jedes Wort schien ihn zu schmerzen. »Er kam eben vorbei, um mich zu warnen, dass man Kersten bald …«

»Die Folter, nicht wahr?«, flüsterte Fredereke van dem Broke, ihr Gesicht aschfahl. »Sie werden unseren Sohn der *peinlichen Befragung* unterziehen.«

Nach einem Augenblick des Schweigens stieß sie hervor: »Warum so schnell? Ist das das normale Verfahren?«

Acchem van dem Broke zuckte mit den Schultern. »Nein. Aber vielleicht, weil es Mord ist. Weil die Hornebörchs darauf drängen. Ich weiß es nicht.«

Mehr brauchte er nicht zu sagen. Der schreckliche Tod

einer jungen Frau war an sich schon schlimm genug, aber heute, in einer Zeit, in der Aufruhr in der Luft lag, mussten die Herrschenden schnell einen Schuldigen finden, um das Volk zu beruhigen. Keiner von ihnen musste diese bittere Wahrheit aussprechen, die ihnen allen nur zu bewusst war. Es blieb nicht mehr viel Zeit, wenn sie Kersten lebendig und gesund aus dem Kerker holen wollten.

Bevor Fredereke van dem Broke ihren Mann umarmte, winkte sie Aleke erneut zu sich heran. Dieses Mal zögerte Aleke nicht, sondern trat auf ihren Vater und dessen Ehefrau zu. Als Fredereke van dem Broke den Arm öffnete, ließ Aleke sich in die Umarmung fallen. Gemeinsam mit ihrem Vater und dessen Frau stand sie schweigend, getröstet durch die Gewissheit, Teil einer Familie zu sein. Selbst wenn es nur für einen winzigen Augenblick war.

Endlich löste Aleke sich aus der trauten Umarmung. Mit rauer Stimme, die ihre Rührung verbergen sollte, sagte sie: »Uns bleibt nur wenig Zeit. Lasst uns gemeinsam überlegen, was in der Nacht geschehen ist und wer die arme Ceffeken getötet haben könnte.«

KAPITEL 7

Die unerfreuliche Begegnung mit der streitlustigen Aleke und die Gerüchte um den Tod von Ceffeken Horneborch hatten Righert dazu getrieben, seinen Plan zu überdenken. In Braunschweig schienen die Ereignisse sich zu überschlagen, so dass er sich getrieben fühlte. Obgleich er weiter an seinen Plänen festhalten wollte, fürchtete Righert, dass ihm das Leben die Zügel aus der Hand genommen hatte und er nur noch versuchen konnte, schnell genug zu handeln, damit er die Schuldigen entlarven konnte.

Er hatte den Rappen im Stall gelassen, um in den Gassen der Altstadt am Rande des Michaelisviertels nicht zu sehr aufzufallen. Obwohl er sich einen alten *Taphart* übergeworfen hatte, verrieten seine edlen Stiefel, dass er nicht hierhergehörte. Righert ignorierte die neugierigen Blicke, die ihm auf dem Weg zu seinem Ziel folgten. Seine Gedanken kreisten nur um die Frage, ob noch etwas von seinem alten Heim stehen geblieben war. Sicher hätte er auch einen anderen Weg gehen können, einen, der ihn nicht an dem Ort der Erinnerungen vorbeiführen würde, aber er musste sich mit eigenen Augen überzeugen, wie es inzwischen dort aussah.

Nein, versuchte er sich zu beruhigen. In einer Stadt, die derart schnell wuchs wie Braunschweig, würde niemand eine Ruine zur Erinnerung an eine Familie stehen lassen. Dennoch schloss er die Augen, als er in die Pettersilienstrate einbog, die er so gut gekannt hatte. Das Pflaster unter den Schuhen fühlte sich immer noch so vertraut an, dass seine Erinnerung an die verhängnisvolle Nacht derart lebendig vor ihm stand, dass Righert nach Atem ringen musste und die Augen öffnete. Auf den ersten Blick erkannte er das Häuschen des Nachbarn zur Linken wieder, der ihm vor sechs Jahren geraten hatte, die Stadt zu verlassen, wenn ihm sein Leben lieb wäre. Mit dem Mann konnte er nicht mehr reden. So viel hatten Righerts Nachforschungen bereits ergeben. Kurz nach dem Brand waren der Mann und seine Familie nach Halle gezogen. Von dort aus waren sie weiter in den Osten gereist, bis Righert ihre Spur verloren hatte.

Also ruhte seine gesamte Hoffnung auf dem Nachbarn zur Rechten. Dunkel erinnerte er sich an Hanses Oldehof als einen harschen Mann, der Frau und Kinder schlug, wenn sie ihm nicht sofort folgten. Zu Righert und Hanneke hingegen war der Mann immer besonders freundlich gewesen, wohl, um sich bei dem Vater anzubiedern. Erinnerungsfetzen blitzten vor Righert auf. Der Nachbar, wie er brav in der *Däle* wartete, bis der Vater ihn zu sich in die *Dornse* rief. Hanses Oldehof, wie er mit dem Vater und einigen anderen Männern dem Weine zusprach. Nur zu gut erinnerte sich Righert daran, was für einen wütenden Blick der Nachbar seinem Vater zugeworfen hatte, als er sich unbeobachtet geglaubt hatte. Nur Righert, der sich neugierig hinter einer Truhe versteckt hatte, hatte bemerkt, wie wenig der Nachbar trank. Wie sehr der Mann darauf achtete, allen anderen am Tisch den Becher zu füllen, bevor er ihnen Fragen stellte.

Lange Zeit war sich Righert sicher gewesen, dass Hanses Oldehof, der hagere Händler mit dem Gesicht eines hungrigen Frettchens, Righerts Familie auf dem Gewissen hatte, doch erste Nachforschungen, die er von Magdeburg aus angestellt hatte, hatten ihn bald eines Besseren belehrt. Aber der Mann konnte ihm Antworten geben. Da war sich Righert sehr sicher. Und er musste weder freundlich noch rücksichtsvoll sein, um die Antworten zu erlangen.

Mit hochgerecktem Kopf ging er weiter, bis er zu der Stelle kam, wo einmal das Heim seiner Familie gestanden hatte. Ein schiefes Häuschen, das aussah, als würde es bald in sich zusammenbrechen, hatte den Platz eingenommen, den einmal das schöne Fachwerkhaus seiner Familie eingenommen hatte. Righert verweilte einen Augenblick, um der geliebten Toten zu gedenken. Doch immer wieder schob sich das Bild der Flammen über seine Erinnerungen, so dass er sich mit einem Seufzer abwandte.

»Ich will deinen Herrn sprechen«, herrschte er die hagere Magd an, die ihm auf sein Klopfen verschüchtert den Kopf aus der Tür streckte. Ein wenig tat es ihm leid, so unfreundlich zu sein, aber nur so käme er ans Ziel. »Sofort.«

Sein Ton war derart barsch, dass die Frau nicht einmal wagte, ihn nach Namen oder Begehr zu fragen, sondern ins Innere des Hauses eilte, um ihren Herrn zu holen. Kurze Zeit später schaute der frühere Nachbar argwöhnisch aus der Tür hinaus. Alt war er geworden, der Hanses Oldehof. Tiefe Falten hatten sich in sein Gesicht eingeprägt; seine dunklen Augen waren eingesunken und wirkten verblasst. Das bisschen Fett, das er vor sechs Jahren noch auf den Knochen gehabt hatte, hatten Alter und Wein abgeschmolzen. Die wässrigen Augen wirkten riesig in dem hageren Gesicht.

Er sieht aus wie ein lebender Leichnam, dachte Righert, und konnte sich eines Schauderns nicht erwehren. Äußerlich jedoch blieb er ruhig, während er Hanses Oldehof gelassen musterte, ohne ein einziges Wort zu sagen. Mit diesem eisigen Schweigen hatte er manchen Händler in Magdeburg besiegt und ein weitaus besseres Angebot erreicht, als sein Onkel erwartet hatte.

»Wer seid Ihr? Was wollt Ihr?«, schnauzte der Alte ihn an, während er Righert durchdringend betrachtete. Auf einmal leuchteten seine Augen auf, ein Zeichen, dass er Righert erkannt hatte. Behender, als Righert dem klapprigen Kerl zugetraut hatte, versuchte dieser, die Tür zuzuwerfen. Doch Righert war schneller, sprang beherzt nach vorn und riss die Tür so heftig auf, dass Hanses Oldehof beinahe zu Boden gefallen wäre.

»Verschwindet!«, schrie der Nachbar mit mehr Kraft, als sein hagerer Körper vermuten ließ. Abwehrend hielt Hanses Oldehof die Hände erhoben, sein Gesicht so blass, dass selbst die Lippen jede Farbe verloren hatten. »Ihr … Ihr müsstest tot sein. Verschwinde, Wiedergänger!«

»Ich lebe«, zischte Righert ihm zu, während er den Alten beharrlich in die *Däle* des Hauses schob. Der Gestank dort trieb Righert die Tränen in die Augen und ließ ihn husten. Von der Feuerstelle drang ein übelkeitserregender

Geruch von gekochten Zwiebeln, verschimmeltem Brot und verschüttetem Wein. »Setzt Euch. Ich habe mit Euch zu reden.«

»Herr?«, hörte er die Stimme der Magd, leise wie einen Hauch. »Herr, braucht Ihr Hilfe?«

»Verschwinde, Weib«, herrschte Righert sie erneut an, obwohl ihm das arme Wesen leidtat, das hier mit dem lebenden Leichnam ihr Dasein fristete. Was wohl aus Frau und Kindern des Nachbarn geworden war? »Geh ins Wirtshaus. Kauf Brot und Bier. Beides frisch.«

Nach kurzem Suchen fand er ein paar Münzen, die er der Frau zuwarf. Auf den groben Zügen malten sich Überraschung und Gier ab, als sie nach dem Geld griff. Eilends warf sich die Magd eine *Hoyke* über Kopf und Schultern und hastete hinaus, als würde Righert ihr die Münzen wieder entreißen, wenn sie sich nicht beeilte.

»Also gut«, sagte der Nachbar mit einem Seufzen. Wie Righert erwartet hatte, war der Alte kein großer Kämpfer. Mit gesenktem Kopf und hängenden Schultern wich er vor Righert zurück, bis er mit dem Rücken an einer Wand stand, die vor Ruß und Schmutz starrte. »Was wollt Ihr?«

»Dass Ihr mir alles sagt, was Ihr wisst.« Ohne auf eine Aufforderung zu warten, nahm Righert auf der Bank Platz, die an der Wand befestigt war. Ohne seinen Abscheu zu verbergen, setzte er sich möglichst weit entfernt von dem Tisch mit dem schimmeligen Brot. Dennoch konnte er dem Gestank nicht entrinnen, selbst als er durch den Mund atmete. »Und dass Ihr über unser Gespräch schweigt. Sonst komme ich wieder.«

Mit einer Armbewegung wischte der Nachbar eine magere schwarzweiße Katze vom Tisch. Sie mauzte empört, bevor sie unter den Tisch humpelte.

»Verfluchtes Vieh. Immer da, wo man es nicht braucht«, murmelte der Alte vor sich hin. »Hätte es schon vor langem ertränken sollen.«

Er warf Righert einen scheelen Blick zu, den dieser erwiderte, ohne mit der Wimper zu zucken. Endlich wandte der Alte sich ab. Schwer ließ er sich in einen abgewetzten Stuhl fallen, an dem deutliche Krallenspuren zu sehen waren.

»Wollt Ihr Wein? Oder Bier?«

»Danke, ich warte auf die Rückkehr der Magd.«

»Es war nicht immer so«, begann der Nachbar und machte eine Geste, mit der er die Feuerstelle, die *Däle* und wohl sein ganzes Leben einschloss. »Was geht's Euch an? Ich dachte, Ihr wärt tot.«

»Was wisst Ihr von damals?«, fragte Righert. Inzwischen fragte er sich, ob der Alte sich überhaupt noch erinnern konnte. Der Blick, mit dem er Righert bedacht hatte, und der Zustand des Hauses ließen Schlimmes vermuten. Dennoch beharrte er: »Was könnt Ihr mir sagen?«

»Ich hole einen Wein.« Ohne Righerts Antwort abzuwarten, stolperte Hanses Oldehof hinaus. Lautes Poltern, gefolgt von einem ebenso lauten Fauchen, verriet, dass der Nachbar wohl über die Katze gefallen war.

Würde der Mann zurückkommen oder suchte er einen Weg, Righert zu entkommen? Ich kann mich nicht einmal mehr an die Namen seiner Frau und der Kinder erinnern, dachte Righert, aber wollte den Nachbarn auch nicht fragen. Es erschien ihm seltsam unpassend, zugeben zu müssen, wie wenig er sich an die Nachbarsfamilie erinnerte.

Endlich hörte Righert das Schlurfen, mit dem sich die Rückkehr des Alten ankündigte.

»Hier. Den Becher habe ich selbst ausgespült.« Mit diesen wenig vertrauenerweckenden Worten knallte Hanses Oldehof einen dunklen Tonbecher vor Righert auf die schmuddelige Tischplatte. »Der Rote ist von gestern.«

Beim Einschenken zitterten die Hände des Alten so sehr, dass er Rotwein auf das Holz verschüttete, den er eifrig mit einem Zipfel seines ohnehin dreckigen Hemds auf dem Tisch verteilte, ohne ihn gänzlich wegzuwischen.

Angeekelt griff Righert nach dem Becher und akzeptierte ihn als Zeichen der Gastfreundschaft. Einer unerfreulichen Gastfreundschaft, aber immerhin einer, die den Grundzügen der Höflichkeit Genüge tat. Vorsichtig nippte er an dem Wein, der sauer schmeckte wie Essig.

»Erzählt, was Ihr von jener Nacht wisst.« Krachend stellte Righert den Becher auf die schmutzige Tischplatte, woraufhin sein Gegenüber zusammenzuckte. »Alles, was Ihr erinnert.«

»Lasst die alten Zeiten ruhen.« Auf einmal wirkte der Nachbar noch älter. Er sank hinter seinem Wein zusammen und wich Righerts Blick aus. »Es bringt nichts Gutes, die Vergangenheit aufzuwühlen wie ein Schwein den Morast.«

Er ist ein gebrochener Mann, sagte sich Righert, aber dennoch spürte er die Wut in sich aufwallen, die ihn seit jenem Tag begleitete und schwer zu bändigen war.

»Was Ihr Vergangenheit nennt …«, antwortete er, die

Stimme dunkel vor Bitterkeit und Zorn, »... nenne ich den Tod meiner Lieben. Wie soll ich das einfach vergessen können?«

Sein Gegenüber sah auf. In den Augen von Hanses Oldehof meinte Righert eine winzige Spur Mitgefühl zu erkennen, die jedoch von Angst überschattet wurde.

»Eure Eltern ...«, fuhr der Nachbar fort. »Sie waren gute Leute. Aber ich weiß nicht mehr über ihren Tod als Ihr.«

Das Zucken seines Augenlids strafte seine Worte Lügen.

»Bitte.« Righert bemühte sich um ein Lächeln, obwohl ihm eher danach war, die Worte aus dem Alten herauszuschütteln. »Vielleicht wisst Ihr selbst nicht, was Ihr wisst. Erinnert Ihr Euch an gar nichts mehr?«

»Es ist so lange her«, wehrte der Nachbar ab, aber seine Augen wichen Righerts Blick aus. Righert schien es, als würde sein Widerstand langsam schmelzen.

»Ich kann Euch gut verstehen«, fuhr Righert daher mit sanfter Stimme fort. Jetzt sprach er zu dem Nachbarn wie zu seinem Pferd, wenn der Rappe sich vor Spiegelungen in Pfützen fürchtete und sich weigerte, einen Schritt weiter zu gehen. »Auch ich erinnere mich an den Tag vor ... vor ...« – er schluckte – »vor dem Feuer als einen Tag wie Hunderte andere.«

Mehr wollte er dem Nachbarn nicht verraten, fürchtete Righert doch, dass er den Mann noch weiter ängstigen würde, erzählte er ihm davon, wie oft ihn die Frage quälte, warum es ausgerechnet in jener Nacht gebrannt hatte. Selbst heute noch verging kaum eine Nacht, in der er sich nicht schlaflos wälzte und versuchte, eine Erklärung zu finden. Das eine Stückchen zu entdecken, das er bisher übersehen hatte und das ihn auf die Spur derjenigen bringen würde, die seine Familie ermordet hatten. Es musste dieses eine Bröckchen Wissen geben. Sonst hätte er sich der furchtbaren Wahrheit stellen müssen, dass der Tod seiner Lieben einem bösen Zufall geschuldet war, dass es keinen Grund dafür gab, dass er als Letzter seiner Familie lebte. Nein! Righert schüttelte sich. Nein!

»An dem Tag selbst …«, fuhr der alte Mann fort, so leise, dass Righert sich vorbeugen musste, um ihn zu verstehen. »An dem Tag selbst, da erinnere ich mich an nichts. Aber in der Woche vor dem … vor dem … Unglück, da …«

»Ja«, sprach Righert sanft weiter. Unter dem Tisch ballte er die Hände zu Fäusten, um sich davon abzuhalten, aufzuspringen und Hanses Oldehof an der Kehle zu packen wie ein wilder Wolf. »Ja?«

Hilfesuchend schaute der Nachbar ihn an. Ihm war sichtlich unangenehm, was er zu sagen hatte. »Ihr erinnert Euch daran, dass Euer Vater gern …«

»Nun sagt schon«, stieß Righert ungeduldig hervor und hätte sich im nächsten Augenblick am liebsten auf die Zunge gebissen, als Hanses Oldehof vor seinen unbeherrschten Worten zurückzuckte. »Entschuldigt. Bitte, Ihr könnt offen sprechen.«

Der Nachbar starrte auf seine Hände, die er wie zum Gebet verschränkt hielt. Wie Äste wirkten die knorrigen Gelenke. Eine Woge Mitleid durchlief Righert, als er die harte Arbeit erkannte, die den Alten ein Leben lang begleitet hatte. Endlich sah der Mann auf und schaute Righert in die Augen. Furchtlos. Wie jemand, der mit dem Leben abgeschlossen hatte.

»Euer Vater war dem Wein zugetan. Manchmal zu sehr.« Righert nickte zu den Worten. Das war ihm nichts Neues. Hatte doch selbst die sanfte Mutter manchmal Worte der Zurechtweisung gefunden, wenn der Vater wieder einmal zu lange mit Freunden oder vermeintlichen Freunden gefeiert hatte. Hanses Oldehof musterte ihn aufmerksam. »Der Wein hat ihm die Zunge gelöst, und er ...«

»Ich weiß.« Erneut biss Righert sich auf die verfluchte Zunge, die mit ihm durchgegangen war. Er schloss die Augen, um sich zu beruhigen. Jetzt half nur noch eines. Ein wenig Wahrheit. »Meine Mutter hat ihm oft genug Vorhaltungen gemacht.«

»Eure Mutter. Sie war eine wunderbare Frau.« Täuschte sich Righert oder sprach da wirklich Sehnsucht aus der Stimme des Alten? »Nun, Euer Vater sprach gerne von einem Schatz, den Eure Familie hütete. Ein Templerschatz.«

»Ach das.« Righert winkte ab. Das war doch kein Geheimnis. Jeder in seiner Familie kannte das Pergament, das ein Vorfahr angeblich vom letzten Großmeister der Templer erhalten hatte, bevor dieser auf dem Scheiterhaufen hatte sterben müssen. Ab und zu hatte sein Vater das Pergament aus einer eisenbeschlagenen Truhe geholt, es der Familie gezeigt und wieder sicher verborgen. Niemand hatte je erfahren, was auf der Schriftrolle geschrieben stand. Der Vater hatte ein großes Geheimnis darum gemacht, Righert allerdings versprochen, dass er ihn einweihen werde, sobald der Sohn erwachsen sei. Righert stieß ein bitteres Lachen aus. »Das war doch nur ein altes Pergament.«

»Das wusstet Ihr, aber andere … die Trinkkumpane Eures Vaters. Möglicherweise nahmen sie dessen Worte für bare Münze.«

Die Erkenntnis traf Righert mit der Wucht eines Schlages. Sollte die Lösung so einfach sein? Konnte es sein, dass sein Vater die Schuld am Tod der Familie trug? War nicht Acchem van dem Broke der Brandschatzer, weil er einen unliebsamen Konkurrenten hatte verdrängen wollen, so wie Righert es bisher gedacht hatte?

Nein! Ihm schwindelte. Hilfesuchend griff er nach dem Tisch, krallte die Finger ins Holz, um nicht vom Schemel zu rutschen. Sauer spürte er seinen Mageninhalt. Righert schloss die Augen, hoffte, des Schwindels dadurch Herr werden zu können.

»Hier, nehmt.«

Durchdringend spürte Righert den Duft von schwerem, rotem Wein in seiner Nase. Langsam öffnete er die Augen, deren Lider ihm schwer wurden. Mit zitternder Hand griff er nach dem Kelch und stürzte den Wein herunter, als wäre er Wasser. »Danke.«

Mühsam gelang es ihm, die Fassung zurückzugewinnen. Zu lange hatte er auf diesen Augenblick gewartet, hatte die Wahrheit gesucht, den Grund, warum alle seine Lieben sterben mussten. Er musste alle Gefühle versperren und einen kühlen Kopf bewahren. Nur wenn er klug plante und die Übersicht behielte, würde er die Mörder seiner Familie bestrafen können. Keine Schwäche durfte er sich erlauben. Sonst wäre alles umsonst. Alle Pläne, die er geschmiedet hatte. Alle Qualen, denen er seinen Körper unterworfen hatte, damit dieser jeden Kampf bestehen könnte. All die Versuchungen, denen er entsagt hatte, nur für den Tag seiner Rache.

Als er sicher war, dass kein Zittern in seiner Stimme zu hören wäre, fragte er den Nachbarn: »Wer?«

Nur dieses eine Wort. Dieses winzige Wort, das ihm die Antwort liefern würde, nach der er so lange gesucht hatte.

»Ich … ich bin mir nicht sicher.« Wieder duckte Hanses Oldehof sich, wie ein Hund, der von seinem Herrn nur Prügel erwartete, dessen Leben nur aus Angst und dem Wunsch, seinem grausamen Herrn zu gefallen, bestand. Ein Hund, der niemals der Knechtschaft entfliehen könnte. »Es ist so lange her.«

Nun hielt es Righert nicht mehr auf dem Schemel. Gewandt wie ein Raubtier sprang er auf. Mit einem Griff packte er den Nachbarn an der Kehle und schüttelte ihn. »Sprecht!«

Die Scham, die in ihm aufstieg, weil er einen alten Mann so behandelte, die Scham schob Righert zur Seite. Er musste erfahren, was Hanses Oldehof wusste, koste es, was es wolle. Etwas davon musste sich in seinen Augen zeigen. Der Alte, dessen dürre Kehle Righert noch immer umklammert hielt, begann zu zittern.

»Die beiden van dem Brokes, … der Krameres und der Widekint von Goslare.«

Righert zitterte vor Aufregung. Hatte er es doch geahnt. Acchem van dem Broke trug tatsächlich Schuld am

Tod seiner Lieben. Mühsam beruhigte er sich so weit, dass er dem Oldehof antworten konnte.

»Für Eure Ehrlichkeit. Und für Euer Schweigen.« Righert warf ein paar Münzen auf den Tisch. »Sollte ich je erfahren, dass Ihr meinen Namen verraten habt …«

Ohne sich zu verabschieden, sprang er auf und stürmte aus dem Haus, polterte in die alte Magd, die er umriss. Gefolgt von ihren Flüchen eilte er nach Hause, um Pläne zu schmieden. Pläne, wie er van dem Brokes Schuld beweisen konnte, damit dieser endlich seiner gerechten Strafe zugeführt würde.

KAPITEL 8

Mit großen Schritten durchmaß Righert den Raum, der ihm als Schlafzimmer diente. Wieder und wieder blieb er stehen, um verdrossen die Faust gegen die weiß gekalkte Wand zu schlagen. Wie er es auch drehte und wendete, noch immer war ihm der Weg der Rache versperrt. Niemand würde ihm – einem Fremden aus Magdeburg – glauben, wenn er den alteingesessenen Braunschweiger und Ratsherrn Acchem van dem Broke einer Mordtat beschuldigte. Selbst dann nicht, wenn der Sohn des van dem Broke wegen eines Meuchelmords im Kerker saß.

Erneut nahm er seinen unruhigen Lauf wieder auf. Das durfte nicht sein. Er konnte dem Mörder nicht so nahe gekommen sein, um dann schließlich klein beigeben zu müssen, weil er keinen Beweis finden konnte, weil er nicht nahe genug an Acchem van dem Broke gelangen konnte. Er musste einen Weg finden, das Vertrauen des Händlers zu gewinnen.

Righert blieb stehen und lachte lauthals, weil die Lösung so einfach war. Sie hatte geradewegs vor seiner Nase gestanden. Nur war er zu blind gewesen, sie zu sehen.

Das Mädchen.

Die Tochter von van dem Broke.

Sie war der Schlüssel.

Grimmig schritt Righert in seinem Schlafraum auf und ab. Immer wieder wälzte er die gleichen Gedanken. Acchem und Hinrek van dem Broke – mit ihnen hatte der Vater gezecht und ihnen hatte der Vater von seinem Schatz erzählt. Wer konnte schon wissen, was im Trunke noch alles geredet worden war.

Nur eines schien Righert gewiss – die van dem Brokes waren verantwortlich für den Brand, der ihm die Familie geraubt hatte. Nur wer das Feuer gelegt hatte, das musste er noch herausfinden. Wollte er dem Geheimnis der Van-dem-Broke-Brüder auf die Spur kommen, so brauchte er einen Zugang zu ihrem Haus. Sicher würde es ihm irgendwann gelingen, gute Handelsbeziehungen zu knüpfen und so Einlass zu heischen. Aber er konnte nicht warten. Er wollte nicht warten. Nicht länger. Sechs lange Jahre hatte er bereits gewartet.

Zu groß schien ihm die Gefahr, dass der alte Nachbar sein Geheimnis ausplauderte oder dass ihn jemand wiedererkannte. Nein, wenn er Rache nehmen wollte, so musste es bald geschehen. Jetzt war ein guter Zeitpunkt. Sein Feind Acchem van dem Broke war abgelenkt durch die Sorge um seinen Sohn. Ja, das Mädchen – sie musste ihm den Weg zu ihrem Vater ebnen.

Nur einen Augenblick lang spürte er einen Stich des Bedauerns, Aleke in seine Rachepläne hineinzuziehen. Trotz ihrer spitzen Zunge hatte er Gefallen an der jungen Frau gefunden. Wäre sie nicht die Tochter seines Erzfeindes, hätte er sogar eine Liebschaft mit ihr beginnen können, wenn er erst seine Aufgaben erfüllt und die Schuldigen ihrer gerechten Strafe zugeführt hätte. Aber so, so sollte sie ihm nur helfen, seine Vergeltung endlich durchzuführen. Und all die Pläne, die er so lange und so eifrig geschmiedet hatte, endlich ins Leben zu rufen.

War er wirklich besser als die Mörder seiner Familie, wenn er bereits jetzt begann, andere Menschen auszunutzen und sie nur als Figuren in seinem Rachespiel zu sehen? Hatte Aleke nicht bereits durch ihre Herkunft genug gelitten? Durfte er einfach so mit ihr spielen, nur um seinem Ziel näher zu kommen?

»Verflucht!«, stieß er zwischen den Zähnen hervor. Er spürte, wie die Schamesröte seinen Hals und sein Gesicht heraufkroch, aber mit einem weiteren »Verflucht!« wischte er sie einfach weg. Ja, er war kein guter Mensch. Manchmal kam es ihm vor, als wäre alles, was an ihm gut und freundlich gewesen war, in jener furchtbaren Nacht gestorben. Seit dem Tag richteten sich sein Denken und Handeln einzig und ausschließlich auf Rache und Vergeltung. Für die Sünden, die er im Namen der Rache begangen hatte und noch begehen würde, könnte er später immer noch büßen. Jetzt jedoch galt es, einen Plan zu schmieden, wie er die widerspenstige Aleke Ledinkhusen umgarnen und für seine Zwecke einspannen könnte.

Ein Lächeln glitt über sein Gesicht, als er sich an ihr letztes Zusammentreffen erinnerte, an ihren Mut und ihre scharfen Worte. Es würde sicher nicht leicht werden, ihr Vertrauen zu gewinnen. Erneut spürte er die Schuld, die er auf sich laden würde. Er würde das Vertrauen der jungen Frau gegen sie wenden, nur um die Sünden ihres Vaters zu bestrafen. Er würde die Tochter als Schwert nutzen, mit dem er den Vater töten würde. Niemals würde Aleke Ledinkhusen ihm und sich selbst verzeihen können, wenn er seinen Plan erst umgesetzt hatte.

Nein, versuchte Righert, sich Abbitte zu erteilen. Aleke Ledinkhusen konnte ihren Vater nicht lieben. Den Mann, dem sie ein Leben als Bastardkind verdankte, ein Leben in Hohn und Schande, stets auf Gnade und Almosen angewiesen. Vielleicht, so überlegte er einen Augenblick, vielleicht könnte er ihr die Wahrheit sagen und gemeinsam mit ihr Rache an dem Mann üben, der ihrer beider Leben zerstört hatte?

Nur kurz gab er sich dieser Versuchung hin. Niemals würde Aleke Ledinkhusen ihren Vater verraten. So viel hatte er bereits verstanden, auch wenn er ihr erst zweimal begegnet war. Die junge Frau wünschte sich Anerkennung von Acchem van dem Broke und scheute selbst nicht davor zurück, ihren mörderischen Halbbruder freizusprechen. Sie hatte es nicht besser verdient. Alle Mitglieder der Van-dem-Broke-Familie hatten das Leid verdient, das er über sie bringen würde.

Zornig ballte er die Hände zu Fäusten. Ruhig Blut, redete er im Stillen auf sich ein wie auf seinen temperamentvollen Rappen. Ruhig Blut. Er durfte nicht zulassen, dass Hass und Wut ihn übermannten. Rache ist ein Gericht, das kalt gegessen werden sollte, hatte er einmal einen Freund seines Onkels sagen hören und sich die Worte zu Herzen genommen.

Im Kopf ging er die nächsten Schritte durch, die ihn seinem Ziel näher bringen sollten. Er plante die Verführung der Aleke Ledinkhusen mit der gleichen Akribie, die ein guter Kriegsherr in die Vorbereitung einer Schlacht steckte.

***

»Was wollt Ihr?« Misstrauisch schaute Aleke Ledinkhusen ihn an. Sie hatte in einem Kräuterbeet gekniet und erhob sich nun, damit sie Righert in die Augen sehen konnte. Ihre Stimme klang barsch, als ob sie einen Bettler vertreiben wollte. Doch die Röte auf ihren Wangen und das Zittern ihrer Hände, die sie wieder und wieder an ihrem Kleid abstrich, straften ihre Härte Lügen. »Ich habe Euch nicht eingeladen.«

»Ich wollte mich entschuldigen.« Nach einer Verneigung trat Righert näher, um Aleke Ledinkhusen das Schmuckband zu reichen, das er aus seinen Vorräten für sie ausgesucht hatte. Lange hatte er überlegt, welche Farben ihr wohl passen würden. Viel zu lange, wie er erstaunt festgestellt hatte. Keine Schmuckfarbe erschien ihm gut genug, ihre grauen Augen leuchten zu lassen. Endlich hatte er sich für ein rotgemustertes Band entschieden, dessen Feuer ihn an Alekes Temperament erinnerte. »Bitte nehmt dies als Zeichen meiner Reue.«

Wieder überspülte ihn eine Woge des schlechten Gewissens, würde er doch bald viel mehr zu bereuen haben als ihren kleinen Zank. »Habt Dank«, flüsterte sie. »Aber bei den Schwestern benötigen wir keinen derartigen Tand.«

Die Hand, die sie nach dem hübschen Band ausstreckte, verriet ebenso wie ihre leuchtenden Augen, wie sehr Aleke Ledinkhusen sich das hübsche Ding wünschte.

»Ich weiß«, antwortete Righert sanft. »Aber Ihr tätet mir eine Freude, wenn Ihr es annehmt.«

Jede andere Frau hätte sich noch ein wenig geziert, aber Aleke Ledinkhusen nickte nur und nahm das Schmuckband, um es in ihr Haar zu flechten. Obwohl er in ihr nur die Tochter seines Feindes sehen wollte, konnte Righert nicht umhin zu bemerken, wie ausnehmend gut ihr die Farbe stand. Die stille Freude, die ihr sein Geschenk bereitete, ließ ihr Gesicht strahlen und sanft wirken.

Righert trat einen Schritt näher an Aleke Ledinkhusen heran und streckte die Hand aus, um das Schmuckband und ihr Haar zu berühren, als ein lautes Fauchen ihn innehalten ließ. Wie ein Geist hatte sich ein riesiger roter Kater an ihn herangeschlichen und starrte ihn aus aufgerissenen Augen an.

»Hsss«, machte das Tier, bevor es sich umdrehte und seiner Wege ging.

»Was ist mit Euch?«, hörte Righert Aleke Ledinkhusens Stimme wie durch eine Wand aus dichtem Regen. »Ihr seid bleich, als hättet Ihr einen Nachtmahr gesehen.«

»Der Kater.« Allein die beiden Worte auszusprechen, kostete ihn furchtbare Anstrengung. Sein Herz raste, als wollte es aus seinem Brustkorb springen. Er spürte Schweißtropfen auf seiner Stirn. »Der Kater – wie heißt er?«

»Wir nennen ihn Maustod.« Righert meinte Verwunderung aus Aleke Ledinkhusens Stimme zu hören, aber es kümmerte ihn kaum. Sollte sie denken, was sie wollte. Er musste mehr über das Tier erfahren.

»Lebt er schon lange bei Euch?«

»Oh nein, Maustod gehört nicht mir.« Aleke Ledinkhusen schüttelte lächelnd den Kopf. Inzwischen hatte Righert sich so weit gefangen, dass er ihr Lächeln erwidern konnte. »Wundert Euch nicht über die unfreundliche Begrüßung. So ist der Kater zu allen Menschen außer seiner Herrin.«

»Seiner Herrin?« Erneut brach Righerts Selbstbeherrschung zusammen. Er schaute zu Boden, damit Aleke Ledinkhusen nicht die Gefühle auf seinem Gesicht ablesen konnte, die ihn wie einen Sturm durchtobten. Konnte es sein? Konnte es wahrlich sein, dass jemand aus seiner Familie überlebt hatte. Die Hoffnung war so stark, dass sie ihn ängstigte. Nein. Nur noch ein Gedanke beherrschte Righert: Lauf weg! Lauf weg! Lauf weg, so schnell du kannst, bevor er sich in seinen Wünschen verrannte. Der Gedanke, dass noch jemand aus seiner Familie der Brandnacht entkommen sein könnte, raubte ihm den Atem. Die Furcht, dass die Hoffnung ihn trügen würde, ließ ihn nach Luft ringen.

»Was ist mit Euch?«, hörte er Aleke Ledinkhusen erneut fragen. »Braucht Ihr etwas Wein?«

Schwer ließ Righert sich auf dem Mäuerchen nieder, das den Garten umzäunte. Heftig rang er nach Luft, fühlte sich, als drückten ihm Steine auf die Brust.

»Ja«, brachte er zwischen trockenen Lippen hervor. »Wein täte gut, bitte.«

Aleke Ledinkhusen gewährte ihm einen kurzen Blick auf ihre besorgte Miene, bevor sie sich abwandte, wohl, um den Wein zu holen. Righert schloss kurz die Augen. Als er sie öffnete, erwartete er den Kater vor sich zu sehen, aber er war allein. Konnte es sein, hatte er wirklich

Beißer gesehen? Oder spielten ihm seine Sinne einen Streich, einfach, weil er in die Stadt seiner Geburt zurückgekehrt war und die Vergangenheit an so vielen Stellen auftauchte, um mit eisigen Fingern nach ihm zu greifen.

»Hier, bitte.« Aleke Ledinkhusen reichte ihm einen schlichten Becher. Immer noch malte sich Besorgnis auf ihrem Gesicht ab. Righert versuchte ein Lächeln, das ihm misslang, wie er an ihrem Erschrecken bemerkte. Aber ihm fehlte die Kraft, darauf Rücksicht zu nehmen. Ihn beherrschte nur ein Gedanke.

»Wem gehört der Kater?« Vielleicht hatte er sich geirrt. Schließlich würde es in einer Stadt wie Braunschweig nicht nur einen roten Kater geben. Aber so einen gewaltigen Kater, der zudem noch die meisten Menschen hasste …

Vielleicht ein Nachfahre von Beißer. Das musste des Rätsels Lösung sein. Beinahe hätte Righert gelacht, weil die Erklärung so einfach erschien. Völlig grundlos hatte er seine mühsam erworbene Ruhe aufgegeben und beinahe seine Pläne mit Aleke Ledinkhusen gefährdet. Aber dennoch – ein Stück seiner Seele war nicht bereit, die Hoffnung aufzugeben. Eindringlich wiederholte er seine Frage: »Wem gehört der Kater?«

»Einem stummen Mädchen.« Aleke Ledinkhusen legte den Kopf schief, um ihn misstrauisch und zugleich verwirrt zu betrachten. »Das arme Kind kam vor sechs Jahren zu den Schwestern. Abgerissen, mit frischen Verbrennungen im Gesicht und an den Händen. Nur der Kater leistete ihr Gesellschaft.«

»Wie … wie heißt sie?« Righert fühlte, wie sein Herz

schneller und schneller schlug. Wann würde es bersten? Warum antwortete ihm Aleke Ledinkhusen nicht? »Wie alt ist sie?«

»Wir haben sie Lucke getauft. Das Kind ist jetzt wohl zehn Jahre alt.« Wieder schaute sie ihn misstrauisch an. »Kennt Ihr sie?«

»Ich … ich …« Fieberhaft suchte Righert nach einer Lüge, die ihm leicht über die Lippen gehen würde und die Aleke Ledinkhusen beruhigen könnte. Doch er brachte die Kraft nicht auf. »Ich weiß nicht. Wo ist sie?«

»Lucke fürchtet sich vor Fremden, aber …« Aleke Ledinkhusen hob die Schultern. »Wenn es Euch so wichtig ist. Kommt.«

Leichtfüßig eilte sie ihm voran. Righert musste sich zügeln, um nicht an ihr vorbei in den Hof zu laufen und den Namen seiner Schwester lauthals zu rufen. Hanneke. Was würde er geben, wenn sie noch lebte.

Endlich, endlich erreichten sie das Gärtchen, in dem Aleke ihre Kräuter züchtete. Im Geäst einer Birke, die gerade begann, grüne Triebe zu bilden, saß der rote Kater und funkelte Righert an, als wollte er ihm etwas mitteilen. An den Stamm des Baumes gelehnt saß ein Mädchen, vielleicht zehn Jahre alt, so wie Aleke Ledinkhusen gesagt hatte. Obwohl Righert sie nur von der Seite sehen konnte, obwohl sechs Jahre vergangen waren, erkannte er seine Schwester sofort. Die Feuernarben auf ihrer Wange schmerzten ihn, als trüge er die Brandmale im Gesicht.

»Hanneke«, flüsterte er, während er an Aleke Ledinkhusen vorbei auf das Kind zulief. Lauter und lauter rief er seine Schwester beim Namen.

Beim unvermuteten Klang seiner Stimme schreckte sie auf und wandte sich zu ihm um. Ja, nun war er gewiss – dort saß sie: seine Schwester Hanneke. Aus geweiteten Augen starrte sie ihn an, hob die Hand an die Kehle und sprang plötzlich auf. Abwehrend streckte sie die Hände aus, den Mund zu einem stummen Schrei aufgerissen.

Einen Augenblick bevor Righert sie erreicht hatte, sprang seine Schwester auf und lief davon. Floh vor ihm, als wäre er der Teufel. Doch die kurze Begegnung war ausreichend gewesen, um ihm einen Blick in ihre Augen zu gewähren. Augen, in denen sein Anblick Panik ausgelöst hatte. Nicht Überraschung, nicht Freude, nein schiere Panik hatte seine Schwester empfunden, als sie ihn wiedergesehen hatte. Righert blieb stehen. Sein Herz fühlte sich an, als hätte jemand ihm in die Brust gegriffen und das fühlende, pochende Herz durch einen kalten, toten Stein ersetzt.

»Kennt Ihr unsere Lucke?«, hörte er Aleke Ledinkhusen wie aus weiter Ferne fragen. »Ist Hanneke ihr wahrer Name?«

»Nein!«, antwortete er brüsk. Ohne ein weiteres Wort drängte er an ihr vorbei. Nur weg von diesem Ort, der ihm größte Freude und größte Verzweiflung gebracht hatte.

»Wartet!«, hörte er Aleke Ledinkhusen rufen, aber er wollte ihr nicht Rede und Antwort stehen, wünschte nur, allein zu sein, um sich die Wunden lecken zu können, die ihm die Begegnung mit seiner Schwester geschlagen hatte. Seine Rachepläne konnten warten. Alles konnte warten, bis er endlich wieder das Vertrauen und die Liebe seiner Schwester gewonnen hatte.

KAPITEL 9

Was für ein seltsamer Geselle!«, murmelte Aleke, während sie dem Mann hinterhersah, der davoneilte, als wäre der Leibhaftige hinter ihm her. »Was sich wohl für eine Geschichte dahinter verbirgt? Nur schade, dass Lucke nicht sprechen kann.«

Kopfschüttelnd drehte sie sich um und ging dem Mädchen hinterher, um es zu trösten. Wie erwartet, fand sie Lucke im Garten, verborgen hinter der schweren Hecke. Schluchzend lag das Kind auf dem feuchten Boden, den roten Kater eng an sich gepresst, der sich die unsanfte Behandlung gutmütig gefallen ließ.

»Lucke. Lucke«, sagte Aleke mit leiser Stimme, um das arme Kind nicht noch mehr zu verschrecken. »Kleines. Ich gehe auf den Markt. Zum Stand des Apothekers. Magst du mich begleiten?«

Das Mädchen gab einen kleinen Überraschungslaut von sich, ließ den Kater los, der eilends davonsprang, und schaute Aleke mit großen Augen fragend an. Tränen malten Spuren auf dem schmutzigen Gesichtchen. Lucke öffnete den Mund, als ob sie etwas sagen wollte, aber es kam nur ein leiser Laut heraus, so wie jedes Mal, wenn die Kleine zu sprechen versuchte. Die Verzweiflung, die nun das kindliche Gesicht verzerrte, brach Aleke schier das Herz.

So gut ihre Kenntnisse von gesundheitsfördernden Kräutern und heilsamen Tränken waren, so wenig hatte sie dem Mädchen bisher helfen können. Das, woran Lucke litt, war eine Krankheit der Seele, der man mit Kräutern nicht beikommen konnte. Das Einzige, was Aleke tun konnte, war, der Kleinen Linderung zu verschaffen, wenn sie um sich schlagend aus dunklen Träumen erwachte, oder sie abzulenken, so wie jetzt, indem sie gemeinsam auf den Markt gingen.

»Ja. Du darfst mitkommen, wenn du möchtest.« Aleke nickte aufmunternd und hielt dem Kind die rechte Hand entgegen. Nach einem Augenblick des Zögerns nahm Lucke Alekes Hand, lächelte sie unter Tränen an, bevor sie sich die Nase am Ärmel ihres Kittels abwischte. »Aber vorher müssen wir dich noch ein wenig saubermachen.«

Obwohl die Kleine sich sträubte, zog Aleke sie zum Brunnen, um ihr das Gesicht und die bloßen Arme zu waschen. Lucke zappelte und wand sich, geschickt wie ein Aal, der dem Häscher entkommen wollte. Nachdem das Mädchen endlich etwas sauberer war, war Alekes Gewand beinahe ebenso nass wie das Kind.

»Was bist du nur für eine, Lucke?«, sagte Aleke, mehr zu sich selbst als zu dem Kind. »Feuer bereitet dir Schrecken, Wasser magst du auch nicht, und der geheimnisvolle Righert van Anhald scheint dich zu kennen.«

Sosehr es Aleke plagte, dass sie zu gern wüsste, was für eine Geschichte den Fremden und das Findelkind verband, so wenig konnte sie sich jetzt mit dieser Frage beschäftigen. Erst galt es, ihrem Halbbruder zu helfen und herauszufinden, ob er die Wahrheit gesagt hatte. Sie musste erfahren, ob es ein Kraut oder einen Trank gab, der einen Menschen derart tief in den Schlaf versetzte, dass er sich nicht erinnerte und vor allem – allein der Gedanke grauste Aleke – nicht einmal bemerkte, wenn die neben ihm liegende Gemahlin blutig ermordet wurde. Gestern Abend hatte Aleke lange mit Ghese Ysernehagen geredet, der Kräuterfrau und Heilerin, von der Aleke alles gelernt hatte, was sie wusste. Gemeinsam waren sie die Kräuter durchgegangen, die eine tiefe Ruhe mit sich brachten.

Belladonna, Stechapfel und *Bilsenkraut* – sie alle riefen einen tiefen und langen Schlaf herbei, aber begleitet von Illusionen und düsteren Träumen, ganz zu schweigen von Herzrasen und Mundtrockenheit, nach denen Aleke den Kersten van dem Broke gefragt hatte. Doch der hatte keines der bekannten Symptome bejahen können, die mit der Einnahme der drei Schlafkräuter einhergingen. Selbst der starke Mohnsaft, gewonnen aus den Blättern und Stängeln des Schlafmohns, wirkte nicht so, wie Kersten es Aleke beschrieben hatte.

»Kannst du gewiss sein, dass Kersten van dem Broke dich nicht anlügt?« Ghese hatte bedächtig den Kopf von einer Seite zur anderen geneigt, wie stets, wenn es ihr unangenehm war, eine Frage zu stellen. Mit Zeige- und Mittelfinger hatte die Kräuterfrau ihre Nasenwurzel massiert, ein Zeichen, dass sie intensiv grübelte. Inzwischen konnte man Ghese Ysernehagen ihr hohes Alter ansehen. Die Kräuterfrau ging gebückt und benutzte einen Stock, wenn sie das *Beginenhaus* verließ. Aber ihre blaugrauen Augen blickten immer noch scharf in die Welt. »Mir ist noch kein Kraut untergekommen, das so eine Wirkung hätte. Außer … »

»Ja?«, hatte Aleke gefragt, voller Hoffnung, dass sich etwas finden würde, was Kersten van dem Broke entlastete. »Was ist das?«

»Nein. Davon soll man nicht reden.« Abrupt war Ghese aufgestanden. So schnell sie ihre krummen Beine trugen, war sie davongehumpelt. Kurz vor der Tür hatte sie sich zu Aleke umgedreht. »Geh zum Markt. Frag den Frycke Engelemestidde.«

Kurz hatte Aleke überlegt, der Kräuterfrau nachzulaufen, um das Geheimnis eines Krautes herauszufinden, dessen Namen Ghese nicht nennen wollte. Aber die Furcht vor dem Wissen hatte Aleke aufgehalten. Die Furcht und die Gewissheit, dass Ghese nicht mehr sagen würde. So gut kannte Aleke ihre Lehrmeisterin. Wenn Ghese über etwas nicht reden wollte, konnten selbst die neugierigsten Fragen sie nicht dazu bewegen, ihr Schweigen zu brechen. Also hatte Aleke sich schweren Herzens entschlossen, dem Rat ihrer Lehrmeisterin zu folgen und am nächsten Tag den Marktstand des Wanderapothekers aufzusuchen. Doch dann war ihr Righert van Anhald dazwischengekommen, so dass sie sich nun sputen musste, wollte sie noch mit Frycke Engelemestidde sprechen.

Mit Lucke an der Hand eilte Aleke durch die Gassen, immer wieder aufgehalten von Menschen, die ihr vom Markt entgegenkamen, die Körbe schwer von Gemüse oder Hühnern, die noch gerupft werden mussten. Ein Bauernjunge trieb eine fette Sau mit sechs feisten Ferkeln vor sich her, die Aleke und Lucke den Weg versperrten, so dass sie sich in einen Hauseingang flüchten mussten, bis das grunzende Borstenvieh an ihnen vorbeigegangen war. Aleke spürte die Zeit unter ihren Fingern verrinnen und fürchtete, dass sie nicht mehr rechtzeitig zum Markt gelangen würde, so dass sie eine Woche warten müsste, bis der Apotheker wieder seinen Stand in Braunschweig aufschlagen würde.

»Wir müssen uns eilen, Lucke.« So schnell es der Rock zuließ, der ihre Schritte begrenzte, ging Aleke weiter, das Kind an der Hand verfiel in einen Laufschritt, um mit ihr Schritt halten zu können. »Zur Belohnung bekommst du Zuckerwerk. Wenn wir den Apotheker noch finden.«

Das Versprechen reichte, um Lucke anzuspornen. Die Kleine lief so schnell, dass sie Aleke hinter sich herzog wie ein Esel einen Karren. Alekes *Trippen* klapperten auf dem Straßenpflaster. In ihrer Eile rutschte sie auf der Hinterlassenschaft einer Sau aus und wäre beinahe auf die Nase gefallen. Im letzten Augenblick konnte sie sich fangen, musste jedoch Luckes Hand loslassen, so dass die Kleine ihr davonlief. Aleke seufzte, bevor sie ihre Schritte beschleunigte, um das Mädchen in der Menge, die sich trotz der späten Stunde auf dem Markt drängte, nicht aus den Augen zu verlieren. Endlich hatte sie Lucke erreicht, die überraschend zielstrebig über den Marktplatz eilte, als wüsste sie genau, wo der Apotheker seinen Stand aufgebaut hatte.

Sollte der Wanderapotheker auf dem Markt ihr nicht helfen können, blieb Aleke nur, den Apotheker zu fragen, der sein Geschäft am Westende der Hagenbrücke hatte, genau gegenüber dem Neustadtrathaus. Aleke seufzte, als sie an ihn dachte, war sie doch mehrfach mit dem Mann aneinandergeraten, der meinte, mehr von Kräutern und deren Heilwirkung zu verstehen als Ghese Ysernehagen. Schlimmer noch, immer wieder hatte er sich an den Rat gewandt, damit dieser den Schwestern verbot, Kräuter zu mischen und zu verkaufen. Sollte er je Erfolg haben, fiele eine wichtige Einnahmequelle für den Konvent weg. Ganz zu schweigen davon, dass sie dann den weniger begüterten Braunschweigern nicht weiter helfen könnten. Der Wanderapotheker hingegen war stets freundlich zu ihr und teilte bereitwillig sein Wissen.

Frycke Engelemestidde erinnerte Aleke immer an einen Raben, einen bedächtigen schwarzen Vogel, der seine Beute durch Schnelligkeit und Klugheit fing. Nicht etwa, weil er dunkel gekleidet war; ganz im Gegenteil, Frycke Engelemestidde liebte bunte Stoffe, so dass man ihn schon von weitem erkennen konnte.

Aber seine ernsthafte Art, die der Apotheker geschickt hinter freundlichen Worten und ausufernden Gesten verbarg, teilte er Alekes Einschätzung nach mit den dunklen Vögeln. Ansonsten wirkte er unauffällig: Mittelgroß war er, weder dick noch dünn, selbst seine Haare waren von bescheidenem Braun, so dass er in der Menge unterging wie ein Rabe in seinem Schwarm.

Zu Alekes Erleichterung hatte der Apotheker seinen Stand noch nicht abgebaut, sondern sprach leise mit einer stämmigen Frau, deren ausnehmend teuer wirkendes Gewand sie als Patrizierin verriet. Frycke Engelemestidde nickte Aleke kurz zu, nachdem er sie gesehen hatte, und setzte dann sein Gespräch fort. Bevor Aleke ihn mit ihrem Anliegen behelligte, bewunderte sie die Vielzahl von gedrechselten, kunstvoll bemalten und sorgfältig beschrifteten Gefäßen, in denen er seine Arzneien und Pulver aufbewahrte. Sie selber und auch Ghese Ysernehagen konnten sich nur schlichte Tontöpfe leisten, um die getrockneten Kräuter vor Nagetieren, aber auch vor allzu neugierigen Katzen zu schützen. Mit einem Kopfschütteln erinnerte Aleke sich an den Tag, an dem Ghese Ysernehagen Baldrian gesammelt hatte, den sie zum Trocknen ausgebreitet hatte. Maustod war wie toll geworden, hatte sich in der Pflanze gewälzt, um dann, wie vom Teufel besessen, durch Gheses Kammer zu rasen.

Endlich nahm die Matrone einen Beutel entgegen, zählte Münzen ab und ging, so dass der Apotheker Aleke und Lucke begrüßte.

»Was darf ich der jungen Dame anbieten?« Übermütig zwinkerte er Aleke zu, die mit einem Lächeln beobachtete, wie Lucke fasziniert vor dem Zuckerwerk stand, das der Apotheker ausliegen hatte. »Alle meine Spezereien sind äußerst schmackhaft, wenn ich das so frei heraus sagen darf. Und etliche von ihnen haben eine wohltuende, gar eine heilende Wirkung.«

»Grüßt Euch. Was ist das?« Aleke trat näher an den Stand heran. Der Geruch der Leckereien ließ auch ihr das Wasser im Mund zusammenlaufen. Sie deutete auf ein helles Viereck, das der Apotheker appetitlich auf einem Holzbrett angerichtet hatte. »Ist es Marzipan?«

»Ah, die Herrin hat einen ausnehmend guten Geschmack.« Er verbeugte sich leicht. »Das ist feinstes Marzipan, nach einem alten Rezept aus dem Morgenland.

Nur süßeste Mandeln, Zucker und Rosenwasser. Außerdem wirkt es als Arzneimittel gegen …« Er hüstelte. »… gegen Verstopfungen und Blähungen.«

Aleke musste lachen, als sie sah, dass der Apotheker peinlich berührt zu Boden schaute. Daher merkte sie erst, dass Lucke etwas von ihr wünschte, als die Kleine energisch an ihrem Rock zog, bis sich Aleke zu ihr heruntergebeugte. Lucke deutete auf eine weißliche Stange, in der braune Punkte und – wenn sich Aleke nicht täuschte – Gold kleine Farbtupfer setzten.

»Oh, die junge Herrin verfügt über einen ausgezeichneten Geschmack.« Augenscheinlich voller Hoffnung auf ein gutes Geschäft rieb der Apotheker sich die Hände. »Das ist eine *Manus Christi*, die Hand Christi, eine wundersame Leckerei aus Zucker, gewürzt mit Veilchen und Zimt. Meine *Manus Christi* beziehe ich direkt aus Paris, wo man es mit Blattgold versetzt, wie Ihr sehen könnt.«

»Lucke, du musst kein Gold essen, nicht wahr.« Aleke wollte Frycke Engelemestidde lieber gar nicht erst nach dem Preis für diese besondere Süßigkeit fragen, um bei Lucke nicht noch mehr Begehrlichkeiten zu wecken. »Such dir lieber ein Stück Marzipan oder eine kandierte Frucht aus.«

Aleke deutete auf eine Auswahl bunter Leckereien, denen es jedoch nicht gelang, Luckes Aufmerksamkeit zu fesseln. Das Mädchen deutete weiterhin mit seiner Hand auf die Zuckerstange mit den goldfarbenen Einsprengseln. »Nun gut, versprochen ist versprochen. Was kostet so ein Stück?«

»Da Ihr eine meiner besten Kundinnen seid, schenke

ich es Euch.« Der Apotheker griff nach einer Zuckerstange, die er Lucke mit einer angedeuteten Verbeugung überreicht. »Bitte sehr, kleine Herrin. Lasst es Euch munden.«

Ein seltenes Lächeln erhellte Luckes Gesicht. Die Kleine griff schnell nach der Süßigkeit und steckte sie sich sofort in den Mund. Das Lächeln verwandelte sich in ein Strahlen reinsten Genusses.

»Setz dich hier auf die Truhe, Lucke.« Aleke deutete auf eine Kiste, die neben dem Wagen des Apothekers stand. »Und bleib da sitzen, bitte.«

Immer noch selig lächelnd, setzte das Kind sich hin, gänzlich versunken in der seltenen Gaumenfreude.

»Kann ich noch etwas für Euch tun?«, fragte der Apotheker. »Man sagt, der Kersten van dem Broke sitzt im Kerker, weil er seine junge Frau in der Hochzeitsnacht zu Tode gebracht hat.«

»Sagt man das?«, fragte Aleke, betont leichthin, als wüsste sie nicht, worauf der Apotheker hinauswollte. Nur zu genau wusste sie, dass der Mann nicht nur mit Spezereien, Kräutern und Zuckerwerk handelte, sondern auch mit Gerüchten, die er von einem Ort zum nächsten trug, was ihm die Aufmerksamkeit der Bürger und Bauern einbrachte, die auch deshalb bei ihm kauften, um auf dem Wege zu erfahren, was sich in der Welt getan hatte. »Was spricht man noch?«

»Dass Acchem van dem Broke zu Euch gekommen ist, weil Ihr Euch mit Heilpflanzen auskennt. Dass Ihr nicht gezögert habt, ihm zu helfen, weil man sagt, dass er Euer Vater sei.«

Neugierig schaute der Apotheker Aleke an. Sie antwortete ihm mit einem leisen Lachen. »Was könnte ich Euch sagen, das Ihr nicht bereits wisst? Ihr scheint sogar mehr zu wissen als ich.«

»Alles nur Gerüchte und Tratsch«, wehrte Frycke Engelemestidde ab. »Nichts, dem ich Glauben schenkte. Sagt, besitzt der Klatsch einen kleinen Kern aus Wahrheit, oder entspringt alles nur dem Gerede gelangweilter Bürgersfrauen oder gar dem Würzwein?«

»Leider ist es wahr.« Aleke trat etwas näher an den Stand heran, damit die neugierigen Ohren einiger Frauen, die den Apotheker und sie belauschten, sie nicht hören konnten. Sie bemühte sich, das Geschehen so schlicht wie möglich zusammenzufassen. »Ceffeken Horneborch wurde in der Hochzeitsnacht ermordet. Grausam ermordet. Kersten van dem Brokes Gewand war blutbeschmiert, der blutige Dolch lag neben ihm. Sein Dolch.«

»Wie kann Acchem van dem Broke dann an die Unschuld seines Sohnes glauben?« Der Apotheker runzelte die Stirn, sichtlich fassungslos darüber, dass der van dem Broke nicht bereit war, die Schuld seines einzigen Kindes einzugestehen. »Konntet Ihr ihm helfen?«

»Nein.« Aleke schüttelte den Kopf und stieß einen Seufzer der Enttäuschung aus, dass es ihr einfach nicht gelingen wollte, auch nur ein winziges Zeichen zu finden, dass die hanebüchen klingende Mär ihres Halbbruders ein Körnchen Wahrheit enthielt. »Deshalb habe ich Euch aufgesucht. Kennt Ihr eine Pflanze, die jemanden in einen tiefen Schlaf versetzt, aus dem er ohne Erinnerung erwacht?«

Während er einen Augenblick nachdachte, rieb sich der Apotheker gedankenverloren das bartlose Kinn.

»Baldrian und *Bilsenkraut.*« Der Apotheker hielt einen Augenblick inne, als ob er weiter überlegen müsste. »Dann noch *Stechapfel* und *Tollkirsche.* Aber die kennt Ihr alle selbst, oder sollte ich mich irren?«

»Ja.« Aleke nickte. Diese Kräuter waren ihr auch als Erste in den Sinn gekommen. Aber Kersten hatte auf ihre Nachfragen keines der Symptome genannt, die mit der Verabreichung eines *Nachtschattengewächses* einhergingen. »Doch die drei führen zu seltsamen Träumen, und die hatte Kersten nicht. Ihm fehlt, so sagt er, jegliche Erinnerung.«

»Nun, ich wüsste kein Kraut, das eine derartig starke Wirkung haben könne, so dass man sich nicht erinnert.«

Das hatte Aleke befürchtet. Sie war mit wenig Hoffnung zum Apotheker gegangen, schließlich hatte sie einen Teil ihres Wissens von ihm gelernt. Aber sie hatte nicht aufgeben wollen, hatte ihren Vater nicht enttäuschen wollen, der so viel Vertrauen in sie setzte.

»Hat denn jemand in letzter Zeit bei Euch eines der *Specerie* gekauft?«, fragte Aleke in der Hoffnung, auf dem Weg einen Schritt weiter auf ihrer Suche zu gelangen. »Jemand, der sonst nicht so etwas bei Euch nachfragt?«

»Nein.« Der Apotheker schüttelte so heftig den Kopf, dass seine spärlichen grauen Haare flogen. »Nur Kunden, die ich kenne. Und wie wir wissen, wirken die *Nachtschattengewächse* erst aufbrausend, dann beruhigend.«

»Also muss es etwas anderes sein. Ein anderes Kraut, das ich nicht kenne, weil …«

»Weil es keines gibt«, sagte Frycke Engelemestidde mit Mitgefühl in der Stimme. »Es sei denn …«

Erneut runzelte er die Stirn und sah sich nach allen Seiten um, bevor er sich noch weiter zu Aleke beugte, um ihr ins Ohr zu flüstern.

»Der *Mandragora* schreibt man so starke Kräfte zu«, wisperte er so leise, dass sie ihn kaum verstehen konnte. »Aber solche Zaubermittel führe ich nicht.«

Die *Alraune*. Aleke erschrak. Ein Wundermittel, dem man vielerlei Wirkung zuschrieb. Natürlich hatten weder Ghese noch sie an dieses verbotene Kraut gedacht, das ohnehin so selten war, dass man es kaum bezahlen konnte. Sicher gab es *Medici* und auch Apotheker, die *Alraunen*-Wein gegen Schlaflosigkeit verkaufen oder *Alraunenwurzeln* zur Betäubung nutzten, aber die Schwestern lehnten das Kraut ab. Schließlich hatte die heilige Hildegard von Bingen geschrieben, dass man sich vor den teuflischen Einflüsterungen der *Mandragora* schützen müsse.

»Wisst Ihr, ob ein anderer Apotheker hier dieses … dieses *Simplicium* führt?«, fragte Aleke, wobei sie bewusst das Wort für ein Einzelpräparat nutzte, um den Namen der Pflanze nicht auszusprechen.

»Niemand, den ich kenne.« Er hob die Hände. »Einige behaupten es, aber das sind alles Fälschungen. Es ist gar schwer, an eine echte *Mandragora* zu gelangen. Man braucht einen schwarzen Hund und die Leiche eines Gehenkten.«

»Ich habe davon gehört«, unterbrach Aleke ihn, weil sie bemerkt hatte, dass Lucke sich ihnen genähert hatte und nun mit aufgerissenen Augen lauschte. Nicht auszudenken, was die Kleine für Alpträume heimsuchen würden, wenn der Apotheker seine Mär weiterspann.

»Danke«, sagte Aleke daher, nahm Luckes Hand und wollte gehen. »Einen guten Tag wünsche ich Euch.«

»Halt, wartet.« Wieder beugte sich Frycke Engelemestidde verschwörerisch zu ihr. »Mir ist zu Ohren gekommen …«

Er schwieg, als erwartete er von Aleke, dass sie eifrig nachfragte. Sie konnte sich eines Lächelns nicht erwehren, schließlich galt der Apotheker als große Klatschbase. Aber sie wollte ihn nicht enttäuschen. »Ja?«

»Es gibt einen neuen *Medicus*. Einen Juden, sagt man. Aus Salerno.« Seine Miene zeigte eine erstaunliche Mischung aus Abscheu und Hochachtung, was Aleke neugierig werden ließ. »Er ist erst vor kurzem nach Braunschweig gekommen. Fragt ihn.«

»Wie soll ein Maularzt wie er mir helfen können?«

»Ein *Medicus*, schon«, sagte der Apotheker. »Aber er hat in Salerno gelernt. Dort erhalten sie mehr Wissen, als man es nur aus Büchern erwerben kann.«

Aleke lächelte, kannte sie doch nur zu gut die Skepsis, die im Volk gegen die studierten Mediziner herrschte. Maulärzte nannte man sie oder Bücherärzte, weil sie ihr Wissen nicht aus der Ausübung des Berufs bezogen wie die *Bader*, die an der Stadtmauer praktizierten. So abschätzig sie auch gesprochen hatte, so sehr bewunderte sie die *Medici*, die so viel mehr über Gesundheit und Krankheit wussten als selbst die erfahrenste Heilerin.

In die Neustadt sollte sie also gehen. Was würden die Schwestern wohl sagen, wenn sie erführen, dass Aleke sich mit einem jüdischen *Medicus* treffen wollte, um mehr über geheimnisvolle Tränke zu erfahren?

»Habt Dank.« Aleke nickte dem Apotheker zum Abschied zu. »Bis zum nächsten Markt.«

Lucke, die immer noch versunken an der Zuckerstange lutschte, schreckte auf und hob die Hand zum Gruß.

»Ich weiß nicht, ob mein Wagen so bald wieder nach Braunschweig fahren wird«, antwortete Frycke Engelemestidde. Sein Gesicht wirkte düster, beinahe finster, wie Aleke den freundlichen Apotheker nicht kannte. »Es scheint mir nicht sicher zu sein. Ihr solltet auch überlegen, ob Ihr die Stadt nicht verlassen wollt.«

»Hmhm«, antwortete Aleke, die sich darüber keine Gedanken machen wollte, zu sehr beschäftigte sie die Frage, ob eine *Alraune* wirklich so viel Macht besitzen mochte, dass sie Kersten van dem Broke zum Mord an seiner Gemahlin getrieben hatte. »Gehabt Euch wohl.«

Gemeinsam mit Lucke verließ sie den Markt. Aleke ging in die Knie, um das Kind anzuschauen. »Nun kannst du mich nicht mehr begleiten, Lucke. Geh nach Hause.«

KAPITEL 10

Besucher der Schwestern hatten Aleke erzählt, dass es in anderen Städten ganze Viertel gab, in denen Juden lebten. Häufig umschloss eine Mauer die Straßen und Gassen, in denen sie lebten und Handel trieben. In Braunschweig jedoch gab es nur eine Straße, am Rande der Neustadt, allerdings durch Tore von den umliegenden Straßen abgeteilt. Hier lebten die wenigen Familien, die die *große Pest* vor beinahe 25 Jahren überlebt hatten. Nur zu gut erinnerte sich Aleke an die Schreckensgeschichten, die ihre Mutter aus der Zeit des Sterbens durch den Schwarzen Tod zu berichten wusste. Von der Angst, die allgegenwärtig schien, von den Ausschreitungen gegen die Juden, von Menschen, die ihre Familie im Stich ließen, um sich selbst zu retten. Von Bauernhöfen, auf denen es nach dem Ende der *Pest* kein Leben mehr gab.

Als in dieser Zeit der Angst jemand das Gerücht aufbrachte, die Juden vergifteten die Brunnen, um die Christen zu vernichten, begann in vielen Städten das Morden, auch in Braunschweig, obwohl der Rat frühzeitig gelobte, jährlich eine Prozession am Tage des Stadtheiligen Auctor zu veranstalten, damit dieser die Seuche abwende.

Aleke schauderte. Sie versuchte, die dunklen Gedanken beiseitezuschieben, als sie durch die Gassen der Neustadt bis zur Jodhenstrate ging. War es ihr schlechtes Gewissen, das ihr vorspielte, von neugierigen Augen beobachtet zu werden, oder folgten ihr wirklich Blicke, als sie an das Tor zum Wohnviertel der Juden trat. Sie konnte nur hoffen, dass niemand Benedicte Muntaries davon berichtete, dass eine der Schwestern sich mit Juden abgab. Auch wenn die *Magistra* weltoffener als viele der Schwestern war, so hegte sie doch große Vorbehalte gegen Menschen jüdischen Glaubens. Daher schaute Aleke sich noch einmal prüfend um, ob außer ihr auch niemand auf der Straße war oder ob jemand voller Neugier aus dem Fenster schaute, anstatt dem Tagewerk nachzugehen. Nachdem sie sich vergewissert hatte, allein zu sein, öffnete sie das Tor und schlüpfte schnell hindurch.

Erst, als sie auf der Jodhenstrate stand, misstrauisch beäugt von zwei alten Männern, die vor einer Haustür standen und miteinander sprachen, fiel Aleke ein, dass sie den Namen des *Medicus* nicht kannte. Sie konnte doch nicht von Tür zu Tür gehen, dort klopfen und nach einem Mann fragen, der erst vor wenigen Tagen eingetroffen war. Wieder einmal hatte sie vorschnell gehandelt und nicht weit genug vorausgedacht, um ihr Vorhaben zu einem Erfolg zu bringen. Mit gesenktem Blick ging sie auf die beiden Alten zu, unsicher, ob sie als Christin überhaupt eine Antwort erhalten würde, ob sie als Frau überhaupt einen Mann anreden durfte. Am auffallendsten an den beiden Männern waren ihre tiefblauen Hüte, breitkrempig, spitz zulaufend, mit einem Knauf an der Spitze. Judenhüte, erinnerte sich Aleke – Menschen jüdischen Glaubens waren per Gesetz gezwungen, sich über ihre Kleidung kenntlich zu machen.

»Entschuldigt«, sagte Aleke leise und höflich. »Ich suche den *Medicus*, der vor wenigen Tagen in die Stadt kam.«

Als sie keine Antwort erhielt, schaute sie auf. Die beiden Männer sahen sie nicht an, aber waren einige Schritte zurückgetreten, als fürchteten sie, dass sie sich durch die Begegnung mit Aleke eine Krankheit zuziehen könnte. Zorn wallte in Aleke auf, da sie höflich auf die Alten zugegangen war. Gleichzeitig spürte sie Scham, weil sie so weniges nur über die Menschen wusste, die mit ihr in einer Stadt lebten. Vielleicht ließ es ihr Glaube nicht zu, dass sie mit Frauen sprachen. Aber sonst war niemand zu sehen, den sie fragen konnte. Also bezwang Aleke ihren Zorn, holte tief Luft, bevor sie die beiden Männer erneut ansprach.

»Bitte entschuldigt. Ich möchte Euch nicht verärgern. Nur bitte zeigt mir doch, wo ich den *Medicus* finde.«

Einer hob die Hände in einer hilflosen Geste und schüttelte den Kopf, bevor er etwas zu dem anderen Mann sagte, in einer Sprache, die Aleke nicht kannte. Wie unhöflich, dachte sie, und wandte sich empört ab. Dann musste sie eben doch an Türen pochen, um ihn zu finden. In dem Augenblick entdeckte sie eine junge Frau, gekleidet mit dem blaugestreiften Schleier, wie es das Gesetz für Jüdinnen vorschrieb. Die Frau trat aus der Tür eines Hauses und blickte aufmerksam zu Aleke und den beiden Alten. Mit leichten Schritten kam sie auf die drei zu, ein Lächeln auf dem hübschen Gesicht.

»Ihr sucht meinen Gemahl.« Die Frau, nur geringfügig älter als Aleke, mit auffallend mandelförmigen dunklen

Augen, sprach Aleke freundlich an. »Ich bin Rina von Bremhen. Kommt mit, bitte. Ich bringe Euch zu Ysake.«

Rina von Bremhen hielt sich sehr aufrecht, als wollte sie ausgleichen, dass ihr das Schicksal nur eine geringe Körpergröße zugedacht hatte. Aleke überragte sie um mehr als einen Kopf und fühlte sich neben der zierlichen Frau beinahe plump.

»Grüßt Euch. Vielen Dank.« Aleke nickte der Jüdin zu, die einen sichtlich schweren Korb mit Lebensmitteln trug. »Man nennt mich Aleke Ledinkhusen. Soll ich Euch beim Tragen helfen?«

»Danke. Ich schaffe das allein«, sagte die Jüdin. Mit großen Schritten ging sie die schmale Gasse entlang. Aleke blieb nichts übrig, als ihr zu folgen.

»Ist es jüdischen Männern nicht erlaubt, mit Christinnen zu sprechen?«, fragte Aleke, da Rina von Bremhen, die anfangs so freundlich schien, keinen weiteren Ton von sich gab.

»Wie kommt Ihr auf die Idee?« Abrupt blieb Rina von Bremhen stehen, um Aleke verwundert anzusehen. Dann schüttelte sie den Kopf und ging weiter. »Ach, weil sie Euch nicht antworteten. Sie haben Euch einfach nicht verstanden.«

»Oh. Ach so.« Nun war es an Aleke, schweigend neben der Jüdin herzugehen, mit brennenden Wangen und dem Wunsch, etwas klüger zu sein.

»Entschuldigt, dass ich so neugierig frage, aber was wünscht Ihr als Christin von einem jüdischen Medicus?«, fragte Rina von Bremhen schließlich. »Woher wisst Ihr von Ysake und mir?«

»Frycke Engelemestidde, der Apotheker, meinte, dass Euer Gemahl mir vielleicht eine wichtige Frage beantworten könnte.« Allzu viel mehr wollte Aleke nicht sagen, weil sie fürchtete, dass die Jüdin ihr die Hilfe verweigern würde, wüsste sie, dass es um einen Mord ging. »Es handelt sich um ein Schlafkraut.«

»Benötigt Ihr das Mittel oder jemand anders?« Kam es Aleke nur so vor oder wirkte Rina von Bremhen auf einmal vorsichtiger und aufmerksamer? »Warum geht Ihr nicht zu einem *Bader* oder einem christlichen *Medicus*?«

Rina von Bremhen blieb erneut stehen, stellte den schweren Korb ab und stemmte die Hände in die Hüften, während sie Aleke von oben bis unten musterte. Aleke hielt dem Blick der Jüdin stand, obwohl sie sich unwohl fühlte. Was hatte sie Falsches gesagt, um eine derartige Wirkung hervorzurufen? Schweigend starrten sich die beiden Frauen an wie zwei Straßenkatzen, die einander umschlichen, bevor sie mit Zähnen und Krallen ihr Revier verteidigten.

»Das möchte ich nur Eurem Gemahl sagen«, sagte Aleke schließlich, um das unbehagliche Schweigen zu durchbrechen. Außerdem hatte sie bemerkt, dass aus einigen Fenstern bereits Frauen herausschauten, sichtlich neugierig auf das Geschehen, das sich auf der Straße abspielte. »Ich brauche jemanden Kräuterkundigen.«

»Dann sagt es mir!« Rina von Bremhen hielt die Hände weiterhin in die Hüften gestemmt. Angriffslustig schob sie das Kinn vor. »Ich kann Euch genauso gut helfen wie Ysake.«

Obwohl sie die Jüdin am liebsten für deren dreiste

Anmaßung gerügt hätte, blieb Aleke höflich, auch wenn es sie viel Mühe kostete. Sie musste mit dem *Medicus* sprechen und durfte daher dessen Frau nicht verärgern. »Danke, aber ich brauche die Hilfe von einem studierten *Medicus.*«

»Dann sprecht mit mir«, wiederholte Rina von Bremhen, ein spöttisches Lächeln auf dem Gesicht.

Aleke schaute die Jüdin einige Augenblicke ungläubig an, konnte kaum begreifen, was Rina von Bremhen eben angedeutet hatte.

»Ihr … Ihr …«, begann Aleke, stammelnd, weil sie keine Worte finden konnte, die ihren Unglauben auszudrücken vermochten, ohne dass sie die Höflichkeit verletzten. Schließlich platzte sie heraus. »Aber Ihr seid eine Frau.«

»Offensichtlich«, antwortete Rina von Bremhen, der das Ganze, wie Aleke langsam dämmerte, einen großen Spaß bereitete. »Ja, ich bin eine Frau. Und ein *Medicus*, ausgebildet in Salerno. Genauer gesagt, eine *Medica.*«

»Das ist möglich?«, stotterte Aleke, deren Wangen sich vor Aufregung heiß anfühlten. Niemals hätte sie so etwas auch nur zu hoffen gewagt. Ein *Medicus* zu werden, endlich mehr über Leben und Tod, über Krankheit und Gesundheit zu erfahren als das, was Ghese sie lehren konnte. Selbst wenn die Maulärzte um Anerkennung kämpfen mussten, so konnte Aleke sich nichts Schöneres vorstellen, als ihr Wissen zu erweitern. »Kann jede Frau dort studieren? Was muss man können? Wie lange dauert die Ausbildung?«

»Ich dachte, Ihr wolltet meinen Ehemann etwas fragen, und nun horcht Ihr mich aus.« Rina von Bremhens Lächeln wurde weicher. Sie griff den schweren Weidenkorb. »Kommt. Die Straße ist nicht der richtige Ort, um über diese Fragen zu sprechen.«

Bald erreichten sie ein Haus, vor dem ein Mann bereits auf Rina von Bremhen zu warten schien.

»Das ist mein Gemahl Ysake von Bremhen«, stellte Rina von Bremhen ihn vor. »Dies ist Aleke Ledinkhusen, die nach einem Schlafkraut sucht.«

»Ich wünsche Euch einen guten Tag«, sagte der Mann mit wohlklingender Stimme. »Bitte tretet ein und sagt mir, wofür Ihr das Kraut benötigt.«

Nachdem Aleke Ysake und Rina von Bremhen in die *Däle* des kleinen Hauses gefolgt war und dort Platz genommen hatte, erklärte sie den beiden, warum sie den *Medicus* aufsuchen wollte. Noch immer überrascht durch Rina von Bremhens Studium, hatte Aleke sich entschieden, den Juden die Wahrheit zu sagen, damit diese entscheiden konnten, ob sie ihr helfen wollten oder nicht.

»Und der Mann hegt wirklich keinerlei Erinnerungen mehr an die Nacht?«, fragte Ysake von Bremhen ernsthaft, bevor er einen Blick mit seiner Ehefrau wechselte. Einen Blick, der Alekes Besorgnis wachsen ließ. Neben seiner Ehefrau, die Lebendigkeit und Lebensfreude ausstrahlte, wirkte Ysake von Bremhen ruhig und bedächtig. Ein großer, schlanker Mann mit schmalen Händen, deren lange Finger sich bewegten, als folgten sie einer unhörbaren Melodie. »Keine Alpträume oder …« – der *Medicus* suchte sichtlich nach Worten – »… Träume von delikaterer Natur?«

»Nein.« Aleke schüttelte heftig den Kopf. Auch sie hatte

sich wieder und wieder gefragt, wie es sein konnte, dass Kersten keinerlei Symptome einer *Nachtschattenvergiftung* aufwies. »Das Letzte, was er erinnert, ist, dass er noch einen Würzwein trank … und am Morgen neben seiner toten Gemahlin aufwachte.«

»Das klingt nach dem *Alraunentee*«, sagte Rina von Bremhen schließlich, nachdem sie lange überlegt hatte. »Man benutzt ihn für Operationen. Allerdings wird er nicht getrunken.«

»*Alraunentee*?« Davon hatte Ghese niemals erzählt. »Was macht man mit einem Tee, wenn nicht trinken.«

»Man träufelt ihn auf einen Schwamm und lässt den Kranken die Dämpfe einatmen.« Ysake von Bremhen strich sich über den Bart. »Den Tee zu trinken …«

»Jemand hat in Kauf genommen, dass Kersten van dem Broke nicht mehr erwacht.« Rina von Bremhen war aufgestanden und durchmaß das Gemach mit großen Schritten. Neben ihrem ruhigen Gemahl wirkte sie noch aufgeregter und schien nicht still sitzen zu können. »Der *Alraunentee* ist das stärkste Mittel, das wir kennen. Es ist Saft von *Alraunenwurzel* und Maulbeere, vermischt mit Mohnextrakt, Bildsenkraut und Schierling.«

»Diese Mischung kann töten«, sprach Aleke aus, was ihr durch den Kopf ging und was Rina von Bremhen bereits angedeutet hatte. Jemand hatte ihren Halbbruder betäubt, ohne Rücksicht darauf zu nehmen, ob er aus dem tiefen Schlaf, den die *Nachtschattengewächse* hervorriefen, wieder erwachen würde. »Wer weiß von diesem Tee? Nur Ihr *Medici*?«

Bereits, als sie die Frage stellte, überlegte sie, wer in

Braunschweig über so gute heilkundlerische Kenntnisse verfügte, dass er so einen heimtückischen Plan hätte fassen und in die Tat umsetzen können. Ghese, der Apotheker, die Braunschweiger *Medici* und vielleicht auch die *Bader*. Ihr Herz schlug schneller, weil sie der Lösung des Rätsels damit einen gewaltigen Schritt näher gekommen war.

»Man muss kein Heilkundler sein«, raubten Rina von Bremhens Worte Aleke ihre Hoffnung. »Soldaten kennen den Trank. Fernhändler mögen davon gehört haben. Heilkundige sicher auch. Aber ihn derart perfide einzusetzen …«

Erschüttert schüttelte die Jüdin den Kopf. Ihr Gemahl stand auf, um zu ihr zu gehen und sie zu beruhigen, doch Rina von Bremhen hob abwehrend die Hände. Fahrig bewegten sich ihre Finger, als sie weitersprach: »Ihr müsst nach jemandem suchen, der ohne Herz und Seele ist. Jemandem, der mordet, um an sein Ziel zu gelangen. Und jemandem, der klug genug ist, sich so einen Plan auszudenken. Jemandem, der sich mit dunklen Tränken auskennt.«

Wieder schauderte Rina von Bremhen. Dieses Mal ließ sie es zu, dass ihr Gemahl ihr sanft über den Arm strich.

»Ihr solltet Vorsicht walten lassen«, sagte Ysake von Bremhen bedächtig zu Aleke. »Jemand, der so leicht mordet, wird nicht zögern, Euch zu töten, wenn Ihr ihm auf die Schliche kommt.«

Alekes Mund fühlte sich auf einmal so trocken an, dass sie nach dem Becher mit Wein griff. Ihre Finger zitterten, ihr Herz schlug schneller. Daran hatte sie bisher keinen

Gedanken verschwendet. Getrieben von dem Wunsch, ihrem Vater zu gefallen, war sie losgerannt und hatte sich auf die Suche nach dem Geheimnis hinter Ceffeken Horneborchs Tod gemacht, ohne die Folgen zu bedenken, die ihre Suche für sie nach sich ziehen könnte. Der Mann, der Ceffeken Horneborch ermordet und Kersten van dem Broke vergiftet hatte, würde sicher keine Skrupel haben, eine allzu wissbegierige Frau zu beseitigen. Das Abendläuten erklang. Waren es die Glocken von St. Katharinen oder die von St. Andreas, fragte sich Aleke, bevor sie aufschreckte. Sie musste sich sputen, wollte sie noch rechtzeitig zu den Schwestern gelangen.

»Danke«, stotterte sie und sprang auf. »Ich hoffe, wir sehen uns wieder, aber nun muss ich zurück in den Konvent.«

»Passt auf Euch auf.« Ysake von Bremhen schaute Aleke so ernst an, dass sie einen Schauder verspürte. »Geht besser nicht mehr allein durch die Straßen.«

»Jetzt hör auf, du versetzt sie noch in Angst und Schrecken.« Rina von Bremhen schüttelte den Kopf. »Ihr solltet vorsichtig sein, aber nicht so ängstlich wie eine Maus.«

»Danke.« Aleke nickte. »Mir wird schon nichts geschehen. Es wissen ja nicht viele, dass ich auf der Suche nach der Wahrheit bin.«

»Vertut Euch nicht«, sagte Ysake von Bremhen düster. »Die Stadt hat mehr Augen und Ohren, als man denkt.«

KAPITEL 11

Immer noch innerlich aufgewühlt, weil er seine totgeglaubte Schwester lebend gesehen hatte, eilte Righert De guldene Strate entlang. Als er Hanneke dort hatte stehen sehen, den roten Kater an sich gepresst, als sollte er sie schützen, hatte Righert sich gefühlt, als wäre er wieder in jener verhängnisvollen Nacht, in der die Flammen ihm seine Lieben genommen und sein Leben für immer verändert hatten. Warum nur hatte er seine Schwester in der Nacht nicht bemerkt? Hätte er nur nicht auf den Rat des Nachbarn gehört und wäre wenige Tage nach dem Brand aus Braunschweig geflohen, als wäre der Leibhaftige hinter ihm her. Righert vermochte sich kaum vorzustellen, wie nahe er Hanneke gewesen war, ohne auch nur zu ahnen, dass sie noch lebte. Wo sie sich wohl vor sechs Jahren versteckt haben mochte?

In Gedanken versunken, betrat er die *Däle* seines Hauses, das ihm noch immer fremd war, das ihm auch weiter fremd bleiben würde, weil er niemals in Braunschweig bleiben wollte. Wie erwartet, stand Wynneke an der Feuerstelle, während Smalejohan auf der Bank saß und Lauch schnitt, ein Anblick, so vertraut, dass er Righert beruhigte.

»Was ist mit Euch, Herr?« Wynneke schaute ihn fragend an. »Ihr seht aus, als hättet Ihr einen Geist gesehen.«

»Du ahnst nicht, wie recht du hast.« Righert fuhr sich mit der Hand durch die Haare und warf sich auf die Sitzbank in der *Däle*. »Gibst du mir einen Gewürzten, bitte?«

»Sitz nicht rum. Hol einen Wein aus dem Keller.« Wynneke griff nach einem Krug, den sie Smalejohan in die Hand drückte. »So, wie er aussieht, braucht er den *Hypocras*, den mit den Paradieskörnern.«

Der Knecht öffnete die Tür zum Keller, und Righert konnte ihn die Treppe hinunterpoltern hören, wobei er vor sich hingrummelte, sicher über seine Frau, die ihn stets scheuchte.

Obwohl ihm der Schrecken immer noch in den Gliedern saß, konnte Righert nicht umhin zu lächeln. Wynneke und Smalejohan führten sich auf, als wären sie seine Eltern und er ein kleiner Junge, der ständig zu Streichen aufgelegt war. Weder Wynneke noch Smalejohan hatten viel davon gehalten, nach Braunschweig zu ziehen, aber noch weniger hatten sie davon gehalten, Righert allein zu lassen. Also waren sie mit ihm gereist, wobei Wynneke sogleich die Herrschaft im Haus an sich gerissen hatte und die junge Dienstmagd namens Kinen, die Righert eingestellt hatte, damit Wynneke sich nicht überarbeitete, erschreckt hatte.

Schon oft hatte Righert sich gefragt, wie diese beiden wohl zueinander gefunden hatten – der sehnige Smalejohan, der nur selten sprach, und die mächtige Wynneke, deren Mundwerk nie stillzustehen schien. Smalejohan war aus dem Keller wieder aufgetaucht und stellte den Krug mit Würzwein auf den Tisch, bevor er sich Righert gegenübersetzte.

»Hier.« Wynneke griff einen tönernen Becher, den sie vor Righert auf den schweren Holztisch platzierte. »Was ist Euch geschehen?«

»Nehmt euch auch einen Becher, wenn ihr mögt.« Righert deutete auf die Bank. »Setz dich.«

»Danke.« Wynneke zog den Kessel etwas höher, damit der Getreidebrei nicht verbrannte, holte zwei Becher für sich und Smalejohan und ließ sich schwer auf die Bank sinken. »Was hat es mit dem Geist auf sich?«

Bevor Righert der Magd und dem Knecht die Geschichte erzählen konnte, brauchte er erst einen Schluck des nach Zimt und Honig duftenden Weins. Wynneke hatte gut daran getan, den edlen Würzwein zu wählen. Der kräftige Geschmack der Paradieskörner und Nelken, unterlegt von der Süße des Honigs, wärmte und beruhigte Righert, aber er wartete, bis Wynneke ihrem Ehemann und sich ebenfalls vom *Hypocras* eingegossen hatte, bevor er zu sprechen begann.

»Ich habe heute meine Schwester gesehen.«

Wynneke stieß einen Überraschungslaut aus und erbleichte. Selbst Smalejohan schaute auf.

»Nein, nein«, beruhigte Righert die Magd. »Kein Geist. Ein wirkliches Mädchen, das bei den *Beginen* lebt. Ich habe sie im Stich gelassen, bin einfach geflohen.«

»Ihr wart ein Knabe.« Mitfühlend legte Wynneke ihre Hand auf Righerts. »Warum habt Ihr die Kleine nicht mitgebracht?«

»Sie ist vor mir weggelaufen.« Bitter stieß es Righert auf, dass Hanneke ihn voller Angst und – wie er fürchtete – Abscheu angesehen hatte. »Erst hat der Kater mich angefaucht, dann ist Hanneke davongerannt, als wäre ich der Leibhaftige.«

»So etwas dürft Ihr nicht sagen.« Wynneke schlug ein Kreuz. »Was wollt Ihr nun tun? Wollt Ihr die Kleine zu uns holen?«

»Ich weiß es nicht.« Righert zuckte mit den Schultern, auf denen Traurigkeit lastete wie ein schwerer Stein. »Wenn sie doch Angst vor mir hat …«

»Der Smalejohan und ich gehen zu den *Beginen* und fragen, ob wir Lucke zu uns nehmen dürfen.« Wie immer hatte die gewandte Wynneke eine Idee, die ihr Righert sicher nicht würde ausreden können; dafür kannte er die Magd zu gut. »Ihr werdet sehen, sie gewöhnt sich dann schnell an Euch.«

»Aber nicht heute«, wiegelte Righert ab. »Geben wir Hanneke, die *Beginen* nennen sie Lucke, einen Tag Zeit, sich zu fangen.«

»Gut.« Wynneke schien noch etwas auf dem Herzen zu haben, was Righert ihr im Gesicht ablesen konnte.

»Nun sag schon, was dir nicht passt«, neckte er die Magd, inzwischen etwas ruhiger und nicht mehr so aufgewühlt. »Hat Kinen wieder etwas falsch gemacht?«

»Nein. Kommt mit.«

Die Magd trank den Becher leer, bevor sie an die Tür trat, die aus der *Däle* in den Garten führte. »Seht selbst.«

Ihr Ehemann folgte ihr wie ein schmaler Schatten und stellte sich neben sie.

»Ja?« Righert war aufgestanden und neben Wynneke getreten, aber er verstand nicht, was sie ihm zeigen wollte.

»Wie soll ich Euch ein vernünftiges Mahl auf den Tisch

bringen?« Wynneke schüttelte den Kopf, stemmte die Hände in die Hüften und schaute mit gerunzelter Stirn in das verwilderte Fleckchen Erde, das wohl einmal der Hausgarten gewesen war. »Hier Ordnung hineinzubringen wird viel Zeit kosten. So lange muss das Mädchen alle Kräuter vom Markt holen.«

Als Wynneke zu schimpfen begann, lief Smalejohans Glatze zwischen den verbliebenen eisengrauen Haaren rot an, wie jedes Mal, wenn der Knecht sich über die Marotten seiner Frau ärgerte. Aber – auch wie jedes Mal – Smalejohan sagte kein Wort, sondern schüttelte nur stumm den Kopf.

»Was brauchst du denn?«, fragte Righert, der ein Lächeln nicht verbergen konnte, weil er nur zu gut wusste, wie sehr Wynneke sich darauf freute, den Garten so zu gestalten, wie sie es wünschte. »Sag es Kinen einfach, und ich gebe ihr Geld für den Markt.«

»Salbei wär gut, Minze, Lauch auf jeden Fall. Anis. Senf und Kümmel.« Wynneke runzelte die Stirn, als überlegte sie. »Das sollte fürs Erste reichen. Glaubt Ihr, dass das Mädchen klug genug ist, sich das alles zu merken?«

»Wenn nicht, dann muss sie noch einmal gehen.« Righert nickte Wynneke zu. »Ich vertraue dir, dass sich alles im Haushalt passend findet.«

»Gut.« Sie nickte. »Was wollt Ihr heute Abend speisen?«

»Ich weiß nicht, ob ich zum Abendessen zu Hause sein werde.« Righert trank den letzten Schluck des Weins, bevor er sich erhob. »Ich will heute noch den Widekint von Goslere treffen, der meine Eltern kannte. Warte nicht auf mich.«

Obwohl er sich geschworen hatte, Hanneke in den

Mittelpunkt seiner Gedanken zu stellen, wollte Righert dieses eine Treffen noch hinter sich bringen, wollte erfahren, ob er das Geheimnis um den Tod seiner Eltern endlich lüften könnte. Außerdem würden sich Wynneke und Smalejohan um seine Schwester kümmern, so dass Righert an seinen Plänen festhalten konnte.

***

Etwas ruhiger, aber immer noch erschüttert durch das unerwartete Zusammentreffen mit seiner totgeglaubten Schwester begab sich Righert auf den Weg zum Wirtshaus, in dem er den Widekint von Goslere schon am Nachmittag gewisslich antreffen würde, wie ihm der Nachbar verraten hatte. Widekint von Goslere, einer der wenigen Geschäftsfreunde seines Vaters, der noch in Braunschweig lebte.

Entschlossen stieß Righert die hölzerne Tür zum Wirtshaus auf, das in der Knokenhowere-Strate lag. Obwohl es draußen helllichter Nachmittag war, lag die Schankstube im Halbdunkel, weil die Fensterläden geschlossen waren. Einige blakende Kerzen hellten den Raum ein wenig auf, so dass Righert sich nach Widekint von Goslere umschauen konnte, den er als eleganten Mann erinnerte, der beinahe zu viel Wert auf sein Äußeres gelegt hatte. Den zerlumpten Kerl, dessen Gesicht von der Trunksucht aufgequollen und rot angelaufen war, erkannte Righert erst auf den zweiten Blick. Was war nur in den vergangenen sechs Jahren geschehen, dass Widekint von Goslere derart heruntergekommen war.

»Wenn Ihr ihm genug Bier einschenkt, wird er Euch alles sagen«, hatte Hanses Oldehof gesagt, wobei er die Lippen angewidert verzogen hatte. »Aber ob Ihr ihm glauben könnt …«

Also ließ Righert sich zwei Krüge voll Bier einschenken, mit denen in der Hand er auf den Tisch des Widekint von Goslere zuging.

»Einen guten Tag Euch.« Righert stellte die beiden Bierkrüge auf den gescheuerten Holztisch. Er selbst würde gewiss nur wenig trinken, um klar im Kopf zu bleiben, aber durch den großzügigen Einsatz des Getränkes wollte er die Zunge des Mannes lockern. »Darf ich mich setzen?«

Überrascht hob der Mann den Kopf und sah Righert aus blutunterlaufenen Augen an. »Kenne ich Euch? Schulde ich Euch Geld? Ich hab nichts.«

»Nein. Ihr schuldet mir kein Geld, aber vielleicht ein paar Antworten, die ich gut entlohnen werde.« Mit dem Daumen deutete Righert auf das Bier, das sein Gegenüber begehrlich anglotzte. »Nehmt Euch.«

»Was sind das für Antworten, die einen Krug Bier wert sein könnten?« Misstrauisch verengte Widekint von Goslere die Augen, als ahnte er, dass es einen Haken hinter Righerts Angebot gäbe. »Ich weiß nichts. Ich hab nichts. Lasst mich in Frieden.«

»Ihr kennt mich.« Righert schob Widekint von Goslere den Krug ein wenig näher, so dass der Mann gierig danach griff. »Früher nannte man mich Drews Wagheman. Heute bin ich Righert van Anhald.«

»Wagheman.« Nachdem er einen großen Schluck aus dem Krug genommen und sich den Mund am Ärmel der

Joppe abgewischt hatte, nickte Widekint von Goslere bedächtig mit dem Kopf. »Ein Name, den ich lange nicht mehr gehört habe. Nicht mehr seit damals …«

»Deshalb bin ich zurückgekehrt.« Righerts Stimme klang so kalt und hart, dass Widekint von Goslere zusammenzuckte. Etwas gemäßigter fuhr Righert fort: »Ich will endlich erfahren, wer Schuld am Tod meiner Lieben trug.«

»Lasst die Vergangenheit ruhen.« Widekint von Goslere starrte in den Bierkrug, als fände sich auf dessen Boden die Antwort auf alle Fragen. Dann schaute er auf und musterte Righert von oben bis unten. »Es wird Euch kein Glück bringen. Ihr seht aus, als hättet Ihr es zu Wohlstand gebracht. Warum alles riskieren für Antworten, die Ihr nicht hören wollt?«

Mühsam konnte Righert sich zurückhalten. Nur zu gern wäre er über den Tisch gesprungen, hätte den Mann an der Kehle gegriffen und alle Antworten aus ihm herausgeschüttelt, so, wie man reife Äpfel von einem Baum schüttelte, aber er zwang sich zu einer gelassenen Stimme.

»Ihr wart ein Freund meines Vaters. Wollt Ihr nicht wissen, was ihm geschah?«

»Guten Menschen geschehen schlimme Dinge. Das ist der Lauf der Welt«, antwortete Widekint von Goslere mit einem Achselzucken. »Schaut mich an. Durch Intrigen und Lügen habe ich alles verloren. Aber will ich Rache? Nein. Ich will nur vergessen.«

Righert trank schweigend einen Schluck des bitteren Biers. Er wartete, bis Widekint von Goslere seinen Krug geleert hatte, um dem Mann einen weiteren zu holen, damit der endlich ins Reden käme.

»Wer trug die Schuld an Eurem Pech?«, fragte Righert, der sich überlegt hatte, dass es am klügsten wäre, den früheren Freund seines Vaters über sich plaudern zu lassen, bevor er ihn nach der Feuernacht fragte. »Ihr spracht von Intrigen?«

»Krameres!«, spuckte Widekint von Goslere aus, als hätte er etwas Faules gegessen. »Gerwen Krameres. Er hat mich in den Ruin getrieben, so dass mir die Frau davongelaufen ist. Zu den Nonnen ist sie gegangen, nachdem die Kinder an Hunger starben.«

Eine Träne fand ihren Weg über Widekint von Gosleres Wange, Righert schämte sich, weil er den Mann nur aushorchen wollte und sich nicht wirklich für dessen Geschick, wie tragisch es auch sein mochte, interessierte. Aber dann dachte er an Hanneke, die allein und stumm in Braunschweig hatte leben müssen, weil jemand das Haus der Familie abgefackelt hatte. Wieder sah Righert das zarte Gesichtchen seiner Schwester vor sich, die ihn aus großen Augen anklagend angestarrt hatte. Dieser Gedanke gab ihm Zorn und Kraft genug, alle Skrupel beiseitezuschieben. Er hob seinen Krug, um mit Widekint von Goslere anzustoßen.

»Euer Vater war ein großherziger Mensch. Er hätte mir geholfen«, sagte Widekint von Goslere weinerlich, bevor er den zweiten Krug Bier leerte. Righert holte ihm einen dritten Krug, obwohl er sich langsam sorgte, dass Widekint von Goslere bald nicht mehr in der Lage wäre, seine Fragen zu beantworten. »Danke, warst schon ein guter Junge. Bist ein guter Mann geworden.«

»Was meint Ihr, was ist in jener Nacht geschehen?«,

fragte Righert, der nicht länger warten wollte. »Wer könnte meinen Vater gehasst haben?«

»Keiner. War ein guter Mann.« Widekint von Goslere rülpste, gefolgt von einem Schluckauf, der eine Woge zwiebel- und biergetränkten Atems zu Righert herüberwehte. »Nur ein bisschen zu großspurig.«

»Was meint Ihr?« Wie kam dieser Saufbold nur dazu, Kritik an Righerts Vater zu üben, der stets freundlich und großzügig gewesen war. Aber er durfte seinem Ärger nicht Luft machen, wenn er etwas herausfinden wollte. »Großspurig?«

»Wenn er getrunken hatte, Euer Vater …« Widekint von Goslere hielt die Augen halb geschlossen, als reiste er im Geiste in die Vergangenheit zurück. »… dann prahlte er gerne mit dem, was er hatte. Mit seinen Erfolgen, dem Vermögen, das ihm der Handel eingebracht hat. Das weckt Neider.«

»Viele Kaufleute haben gut verdient. Mein Vater war da keine Ausnahme«, antwortete Righert schmallippig. »Er hatte ein Anrecht, stolz darauf zu sein.«

»Das allein war es nicht.« Widekint von Goslere beugte sich über den Tisch, um Righert ins Ohr zu flüstern. Righert musste den Atem anhalten, weil der Mann so stark nach Alkohol und Schweiß roch, als schwitzte er Bier aus jeder Pore. Weil Widekint von Goslere sich so ungeschickt anstellte, bemerkte Righert aus dem Augenwinkel, dass sie die Aufmerksamkeit der anderen Wirtshausbesucher auf sich zogen. »Euer Vater sprach immer wieder von dem Schatz, den man ihm anvertraut hatte.«

Schon wieder der Schatz? Ob das Feuer tatsächlich etwas damit zu tun gehabt hatte? Was für eine Spitzfindigkeit des Schicksals, sollte seine Familie wegen eines Schatzes gestorben sein, hatte Righert doch nur überlebt, weil er einen Schatz gesucht hatte und daher nicht zu Hause gewesen war, als das Feuer alle tötete. Was konnte sein Vater nur gemeint haben? Sicher, die Familie hatte sich durch den Fernhandel einen bescheidenen Wohlstand erarbeitet, aber so reich wie der van Damme oder der Doring, die Bürgermeister der Altstadt, waren sie nie gewesen. Sein Vater hätte nie einen Platz im Rat innehaben können. Und das Pergament der Templer mochte seinem Vater viel wert gewesen sein, aber reich wäre er damit nicht geworden. Gab es noch etwas, von dem Righert nichts ahnte? Einen echten Schatz etwa, der entweder in der schrecklichen Nacht verbrannt war oder aber der Beweis für die Schuld der Brandschatzer war.

»Hat mein Vater mehr gesagt?« Sosehr Righert sich auch bemühte, seine Stimme ruhig zu halten, musste Widekint von Goslere spüren, wie aufgeregt er war, so dass der Mann fordernd auf den Bierkrug deutete. Righert seufzte leise. »Darf ich Euch zu einem weiteren Bier einladen? Oder wollt Ihr einen Wein?«

»Bier ist gut genug für mich.«

Nachdem Righert das Getränk auf den Tisch gestellt hatte, schaute Widekint von Goslere ihn lauernd an. »Ihr habt nicht zufällig Hunger? Der Lammeintopf ist hier ausnehmend gut.«

Ohne ein Wort zu der überdeutlichen Aufforderung zu sagen, winkte Righert die Schankmagd heran, die schon seit einiger Zeit mit einem schmutzigen Lumpen den Nachbartisch abwischte, an immer der gleichen Stelle, sichtlich bemüht, sich kein Wort entgehen zu lassen, das Righert und Widekint von Goslere sprachen.

»Zweimal Eintopf und Brot.«

»Gern, Herr.« Ihr Lächeln zeigte braune Zähne, wirkte jedoch ehrlich freundlich. »Noch ein Bier für Euch?«

»Danke. Ich warte auf das Essen.« Righert wandte sich erneut Widekint von Goslere zu. »Sprecht, was wisst Ihr von dem Schatz?«

»An einem Abend, als Euer Vater, der van dem Broke, Gerwen Krameres …« Widekint von Goslere verzog erbittert das Gesicht. »… und ich zusammensaßen und von dem guten Weißen kosteten, den Euer Vater gerade gekauft hatte, sprach er wieder von dem Schatz. Von den Templern sollte er sein, hat Euer Vater behauptet. Von den Rittern, die der König wegen ihres Reichtums verfolgen und morden ließ.«

»Paah. Das also ist das große Geheimnis.« Righert wusste nicht, ob er lachen oder weinen sollte. Das hatte ihm auch schon Hanses Oldehof erzählt, ohne dass Righert es wirklich glauben konnte. Es musste eine andere Erklärung für das Feuer geben, nicht diese dumme, alte Geschichte. Wer sollte schon Interesse an einem Pergament haben? War das Feuer nur gelegt worden, um zu verschleiern, dass jemand das Pergament gestohlen hatte? »Hat mein Vater denn nicht gesagt, was das genau für ein Schatz war?«

»Nein. Da tat er dann geheimnisvoll, sosehr der van dem Broke und der Krameres auch drängten.« Widekint von Goslere stierte in den Bierkrug und schwieg, bis die Schankmagd mit dem Essen kam. Da begann der Mann derart lautstark schmatzend den Eintopf in sich hineinzuschaufeln, dass Righert den Appetit verlor. Endlich war Widekint von Goslere mit dem Essen fertig und warf einen begehrlichen Blick auf Righerts Essen, das noch unberührt war.

»Wenn Ihr mögt.« Righert deutete auf seinen Teller, was Widekint von Goslere dazu brachte, schnell wie ein Eichhörnchen über den Tisch zu greifen. Righert zögerte, ob er dem Mann die Wahrheit sagen sollte, schließlich schien der sich nur für Essen und Trinken zu begeistern, aber dann hoffte er, vielleicht noch mehr erfahren zu können. »Der Schatz der Templer. Mein Vater hat Euch die Wahrheit gesagt und auch nicht.«

»Hä?«, fragte Widekint von Goslere mit vollem Munde.

Righert hob die Hände. »Ja, meine Familie hatte etwas vom Templerorden bekommen, was die Ritter als Schatz ansahen; die meisten anderen Menschen jedoch hätten es nicht Schatz genannt. Es ist … es war ein altes Pergament. Nur für ihn von Bedeutung.««

»Vielleicht eine Schatzkarte?« Righerts Worte hatten Widekint von Gosleres Aufmerksamkeit geweckt. »Sonst hätte euer Vater doch nicht so bedeutsam davon gesprochen.«

»Nein. Es war eine Abschrift eines Heiligen Buches, nicht mehr und nicht weniger.« Unmut sprach aus Righerts Stimme. Er hielt es keinen Augenblick länger in dieser Schänke aus. Nicht mit dem Wissen, das er eben erworben hatte. Mit letzter Kraft winkte er die Schankmagd heran, um für Eintopf und Bier zu zahlen. Dann sagte er: »Danke. Gehabt Euch wohl.«

»Aber hatten die Templer nicht wahrhaftige Schätze angesammelt?«, fragte Widekint von Goslere. Trotz seiner Trunkenheit konnte er die Gier in seinen Augen nicht verleugnen. »Gold, Edelsteine und Land. Viel Land.«

»Deshalb hat der König von Frankreich sie verfolgt …«, sagte Righert, in Gedanken versunken. Der Besitz hatte den Templern kein Glück gebracht und seiner Familie auch nicht, obwohl es nicht einmal Gold gewesen war. Allein die Vorstellung des Reichtums der Templer hatte genügt, um die Gier zu wecken. »… und den Orden schließlich 1312 durch das Konzil von Vienne auflösen lassen.«

»Ihr … Ihr braucht nicht zufällig einen Mann, der Euch hilft? Einen Knecht?« Der Ausdruck auf Widekint von Gosleres Gesicht, eine Mischung aus Hoffnungslosigkeit und Scham, war so bitter anzusehen, dass es Righert leidtat. »Ach, schon gut. Vergesst es.«

»Nein.« Righert beugte sich vor. »Sprecht in drei Tagen bei meinem Knecht vor. Dann wird er wissen, ob wir Arbeit haben.«

»Habt Dank. Ihr seid ein guter Mann.« Die Dankbarkeit war noch bitterer anzusehen als die Miene der Hoffnungslosigkeit. Widekint von Goslere wollte nach Righerts Hand greifen, die ihm dieser jedoch entzog.

»Um eines bitte ich Euch noch.« Righert beugte sich vor, um seinem Gegenüber ins Ohr zu flüstern. »Bewahrt Stillschweigen über meine Rückkehr. Ich will nicht, dass meine Feinde von mir erfahren.«

»Habt Dank.« Widekint von Goslere lallte. »Niemals würde ich so einen guten Menschen wie Euch verraten.«

Mit großen Schritten flüchtete Righert aus der Wirtschaft, froh, als er an die kühle Luft trat. Froh, den bettelnden Augen Widekint von Gosleres entkommen zu sein. Nachdem er ein paar Schritte gegangen war, begann er, das Wissen zu sortieren, das er heute gewonnen hatte. Schon zum zweiten Mal deuteten alle Zeichen in Richtung der Brüder van dem Broke und Gerwen Krameres'.

Wen er auch fragte, jeder wusste zu berichten, dass die van dem Brokes von dem Schatz wussten. Krameres, überlegte Righert, war nur ein Mitläufer. Einer von denen, die sich bei den Wohlhabenden und Bedeutenden anbiederten, damit deren Glanz auf ihn abstrahlte. Nein, der Einzige des Trios, der klug und auch skrupellos genug war, war Acchem van dem Broke.

Morgen würde Righert sich aufmachen, um Aleke Ledinkhusen einen weiteren Besuch abzustatten. Obwohl er sich der Rache verschworen hatte, spürte er einen leisen Stich von Schuld und Bedauern, dass er die junge Frau, deren Frechheit und Mut ihm gefielen, zu einem Bauern in seinem bösen Spiel machen musste. Möglicherweise würde er sie sogar in Gefahr bringen. Nein, so weit durfte er nicht gehen. Ab dem morgigen Tage würde er sich in Aleke Ledinkhusens Nähe aufhalten, um sie vor jeglichem Unbill zu schützen. Heute musste sie noch allein für sich sorgen, aber was sollte einer *Begine* schon Böses geschehen?

KAPITEL 12

Heute Abend war es ihre Aufgabe, der Köchin zur Hand zu gehen, und Ylsebe von Ghotinghes ohnehin spitze Zunge wurde noch schärfer, wenn man sich verspätete. Eine Entschuldigung würde Ylsebe sicher nicht gelten lassen – dafür kannte Aleke die Köchin gut genug. Wo nur der Tag geblieben war? Zu Alekes Entsetzen begann es bereits zu dunkeln, und sie war gerade erst in die Straße By den Barvoten eingebogen. Sie schaute sich um, ob sie auch niemand sah, erkannte mit Erleichterung, dass sie allein auf der Straße war und hob die Röcke etwas an, um schneller laufen zu können.

Der Schlag traf sie unerwartet. Aleke taumelte, als etwas auf ihre Schulter prallte und sie ins Stolpern brachte. Einen Augenblick lang dachte sie noch, dass wohl ein Braunschweiger Unrat aus dem Fenster geworfen hatte, der sie getroffen hatte, doch dann warf ihr jemand etwas über den Kopf, und es wurde dunkel um sie. Panisch schlug Aleke um sich, traf auch jemanden, was dieser mit einem Grunzen beantwortete. Doch der eiserne Griff, mit dem man sie umklammerte, wurde nicht geringer, sondern eher stärker. Als der Geruch des Stoffs, der über ihren Kopf geworfen war, an ihre Nase drang, musste Aleke gegen einen Würgereiz ankämpfen. Es roch nach Schwein, nach Blut, nach verschimmeltem Brot – nach kurzem Nachdenken erkannte sie, dass es wohl ein Sack sein musste, in dem ein Bauer seine Waren zum Markt getragen hatte.

»Hilfe! Zu Hilfe!«, versuchte sie zu rufen, aber der Stoff, den eine Hand eng an sie presste, schnürte ihr den Atem ab, so dass sie nur ein leises Stöhnen von sich geben konnte. Panik drohte sie zu überwältigen. Panik, die sie mühsam niederkämpfte, um sich ihrem Angreifer nicht auszuliefern.

Kräftige Arme packten um ihre Taille und zerrten sie von der Straße. Aleke stolperte blind, gezogen von einem kräftigen Kerl, der mit einer Hand ihre Kehle umschloss, so dass sie kaum Luft bekam und nicht weiter um Hilfe rufen konnte. Die Gefühle drohten sie zu überwältigen, Angst, aber auch Ärger, weil sie nicht auf die Warnungen von Ysake von Bremhen und Rina von Bremhen gehört hatte. Mutlosigkeit, aber auch Neugier, der Wunsch, wissen zu wollen, wer ihr Angreifer war und was er von ihr wollte. Verzweifelt klammerte Aleke sich an die Hoffnung, dass ihr Angreifer sie nicht töten wollte – das hätte er einfacher haben können: Ein gezielter Dolchstoß hätte ihrem Leben ein Ende bereitet. Es musste etwas anderes sein, was er von ihr wollte. Nur was?

Endlich kamen sie zum Stehen. Sobald der Mann seinen Griff lockerte, begann Aleke zu strampeln und nach ihm zu treten, darauf vertrauend, dass sie ihm so entkommen könnte. Doch er war viel, viel kräftiger als sie. Als sie nicht aufhörte, sich zu wehren, schlug er ihr hart mit der Faust gegen den Kopf, so dass sie beinahe das Bewusstsein verlor. Da ergab sich Aleke in ihr Schicksal.

»Hör zu, wenn du leben willst.« Die Stimme klang heiser, seltsam verzerrt durch den Stoff, der immer noch furchtbar eng um Alekes Gesicht und Hals lag, so dass ihr das Atmen schwerfiel. »Hör auf, deine neugierige Nase in anderer Leute Angelegenheiten zu stecken. Oder ich schneide sie dir ab.«

Aleke meinte, kaltes Metall an ihrem Hals zu spüren, aber sie hoffte und betete, dass es nur eine Täuschung war, hervorgerufen durch die grausamen Worte und ihre Angst. Warum bedrohte ihr Angreifer sie nur und tötete sie nicht? Nur zu gut erinnerte sich Aleke an Ysake von Bremhens Worte, dass der Mörder Ceffeken Horneborchs keine Skrupel kannte. Auf einmal fühlte Alekes Mund sich trocken an, was nicht nur an dem furchtbaren Stoff lag, der ihr die Luft abschnürte. Weil ihr Angreifer immer noch ihre Kehle umfangen hielt, konnte sie nicht einmal um ihr Leben betteln, so schwer ihr das auch gefallen wäre. Fieberhaft jagten die Gedanken durch ihren Kopf: Wer konnte ihr Angreifer sein? Was konnte er von ihr wollen? Wie groß war die Chance, dass sie mit dem Leben davonkäme?

»Pass auf!« Der Mann schüttelte Aleke, wie ein Kind eine Puppe schütteln würde. Ihn schien es zu ärgern, dass sie nicht um ihr Leben flehte, auch wenn ihr das kaum möglich war. »Hör mir gut zu. Ich sage das nur einmal. Verstehst du mich?«

Aleke versuchte zu antworten, aber sie brachte nur einen dumpfen Laut heraus. Also nickte sie ein wenig mit dem Kopf, soweit es ihr möglich war, umklammerte er doch weiterhin ihre Kehle. Endlich schien der Angreifer zu bemerken, dass er Aleke die Luft abdrückte und ihr so jede Möglichkeit raubte, sich auszudrücken. Der Griff lockerte sich ein wenig, so dass Aleke flüstern konnte: »Ich verstehe.«

»Hör auf, deine Nase in die Angelegenheiten der van dem Brokes zu stecken«, flüsterte er in ihr Ohr, verzerrt durch den Sack, aber so nahe, dass sich Aleke die Nackenhaare sträubten und sie versuchte, der Nähe zu entkommen. »Du weckst schlafende Hunde, die dich dein Leben lang verfolgen werden.«

»Wer ... wer seid Ihr?«, krächzte Aleke, obwohl sie nicht glaubte, dass der Mann ihr seinen Namen nennen würde. Aber sie musste etwas sagen, um ihre Stimme zu hören, um zu wissen, dass noch ein winziges Fünkchen Hoffnung bestand. »Woher wisst Ihr von meiner Suche?«

»Stell keine Fragen, sondern höre zu«, zischte er ihr zu. Um seine Worte zu unterstreichen, schloss er den Griff um ihre Kehle fester, so dass Aleke kaum schlucken konnte. Wieder nickte sie. »Wenn du weiter deiner Neugier frönst, wirst du es bereuen. Glaub mir. Ich bin nicht allein.«

Bevor Aleke etwas erwidern konnte, schubste er sie so stark, dass sie das Gleichgewicht verlor und fiel. Mühsam unterdrückte sie einen Schmerzenslaut. Sie wollte ihm nicht die Genugtuung geben, ihr weh getan zu haben.

»Zähl bis 100 – du kannst doch zählen?«

Aleke nickte nur, glücklich darüber, dass sie seine Hände nicht mehr auf der Hüfte und an der Kehle spüren musste.

»Zähl bis 100, bis du den Sack herunternimmst. Ich warne dich. Wenn du weniger als bis 100 zählst, wirst du es bereuen.«

Selbst durch den Stoff des Sacks konnte Aleke hören, dass Schritte sich entfernten. Sie holte dreimal tief Luft, bevor sie mit einem Ruck den Sack von ihrem Kopf riss. Bis einhundert zu zählen hätte sie nicht ertragen. Inzwischen war die Sonne untergegangen, und die Stadt war in das weiche Tuch der Dunkelheit gehüllt. Sie hätte schon die Augen einer Katze gebraucht, um erkennen zu können, wo sich ihr Angreifer jetzt befand. Aber Aleke hegte nicht den Wunsch, ihm zu folgen, sondern wollte nur, so schnell es ihr möglich war, in die Sicherheit des Konvents gelangen.

Nachdem sie dreimal tief Atem geholt hatte, versuchte sie aufzustehen. Aber der Schreck saß ihr so tief in den Gliedern, dass ihre Beine sie nicht tragen wollten. Erst beim zweiten Versuch gelang es Aleke, sich aufzurappeln. Mit gerafften Röcken lief sie durch die Gassen, schaute immer wieder ängstlich über die Schulter, ob der Mann ihr folgte, weil sie es gewagt hatte, sich seiner Anweisung zu widersetzen. Aber niemand war zu sehen.

Nach einer Zeit, die ihr endlos vorkam, sah sie das Haus der Schwestern vor sich. Erleichterung durchflutete Aleke, gefolgt von einem gewaltigen Entsetzen, wie knapp sie einer Gewalttat oder dem Tod entronnen war. Tränen der Angst und des Zorns füllten Alekes Augen, obwohl sie sich mit aller Kraft bemühte, nicht zu weinen. Schniefend und schluchzend trat sie an die Feuerstelle, wo Ylsebe von Ghotinghe sie bereits erwartete, einen Kochlöffel in der Hand, als wollte sie die verspätete Helferin damit prügeln.

»Aleke. Kind. Was ist mit dir?« Mit zwei Schritten war die Köchin neben Aleke und nahm sie in die Arme. »Komm, setz dich. Ich hole dir etwas zur Beruhigung.«

»Danke.« Mehr konnte Aleke nicht hervorbringen, weil die Tränen sie immer noch im Griff hielten und ihr Körper schlotterte, als wäre tiefster Winter.

»Hier.« Ylsebe von Ghotinghe stellte Aleke einen Becher hin, dessen scharfer Geruch ihr verriet, dass die Köchin ihr aus ihrem streng bewachten Vorrat des *Aqua Vitae* eingeschenkt hatte. Aleke musste elender aussehen, als sie sich ohnehin fühlte, wenn Ylsebe von Ghotinghe ihr von dem Lebenselixier gab. »Trink. Aber vorsichtig.«

Aleke nahm einen Schluck, den sie beinahe wieder ausgespien hätte. Zu scharf schmeckte das Lebenswasser; nicht einmal der Geschmack der unterschiedlichen Kräuter, eines Geheimrezepts der Heilerin Ghese, vermochte die Schärfe zu mildern. Doch Aleke zwang sich, das *Aqua Vitae* zu schlucken, und spürte bald darauf eine wohlige Wärme in ihrem Körper, die das Schütteln und Schlottern langsam beendete. Nachdem sie den Becher geleert hatte, stellte Ylsebe von Ghotinghe ihr einen zweiten Becher hin, gefüllt mit Bier.

»Hier, damit du den Geschmack herunterspülen kannst. Ich muss das Essen vorbereiten. Du kannst helfen und mir erzählen, was geschehen ist.«

Mit zitternden Fingern griff Aleke nach einem Messer, um die Rüben zu schälen und kleinzuschneiden. Doch als ihre Finger das kalte Eisen umfassten, erinnerte sie sich wieder an das Gefühl eines Dolchs an ihrer Kehle, so dass sie das Messer mit einem Aufschrei fallen ließ.

»Kind. Du bist mir keine Hilfe.« Ylsebe von Ghotinghe hob das Messer auf. »Leg dich schlafen. Gieß dir einen Tee mit Baldrian auf. Dann wirst du in den Schlaf finden.«

»Danke«, flüsterte Aleke und räusperte sich, weil ihre Stimme zu versagen drohte. »Aber ich möchte Euch helfen. Ich fürchte die Träume …«

»Gut, dann rühr den Brei um.« Ylsebe von Ghotinghe deutete auf den großen Kessel, der über der Feuerstelle hing. »Aber lass ihn nicht anbrennen. Das würden die Schwestern dir nie verzeihen.«

»Ich weiß.« Die ruhige Bewegung, mit der sie den großen Holzlöffel durch den blubbernden Brei zog, trug dazu bei, dass Aleke langsam zur Besinnung fand. Die Ruhe und das Lebenselixier. Schließlich hatte sie sich so weit gefasst, dass sie Ylsebe von Ghotinghe von dem Überfall erzählen konnte.

»Wer kann das gewesen sein?« Die Köchin stemmte ihre Hände in die hageren Hüften, ihre dunklen Augen blitzten voller Zorn. »Wir müssen es der *Magistra* erzählen.«

»Nein. Bitte nicht.« Aufgeschreckt durch Ylsebe von Ghotinghes Vorschlag hob Aleke die Hand mit dem Kochlöffel, so dass Brei durch die *Däle* spritzte, was ihr wiederum ein energisches Kopfschütteln der Köchin einbrachte. »Bitte, erzählt es nicht Benedicte Muntaries.«

»Aleke. Kind.« Ylsebe Tonfall klang tadelnd. »So ein Geschehnis können wir der Vorsteherin nicht verschweigen.«

»Wenn ich es ihr mitteile, dann wird sie mir verbieten, dass ich weiter nach der Wahrheit suche.« Aleke wurde schwer ums Herz. Sicher hatte Ylsebe von Ghotinghe recht, dass sie so etwas Bedeutsames der *Magistra* berichten musste, aber wenn sie ihrem Vater nicht weiter helfen dürfte, dann würde sie nie wieder eine Gelegenheit erhalten, seine Liebe oder wenigstens seinen Respekt zu gewinnen. Wie konnte sie das nur der Köchin begreiflich machen? »Bitte, Ihr dürft –«

»Nein, Aleke.« Ylsebe von Ghotinghe schüttelte so heftig den Kopf, als müsste sie auch sich von der Wahrheit ihrer Worte überzeugen. »Unsere Gemeinschaft würde zerbrechen, wenn wir einander gegenüber unehrlich sind.«

Erst wollte Aleke aufbrausen, dass sehr wohl einige der Schwestern ihre Geheimnisse pflegten und nicht allen die Wahrheit oder ihre Geschichte erzählten, aber dann sah sie ein, dass sie Ylsebe von Ghotinghe nicht würde überzeugen können. Auch wenn die Köchin für ihre spitze Zunge gefürchtet war, so war sie eine der eifrigsten, wenn es darum ging, die Schwestern gegen alle Angriffe von außen zu verteidigen. Soweit Aleke wusste, war Ylsebe von Ghotinghe nach einer kurzen Ehe mit einem gewalttätigen Gemahl, der in einem Wirtshausstreit erschlagen worden war, zu den Schwestern gekommen und dankte Gott jeden Tag dafür, dass sie diesen Ort der Ruhe gefunden hatte, ohne sich den strengen Regularien eines Klosters unterwerfen zu müssen.

»Gut«, gab Aleke daher nach. »Ich werde es Benedicte Muntaries nach dem Abendessen sagen.«

»Hast du eine Ahnung, wer dein Angreifer gewesen

ist?«, fragte Ylsebe von Ghotinghe, sichtlich erleichtert, dass Aleke in dieser wichtigen Frage schließlich nachgegeben hatte. »Kam dir seine Stimme bekannt vor?«

»Nein.« Verdrossen rührte Aleke den Brei so kräftig um, dass etwas auf den Boden spritzte, was ihr einen rügenden Blick der Köchin einbrachte. Es war aber auch zu ärgerlich. Aleke hatte sich schon den Kopf zerbrochen, ob es nicht ein kleines Anzeichen gäbe, mit dem sie herausfinden könnte, wer ihr Widersacher gewesen war. »Durch den Sack habe ich seine Stimme nur dumpf vernehmen können. Viel hat er auch nicht gesagt.«

»Egal, was die *Magistra* meint, du solltest dein Vorhaben aufgeben.« Nun klang Ylsebe so ernst, dass Aleke aufsah. »Wie willst du dich schützen? Falls du recht hast, hat der Mann Ceffeken Horneborch erstochen …«

»Ich weiß«, konnte Aleke nur flüstern. Genau wie bei Rina und Ysake von Bremhen erkannte sie an, dass alle Warnungen berechtigt waren, dass sie sich sehenden Auges in eine Gefahr begab, deren Ausmaß sie nicht abschätzen konnte, aber sie konnte nicht aufgeben. Sie wollte nicht aufgeben, sie wollte ihren Vater nicht enttäuschen. Falls es ihr gelänge, Kersten van dem Broke zu retten, dann musste ihr Vater sie endlich annehmen. Fredereke und Acchem van dem Broke müssten sich Aleke erkenntlich zeigen, was ihr ganz andere Möglichkeiten im Leben aufzeigte. Sie konnte nicht vergessen, dass Rina von Bremhen gesagt hatte, dass in Salerno auch Frauen zum Medicus ausgebildet wurden.

»Aleke!« Ylsebe von Ghotinghes Stimme riss Aleke aus ihren Gedanken. »Was machst du nur? Der Brei setzt an.«

»Entschuldigt«, sagte Aleke, die ihre Wangen brennen fühlte. Wenn sie nicht aufpasste, würde sie die Köchin noch verärgern, und das wollte sie auf keinen Fall. »Ich denke, er ist jetzt gut.«

»Dann hilf mir, ihn in Schüsseln zu geben«, wies Ylsebe von Ghotinghe sie an. »Aber verschütte nicht die Hälfte.«

»Ja«, antwortete Aleke, deren Gedanken sich schon wieder auf Wanderschaft begaben. Ob sie wohl eine Möglichkeit fände, die *Magistra* davon zu überzeugen, sie weiter nach der Wahrheit über Ceffeken Horneborchs Tod suchen zu lassen? Dabei konnte Aleke nicht einmal mit Gewissheit sagen, dass sie weiterhin den Mut fände, der Bitte ihres Vaters nachzukommen, weil der Überfall ihr doch einen gewaltigen Schrecken versetzt hatte. Doch je mehr Zeit verging, desto größer wuchs der Zorn in Aleke. Zorn über den Mann, der sich ihr so feige genähert hatte und sie derart bedroht hatte. Wenn sie doch nur eine Idee hätte, wer es gewesen sein könnte. Den Gedanken, der sich leise heranschlich und ihr einflüsterte, dass Righert van Anhald sich auffallend nach Ceffeken Horneborch und Kersten van dem Broke erkundigt hatte, schob sie beiseite, weil sie nicht glauben wollte, dass der Fremde einer derart feigen Tat fähig war. Aber …

KAPITEL 13

Gar viel Besuch erhält er, der Mörder.« Der *Büttel* schaute Hinrek fragend an, als erhoffte er sich eine Erklärung, die er jedoch nicht erhalten würde. »Man sollte meinen, dass die Verwandten ihn meiden. Bei dem, was er dem armen Mädchen angetan hat.«

Wieder ein scheeler Blick, hinter dem der Wächter nur schlecht seine Neugier verbergen konnte. Aber da könnte er lange warten. Niemals würde Hinrek sich herablassen und so einem erklären, was ihn dazu bewegte, seinen Neffen im Kerker zu besuchen. Als wäre er freiwillig hier. Hätte Gerwen Krameres ihn nicht bedroht, wäre es ihm niemals eingefallen, Kersten aufzusuchen. Auch jetzt wollte er lieber fliehen, als er hinter dem neugierigen *Büttel* den Weg zum Kerker beschritt.

Schwer lastete die Schuld auf Hinreks Gewissen, begleitet von einem bitteren Gefühl, das ihm den Korb mit Wein immer schwerer werden ließ. Wie hatte es nur geschehen können, dass er sich wieder in diesem Elend aus Schuld und Tod befand, obwohl er sich nach dem letzten Mal geschworen hatte, sich nie wieder darauf einzulassen, egal, was sein Kumpan ihm versprechen sollte. Aber dieser Vorsatz war zerschellt an der Katastrophe, zu der Hinreks letztes Geschäft sich entwickelt hatte.

Wenn er nicht bald zu Geld kam, würde man ihn an

den Pranger stellen und mit Schimpf und Schande aus der Stadt verbannen. Alles nur, weil sein Vater ihm das Erbe vorenthalten hatte. Wut kochte in Hinrek hoch wie bittere Galle, als er sich an den Tag erinnerte, an dem seine großen Erwartungen und Hoffnungen so bitter enttäuscht worden waren, an dem sein älterer Bruder ihn wieder einmal besiegt hatte. Wie so oft. Wie viel zu oft.

Da das Leben diese Ungerechtigkeiten nicht ausgleichen wollte, musste er eben sein Schicksal in die eigenen Hände nehmen, auch wenn das bedeutete, dass er gegen Gesetz und Gebote verstieß. Obwohl er sich im Recht fühlte, konnte Hinrek nicht umhin, sich zu fragen, wie es so weit hatte kommen können, wie es geschehen konnte, dass ein Sohn einer der besten Familien Braunschweigs sich in Kumpanei mit einem Gernegroß und Verbrecher begeben hatte. Zu spät, schob er alle Zweifel beiseite. *Mein Weg führt mich geradewegs in die Hölle, es gibt keine Rückkehr für mich. Ich muss weitergehen, koste es, was es wolle.*

»Ich bleibe nicht lange«, sagte Hinrek, nachdem der *Büttel* die Kerkertür geöffnet hatte. »Hol mich bald wieder ab.«

»Wie Ihr wünscht.« Der *Büttel* verbeugte sich tief. Nachdem Hinrek ihm die Münzen in die Hand gedrückt hatte, war das Verhalten des Wärters noch eine Spur jovialer und anbiedernder geworden. »Kann ich noch etwas für Euch tun?«

»Lass es gut sein.« Hinrek rümpfte die Nase, was sowohl dem Gestank geschuldet war, der aus dem Kerkerloch zu ihm hochstieg, als auch dem gierigen Funkeln in den Augen des *Büttels*.

Endlich hatten Hinreks Augen sich an das Dämmerlicht gewöhnt, das die Kerze mit sich brachte, so dass er seinen Neffen sah, der auf dem Boden lag und sich nicht rührte. Einen Augenblick lang schlug Hinreks Herz vor Erleichterung schneller. Konnte es wahrlich sein? Konnte der Kerker die Aufgabe erledigt haben, die der Krameres ihm zugedacht hatte? Doch da regte sich die Gestalt, erhob sich taumelnd und kam auf ihn zu, soweit die Ketten es zuließen.

»Vater?« Flehend klang Kerstens Stimme, als hätte er nur noch wenig Hoffnung.

»Nein. Ich bin es. Hinrek.« Schlagartig fühlten Mund und Rachen sich trocken an, so dass er die Lippen mit der Zunge befeuchtete. Schwer drückte der Korb mit dem Wein auf Arm und Gewissen. Konnte er wirklich der erklecklichen Liste seiner Sünden einen Verwandtenmord hinzufügen? Wieder leckte Hinrek sich die Lippen und räusperte sich. »Geht es dir gut?«

»Wie kann es mir gutgehen?« Kersten stieß ein derart bitteres Lachen aus, wie Hinrek es nie von seinem leichtlebigen, stets fröhlichen Neffen erwartet hätte. »Ceffeken ist tot. Ich bin möglicherweise ihr Mörder. Vielleicht ist es am besten, wenn sie mich einfach henken.«

Sie henken dich nicht, dachte Hinrek mit grimmigem Behagen. Für Mord flechten sie dich aufs Rad. Dann wanderten seine Gedanken zu ihr. Zu Ceffeken. Das hübsche blonde Kind, mit dem er sich eine Zukunft erhofft hatte. Ceffeken, die sich für seinen Neffen entschieden hatte und so bitter für ihre falsche Entscheidung bestraft worden war. Ceffeken. Die dritte Frau, die Hinrek verloren hatte. Der Gedanke daran ließ Zorn in ihm aufflammen, so dass er sich versucht fühlte, seinem Neffen den tödlichen Wein zu überreichen. Aber noch zögerte er. War es wahrlich das schlechte Gewissen, das ihn von der bösen Tat abhielt, oder war es der Wunsch, dass Kersten und Acchem van dem Broke noch länger leiden sollten?

»Sag so etwas nicht. Du würdest deiner Mutter das Herz brechen.« Erneut überwältigte Hinrek das schlechte Gewissen, als er an das Leid dachte, das Fredereke durchstehen musste. Fredereke, für die Hinrek im tiefsten Winkel seines Herzens immer noch eine Art Liebe empfand, auch wenn sie seinen Bruder erwählt hatte. Nein! Nur nicht der Schwäche erliegen. Sie alle hatten ihr Schicksal verdient. Acchem. Fredereke und Kersten. Jeder von ihnen hatte Hinrek zurückgestoßen und übergangen, so dass sie nun mit den Folgen ihrer Taten leben mussten. So wie er mit den Folgen von seinen.

»Hier«, sagte Hinrek schließlich, nachdem das Schweigen sich im Kerker ausbreitete und erdrückend wurde. »Ich habe dir etwas zu essen und zu trinken mitgebracht.«

Mit flatternden Fingern überreichte er seinem Neffen Brot und Käse, die dieser dankbar und gierig entgegennahm und sich ohne viel Federlesen in den Mund stopfte. Endlich griff Hinrek nach dem verhängnisvollen Schlauch Wein. Warum musste er sich gerade in diesem Augenblick an die Predigten in der Martinikirche erinnern, die er so viele Sonntage in Gesellschaft seiner Familie gehört hatte? All die kräftigen Worte, mit denen Pfarrer Günzel von Oberg den Sündern unter seinen Schäfchen die Qualen der Hölle so deutlich ausmalte, dass der kleine Hinrek die Hitze des Höllenfeuers gespürt hatte. Mit der linken Hand wischte Hinrek sich über die schweißfeuchte Stirn. Verzweifelt rang er nach Luft, die ihm getränkt von Hitze und Flammen schien. Ein Schauder schüttelte ihn so stark, dass ihm der Schlauch aus der Hand glitt, auf den Boden prallte und seinen Inhalt vergoss. Der vergiftete Wein versickerte in Stroh und Lehm, was Hinrek mit Erleichterung erfüllte. Noch größere Linderung verspürte er, als sich die Kerkertür öffnete und der *Büttel* ihm die Gelegenheit bot, dem Kerker und seiner Schuld zu entkommen.

»Ich werde in der Martinikirche eine Kerze für dich entzünden«, sagte Hinrek zum Abschied. »Und dir neuen Wein schicken.«

»Schickt mir lieber Starkbier«, sagte Kersten bitter. »Das passt besser zu einem, der im Kerker sitzt.«

Ohne weitere Abschiedsworte ließ Hinrek sich vom *Büttel* hinauswinken, drückte dem gierig grinsenden Kerl weitere Münzen in die Hand und floh aus dem Gebäude hinaus in den Braunschweiger Tag. Dort jedoch wartete bereits der nächste Schrecken auf ihn.

»Hast du es erledigt?« Gerwen Krameres stand wartend vor dem Rathaus. Er lehnte an der Wand eines Hauses, reinigte seine Fingernägel mit dem Dolch und musterte Hinrek aus halb geschlossenen Augen.

»Nein.« Hinrek schaute zu Boden, wohl wissend, dass sein Gegenüber nur spöttische Verachtung für ihn haben würde, weil er es nicht gewagt hatte, seinen Neffen mit dem Wein zu vergiften, so, wie es geplant gewesen war. Kalte Angst wallte in ihm auf, als er dem Mann gegenüberstand, mit dem ihn so viele böse Taten verbanden, die Gerwen Krameres' Gewissen nicht zu belasten schienen. »Warum eilen? Wir müssen nur warten.«

»Der *Bankert* deines Bruders spioniert uns hinterher.« Krameres Augen verengten sich zu Schlitzen. »Wenn sie die Unschuld deines Neffen beweist, stehst du wieder dumm da. Dann wird Kersten alles erben.«

»Als wüsste ich das nicht.« Hinrek spürte einen üblen Geschmack im Mund, den er mit viel Wein wegspülen wollte. »Oft genug hast du auf mich eingeredet, dass ich alles bekomme, ist Kersten erst aus dem Weg.«

»Wahr bleibt es dennoch.« Krameres spuckte aus. »Ich will nicht länger warten. Begleiche endlich deine Schulden.«

»Wenn wir es überstürzen, bekommen wir am Ende gar nichts.« Je länger Hinrek den anderen kannte, desto mehr fürchtete er ihn, ohne jedoch den Mut zu finden, sich von Krameres zu befreien. »Zu viele haben mich gesehen. Da wäre der Verdacht sofort auf mich gefallen.«

»Feigling!«, spie ihm Gerwen Krameres entgegen, das Gesicht zu einer Grimasse der Geringschätzung verzogen. Er hielt die zur Faust geballte Hand erhoben, als wollte er Hinrek niederschlagen. »Wenn ich mich nicht selbst um alles kümmere …«

Wenn dein Kümmern nur nicht stets dazu führte, dass alles schlimmer kam, als es war, dachte Hinrek, aber er wagte nicht, die Worte auszusprechen, aus Furcht, wie der Krameres ihm antworten würde. Mit jedem Jahr, das verging, schien die Stimmung des Krameres düsterer zu werden, schienen seine Taten blutiger und grausamer zu werden, wie bei einem Hund, der die Tollheit gefangen hatte und wilder und wilder wurde, bis man ihn schließlich erschlagen musste, um ihm Einhalt zu gebieten. Aber wer würde die Kraft und den Mut finden, Gerwen Krameres aufzuhalten?, fragte sich Hinrek. Er sicher nicht. Zu sehr war er an den anderen gekettet, auch wenn er sich wünschte, dass er alles ungeschehen machen könnte. *Alle Dinge sind möglich dem, der da glaubt* – so lautete eine der wenigen Bibelstellen, die sich Hinrek aus den Predigten gemerkt hatte, wohl weil er die Hoffnung hegte, das Ruder seines Lebens herumreißen zu können. Aber so, wie sein Geschick sich entwickelte, schien sein Glaube nicht groß genug zu sein. Müßig, sich weiter Gedanken darüber zu machen. Er würde mit dem leben und sterben müssen, was er verbrochen hatte. Dieser Gedanke gab ihm die Kraft, Gerwen Krameres entgegenzutreten.

»Was hast du dich gekümmert?«, fragte er, obwohl er es nicht wissen wollte, sondern Gerwen Krameres entkommen wollte, der ihm wie ein dunkles Omen erschien. »Alles ist, wie es ist. Mein Neffe sitzt im Kerker und wird sterben für den Tod von Ceffeken Horneborch. Wir müssen nur abwarten.«

»So, wie du auf dein Erbe wartest.« Hart schlug Gerwen Krameres ihm auf die Schulter; den Schlag begleitete er mit dem Lachen, für das Hinrek ihn gern verprügelt hätte, was er aber nicht wagte, weil der Krameres stärker war als er. Stärker und vor allem ohne Schmerz oder Skrupel. Je länger er den Mann kannte, desto mehr fürchtete Hinrek sich davor, Gerwen Krameres zu verärgern. »Wenn du dein Glück nicht in die eigenen Hände nimmst, dann –«

»Ich weiß, ich weiß«, unterbrach Hinrek den Sermon, den er so oft schon hatte anhören müssen. Auch wenn er den Krameres fürchtete, bedeutete das nicht, dass er sich alles gefallen lassen musste. »Das hast du oft genug gesagt – und sieh, wohin es uns geführt hat.«

»Willst du von unserem Pakt zurücktreten?« Tückisch funkelte Gerwen Krameres ihn an. »Wenn du mich im Stich lässt, werde ich deinem Bruder alles erzählen. Du weißt –«

»Ich halte mich an das, was ich versprochen habe«, unterbrach ihn Hinrek. Auch wenn er den anderen und dessen Zorn fürchtete, so hieß das nicht, dass er stets klein beigeben musste. Eher im Gegenteil. Sobald Hinrek kuschte, wurde der Krameres noch böser. »Das weißt du.«

»Ich habe veranlasst, dass Kersten van dem Broke bald einer *peinlichen Befragung* unterzogen wird.« Gerwen Krameres rieb sich die Hände, sichtlich erfreut über das Unheil, das er angerichtet hatte. »Entweder stirbt er daran, oder er gesteht.«

»Warum hast du nicht abgewartet? So ziehst du nur Aufmerksamkeit auf dich.«

Nachdem er das Elend seines Neffen gesehen hatte, bereute Hinrek es, dass er seinen Kumpan dazu gedrängt hatte, die *peinliche Befragung* für Kersten zu forcieren. Aber nun war es zu spät für ein schlechtes Gewissen.

»Der Stadtrat ist mit anderen Dingen beschäftigt.« Krameres zuckte mit den Schultern. »Wir verhandeln wieder mit den Magdeburgern über die Freilassung der Gefangenen. Das ist wichtiger als das Schicksal deines Neffen, auch wenn dein Bruder sich noch so sehr bemüht, Ratsherren auf seine Seite zu ziehen.«

»Hoffen wir, dass du recht behältst.« Hinrek wiegte den Kopf von einer Seite zur anderen. »Doch nun muss ich zu meinem Bruder und seiner Frau.«

»Solange du nicht vergisst, dass wir beide auf Gedeih und Verderb aneinander gebunden sind …«

Hinrek würdigte die Drohung keiner Antwort, sondern nickte dem Krameres nur zum Abschied zu. Während er in Richtung des Marktes ging, schien es ihm, als spürte er den brennenden Blick seines Kumpans im Rücken. Zum wiederholten Male verfluchte Hinrek sich dafür, dass er auf der Hochzeit aus Betrübnis dem starken Roten so sehr zugesprochen hatte, dass er den Einflüsterungen Gerwen Krameres' erlegen war. Warum nur hatte er nicht den Weg gewählt, den er schon so oft beschritten hatte? Warum hatte er nicht erneut seinen älteren Bruder gebeten, die Schulden Hinreks abzulösen? Schulden, die einem unglücklichen Geschick entsprungen waren, so wie vorher. Aber Hinrek hatte es nicht mehr ertragen, seinen Bruder anbetteln zu müssen, die Enttäuschung in Acchems Blick zu spüren, ohne dass der Ältere ein Wort darüber verlieren würde. Nein. Auch wenn es eine üble Tat gewesen war, so ertrug er sie besser als das Mitleid, mit dem sein Bruder ihn sicher bedacht hätte. Verflucht. Er war Hinrek van dem Broke und kein Bittsteller.

Während er seinen düsteren Gedanken nachhing, hatte er das Haus seines Bruders erreicht. Das Haus, das auch das Heim ihrer gemeinsamen Kindheit war und das Hinrek sich stets als Wohnort gewünscht hatte, obwohl er wusste, dass ihm das bittere Schicksal des Nachgeborenen diesen Wunsch verwehren würde.

Nicht mehr lange, und das Haus könnte ihm gehören, dachte Hinrek, während er an die Tür klopfte.

»Der Herr ist nicht da.« Täuschte er sich oder musterte die Magd ihn voller Misstrauen? Hinrek starrte sie an, ein hässliches Ding mit einer großen Warze neben der Lippe. Niemals hätte er versucht, zu dem Weibsstück ins Bett zu kriechen. »Ich richte ihm aus, dass Ihr ihn besuchen wolltet.«

»Dann hol mir halt die Herrin.« Hinrek drängte an der Magd vorbei ins Innere des Hauses, suchte gleich die *Dornse* auf, in der Geschäfte getätigt und Gäste empfangen wurden. »Und bring mir vom Gewürzten. Dem Guten.«

Mit Befriedigung bemerkte er, dass die Magd es nicht wagte, ihn aufzuhalten. Auch wenn er nicht der Herr dieses Hauses war, einfach, weil er das Pech gehabt hatte, als zweiter Sohn geboren zu werden, so besaß er doch noch genug Macht, dass das Gesinde ihm gehorchte. Ein Lächeln glitt über sein Gesicht. Acchem war nicht zu Hause, so, wie er es erhofft hatte. Fredereke. Obwohl so viel Zeit vergangen und obwohl er Ceffeken Horneborchs Anziehungskraft erlegen war, konnte Hinrek nicht an Fredereke denken, ohne dass ihn die alten Gefühle überkamen. Gefühle, die er ihr eines Tages offenbart hatte, wenige Tage bevor sie den Bund der Ehe mit seinem Bruder schließen wollte.

»Heirate ihn nicht«, hatte Hinrek Fredereke angefleht,

trunken vom Wein und von der Liebe. »Ich kann dir so viel mehr bieten als er. Heirate mich.«

»Ich bin Acchem versprochen«, hatte Fredereke freundlich geantwortet, so, als wäre sein Ausbruch, in dem er ihr sein Herz offenbart hatte, nicht mehr wert als höfliche Worte. »Ich wünsche Euch Glück.«

Verloren in seinen Erinnerungen ging Hinrek in der *Dornse* auf und ab. Voller Neid fiel sein Blick auf die edle geschnitzte Truhe, auf die feinen Teppiche an den Wänden, auf den großen Tisch aus dunklem Holz, umrahmt von Stühlen, die sicher teuer gewesen waren. All das hatte Acchem ihm vorenthalten, weil er als Säugling nicht gestorben war wie die drei Kinder nach ihm, sondern sich ans Leben geklammert hatte, als wüsste er, was für eine glänzende Zukunft sich ihm auftat.

Den Reichtum der Familie hatte Acchem erhalten. Doch nicht nur das – auch die Anerkennung des Vaters hatte nur dem älteren Bruder gegolten, der in den Augen des Alten nichts falsch machen konnte. So wie Hinrek in den Augen des Vaters nichts richtig machen konnte. Wäre nicht die Mutter gewesen, die Hinrek immer wieder etwas Gutes geschenkt hatte, so wäre sein Leben noch elender geworden. Beim Gedanken an seine Mutter wurden Hinreks Augen feucht. Selbst die gute Frau hatte nicht erreichen können, dass der Vater Hinrek mehr zugestand, als er musste.

Endlich brachte die faule Magd den Wein und zwei Becher. Immerhin war die dumme Trine klug genug, auch etwas Gebäck auf einem Teller anzurichten, nach dem Hinrek hungrig griff. Die Magd goss Wein in einen tönernen Becher, wobei sie Hinrek mit einem Blick bedachte, für den er sie schlagen wollte. Er hatte die Hand bereits erhoben, als Fredereke eintrat.

»Hinrek.« Obwohl sie bleich vor Sorgen war und tiefe dunkle Ringe unter ihren Augen trug, blieb sie eine der schönsten Frauen, die er je gesehen hatte. Selbst das Alter meinte es gut mit ihr, ließ ihre ebenmäßigen Gesichtszüge etwas ausgeprägter und damit noch reizvoller wirken. Gerne hätte Hinrek ihr den *Kruseler* vom Kopf genommen, um zu sehen, ob sich Grau in ihre hellblonden Haare geschlichen hatte. »Was führt dich zu uns?«

»Ich habe Kersten besucht.« Er genoss den Schmerz, den die Erwähnung ihres Sohnes auf ihrem Gesicht hervorrief. »Ich wollte dich warnen. Dich und meinen Bruder.«

»Wovor?« Angstvoll flog ihre schmale Hand, geschmückt von zwei goldenen Ringen, an ihre Kehle. Fredereke hatte die Augen, in denen Tränen glitzerten, weit aufgerissen. »Was ist mit meinem Kind?«

Hinrek schwieg einen Augenblick, um sich an ihrem Unglück zu weiden. Mit gesenkter Stimme, um ihr vorzuspielen, dass er Mitgefühl verspürte, sagte er: »Sie wollen deinen Sohn der *peinlichen Befragung* unterziehen. Es tut mir leid.«

»Nein!« Fredereke rang nach Atem, bevor sie erbleichte und zu Boden sank.

KAPITEL 14

Aleke. Aleke.« Die Vorsteherin schüttelte den Kopf. Enttäuschung über eine erneute Verfehlung Alekes zeichnete sich auf ihrem Gesicht ab. »Schlimm genug, dass du überfallen wurdest. Warum hast du mir nicht alles über den Tag erzählt?«

Mit gesenktem Haupt stand Aleke vor Benedicte Muntaries, während die Gedanken in ihrem Kopf sich überschlugen. Was konnte die *Magistra* nur meinen? Aleke war sich keiner Schuld bewusst, denn sie hatte der Vorsteherin haarklein geschildert, wie sie angegriffen worden war. Zwei Tage waren seit der schrecklichen Tat vergangen, zwei Tage, die Aleke im Haus hatte verbringen müssen, weil Benedicte Muntaries ihr den Schwur abverlangt hatte, nicht in die Stadt zu gehen, um sich nicht selbst zu gefährden. Was also konnte die Vorsteherin meinen? Brav hatte Aleke sich an ihr Versprechen gehalten und hatte nicht weiter nach der Wahrheit gesucht, auch wenn es ihr in den Fingern juckte.

Da durchfuhr es sie heiß. Wie Ylsebe von Ghotinghe es gewollt hatte, hatte sie der *Magistra* alles über den Überfall berichtet, aber Aleke hatte vergessen, Benedicte Muntaries zu sagen, woher sie gekommen war. Bewusst vergessen, weil Aleke nur zu gut wusste, dass sie sich mit einem Besuch bei den Juden keine Ehre machte. Nun musste sie sich wegen dieser Verfehlung vor der Gemeinschaft der Schwestern verantworten. Beim Abendessen hatte die *Magistra* Aleke vor aller Augen zu sich zitiert, noch bevor diese am Tisch hatte Platz nehmen können. Nun wurden alle Schwestern Zeugen ihrer Schande.

»Warum bist du ins Judenviertel gegangen? Du musstest doch wissen, dass wir davon erfahren.«

Beinahe wäre Alekes Lippen ein lästerlicher Fluch entwischt, im letzten Augenblick presste sie die Lippen zusammen. Sie hätte es besser wissen müssen. In einer Stadt wie Braunschweig blieb nichts lange geheim. Neugierige Augen und Ohren lauerten überall, spitze Zungen waren nur zu gern bereit, alles Wissen und noch mehr Gerüchte weiterzutratschen.

»Es tut mir leid«, flüsterte Aleke schließlich, den Kopf weiterhin gesenkt, damit ihre Bußbekundung ehrlich und wie aus vollem Herzen wirkte. »Ich habe nicht nachgedacht.«

»Wie so oft.« Benedicte Muntaries stieß einen Seufzer aus, der aus vollem Herzen zu kommen schien. Aleke meinte beifälliges Murmeln von einigen Schwestern zu hören. »Machst du dir nicht klar, was dein Handeln auch für uns bedeutet?«

»Es ging um den Mord an Ceffeken Horneborch«, versuchte Aleke sich zu verteidigen, obwohl sie fürchtete, dass die Vorsteherin sie nicht davonkommen lassen würde. »Ich musste erfahren, ob es ein Kraut gibt, das –«

»Schweig!«, unterbrach sie Benedicte Muntaries. »Vater Eustacius wird nach dem Abendessen kommen, um mit dir über deine Verfehlungen zu sprechen.«

Bevor Aleke Einspruch erheben konnte, beugte sich die Vorsteherin zu ihr, um ihr zuzuflüstern: »Vergiss nicht, niemand kennt die Geschichte der Stadt so gut wie Vater Eustacius.«

»Danke«, flüsterte Aleke zurück, während sie vorgab, ein zutiefst schlechtes Gewissen zu haben. Mit gesenktem Kopf schlich sie zu ihrem Platz am Ende des Tisches, huschte auf die schwere Holzbank und nahm sich einen Löffel.

»Jede andere hätte eine schlimmere Strafe erhalten«, hörte sie Mechtylde von Helmenstede zischen, so laut, dass jede Schwester bis auf die Vorsteherin, es gewiss hören konnte. »Immer erhält Aleke den Vorzug.«

»Möchtest du uns etwas sagen, Mechtylde?« Benedicte Muntaries übertönte alle Gespräche, obwohl die Vorsteherin ihre Stimme nicht erhoben hatte. »Muss ich dich wieder an das achte Gebot erinnern?«

Zu Alekes Befriedigung lief Mechtylde von Helmenstede kirschrot an und biss sich auf die Lippen, als wollte sie sich damit davon abhalten, weiterhin falsch Zeugnis abzulegen. Dennoch konnte Aleke nicht umhin zu bemerken, dass einige der anderen Schwestern zustimmend genickt hatten, als Mechtylde von Helmenstede ihr Gift verspritzt hatte. Lodernd wie eine Flamme züngelte Zorn in Aleke auf, Zorn darüber, dass selbst die Schwestern in ihr nur einen Bankert sahen und sie nie als Teil ihrer Gemeinschaft anerkennen würden, sosehr Aleke sich auch wünschte dazuzugehören. Gar viele Worte drängten sich auf ihrer Zunge, die sie dem Lästermaul Mechtylde zu gern entgegengeschleudert hätte, aber Aleke hielt den Kopf gesenkt.

»Lasst uns Johann Fabers von Monstede gedenken«, sagte die *Magistra.* »Des Mannes, der unser Zusammenleben erst ermöglicht hat.«

Die Schwestern neigten den Kopf, um der Forderung der Vorsteherin nachzukommen.

»Vergesst nicht, dass von Monstede wünschte, dass jede Schwester, die ein Ärgernis für alle wäre, das Haus verlassen muss.« Benedicte Muntaries sprach leise, aber sehr eindrücklich. »Zänkerei war ihm ein großes Gräuel.«

Aleke hielt den Kopf gesenkt, aber nicht, weil sie dem Stifter danken wollte, sondern weil die Worte der Vorsteherin sie wieder einmal daran erinnerten, warum sie niemals eine Schwester werden würde. Johann Faber von Monstede hatte gefordert, dass nur bedürftige Frauen mit untadeligem Ruf Aufnahme finden dürften. Daher hatte selbst Benedicte Muntaries es nicht erreichen können, dass Herrade, Alekes Mutter, eine Schwester werden konnte, sondern nur als Magd im Konvent leben durfte. Dieses Schicksal blühte auch Aleke. Selbst wenn sie sich um einen untadeligen Lebenswandel bemühte, so würde es etliche Schwestern geben, die ihr ihre Geburt nicht verzeihen würden. Nun gut, musste Aleke sich eingestehen, außerdem würde sie niemals so gehorsam sein können, wie es Johann Faber von Monstedes Testament verlangte.

Schweigend schaufelte Aleke den Getreidebrei in sich hinein, der ihr heute besonders fad schmeckte, so dass sie ihn mit dem dünnen Bier herunterspülte, das in großen Krügen auf dem Tisch stand. Um sich abzulenken, schaute Aleke sich um und entdeckte, dass ein Platz am Tisch freigeblieben war.

»Wo ist Lucke?«, fragte sie Ghese, weil die Kräuterfrau es sich zur Aufgabe gemacht hatte, sich um das stumme Mädchen zu kümmern. »Ich habe sie heute den ganzen Tag noch nicht gesehen.«

»Die Magd des Righert van Anhald ist gekommen, um das Kind in ihr Haus zu holen.« Ghese zog die Stirn so kraus, dass ihre buschigen Augenbrauen sich beinahe berührten. »Sie wollen sich um die Kleine kümmern. Ich habe mich dagegen ausgesprochen, aber die *Magistra* …«

»Danke.« Righert van Anhald. Seit dem Tage, an dem der Magdeburger nach Braunschweig gekommen war, schienen sich ihre Wege immer wieder zu kreuzen. Warum der Fernhändler jedoch Lucke bei sich aufnehmen wollte? Nur zu gut erinnerte sich Aleke an den überraschten und auch panischen Blick, mit dem das Mädchen Righert van Anhald angeschaut hatte, bevor es davongelaufen war. Nur weil die Kleine stumm war, durfte man sie doch nicht einem Mann überlassen, vor dem sie sich fürchtete. Gleich morgen würde sie Lucke einen Besuch abstatten, beschloss Aleke, falls die Vorsteherin ihr dann erlaubte, das *Beginenhaus* zu verlassen. In ihren Gedanken verloren, brach Aleke das dunkle Brot, ohne viel zu schmecken. Endlich war das Essen vorbei. Sie sprang auf, um der für sie unerträglichen Atmosphäre zu entgehen, doch erneut richtete die Vorsteherin das Wort an sie.

»Einen Augenblick noch, Aleke.« Benedicte Muntaries winkte sie zu sich heran. »Ihr anderen könnt gehen. Widmet euch den Handarbeiten.«

Ruhig und leise verließen die Frauen den Raum, wobei Mechtylde von Helmenstede sich noch dreimal umdrehte, als könnte sie so herausfinden, was die Vorsteherin Aleke wohl sagen würde. Für einen Augenblick fühlte Aleke sich versucht, der rundlichen Schwester die Zunge herauszustrecken, aber sie fürchtete, dass so ein Benehmen in Benedicte Muntaries Augen kein vorteilhaftes Licht auf Aleke würfe. Daher stand sie nur mit weiterhin gesenktem Kopf vor der *Magistra* und wartete darauf, dass diese das Gespräch eröffnete.

»Wie du weißt, wird im nächsten Monat ein Platz bei uns frei, weil Berta Peperkelre sich für die Ehe entschieden hat. Ich möchte dir anbieten, dass du als Schwester bei uns eintrittst.« Die Vorsteherin sah Aleke erwartungsvoll an. »Wir würden uns freuen, dich in der Gemeinschaft zu haben.«

»Danke … vielen Dank«, stammelte Aleke. Das Angebot kam vollkommen überraschend. Niemals hätte sie erwartet, dass ihr Benedicte Muntaries den Platz von Berta Peperkelre anböte. Nicht ihr, einem *Bankert,* der bei den Schwestern nur geduldet war. Nicht ihr, deren Benehmen der Vorsteherin so oft Anlass zu einer Rüge gab. »Aber … aber ich habe nicht einmal eine Mitgift, die ich einbringen kann.«

»Das ist auch nicht nötig.« Benedicte Muntaries zuckte mit den Schultern. Sie lächelte Aleke so freundlich an, dass deren Herz schwer wurde, weil sie sich nicht so freute, wie es angemessen gewesen wäre. »Du bist eine gute Heilerin.«

»Ich fühle mich sehr geehrt«, antwortete Aleke, die sich fragte, warum ihr auf einmal der Eintritt in die Schwesternschaft nicht mehr so erstrebenswert schien. Noch vor wenigen Wochen wäre es ihr größter Wunsch gewesen, zu den Schwestern zu gehören, deren Anerkennung zu gewinnen, doch heute zögerte sie. War es Righert van Anhald, an den sie immer häufiger dachte, der sie davon abhielt, sich über das Angebot der Vorsteherin zu freuen? Oder war es die Gelegenheit, endlich mehr über ihre Herkunft zu erfahren, die Alekes Gedanken festhielt und kaum Raum für anderes ließ? »Doch erst möchte ich meine Pflicht meinem … Acchem van dem Broke gegenüber erfüllen und seinem Sohn helfen.«

»Nun gut.« An der Art, wie Benedicte Muntaries sie musterte, konnte Aleke deutlich erkennen, dass die Vorsteherin sich mehr Begeisterung erhofft hatte. Die *Magistra* war zu höflich, um Aleke ihre Enttäuschung deutlich spüren zu lassen, aber man konnte ihr anmerken, dass sie eine andere Antwort erwartet hatte. »Ich gebe dir bis Ostern Zeit, eine endgültige Entscheidung zu treffen. Aber bedenke, dass uns nur wenige Plätze zur Verfügung stehen …«

Aleke nickte. »Darf ich wieder in die Stadt gehen, um nach der Wahrheit über Ceffeken Horneborchs Tod zu suchen?«

»Wenn es denn sein muss …« Benedicte Muntaries seufzte. »Aber sei bitte vorsichtig. Und lass dich nicht wieder mit den Juden ein. Rede mit Pater Eustacius.«

»Ja. Ich danke Euch.« Aleke neigte den Kopf, bevor sie hinauslief, wobei ihre Gedanken durcheinanderliefen wie eine Herde junger Fohlen am ersten Frühlingstag. Einen Platz bei den Schwestern zu bekommen, das hieße für sie, eine Familie, eine Heimat zu erhalten, so wie sie es sich immer gewünscht hatte. Auch wenn das bedeutete, dass sie weiterhin mit Mechtylde von Helmenstede leben musste. Aber gab es nicht in jeder Familie ein oder zwei Verwandte, die man nicht mochte, sondern nur ertrug, weil sie eben Familie waren? Warum nur spielte das Schicksal ihr einen so bösen Streich? Nun, wo die Schwestern ihr endlich anboten, Teil der Gemeinschaft zu werden, zeigte sich Aleke das erste Mal die Möglichkeit, vielleicht sogar einen Platz in der Familie ihres Vaters einnehmen zu können. Doch nur dann, wenn es ihr gelänge, die Wahrheit über die tragische Hochzeitsnacht herauszufinden. Noch blieben ihr ein paar Tage Zeit, die Entscheidung zu treffen, und erst einmal musste sie mit Vater Eustacius sprechen, der sie sicher für ihren Besuch in der Jodhenstrate rügen würde.

Vor der Tür der kleinen Kapelle, in der Vater Eustacius auf Aleke wartete, stand Mechtylde von Helmenstede, die sich bemühte, nicht allzu neugierig zu wirken, was ihr jedoch misslang. Obwohl das unerwartete Angebot der *Magistra* schwer auf Aleke lastete, konnte sie sich eines Lächelns nicht erwehren, als sie die mollige Schwester dort lauern sah wie eine Katze auf die Maus. Wenn Mechtylde von Helmenstede nicht erführe, was die Vorsteherin zu Aleke gesagt hatte, würde die neugierige Schwester heute gewiss keinen ruhigen Schlaf haben.

»Nun, Aleke. Welche Strafe hat unsere *Magistra* dir auferlegt?« Mechtylde von Helmenstede trat Aleke in den Weg, als diese die Tür zur Kapelle öffnen wollte. »Zu den Juden gehen. Was kommt als Nächstes? Freundest du dich mit dem Henker an?«

»Bitte lasst mich durch.« Aleke blieb höflich, weil sie wusste, wie sehr sich Mechtylde von Helmenstede ärgerte, wenn Aleke sie weiter im Dunkeln ließe. »Vater Eustacius erwartet mich. Ich möchte ihn nicht warten lassen.«

»Bist halt nur ein *Bankert* und suchst deinesgleichen«, zischte die Schwester, bevor sie den Weg freigab. »Deine Mutter hätten wir schon nicht aufnehmen sollen. Eine wie du hat hier erst recht nichts verloren.«

Ohne es zu wollen, ballte Aleke die Hände zu Fäusten. Nur der Gedanke, dass sie Benedicte Muntaries nicht erneut Kummer bereiten wollte, hielt Aleke davon ab, sich auf die gehässige Schwester zu stürzen und Mechtylde von Helmenstede das hämische Grinsen aus dem Gesicht zu schlagen. Stattdessen ließ sie das Lästermaul einfach stehen und würdigte es keiner Silbe.

***

»Aleke. Was ist mit dir?« Vater Eustacius, ein zierlicher Greis, dessen weißer Haarkranz von Jahr zu Jahr dünner wurde, so wie seine Falten sich vertieften, saß vor einem Becher Wein. »Dein Gesicht ist ganz rot.«

»Guten Abend, Vater.« Aleke musste tief Luft holen, um sich zu beruhigen. »Es ist nichts. Nur … das Übliche. Schwester Mechtylde.«

»Ich kenne sie.« Vater Eustacius nickte bedächtig, so wie er alles tat. Er redete langsam und mit Bedacht, wobei er jedes Wort abzuwägen schien, trank den Wein in ruhigen Schlucken und setzte seine Füße vorsichtig voreinander. »Aleke. Sag dir immer, dass Menschen, die so giftig sind, in ihrem Herzen einsam und unglücklich sein müssen und dein Mitgefühl verdienen.«

»Das versuche ich«, antwortete Aleke mit einem Seufzer, »aber es ist nicht immer leicht, großherzig sein zu wollen.«

»Ich weiß. So wie du weißt, warum Magistra Muntaries mich gebeten hat, mit dir zu sprechen.«

»Weil ich in der Jodhenstrate war.« Aleke senkte den Kopf und betrachtete angelegentlich ihre Fingernägel. »Es tut mir leid, aber ich musste dorthin.«

»Aleke«, sagte Vater Eustacius mit leichtem Tadel, sicher, weil sie nicht bußfertig genug war. »Aber erzähl mir, warum du unbedingt zu den Juden gehen musstest.«

Angespornt durch seine sanfte Stimme und seine freundliche Miene schilderte Aleke die Ereignisse der letzten Tage, die mit dem überraschenden Besuch ihres Vaters begonnen hatten. Als sie von dem Überfall berichtete, verfinsterte sich Vater Eustacius' Antlitz, aber er sagte nichts. »... und nun hat Righert van Anhald auch noch Lucke zu sich holen lassen. Ich weiß nicht, was das bedeuten soll.«

»Hmmm.« Vater Eustacius strich sich über das spitze Kinn. »Du weißt von Luckes Schicksal?«

»Nur dass sie einem Feuer entkommen ist.« Aleke überlegte einen Augenblick. »Und dass sie seitdem das Sprechen verloren hat.«

»Die *Magistra* und ich haben darüber geschwiegen ...« Vater Eustacius nickte bedächtig mit dem Kopf. »... um das Kind nicht zu gefährden, aber wir sind sicher, dass Lucke die Tochter der Waghemans ist.«

Lautstark sog Aleke die Luft ein. Nur zu gut erinnerte

sie sich an den entsetzlichen Brand, dem eine Kaufmannsfamilie zum Opfer gefallen war. Die wildesten Gerüchte waren damals durch Braunschweig geeilt. Von Zauberei über eine Fehde unter Händlern bis hin zu einer Verschwörung war die Rede gewesen. Nur eines war sicher – niemand war wegen des Brandes angeklagt worden.

»Bis heute weiß niemand, wer das Feuer gelegt hat.« Erneut verdunkelte sich Vater Eustacius' Gesicht, als wäre er erschüttert über den Frevel, der in seiner Heimatstadt geschehen war. »Es kursierten die unterschiedlichsten Geschichten über den Täter und den Brand. So auch, dass der Sohn der Familie überlebt hatte und aus der Stadt geflohen war.«

Es dauerte einen Augenblick, bis Aleke die Reichweite dieser Worte begriff. »Ihr … Ihr wollt sagen, dass Righert van Anhald möglicherweise der Junge ist, der überlebt hat. Aber … was will er dann wieder hier?«

»Rache, fürchte ich. Den Schuldigen finden und Rache nehmen.«

»Was haben denn die Gerüchte damals gesagt?«, fragte Aleke, deren Kehle sich so trocken anfühlte, als hätte sie kein Bier zum Abendessen getrunken. »Wen haben sie als Schuldige ausgemacht?«

»Oh, es gab vielfältigstes Gemunkel. Olric Wagheman war Fernhändler, nicht sehr erfolgreich, aber anerkannt.« Vater Eustacius überlegte kurz. »Manche meinten, es wären Händler gewesen, die dem unliebsamen Konkurrenten den Garaus machen wollten. Andere sagten, es wären Zechkumpane gewesen …«

»Wurden Namen genannt?«, insistierte Aleke, obwohl

sie die Antwort fürchtete. Sicherlich gab es einen guten Grund, warum Vater Eustacius um den heißen Brei herumredete. »Gab es Verdächtige?«

»Niemand, den man vor Gericht ziehen konnte …«

»Bitte, sagt es mir.«

»Namen, die immer wieder genannt wurden, waren die van dem Brokes und der Krameres. Mit denen handelte Olric Wagheman und trank auch gerne den guten Roten.«

Ihr Vater. Sein Name tauchte nun schon das zweite Mal in Zusammenhang mit einem schrecklichen Verbrechen auf. Was wusste sie schon wirklich von dem Mann, den sie als ihren Vater ansah? Alekes Kopf fühlte sich an, als wollte er platzen. Sie stöhnte leise auf.

»Aleke?«

»Entschuldigt, Vater. Mir ist nicht wohl.« Obwohl sie sich nur hinlegen wollte, blieb noch eine Bitte, die sie Vater Eustacius stellen musste. »Ich weiß, es ist unüblich, aber … würdet Ihr mir erlauben, dass ich erneut mit den Juden rede, um mehr über den Trank herauszufinden?«

»Würdest du dich abhalten lassen, wenn *Magistra* Muntaries oder ich es dir verbieten?«

»Ich würde mich bemühen, eurem Gebot zu folgen«, antwortete Aleke, so sittsam es ihr möglich war. »Aber ein derart grausamer Mord sollte nicht dem Falschen angelastet werden.«

»Dann tu, was du tun musst, aber bleibe vorsichtig.« Vater Eustacius schüttelte hoffnungslos den Kopf. »Ich weiß nicht, was mit meiner Stadt geschehen ist. Blutige Morde, Handwerker, die den Stadtrat bedrohen … ich fürchte, noch haben wir nicht das Schlimmste gesehen.«

KAPITEL 15

Schlaflos hatte sich Aleke in der Nacht von einer Seite zur anderen gewälzt, getrieben von ihren Gedanken, die nun nicht mehr nur um den entsetzlichen Tod der Ceffeken Horneborch kreisten, sondern auch um die Frage, wer Righert van Anhald war und welche Rolle er in den Geschehnissen spielte, die sich in den letzten Wochen ereignet hatten. Sollte er wirklich der verschwundene Sohn von Olric Wagheman sein, zurückgekehrt, um sich an den Mördern seiner Familie zu rächen? Wen verdächtigte er des heimtückischen Feuermordes? Und – vor dieser Frage schreckte Aleke am meisten zurück – warum schien ihr Vater in all diese Verbrechen verwickelt zu sein?

Irgendwann hatte der Schlaf sie doch gefunden, aber das Morgenläuten weckte sie aus düsteren Träumen, so dass sie sich wie zerschlagen fühlte. Kurz vor dem Einschlafen hatte sie einen Plan gefasst, wie sie sich der Wahrheit um Ceffeken Horneborchs Tod nähern könnte, auch wenn ihr dieser Schritt sehr schwerfallen würde. Aber alles andere hätte bedeutet, dass sie entweder Righert van Anhald oder ihren Vater befragen müsste – und beiden Männern wollte sie im Augenblick nicht ins Gesicht sehen.

Nachdem sie ihre Arbeiten im Konvent erledigt hatte,

begab sich Aleke auf den schweren Weg, den sie ohnehin hätte gehen müssen.

Sie fürchtete sich davor, Ceffeken Horneborchs Eltern zu begegnen, aber gleichzeitig wusste sie nur zu gut, dass sie den Horneborchs einige Fragen stellen musste, um der Wahrheit auf die Spur zu kommen. Innerlich wappnete sie sich gegen die Anfeindungen, mit denen ihr Ceffeken Horneborchs Eltern sicher entgegentreten würden. Aleke konnte nur hoffen, dass der Familie ebenso sehr an der Wahrheit gelegen war wie ihr. Viel zu schnell hatte sie das schöne Patrizierhaus in der St. Auctors Twete erreicht. Dreimal holte sie tief Luft, bis sie es wagte, an die schwere Holztür zu klopfen.

Endlich öffnete die Tür sich einen Spalt und eine grobschlächtige Magd spähte Aleke misstrauisch entgegen.

»Was wollt Ihr? Wir sind in Trauer.«

Die Magd klang so bärbeißig, dass Aleke einen Augenblick überlegte, ihr Vorhaben aufzugeben, doch dann dachte sie an ihren Halbbruder, der im Kerker dahinvegetierte, voller Angst, dass er seine geliebte Gemahlin brutal ermordet hatte. Für Kersten würde Aleke weiter nach der Wahrheit suchen, auch wenn sie dafür große Hindernisse überwinden müsste.

»Ich muss mit Ludeke oder Debbeken Horneborch reden. Es ist wichtig.«

Noch immer blieb die Tür nur einen Spaltbreit geöffnet, als sollte die ungebetene Besucherin abgeschreckt werden. Doch Aleke blieb einfach stehen, ohne ein weiteres Wort zu sagen. Eines hatte das Leben als Bankert sie gelehrt – nicht aufzugeben und jedem Menschen die

Stirn zu bieten, wenn sie etwas wirklich wünschte. Auch heute zeitigte ihre Beharrlichkeit Erfolg. Etwas Unfreundliches grummelnd, öffnete die Magd die Tür.

»Wartet hier!« Die kräftige Frau ließ Aleke stehen, ohne ihr etwas zu trinken anzubieten oder sie aufzufordern, sich auf die Bank oder einen der Stühle zu setzen – ein deutlicher Affront. »Ich hole die Herrin.«

Während sie in der *Däle* wartete, sah Aleke sich um. Ihr Blick wanderte empor, höher und höher, bis sie endlich die Spitze des hohen Raumes erkannte. Dunkel war es hier, obwohl Kerzen in Leuchtern an den Wänden brannten. An der Feuerstelle stand eine weitere Magd, die vorgab, Aleke nicht neugierig anzustarren, was ihr nicht gelang. Von der Feuerstelle wehte der Duft bratenden Fleisches zu ihr herüber, was Aleke daran erinnerte, dass sie heute Morgen vor Aufregung nur wenig zu essen vermocht hatte. Aber auch jetzt verspürte sie keinen Hunger, einfach weil sie sich vor der Begegnung mit Ceffeken Horneborchs Eltern fürchtete. Voller Nervosität begann Aleke, in der *Däle* auf und ab zu gehen, damit sie nicht die Haustür öffnete und floh, bevor sie die Horneborchs mit ihren Fragen belästigte.

»Die Magd sagt, Ihr wollt mich sprechen?« Debbeken Horneborch war leise wie eine Katze in die *Däle* getreten. Hinter ihr stand die Magd und grinste Aleke unverfroren an. Ceffekens Mutter musterte Aleke von oben bis unten, bis diese unbehaglich zu Boden sah. »Was wollt Ihr?«

»Entschuldigt, dass ich Euch in Eurer Trauer stören muss«, begann Aleke, »doch ich muss – »

»Was müsst Ihr?« Ceffeken Horneborchs Mutter, eine

immer noch schöne Frau, auch wenn die Trauer ihr Gesicht gezeichnet hatte, unterbrach Aleke rüde. »Euch an unserem Elend laben?«

Debbeken Horneborchs hellblaue Augen wirkten kalt wie die Oker im Winter, an den Tagen, nachdem das Eis aufgebrochen war und den Blick auf den Fluss freigab. Sie presste die schmalen Lippen aufeinander, so dass die wie zwei Striche wirkten. Alles an ihr trug Traurigkeit und Zorn in sich. Ihr edles Gewand hing lose um ihren Körper, als hätte sie in den letzten Tagen an Gewicht verloren. Ihre Stimme klang schneidend, ihre Schultern hingen, und scharfe Falten gruben sich um ihren Mund.

»Nein. Entschuldigt.« Aleke schwieg, weil sie nur stammeln konnte. Sie hatte gefürchtet, dass Debbeken Horneborch ihr ablehnend gegenüberstünde, aber eine derartige Feindseligkeit hatte sie nicht erwartet. Sie sammelte allen Mut zusammen, um Debbeken Horneborch erneut anzusprechen. »Bitte, ich wäre nicht hier, wenn es nicht von Bedeutung wäre.«

»Warum schickt der van dem Broke seinen *Bankert*?« Debbeken Horneborch schnaubte wie ein wütendes Pferd. Sie stemmte die Hände in die Hüften und trat zwei Schritte auf Aleke zu, die erschrocken zurückwich. »Hat wohl Angst davor, sich hier zu zeigen. Sich zu entschuldigen für das, was sein feiner Sohn verbrochen hat.«

Obwohl Aleke die Traurigkeit der Frau verstehen konnte und sich wünschte, dass sie Debbeken Horneborch helfen könnte, begehrte sie gegen den Zorn der Frau auf. »Noch ist die Schuld Kerstens nicht bewiesen. Deshalb bin ich hier.«

»Paah.« Wieder schnaubte Debbeken Horneborch so heftig, dass Aleke Speichel abbekam. »Warum sollte ich helfen, den Mörder meiner Tochter, meines einzigen Kindes, zu befreien. Wer sollte es denn sonst gewesen sein?«

»Das möchte ich herausfinden.« Aleke ließ nicht locker. Immer wieder musste sie daran denken, wie hoffnungsfroh Fredereke gewesen war, dass sie ihnen helfen wollte, die Wahrheit über jene verhängnisvolle Nacht aufzudecken. »Kersten van dem Broke erinnert sich nicht mehr daran, was geschehen ist.«

»Was sollte er sonst sagen?« Nun ballte Debbeken Horneborch die Hände zu Fäusten, als wollte sie Aleke schlagen. Ihre hellblauen Augen füllten sich mit Tränen, ihre Mundwinkel zogen sich nach unten. Gern hätten Aleke etwas Tröstendes gesagt, aber sie fürchtete, dass Debbeken Horneborch von ihr kein Wort der Freundlichkeit annehmen würde. »Womit will der van dem Broke sich herausreden? Zauberei? Zu viel des guten Weines? Und Ihr glaubt ihm? Gerade Ihr! Als hätte die Familie van dem Broke Euch nicht genug angetan.«

Diese Bosheit traf Aleke schlimmer, als es ein Schlag mit der Faust getan hätte. Alles in ihr schrie, sich gegen Debbeken Horneborch zur Wehr zu setzen, nicht einfach stumm zu bleiben und duldsam die Häme zu ertragen. Doch es ging nicht um sie, sondern um das Schicksal von Kersten van dem Broke, der – genau wie seine Eltern – darauf vertraute, dass Aleke ihnen helfen würde. Aber was blieb ihr übrig? Wie sollte sie die Frau davon überzeugen, dass es auch in ihrem Interesse wäre, wenn Aleke den wahren Täter fände?

»Ich kann Euch verstehen«, begann Aleke, aber Debbeken Horneborch ließ sie nicht ausreden, sondern unterbrach sie barsch.

»Wie könnt Ihr es Euch nur anmaßen, mich verstehen zu wollen? Ist Euer Kind tot, ermordet? Sicher nicht. Also wagt es nicht noch einmal, von Verständnis zu reden.«

»Frau. Lass gut sein.« Hinter ihr tauchte ihr Ehemann aus dem Schatten auf, die Schultern ebenfalls gramgebeugt, dunkle Ringe unter den Augen, als hätte der Schlaf ihn lange gemieden. Ein Patrizier vom Scheitel bis zur Sohle, dachte Aleke, als sie Ceffeken Horneborchs Vater sah. Hochgewachsen, schlank, allerdings mit einem Bauchansatz, der von einem guten Leben zeugte. Aus seinen graublauen Augen sprach Klugheit, die jetzt allerdings von Trauer um sein einziges Kind überschattet war. »Das Mädchen kann nichts für ihre Verwandtschaft oder ihr Schicksal. Hör dir wenigstens an, was Aleke Ledinkhusen zu sagen hat.«

Freundlich nickte er Aleke zu, was ihr ein wenig Hoffnung gab, dass Ludeke Horneborch ihre Fragen beantworten würde.

»Ich möchte Euch nicht lange aufhalten. Erinnert Ihr Euch an etwas Besonderes auf der Hochzeitsfeier?«

»Ihr meint, an etwas Besonderes wie den Mord an meinem einzigen Kind?«, spie ihr Debbeken Horneborch entgegen.

Aleke schwieg, weil sie nicht wusste, was sie hätte antworten können, aber auch weil die unverhohlene Wut der Frau Aleke keine Antwortmöglichkeit ließ. Egal, was sie sagen würde, Debbeken Horneborch würde ihr nicht glauben oder sie weiter attackieren, da war sich Aleke sicher. Obwohl ihr die Angriffe schwer auf der Seele lasteten, konnte Aleke die Frau ein Stück weit verstehen. Ihr war das Liebste in ihrem Leben unvermutet genommen worden, und sie sah keine andere Möglichkeit, mit ihrer Trauer umzugehen, als sich gegen alle anderen Menschen zu wenden. Ähnlich hatte Aleke sich gefühlt, als ihre Mutter viel zu früh verstorben war. An gebrochenem Herzen, wie Ghese gemeint hatte, die nichts unversucht gelassen hatte, Herrade Ledinkhusen zu heilen.

»Es war eine große Hochzeit. So groß, wie sie der Rat nur erlaubt«, sagte Debbeken Horneborch schließlich mit Stolz in der Stimme. »60 Gäste waren geladen. Fünf Spielleute spielten auf. Alles war, wie Ceffeken es sich gewünscht hatte, und dann …«

»Es war eine schöne Feier«, ergänzte Ludeke Horneborch mit rauer Stimme. In seinen Augen glitzerten Tränen, die er vergeblich wegzublinzeln versuchte. »Sie waren so glücklich. Ceffeken leuchtete vor Glück. Sie … sie liebte Kersten und freute sich auf die Ehe. Niemand hätte vorhersehen können …«

Seine Stimme brach ab, als könnte er die Erinnerung nicht ertragen, als würde jedes weitere Wort seinen Schmerz nur wieder aufreißen.

»Der van dem Broke«, sagte Debbeken Horneborch zu Alekes Überraschung mit tonloser Stimme. Sie seufzte. »Erinnerst du dich nicht mehr?«

»Doch.« Ihr Mann nickte bestätigend. »Wo du es sagst. Der van dem Broke betrank sich und stritt mit Kersten um einen Tanz.«

Aleke glaubte, nicht richtig zu hören. War sie zu gutgläubig gewesen, als ihr Vater sich nach all den Jahren an sie gewandt hatte? Hätte sie nicht misstrauisch werden müssen, dass er gerade sie fragte? Stattdessen war sie geschmeichelt gewesen, dass ihr Ruf als Kräuterkundige so gut war, dass auch ihr Vater ihre Hilfe suchte. Sollte das alles nur Lug und Trug gewesen sein?

»Mein Va … Acchem van dem Broke hat mit seinem Sohn gestritten?«, fragte sie daher mit zitternder Stimme.

»Selbstverständlich nicht. Hinrek van dem Broke hatte dem Wein zu sehr zugesprochen und wollte wieder und wieder mit Ceffeken tanzen, bis Kersten einschritt«, antwortete Ludeke Horneborch. »Ich hielt das nicht für wichtig, aber …«

»Bevor sie sich für Kersten entschied, hat Hinrek van dem Broke unsere Tochter umworben«, ergänzte seine Frau. Auf ihrem Gesicht und in ihrer Stimme lag so viel Traurigkeit, dass Aleke gern etwas Tröstendes gesagt hätte, aber sie fürchtete, dass Debbeken Horneborch von ihr keinen Trost annehmen würde. »Ich fand ihn immer zu alt für Ceffeken, aber das Mädchen hatte seinen eigenen Kopf.«

»Ich danke Euch«, sagte Aleke, überrascht von der Neuigkeit, die ihr ihr Vater nicht mitgeteilt hatte. War es ihm entfallen, oder hatte er Aleke bewusst im Dunkeln gelassen? Nach ihrem Gespräch mit Vater Eustacius fühlte Aleke sich, als könnte sie niemandem mehr vertrauen, als verberge jeder Mensch vor ihr ein Geheimnis, das zu lüften ihr nur weiteres Misstrauen und Schmerz brächte. »Es tut mir sehr leid.«

»Danke«, antwortete Ludeke Horneborch. Er nahm seine leise schluchzende Frau sanft am Arm und führte sie in die Tiefe des schönen Hauses, dessen Pracht das Leid der Eltern Ceffeken Horneborchs nicht mildern konnte.

»Geht. Jetzt.« Die Magd öffnete die Haustür, so dass Aleke nichts anderes übrigblieb, als der wenig freundlichen Aufforderung nachzukommen.

Als sie aus dem Dunkel des Hauses ins Licht des Frühlingstages trat, musste sie in der hellen Sonne blinzeln, so dass sie den Mann, der unvermittelt auf sie zutrat, nur als Schatten erkannte. Sofort kehrte die Angst vor einem Überfall zurück. Alekes Herz schlug schneller; verzweifelt rang sie nach Luft, und ihre Hand zuckte zur Kehle, um sich gegen einen Angriff zu wappnen.

»Ich wünsche Euch einen guten Tag.« Als sie die Stimme Righert van Anhalds erkannte, fühlte Aleke erst Erleichterung, dann Zorn. »Entschuldigt. Ich wollte Euch nicht erschrecken.«

»Ihr?« Alekes Stimme überschlug sich vor Zorn. »Ihr wagt es – nach all dem, was Ihr getan habt.«

»Bitte?« Righert van Anhalds Gesicht wirkte so ehrlich, so überrascht, dass sie ihre harten Worte beinahe bereute. »Ich verstehe nicht. Was meint Ihr?«

»Wollt Ihr etwa leugnen, dass Ihr der Sohn von Olric Wagheman seid?« Als sie den Namen aussprach, meinte Aleke so etwas wie Schuld auf Righerts Gesicht lesen zu können. Schuld oder Scham, sicherlich deshalb, weil er sie von Anfang an belogen hatte und wohl nur hatte benutzen wollen, um an ihren Vater heranzukommen. Der Gedanke schnitt ihr tiefer ins Herz, als sie es vor sich eingestehen wollte. »Wollt Ihr abstreiten, dass Ihr nur nach Braunschweig gekommen seid, um Rache zu üben? Leugnet Ihr, dass Ihr Drews Wagheman seid?«

Als sie den Namen aussprach, spürte sie Wut wie sauren Magensaft in ihrer Kehle. Drews – er war der einzige Junge gewesen, der sie nicht verspottet hatte. Einmal hatte er ihr sogar die Hälfte einer Zuckerstange geschenkt, weil er gesehen hatte, wie begehrlich Aleke die Leckerei gemustert hatte. An besonders einsamen Abenden hatte die kleine Aleke begonnen, von Drews Wagheman zu träumen, hatte sich mit Hoffnungen auf eine Freundschaft, vielleicht sogar eine Liebe zu dem Händlersohn in den Schlaf gewünscht. Heiße Tränen hatte sie geweint, nachdem sie von dem Feuer gehört hatte. Und hier stand er nun, der Junge, um den ihre Jungmädchenträume sich gedreht hatten. Er schien sie nicht einmal erkannt zu haben. Würde er es wagen, sie weiter anzulügen?

»Woher wisst Ihr das?«, lautete Righert van Anhalds erste Frage, was Aleke tiefer enttäuschte, als sie sich eingestehen wollte. Sie hatte gehofft, dass er leugnen würde, dass er ihr den Irrtum erläutern würde, dass es eine Erklärung dafür gäbe, die ihn nicht als Lügner und Täuscher zeigte. »Wer hat Euch von der alten Geschichte erzählt?«

»Ihr habt Euch selbst verraten, als Ihr Lucke gesehen habt«, antwortete sie tonlos. Ihr Zorn war verraucht und hatte einer tiefen Traurigkeit Platz gemacht. Einer unsagbaren Enttäuschung darüber, dass erst ihr Vater ihr nicht die ganze Wahrheit über die Hochzeitsfeier erzählt hatte und nun Righert van Anhald sich nur bei ihr eingeschmeichelt hatte, um sie für seine Zwecke zu benutzen. »Vater Eustacius hat mir dann von dem Feuer erzählt.«

»Ich … ich …« Righert van Anhald hob die Hände, aber er wich Alekes Blick aus. »Ich wollte es Euch erzählen, aber …«

»Aber was?«, sagte sie scharf. »Aber es war Euch wichtiger, über mich an die Familie van dem Broke zu gelangen.«

Nun schaute er sie zum ersten Mal an, woraufhin Aleke die letzte Hoffnung verlor, dass er mehr in ihr gesehen hatte als eine Spielfigur, die er für seine Racheränke nutzen könnte.

»Ich –«, begann er, aber sie ließ ihn nicht zu Wort kommen.

»Erspart mir weitere Lügen. Gehabt Euch wohl.«

Ohne ihm die Möglichkeit einer Erwiderung zu lassen, drehte sie sich um und ging davon. Mit geradem Rücken und aufgerichtetem Haupt, dankbar, dass er ihre Tränen nicht sehen würde.

KAPITEL 16

Auf dem Weg zurück in den Konvent gelang es Aleke, ihre Fassung wiederzugewinnen. Schließlich war sie geübt darin, sich ihre Gefühle nicht anmerken zu lassen. Ein Grund mehr, Righert van Anhald zu hassen, weil es ihm gelungen war, sie zum Weinen zu bringen. Was sollte sie nur tun? Musste sie ihrem Vater nicht berichten, dass der Sohn Olric Waghemans nach Braunschweig zurückgekehrt war, getrieben von Rachedurst? Warum nur zögerte sie, warum brachte sie es nicht über das Herz, Righert van Anhald an ihren Vater zu verraten? Ihren Vater, der auch nicht ehrlich zu ihr gewesen war, der ihr verschwiegen hatte, dass sein Sohn und sein Bruder sich gestritten hatten.

Wie sehr hatte sie sich getäuscht, als sie glaubte, zu einem Teil der Familie van dem Broke werden zu können.

Vielleicht hatten die Schwestern ja recht, die auf die Männer schimpften und sagten, dass ihnen nicht zu trauen sei. Vielleicht wäre es wirklich das Klügste und Beste, wenn Aleke das großzügige Angebot der *Magistra* annahm und in den Konvent eintrat. Oder besser noch, dachte sie voller Zorn, ich nehme den Schleier und gehe zu den Benediktinerinnen ins Kreuzkloster. Dabei war sie sich nur zu bewusst, dass sie das strenge Regiment der Nonnen niemals ertragen würde. Außerdem würde sie auch dort weiterhin nur als Magd arbeiten dürfen. Arme Frauen, die keine hinreichende Mitgift hatten, konnten nur Laienschwestern werden, was wiederum nur ein freundliches Wort für Dienstmägde war.

Endlich sah sie das *Beginenhaus*, das ihr heute mehr als sonst als ihr Zuhause erschien, selbst mit einer Mechtylde von Helmenstede, deren besondere Gabe es war, das Leid von Menschen zu spüren und so lange zu suchen, bis sie dessen Ursache fand. Heute und auch in den nächsten Tagen würde Aleke den Konvent nicht verlassen, sondern versuchen, sich so gut in die Gemeinschaft einzufügen, wie es ihr eben möglich war. Obwohl sie Stiche von Bedauern und Schuld verspürte, weil sie Kersten van dem Broke seinem Schicksal überließ, konnte Aleke sich nicht überwinden, weiter für ihren Vater zu arbeiten und dabei zu riskieren, Righert van Anhald erneut zu begegnen.

***

»Habt Ihr etwas Neues herausfinden können?« Fredereke van dem Broke trat aus dem Schatten des Tores. In den Tagen, die vergangen waren, seitdem Aleke sie das erste Mal gesprochen hatte, wirkte die Gemahlin ihres Vaters deutlich gealtert und vom Schicksal gezeichnet. »Bitte, bitte gebt mir nur einen Funken Hoffnung, damit ich wieder schlafen kann.«

»Es tut mir leid.« Ohne zu überlegen, griff Aleke nach Fredereke van dem Brokes Händen, nahm sie in ihre und hielt sie tröstend fest. »Ich kenne nun das Kraut, das so tiefen Schlaf bringt, aber es hat mich nicht auf eine Spur des Mörders geführt.«

Fredereke van dem Brokes Antlitz, das sich für einen Augenblick erhellt hatte, verdüsterte sich wieder, nachdem Aleke ihr Scheitern eingestanden hatte. Zitternd zog sie den schweren Wollmantel enger um sich, der mit der *Nusche*, einer wunderschönen goldenen Spange, zusammengesteckt war.

»Ich hege kaum noch Hoffnung. Kersten, meinem Sohn, ihm bleibt nicht viel Zeit. Bitte, bitte, helft ihm.« Fredereke van dem Broke rang verzweifelt die Hände. »Sie haben ihn der *peinlichen Befragung* unterzogen. Es geht ihm nicht gut.«

»Kommt mit. In der *Däle* wird sich ein Würzwein finden lassen, der Euch guttut. Und für den fliehenden Schlaf kenne ich ein Kraut.«

»Danke.« Fredereke van dem Brokes Stimme war kaum mehr als ein Hauch. Sie stolperte hinter Aleke her in die *Däle* des *Beginenhauses*, stieß sich die Hüfte an einer Bank, ohne es zu bemerken oder einen Schmerzenslaut von sich zu geben. »Ihr seid sehr freundlich. Bedenkt man, was Acchems Familie Euch und Eurer Mutter angetan hat.«

Abrupt blieb Aleke stehen, so dass Fredereke van dem Broke in sie hineinstolperte.

»Was, was meint Ihr?« Was wusste die Ehefrau Acchem van dem Brokes von Alekes Mutter? Verbarg Alekes Vater etwa noch mehr Geheimnisse? »Was haben die van dem Brokes uns angetan?«

»Das … das wisst Ihr doch selbst.« Auf einmal wirkte Fredereke van dem Broke nicht mehr erschöpft und leidend, sondern aufmerksam und vorsichtig. Sie trat von Aleke zurück, um angelegentlich ihre Fingernägel zu mustern, als würden diese Spuren von Arbeit und Dreck aufweisen. »Dass Ihr bei den *Beginen* leben müsst. Geduldet.«

Obwohl Aleke sicher war, dass Fredereke van dem Broke ihr etwas verschwieg, drang sie nicht weiter in die Frau, weil sie sicher keine Antwort von ihr erhalten würde. Nicht im Augenblick, aber vielleicht etwas später, wenn der schwere Würzwein seine Wirkung zeigte.

Ylsebe von Ghotinghe schaute verwundert auf, als Aleke und die trotz ihrer Traurigkeit vornehm gekleidete Fredereke van dem Broke ihre *Däle* betraten. Nach einem Nicken zur Begrüßung widmete sich die Köchin wieder ihrer Arbeit, ohne sich um Fredereke van dem Broke und Aleke zu kümmern, die sich auf die gehobelte Bank setzten. Aleke holte einen Krug des schweren Weins und zwei Becher, die sie auf den Tisch stellte. Ohne ein Wort zu sagen, stellte Ylsebe von Ghotinghe einen Teller mit duftenden Anisplätzchen dazu.

»Danke«, sagte Aleke, überrascht von der fürsorglichen Geste.

Die Köchin antwortete ihr mit einem weiteren Nicken.

»Mein armer Junge.« Nachdem Fredereke van dem Broke einen kräftigen Schluck von dem Wein getrunken hatte, begann sie leise zu weinen. »Er leidet furchtbare Schmerzen. Bitte, Ihr seid Heilerin. Könnt Ihr ihm helfen?«

»Ich … ich bin kein *Medicus.*« Obwohl Aleke sich vorgenommen hatte, sich nicht weiter in die Angelegenheiten ihres Vaters einzumischen, rührte sie Fredereke van dem Brokes Leid an, so dass sie nur wünschte, der Frau helfen zu können. »Fragt einen *Medicus*. Oder einen *Bader*.«

»Ich vertraue nur Euch. Bitte.« Fredereke van dem Broke griff nach Alekes Hand, um sie verzweifelt festzuhalten. »Ich weiß nicht, wem ich noch glauben kann. Bitte. Ihr … Ihr seid kein Teil der Familie, obwohl Ihr dazugehört. Ihr vertretet nicht Eure Angelegenheiten, sondern sucht ehrlich nach der Wahrheit.«

Scham wallte in Aleke auf, weil sie die Frau ihres Vaters so getäuscht hatte. Schließlich war es ihr zuerst nicht um Kersten van dem Brokes Schicksal gegangen, sondern nur darum, ihren Vater für sich zu gewinnen. Im Angesicht von Fredereke van dem Brokes Leid kam Aleke sich klein und erbärmlich vor, so dass sie grübelte, wie sie das Leid der Frau ihres Vaters lindern konnte.

»Ich … ich kenne einen guten *Medicus*. Allerdings einen Juden. Wenn Ihr wollt, ziehe ich ihn zu Rate.«

»Macht, was Ihr für richtig erachtet. Bitte. Koste es, was es wolle …«

Konnte sie es wagen, Fredereke van dem Broke nun nach dem Geheimnis zu fragen, was die Gemahlin von Acchem van dem Broke vorhin so unbedacht verraten hatte? Nein, sagte sich Aleke, wenn sie Fredereke van dem Broke nun bedrängte, wäre sie keinen Deut besser als Acchem van dem Broke oder Righert van Anhald. Auch wenn es ihr entsetzlich schwerfiel, ihre Neugier zu zügeln, so brachte Aleke es nicht über sich, genauso zu handeln wie ihr Vater oder der Magdeburger, die andere Menschen nur als Mittel für ihre Zwecke nutzten, ihnen die Wahrheit vorenthielten, in der Hoffnung, mit ihren Täuschungen davonzukommen.

»Womit haben wir das verdient?« Fredereke van dem Broke griff nach dem Krug, um sich einen weiteren Becher des starken Weines einzuschenken. »Noch vor wenigen Wochen leuchtete unser Haus vor Glück, und jetzt verliere ich alles. Meinen Sohn. Mein einziges Kind.«

So schwer es Aleke auch fiel, sie musste mit der unglücklichen Frau über den Mord reden, wollte sie Kersten van dem Broke wahrlich helfen. »Ich habe heute Ceffeken Horneborchs Eltern besucht.«

»Oh.« Fredereke van dem Broke schaute auf, ihre Augen wirkten rot und etwas verschwommen, wohl durch das Weinen und den Wein. »Ich habe nur an mich gedacht. Die armen Horneborchs. Sie haben ihr einziges Kind bereits verloren. Ich sollte zu ihnen gehen, aber ich fürchte …«

»Ja.« Aleke nickte. »Noch ist es zu früh. Debbeken und Ludeke Horneborch trauern sehr. Sie erzählten, dass Euer Schwager Ceffeken ebenfalls heiraten wollte.«

»Der arme Hinrek«, sagte Fredereke van dem Broke, aber etwas in ihrer Stimme ließ Aleke aufhorchen. Aus Fredereke van dem Brokes Tonfall sprach neben Mitgefühl auch etwas, das sich beinahe wie Abscheu anhörte. Noch ein Geheimnis, dem es später nachzugehen galt. »Niemals Glück im Geschäft, niemals Glück in der Liebe.«

»War es ein schlimmer Streit?«, hakte Aleke nach. »Hat Euer Schwager Kersten bedroht?«

»Ich erinnere mich nicht mehr.« Fredereke van dem Brokes Blick wich Alekes aus, als würde sie etwas verschweigen. »Es war so ein großes Fest. So ein schönes Fest. Warum nur musste es so enden?«

Aleke sagte kein Wort, weil sie hoffte, dass sie auf diesem Weg Fredereke van dem Broke dazu bringen könnte, die Wahrheit zu sagen, doch auch die Frau ihres Vaters schwieg. Unbehaglich trank Aleke einen weiteren Schluck Wein, nur um zu bemerken, dass der ihr langsam in den Kopf zu steigen begann.

»Könnt Ihr ihn heute noch aufsuchen?« Fredereke van dem Broke begann wieder zu weinen, so drückend war die Last der Sorgen um ihren Sohn. »Ich habe Euch Geld mitgebracht, um den *Büttel* und den *Medicus* zu bezahlen. Ich selbst … sein Leid … es bricht mir das Herz.«

»Ich verstehe.« Aleke erhob sich, weil sie ahnte, dass sie von Fredereke van dem Broke heute nicht mehr erfahren würde. »Kommt. Ich bringe Euch nach Hause und sehe dann nach Kersten.«

»Habt Dank.« Zu Alekes Überraschung ergriff Fredereke van dem Broke erneut Alekes Hände, um sie voller Dankbarkeit zu küssen. »Ich werde Euch Eure Freundlichkeit nie vergelten können.«

»Schon gut.« Sanft entzog Aleke ihre Hände und wandte sich Ylsebe von Ghotinghe zu. »Bitte sagt der *Magistra*, dass ich Kersten van dem Broke im Kerker besuche.«

»Du weißt, wie wenig ich davon halte«, sagte die Köchin mit einem Kopfschütteln. »Sei vorsichtig, und geh nicht allein.«

Nachdem sie Fredereke van dem Broke nach Hause gebracht hatte, führten Alekes Schritte sie jedoch nicht direkt zum Kerker sondern zunächst wieder in die Jodhenstrate. Eingedenk der Warnung, die Ylsebe von Ghotinghe so eindringlich ausgesprochen hatte, schaute sie sich mehrmals um, ohne jedoch jemanden zu entdecken, der ihr folgte. Dennoch klopfte ihr Herz so laut, dass sie meinte, jeder müsste es hören können. Heute machte Aleke sich keine Gedanken, ob man sie beim Besuch der jüdischen Straße entdecken würde. Die Heimlichtuerei hatte ihr beim letzten Mal nicht geholfen, da ohnehin jemand sie bei der *Magistra* angeschwärzt hatte. Also konnte sie heute ganz offen den jüdischen Medicus aufsuchen.

»Guten Tag.«

Erstaunt sahen Ysake und Rina von Bremhen auf, als Aleke in die *Däle* trat, in der das Ehepaar über Bücher gebeugt stand.

»Guten Tag.« Rina von Bremhen lächelte, sichtlich erfreut, Aleke wieder zu sehen, während Ysake von Bremhen ihr nur höflich zunickte. »Was führt Euch zu uns?«

»Eine Bitte. Ein Auftrag.« Aleke musste sich einen Augenblick sammeln. Getrieben von dem Wunsch, Rina von Bremhen wiederzusehen, um mehr über das Studium in Salerno zu erfahren, hatte sie nicht überlegt, ob die jüdischen *Medici* Kersten überhaupt würden helfen wollen. »Ich habe Geld.«

Rina und Ysake von Bremhen wechselten einen Blick, der so deutlich war, dass Aleke spürte, wie ihre Wangen heiß wurden.

»Wir helfen Bedürftigen, ohne dafür etwas zu verlangen«, sagte Ysake von Bremhen mit eisiger Stimme. »Ich weiß, dass ihr Christen uns nachsagt, nur am Geld interessiert zu sein, aber …«

»Nein. Entschuldigt. Das wollte ich nicht andeuten.« Wie hatte sie nur so dumm und unbedacht sein können? Es musste am Wein liegen. »Ich wollte nur sagen, dass ich Eure Dienste angemessen entlohnen kann.«

»Was können wir für Euch tun?«, fragte Rina von Bremhen, deutlich freundlicher als ihr Gemahl.

»Mein Bruder … Halbbruder … im Kerker, er benötigt einen Arzt.« Aleke schaute die Juden nicht an, als sie weitersprach. »Man hat ihn der *peinlichen Befragung* unterzogen. Er leidet schlimme Schmerzen.«

»Euer Bruder?«, fragte Ysake von Bremhen, sein Ton fragend, aber mit einem Unterklang von Zorn. »Der, der wegen des Mordes an seiner Gemahlin angeklagt wird?«

»Ja.«

»Ihr erwartet doch nicht, dass wir einem angeklagten Mörder helfen?« Als sie über seine harsche Art überrascht aufschaute, sah Aleke, wie Ysake von Bremhen den Kopf schüttelte. »Habt Ihr eine Ahnung, was es bedeutet, wenn ein jüdischer *Medicus* einen Christen heilt? Wir dürfen nicht einmal als Fleischhauer für Christen arbeiten.«

»Nein«, antwortete Aleke mit brennenden Wangen. »Ich weiß nicht, was es für Folgen zeitigt. Sonst hätte ich Euch nicht gefragt.«

»Viele Christen unterstellen uns Zauberei«, sagte Rina von Bremhen sanft, die ihrem Mann eine Hand auf den Unterarm legte, sicher, um ihn zu beruhigen. »Wenn wir einen Kranken heilen, ist es Teufelswerk. Wenn wir ihn nicht heilen können, unterstellen sie uns bösen Willen.«

»Egal, was wir tun, es ist gefährlich für uns.« Ysake von Bremhen sprang auf und durchmaß mit großen Schritten das Zimmer. »Es tut mir leid. Ich kann Euch nicht helfen.«

»Ich verstehe«, flüsterte Aleke, erschüttert über die unerwartete Ablehnung einerseits, aber auch über ihre Unwissenheit andererseits, die sie die Juden hatte beinahe in Gefahr bringen lassen. »Gehabt Euch wohl.«

»Halt. Bitte wartet«, hielt Rina von Bremhen Aleke auf, als diese zur Tür hinausgehen wollte. »Bitte lasst meinen Gemahl und mich einen Augenblick allein, aber geht noch nicht.«

»Danke.« Aleke öffnete die Tür, um vor dem Haus zu warten, was ihr unbehaglich war, weil sie sich beobachtet fühlte. Obwohl die Tür aus gutem Holz war, war sie nicht dick genug, um die lautstark geführte Debatte im Innern des Raums zu verbergen.

»Du kannst nicht gehen. Ich sehr wohl«, sagte Rina von Bremhen. »Niemand hier wird vermuten, dass ich ein *Medicus* bin.«

»Wenn du gehst, bringst du uns alle in Gefahr«, antwortete ihr Gemahl, hörbar aufgewühlt. »Willst du Jacob so seine Gastfreundschaft vergelten? Warum willst du ihr helfen?«

Neugierig geworden trat Aleke näher an die Tür heran, um zu lauschen, aber Rina von Bremhen senkte die Stimme zu einem Flüstern, so dass sie leider kein weiteres

Wort vernehmen konnte. Schnell trat Aleke zurück, um nicht als Lauscherin ertappt zu werden. Nach einer Weile, die ihr wie eine Ewigkeit vorkam, öffnete sich die Tür, und Rina von Bremhen trat heraus, das Gesicht gerötet, als hätte der Streit im Stillen deutlich an Heftigkeit gewonnen.

»Ich begleite Euch. Lasst uns gehen.«

»Danke, aber …« Aleke fühlte sich hin und her gerissen zwischen dem Wunsch, Fredereke und Kersten van dem Broke zu helfen, aber auch dem Bedürfnis, Rina von Bremhen und deren Gemahl nicht in Gefahr zu bringen. »Euer Gemahl hat recht, fürchte ich. Mir zu helfen …«

»Ich habe einen Eid geschworen. Wie Ysake auch.« Rina von Bremhen zuckte mit den Schultern. »Es ist weniger gefährlich, wenn ich Euch helfe, weil ihr Christen nicht erwartet, dass eine Frau *Medicus* ist. Aber nun lasst uns uns sputen, bevor die Dunkelheit einbricht.«

Rina von Bremhen griff nach einer *Hoyke*, die sie sich eilig überwarf, und einer großen Tasche, bevor sie gemeinsam mit Aleke auf die Straße trat. Schweigend gingen die beiden Frauen nebeneinanderher, bis sie die Jodhenstrate verlassen hatten. Als sie an drei alten Weibern vorbeikamen, die am Brunnen standen und ein Schwätzchen hielten, spuckte eine von ihnen vor Rina von Bremhen aus, während eine andere die Jüdin mit unflätigen Worten belegte. Rina von Bremhen hielt den Kopf erhoben und sah einfach an den bösen Frauen vorbei, als wären diese Luft für sie. Nachdem sie an den Weibern vorbeigegangen waren, konnte Aleke ihre Neugier nicht länger zügeln.

»Darf ich … darf ich Euch eine persönliche Frage stellen?« Aleke schaute die Jüdin nicht an, während sie neben ihr durch die Gassen Braunschweigs zur Altstadt ging, aber sie musste über etwas reden, das sie von den Gedanken an die Torturen der *peinlichen Befragung* und das, was man dort einem Menschen antat, ablenkte. »Ihr müsst nicht antworten, wenn …«

»Fragt einfach.« Obwohl sie Rina von Bremhens Blick auswich, meinte Aleke, ein Lächeln in der Stimme der Jüdin zu hören. »Ich werde versuchen, so ehrlich zu antworten, wie es mir möglich ist.«

»Ihr … Euer Ehemann und Ihr, Ihr beide wirkt so zufrieden, obwohl …« Aleke spürte, wie ihr das Blut in die Wangen stieg. Was war nur mit ihr? Sonst war sie doch auch nicht um Worte verlegen, aber sonst stellte sie auch kaum derart heikle Fragen. Und sonst musste sie auch nicht erkennen, wie wenig sie vom Leben der Juden in Braunschweig wusste.

»Obwohl uns viele Menschen hassen, einfach weil wir jüdischen Glaubens sind? Obwohl mich solche Weiber anspucken und beschimpfen, ohne zu wissen, wer ich bin?«, fragte Rina so leichthin, als spräche sie vom Wetter. »Glaubt mir, auch ich habe Tage, an denen ich die Welt schwarz sehe und die Dummheit der Menschen verfluche, aber dann schaue ich mir mein Leben an und bin dankbar dafür.«

»Eure Langmut wünsche ich mir auch«, murmelte Aleke. Dann hing sie erneut ihren Gedanken nach. Wenn sie ehrlich zu sich war, bewunderte sie Ysake und Rina von Bremhen nicht nur für deren Gleichmut, mit dem sie Spottworten und Bösartigkeiten begegneten, sondern mehr noch darum, dass die beiden einander gefunden hatten und sich gegenseitig gegen alle Bedrohungen beistanden. In ihrem Leben würde es nie einen Mann geben, der ihr nicht ihre Herkunft zum Vorwurf machen würde. Jedenfalls nicht, wenn sie in Braunschweig bliebe. Auf einmal schoss ihr ein Gedanke durch den Kopf, so vermessen und nahezu undenkbar, dass Aleke nicht wagte, ihn zu verfolgen, doch er blieb hartnäckig, als wüsste er, dass sie sich ihm nicht entziehen könnte.

»Ach, ich bin nicht sehr geduldig«, wehrte Rina mit einem Lachen ab. »Erst durch meinen Ysake habe ich gelernt, Bitterkeit und Zorn zu überwinden.«

»Ihr seid eine glückliche Frau«, flüsterte Aleke und befeuchtete ihre trockenen Lippen mit der Zunge. Sollten all die Weiber recht behalten, die ihr stets einflüstern wollten, dass eine Frau einen Mann bräuchte, um glücklich zu sein? Doch nein, die Gemeinschaft der *Beginen* lebte glücklich. Die Frauen hatten sich ihr Recht, ehelos leben zu können, hart erkämpfen müssen und schienen ihren Entschluss nicht zu bereuen. Im Stillen verfluchte Aleke den dunklen Righert van Anhald, der derartige Wünsche nach Zweisamkeit in ihr Leben gebracht hatte. Jedenfalls bis zu dem Augenblick, in dem sie herausgefunden hatte, was Righert van Anhald wirklich von ihr wollte, wer er in Wahrheit war. Wieder suchte sie nach etwas, um ihre Gedanken abzulenken. »Wusstet Ihr vom ersten Augenblick an, dass Ysake der richtige Mann ist?«

»Oh nein.« Rina von Bremhen blieb stehen und wandte sich zu Aleke um. Als Aleke die Jüdin anschaute, verspürte sie einen Stich des Neides über das Glück, das sich auf deren Gesicht deutlich zeigte. »Ich hielt Ysake für einen aufgeblasenen Luftikus, der sich nur dank des Geldes seiner Eltern einen Platz an der Schule von Salerno kaufen konnte. Aber sein Fleiß und seine Wissbegier belehrten mich bald eines Besseren.«

»Wolltet Ihr immer schon *Medicus* werden?«, stellte Aleke die Frage, die ihr unter den Nägeln brannte. »Was haben Eure Eltern gesagt?«

»Oh, ich hatte Glück.« Rina von Bremhen lächelte. »Da ich das einzige Kind war, haben meine Eltern alles getan, was mich glücklich machte. Außerdem …«

Aleke schaute sie erwartungsvoll an. Rina von Bremhen wirkte düsterer, als brächte die Vergangenheit dunkle Erinnerungen mit sich, an denen sie lieber nicht rühren wollte.

»Ich hatte einen kleinen Bruder, den alle sehr liebten. Niemand konnte ihm helfen, als er schwer krank wurde.« Die Jüdin erwiderte Alekes Blick, immer noch war der Schmerz in ihren Augen erkennbar. »Von diesem Augenblick an wusste ich, dass ich mein Leben dem Kampf gegen Krankheit widmen wollte. Wenn ich auch meinen Bruder nicht mehr retten kann, so kann ich doch Eurem helfen oder wenigstens die schlimmsten Schmerzen lindern.«

»Das hoffe ich«, flüsterte Aleke, deren Gedanken nun wieder um die furchtbaren Folgen der *peinlichen Befragung* kreisten. »Wenn ihn die Folter nur nicht zerbrochen hat …«

KAPITEL 17

Verflucht! Wütend ballte Righert die Hand zur Faust und schlug sie gegen die Mauer des nächsten Hauses. Sicherlich hatte er nicht erwartet, dass er für immer in Braunschweig bleiben könnte, ohne als der erkannt zu werden, der er nun einmal war, aber er hatte nicht ahnen können, dass Aleke Ledinkhusen ihm so schnell auf die Spur kommen würde. Noch weniger hatte er voraussehen können, wie sehr ihn Aleke Ledinkhusens Ablehnung und Verachtung treffen würden. Einen Augenblick hatte Righert überlegt, ob er der jungen Frau nicht hinterherlaufen sollte, um ihr die Wahrheit zu sagen, seine Wahrheit. Um ihr zu schildern, wie es sich angefühlt hatte, das Elternhaus brennen zu sehen, der einzige Überlebende zu sein, aus Braunschweig flüchten zu müssen, weil zu befürchten stand, dass auch ihm der Tod drohte.

Erneut traf seine Faust die festen Steine, was schmerzte, aber besser ein Schmerz in der Hand als weiterhin das Gefühl des Verlustes, weil Aleke Ledinkhusen ihn hatte stehenlassen. Am schlimmsten war, dass er sie verstand, dass er ihre Enttäuschung, ihren Zorn nachvollziehen konnte. Nein, das war nicht das Schlimmste. Das Schlimmste war, dass er erst jetzt, da er die Frau wahrscheinlich für immer verloren hatte, erkannte, wie viel sie ihm bedeutete. Seiner Rache war er noch keinen Schritt näher gekommen, aber es war ihm gelungen, die einzige Frau zu vertreiben, die ihm in ihrer Stärke und ihrem Mut ähnelte.

Erst als er spürte, dass Blut seinen Unterarm herunterlief, hörte Righert auf, gegen die Mauer zu schlagen. Er wischte das Blut am Ärmel seiner *Schegge* ab, was nicht viel bewirkte, so dass er den nächsten Brunnen aufsuchte, um die Hand sauber zu waschen. Heute war ein Tag, an dem ihm nichts gelingen wollte. Erst das unglückliche Zusammentreffen mit Aleke Ledinkhusen, und gleich würde er seiner kleinen Schwester begegnen, worauf er sich freute, aber wovor er sich auch ein wenig fürchtete. Zu deutlich stand ihm noch der ängstliche Blick, mit dem Hanneke ihn bei ihrem ersten Treffen bedacht hatte, vor Augen. Und nun würde er das verängstigte Kind wiedersehen mit einer zerschundenen Hand. Was sollte das Mädchen nur von ihm denken? Würde es ihm je gelingen, Hannekes Vorbehalte zu besiegen, so dass seine kleine Schwester ihm wieder vertrauen würde, wie sie ihm als Kind vertraut hatte?

In derart düstere Gedanken versunken, eilte Righert durch Braunschweigs Gassen, die ihm heute noch enger und noch dunkler erschienen als an dem Tag, an dem er in die Stadt seiner Geburt heimgekommen war. Vielleicht sollte sein Oheim doch recht behalten mit seiner Warnung, dass es nicht gut sei, mit Rachegelüsten im Herzen zurückzukehren. Bisher hatte sein Aufenthalt in Braunschweig ihm wenig Glück gebracht. Doch nein, angetrieben von seinem Rachewunsch war Righert in seine Geburtsstadt zurückgekehrt und hatte so Hanneke wiedergefunden, auch wenn sie ihm gegenüber noch misstrauisch war.

Auch für das Seelenheil seiner Schwester wollte Righert nicht aufgeben und die Wahrheit nicht weiter schlummern lassen. Jetzt erst recht nicht – wo ihn die Suche nach dem Verantwortlichen so weit geführt hatte, dass er ihm zum Greifen nahe schien. Neben seiner Rache blieb Righert wahrlich nur noch wenig – die Hoffnung, die Liebe seiner Schwester wiederzugewinnen, und der brennende Wunsch, endlich die Schuldigen am Feuertod seiner Familie zur Verantwortung zu ziehen. Er musste zur Ruhe finden, damit er Hanneke nicht noch mehr verängstigte.

Endlich hatte er das Haus erreicht, in dem Wynneke, Smalejohan und er vorübergehend Quartier bezogen hatten. Jedes Mal, wenn er das Patrizierhaus sah, versetzte es ihm einen Stich, weil ihn das Gebäude so sehr an das Haus seiner Familie erinnerte. Bewusst hatte Righert nach so einem Haus gesucht, um die Erinnerung und den Wunsch nach Vergeltung am Leben zu halten. Nun, nachdem ihn Aleke Ledinkhusen derart harsch angegangen war, musste Righert sich der Frage stellen, wie wichtig ihm seine Rache war. Wollte er weiter zulassen, dass sie sein Leben bestimmte?

Ja. Auch wenn er es bedauerte, Aleke Ledinkhusen verletzt zu haben, so stand für Righert außer Frage, dass er die finden musste, die seiner Schwester und ihm die Eltern geraubt hatten. Nachdem er sich diese Gewissheit verschafft hatte, konnte er auch Hanneke mit ruhigerem Herzen gegenübertreten.

Das Mädchen saß mit Wynneke und Smalejohan bei der Feuerstelle in der *Däle*. Während die Magd und der Knecht Gemüse für das Mittagsmahl schnippelten, war Hanneke ans äußerste Ende der Bank gerückt, den Rücken an die Wand gepresst und die linke Hand zur Faust geballt an den Mund gezogen. Vor ihr stand ein Teller, auf dem Spuren von Honig zu sehen waren. Auf der Bank neben der Kleinen lag der rote Kater, die Augen halb geschlossen. Es hätte ein Bild häuslichen Friedens sein können, wenn nicht die Angst in den Augen des Mädchens gewesen wäre und die Tränen, die ihr über das Gesichtchen liefen.

»Nun, Kleine, du musst doch nicht weinen. Wir alle wollen, dass du dich hier zu Hause fühlst«, redete Wynneke in einem leisen Singsang auf Hanneke ein. »Magst du noch einen Honigkrapfen?«

Hanneke schniefte. Die Tränen versiegten langsam, als das Mädchen den Teller über den Tisch schob. Sie nickte und deutete auf den Kater, der durch das Geräusch aufgeschreckt war und fauchte.

»Jaja, das rote Biest bekommt noch ein Stück Braten. Obwohl er lieber eine Maus fangen sollte. Könnte sich nützlich machen, das Tier.« Obwohl sie grummelte, schnitt Wynneke dem Kater ein großes Stück vom Braten ab, das sie geschickt in kleine Würfel zerteilte, bevor sie es Maustod auf einem Teller servierte. Der rote Kater stürzte sich auf das Futter, als hätte er Tage oder Wochen nichts zu fressen bekommen. Ähnlich schnell verschlang Hanneke den Honigkrapfen, den ihr Wynneke auf einem Teller servierte, begleitet von einem Krug Dünnbier. Das

Mädchen schien sich vor der schimpfenden Magd nicht zu fürchten, wohl weil Wynneke so rund und behaglich wirkte wie ein Federbett. Wenn die Magd jedoch an der Feuerstelle hantierte oder ein Huhn rupfte, dann erkannte man schnell, dass sich hinter der behaglichen Rundlichkeit starke Muskeln und immense Kraft verbargen.

»Lass es dir schmecken«, sagte Righert mit ruhiger Stimme, als er in die *Däle* trat. Doch sein Versuch, die friedliche Stimmung zu bewahren, scheiterte. Sobald sie seine Stimme hörte, verschwand Hanneke blitzschnell unter dem Tisch, gefolgt von dem zornig zischenden Kater. Righert ließ sich nicht anmerken, wie sehr ihn die Angst des Mädchens traf, sondern sagte freundlich: »Guten Tag, Wynneke. Was kochst du heute Schönes?«

»Einen Eintopf«, antwortete die Magd. »Ich musste Kinen, das dumme Ding, noch einmal zum Markt schicken, weil sie das Rindfleisch vergessen hatte.«

Wynneke drehte sich zu Righert um, deutete auf Hanneke und hob die Hände in einer Geste der Hilflosigkeit. Er nickte ihr zu. Gestern hatten sie gemeinsam überlegt, wie sie dem verschüchterten Kind das Einleben in ihren Haushalt erleichtern könnten. Gemeinsam waren sie zu dem Schluss gekommen, dass es am besten wäre, sich ganz alltäglich zu geben, damit Hanneke sich langsam an sie gewöhnen könnte. Also setzte Righert sich auf die Bank, allerdings ans äußerste Ende, damit Hanneke sich nicht von ihm bedrängt fühlen würde. Nur das Fauchen des Katers drang unter dem schweren Holztisch hervor.

»Sag, Wynneke«, begann Righert, wobei er weiterhin lauschte, ob seine Schwester den Mut fand, sich wieder auf die Bank zu setzen. »Hast du noch von deinen wunderbaren Anisplätzchen?«

»Aber gewiss doch, Herr«, antwortete Wynneke, so, wie sie es sich gestern überlegt hatten. Kein Kind konnte der Versuchung süßer Leckereien widerstehen. »Wie viele mögt Ihr denn?«

»Ach, für mich sollten zwei reichen. Aber leg ein paar mehr auf den Teller, falls sich jemand findet, der Hunger hat.«

Righerts Worte und sein Plan hatten die erhoffte Wirkung. Nachdem Wynneke unter lautem Lärmen einen Teller mit wunderbar duftenden Plätzchen auf den Tisch gestellt hatte, zeigte sich langsam ein dunkler Schopf, gefolgt von einem Paar Augen, das über die Tischkante lugte. Eine kleine Hand tastete sich vorsichtig voran, bis sie den Teller erreichte und sich ein Plätzchen stibitzte. Als Hanneke von dem Plätzchen gekostet hatte, legte sich ein Ausdruck derart großer Seligkeit auf ihr Gesicht, dass es Righerts Herz rührte.

»Hanneke«, sagte er sanft, während er ihr den Teller hinüberschob. »Erinnerst du dich an mich? Ich bin es, Drews, dein Bruder.«

Während sie zwei Plätzchen gleichzeitig in ihren Mund schob, musterte sie ihn kritisch. Wie schrecklich, dass Hanneke durch das Feuer verstummt war, so dass sie ihm nicht sagen konnte, was sie dachte oder empfand.

Righerts Herz wurde schwer, wie bloß konnte er seiner Schwester helfen?

Und dann kam ihm plötzlich eine Idee, die vielleicht etwas vermessen war, aber da sie aus Verzweiflung geboren war, musste er es einfach versuchen.

»Hanneke«, sagte er, doch sie reagierte nicht. »Entschuldige. Lucke, kannst du schreiben?«

»Herr?«, mischte sich Wynneke ein. »Was habt Ihr nur für Gedanken? Nicht einmal Smalejohan kann schreiben, wie soll das Kind das beherrschen?«

Zu ihrer beider Überraschung nickte Hanneke. Sofort sprang Righert auf, was ihm ein Zischen des roten Katers einbrachte, um in die *Dornse* zu eilen, wo er die Schreibutensilien aufbewahrte. Mit zitternden Fingern griff er nach Feder, Tinte und Pergament und lief zurück in die *Däle*, wo er alles auf den Tisch legte. Hanneke, die inzwischen den Teller geleert hatte, griff nach der Feder. Etwas ungelenk hielt sie sie in den Händen. Vor Anstrengung streckte das Mädchen die Zungenspitze aus dem Mund, während sie sorgfältig einen Buchstaben nach dem anderen malte.

»Woher wusstet Ihr?«, flüsterte Wynneke, bemüht, das Kind nicht zu stören.

»Ich hoffte es. Sie hat bei den *Beginen* gelebt und …« Es schmerzte ihn, den Namen auszusprechen. »… und Aleke Ledinkhusen hat sich um Hanneke gekümmert. Ich hoffte, dass sie ihr das Schreiben beigebracht hat. Wenigstens ein paar Worte.«

Endlich hatte das Mädchen die Worte auf Pergament gemalt und schob es zu Righert herüber, wobei erneut Tränen in ihren Augen glitzerten.

Warum hast du mich verlassen?

»Ach, Hanneke. Lucke.« Righert kämpfte ebenfalls gegen Tränen an. »Ich dachte, du wärst tot, so wie unsere Eltern und das Gesinde. Wie hätte ich ahnen können, dass jemand die Feuersbrunst überlebt hat? Wie ist es dir gelungen?«

Wieder nahm Hanneke sich das Pergament, um mit großen, ungelenken Buchstaben nur ein Wort zu schreiben: *Beißer.*

»Der Kater hat dich gerettet. Wynneke, gib ihm noch eine Scheibe von dem guten Braten. Das hat er sich verdient«, sagte Righert, der gegen die Tränen ankämpfte. »Ach, Hanneke, der Nachbar hat mir gesagt, ich sollte besser fliehen. In Magdeburg habe ich gelebt, bei Onkel Bartoldus. Jeden Tag habe ich an euch gedacht. Ich bin nur nach Braunschweig zurückgekehrt, um euch zu rächen. Den Schuldigen zu finden.«

Misstrauisch schaute das Mädchen ihn an, bevor es nach dem Pergament griff. Geduldig harrten Righert und Wynneke, bis sie die Worte geschrieben hatte.

Ehrlich? Du dachtest, ich war tot?

»Aus vollem Herzen und mit jedem Eid: Ja.« Righert legte die Hand aufs Herz. »Ich hätte dich nie allein gelassen. Du bist doch meine Schwester.«

Da sprang die Kleine auf und flog in seine Arme. Righert hielt sie fest, als wollte er sie nie wieder loslassen. Als Righert aufschaute, sah er, dass Wynneke weinte. Die heimelige Versöhnung wurde gestört, als jemand lautstark die Haustür öffnete und rief: »Rind war aus. Da hab ich Schaf genommen.«

Ohne Gespür trampelte die junge Magd in die *Däle*, so

dass Hanneke und Righert auseinanderstoben wie Tauben, wenn sich der Häher näherte.

»Herr«, sagte Kinen. »Draußen stand einer, der Euch sprechen wollte. Ich hab ihn auf den Hof gelassen.«

Wynneke schüttelte nur den Kopf und nahm Kinen den Korb mit den Lebensmitteln aus der Hand. Hübsch war sie nicht zu nennen, dachte Righert, das arme Ding. Kinen hatte ein flaches Gesicht, auf dem stets ein Ausdruck von Angst lag, als fürchtete sie, dass jemand sie prügeln wollte. Die junge Magd hielt Kopf und Schultern gesenkt, als wollte sie einem Donnerwetter entgehen. Verhuscht wie eine Maus, hatte Wynneke gesagt, die der jungen Magd aus unerfindlichen, nur Wynneke verständlichen Gründen nicht über den Weg traute.

»Wie heißt er?«, fragte Righert, der zugestehen musste, dass Wynneke nicht unrecht hatte, auf die Magd zu schimpfen. »Warum hast du ihn nicht ins Haus gebeten?«

»Namen hat er nich gesagt.« Mit viel Getöse machte sich die junge Magd daran, den Tisch zu säubern. »Er wollt' nich ins Haus. Es wär wichtig, hat er gesagt.«

»Es könnte sich ja mal jemand erbarmen und Holz holen«, grummelte Wynneke, während sie zwei weitere Holzscheite auf die Feuerstelle warf. »Oder soll ich das neben dem Kochen auch noch erledigen?«

»Ist ja schon gut, Weib.« Smalejohan stand auf, um auf den Hof zu gehen, wo gehacktes Holz gestapelt war.

»Nicht du«, sagte seine Frau. Mit dem Kopf deutete sie auf Kinen, die inzwischen am Tisch saß und gedankenverloren Most aus einem Tonbecher trank. »Das Mädchen kann auch mal arbeiten.«

»Lass gut sein«, sagte Smalejohan mit einem Lächeln, während er den Korb griff, der zum Holzholen diente.

»Nein«, mischte Righert sich ein. Sowenig er es mochte, sich mit dem kleinlichen Haushaltsärger zu beschäftigen, sosehr wusste er doch, dass er etwas sagen musste, wollte er Wynneke nicht für eine lange Zeit verärgern, was zu angebranntem Brei und halbrohem Braten führen würde. »Kinen. Kinen!«

»Ja, Herr.« Das Mädchen schreckte auf. Mit großen Augen schaute sie ihn an, als wäre sie aus einem Traum erwacht. »Was soll ich tun?«

»Hol Feuerholz.«

»Ja.« Geschwind sprang sie auf, nahm Smalejohan den Korb ab und lief hinaus.

»Irgendwas ist mit dem Mädchen nicht echt«, grummelte Wynneke, die der Kleinen nachsah. »Ihr wollt es ja nicht glauben, Herr, aber …«

»Schon gut.« Righert ging in die Knie, um seiner Schwester in die Augen sehen zu können. »Ich muss mit dem Mann reden, aber dann komme ich gleich wieder.«

Nachdem er sie noch einmal an sich gedrückt hatte, ging Righert in den Hof, wobei er sich fragte, wer ihn wohl aufsuchte und warum der Mann nicht ins Haus kommen wollte. Als er in die helle Sonne trat, musste Righert seine Augen abschirmen, um den Besucher erkennen zu können. Der stämmige, wohl dem guten Essen und dem Wein zugeneigte Mann kam ihm vage bekannt vor. Der Mann, der so selbstgewiss auf seinem Hof stand, als gehörten ihm das Gebäude, die Stallungen und der Hof, musterte Righert von oben bis unten. Righert erwiderte den Blick, ohne mit der Wimper zu zucken.

»Guten Tag. Ihr wolltet mich sprechen?« Righert ging auf den anderen Mann zu, der ihn gelassen musterte. »Verratet Ihr mir vorher Euren Namen?«

»Gerwen Krameres.«

Mehr sagte er nicht, sondern ließ seinen Blick erneut über Righert wandern, dann über den Hof und das Warenlager. Krameres. Einer von den Saufkumpanen seines Vaters. Righert bemühte sich, sich nichts anmerken zu lassen, sondern wartete ab, was der Krameres noch zu sagen hatte. »Der Erfolg scheint Euch hold zu sein.«

»Wollt Ihr mit mir ins Geschäft kommen?«, fragte Righert, den die Geheimniskrämerei des Händlers ärgerte. »Dann macht einen Termin mit meinem Knecht.«

»Ich habe keinen Bedarf an Handel mit Euch.« Der Krameres trat näher an Righert heran, bedrohlich näher. »Ich will etwas anderes.«

»Dann sprecht.« Noch immer bemühte Righert sich um Höflichkeit, auch wenn es ihm schwerfiel. Wenn er die Wahrheit über die Feuersnacht herausfinden wollte, konnte er es sich nicht leisten, Gerwen Krameres zu verärgern. »Warum seid Ihr hier? Ich habe noch anderes zu tun.«

»Man hat mir zugetragen, dass Ihr viele Fragen stellt.« Gerwen Krameres trat wieder etwas zurück und lehnte sich an den Wagen, mit dem gestern noch einmal Waren aus Magdeburg eingetroffen waren. Unter halb geschlossenen Lidern schoss er einen drohenden Blick auf Righert. »Über Olric Wagheman. Und das Feuer vor sechs Jahren. Was wollt Ihr wissen?«

»Was geht es Euch an?« Wie konnte der Händler nur davon erfahren haben, dass Righert nach den Schuldigen am Brand suchte. »Wisst Ihr etwas, das Ihr mir sagen wollt?«

»Ich war ein Freund Eures Vaters …« Mit einem gelassenen Lächeln auf den Lippen beobachtete Gerwen Krameres, wie Righert wohl darauf reagieren würde, dass der Händler wusste, wer er war. Righert lächelte, obwohl sein Herz schneller schlug. Aber es war zu erwarten gewesen, dass ihn jemand erkennen würde. Nur, dass es so schnell geschehen musste. »Daher sage ich Euch …«

Wieder schwieg er, als wollte Gerwen Krameres, dass Righert ihn um eine Antwort bat. Doch auch Righert konnte den Mund halten, wenn es sein musste. Endlich brach der Händler das Schweigen: »Lasst ruhen, was lange vergangen und besser vergessen ist, sonst …«

»Sonst was? Wollt Ihr mir drohen?«

»Das würde ich doch niemals wagen.« Gerwen Krameres grinste hämisch, bevor er sich vor Righert verneigte. »Ich wollte sagen, sonst könntet Ihr noch etwas über Euren Vater erfahren, was Euch nicht schmecken würde.«

»Danke für den Ratschlag. Gehabt Euch wohl.«

Obwohl er ein ungutes Gefühl hatte, dem Krameres seinen Rücken zuzuwenden, drehte Righert sich um und kehrte ins Haus zurück. Nur eine Frage beschäftigte ihn: Wenn Gerwen Krameres von seiner Rückkehr nach Braunschweig wusste, wusste dann auch Acchem van dem Broke Bescheid?

KAPITEL 18

Nachdem sie dem *Büttel* einige Münzen zugesteckt hatten, hatte er Rina von Bremhen und Aleke zu Kersten van dem Broke gebracht. Obwohl Aleke den Gestank des Kerkers kannte, wurde ihr beinahe übel, als sie den metallischen Geruch von Blut roch, der selbst den Gestank der Fäkalien überdeckte. Was mochte der Scharfrichter ihrem Halbbruder nur angetan haben? Neben sich hörte sie Rina von Bremhen deutlich schlucken. Als ihre Augen sich endlich an das Halbdunkel gewöhnt hatten, erspähte Aleke in der Ecke des Kerkers eine zusammengesunkene Gestalt, von der ein leises Stöhnen ausging.

»Kersten«, sagte sie sanft. »Kersten. Ich bin es, Aleke Ledinkhusen. Ich habe einen *Medicus* mitgebracht.«

»Aleke?« Die Stimme ihres Halbbruders klang wie ein Hauch, kaum hörbar und zutiefst gebrochen. »Gib mir etwas, damit ich sterbe. Bitte.«

Rina von Bremhen sog hörbar den Atem ein.

»Kersten. Daran darfst du nicht einmal denken. Das … das wäre eine Sünde.«

»Seine Ehefrau zu ermorden ist auch eine Sünde«, antwortete er mit etwas kräftigerer Stimme und bitterem Lachen. »Sterben werde ich sowieso. Aber ich ertrage die Schmerzen nicht mehr.«

»Ist deine Erinnerung zurückgekehrt?« Sollte es wahr

sein? Sollte Kersten van dem Broke seine Gemahlin ermordet haben? Wie würde Fredereke van dem Broke das nur verkraften? »Was weißt du von der Nacht?«

»Nichts. Aber ich habe beinahe alles zugegeben. Unter der Befragung.« Leises Schluchzen begleitete seine Worte. »Ich war nicht stark genug. Es hat so weh getan. Hätten sie nicht aufgehört …«

Vor Schreck hob Aleke die Hand vor den Mund, auch, damit ihr kein unbedachtes Wort entrann. Wenn Kersten gestanden hätte, gäbe es kaum noch eine Möglichkeit, ihn vor dem Tode zu retten. Aber wie durfte sie es wagen, ihrem Halbbruder noch mehr Mut und Kraft abzuverlangen? Wer war sie schon, dass sie ihm Trost zusprechen und ihm Rettung versprechen konnte? War es nicht die Aufgabe seiner Eltern, ihm in dieser harten Zeit beizustehen?

Erschüttert über deren Feigheit schüttelte Aleke den Kopf. Sicher waren die Einwände, die sie zu ihrer Rechtfertigung heranziehen wollte, mehr als nachvollziehbar, aber sie waren auch ein Zeichen fehlender Beherztheit. Rina von Bremhen hingegen hatte sofort den Mut aufgebracht, Aleke zu folgen, um einem Menschen beizustehen, der ihre Hilfe brauchte.

»Ich habe hier einen Trank, der Euch die Schmerzen lindern wird«, sagte Rina von Bremhen sanft. Während Aleke grübelte, hatte die Jüdin sich dem stöhnenden und schluchzenden Kersten genähert. »Trinkt erst etwas. Dann würde ich mir gern Eure … Wunden ansehen, wenn Ihr erlaubt.«

Die Stimme der Jüdin klang so gelassen und freundlich, dass auch Aleke wieder zur Ruhe fand. Langsam trat sie näher, um ihren Halbbruder anzusehen. Obwohl Aleke als Heilerin bereits einige schlimme Wunden und Erkrankungen gesehen hatte, sog sie scharf die Luft ein, als Rina von Bremhen vorsichtig den dreckigen Lumpen abwickelte, der Kersten van dem Brokes rechte Hand bedeckte. Blut war durch den mehr schlechten als rechten Verband gesickert. Nachdem Rina von Bremhen den Lappen entfernt hatte und die Hand sorgfältig mit Wasser abgewaschen hatte, in das sie ein paar Tropfen aus einer Ampulle gegeben hatte, erkannte Aleke das Ausmaß des Grauens. Kersten van dem Brokes Hand war gequetscht worden, so dass die Knochen gebrochen waren und durch die Haut stießen. Zwei Fingernägel fehlten; das rohe Fleisch blutete immer noch.

»Ich muss die Wunden noch einmal auswaschen, bevor ich sie wieder verbinden kann«, sagte Rina von Bremhen, die ebenfalls erschüttert über das wirkte, was der Scharfrichter Kersten van dem Broke angetan hatte. »Es wird schmerzen, weil ich gebrannten Wein nutzen werde, um die Wunden zu säubern. Könnt Ihr das ertragen?«

»Ich habe heute schon mehr ertragen müssen, als ich mir vorstellen konnte«, antwortete Kersten. Seine Stimme klang etwas verwischt, wohl durch den Schmerztrank, den Rina von Bremhen ihm gegeben hatte. »Ich wünschte, alles wäre vorbei. Warum soll ich noch weiterleben?«

»Was nutzt Ihr, um die Wunde zu reinigen?« Alekes Neugier als Heilerin ließ sie diese Frage stellen, während sie beobachtete, wie Rina von Bremhen etwas Wasser auf ein sauberes Leintuch träufelte und einen Kräutersud hinzufügte. »Johanniskraut?«

»Ja, da es die Wundheilung fördert.« Konzentriert tupfte die Jüdin Kerstens Hand mit dem Leintuch ab. »Und Spitzwegerich. Er dient dem gleichen Zwecke.«

Mit geschickten Bewegungen, die Aleke nur bewundern konnte, säuberte Rina von Bremhen die Wunden, strich einen Balsam auf das rohe Fleisch der Finger und suchte dann in ihrer Tasche nach ein paar Stöcken.

»Es tut mir leid. Das wird jetzt sehr weh tun.« Sie wandte sich Aleke zu. »Es hülfe, wenn Ihr seinen Arm fest haltet. Sehr, sehr fest.«

Aleke, die nur staunend beobachten konnte, über welch beträchtliches Wissen die Jüdin verfügte, nickte und nahm den Arm ihres Bruders zwischen ihre Hände. Rina von Bremhen gab Kersten noch einen Schluck des betäubenden Trankes, bevor sie mit schnellen Griffen die hervorstehenden Knochen wieder an ihren Platz drückte. Trotz des schmerzstillenden Getränks schrie Kersten laut auf und versuchte, seine Hand zu entziehen, aber Aleke hielt sie fest, sosehr ihr Halbbruder sich auch wehrte.

»Gleich habt Ihr es überstanden«, murmelte Rina von Bremhen. »Nur noch etwas Beinwell und dann sollte es Euch besser gehen.«

»Beinwell?«, fragte Aleke, auch um sich davon abzulenken, dass ihrem Halbbruder der Schweiß auf das schneebleiche Gesicht getreten war. Inzwischen schrie Kersten van dem Broke nicht einmal mehr, sondern stöhnte nur dumpf. »Davon habe ich noch nie gehört?«

»Ihr kennt es wahrscheinlich als Wallwurz oder Beinbrechwurz«, antwortete Rina von Bremhen, während sie einen stark riechenden Balsam auftrug. Zum Schluss legte sie vorsichtig die dünnen Stöcke an Kerstens Hand, bevor sie diese mit einem weiteren Leinentuch verband. Zu Alekes Verwunderung holte die Jüdin dann ein Hühnerei aus ihrer Tasche, das sie vorsichtig aufschlug. Geschickt trennte Rina von Bremhen Eiweiß und Eigelb. Das Eiweiß gab sie in eine tönerne Schale, das Eigelb in eine kleine Flasche. Mit einem breiten Pinsel trug die Medica das Eiweiß auf das Leinentuch.

»Warum tut Ihr das?«, fragte Aleke, die erleichtert darüber war, dass sie die heilkundige Jüdin um Hilfe gebeten hatte. Niemals hätte Aleke mit ihrem Wissen und ihren Erfahrungen so viel für Kersten tun können, wie es Rina von Bremhen mit ihrer Ausbildung als *Medica* möglich war. »Welchen Zweck verfolgt Ihr mit dem Eiweiß?«

»Wenn es trocknet, wird es fest und hält so die Knochen an ihrem Platz.« Abschließend schaute Rina von Bremhen Kersten prüfend in die Augen, deren Weiß blutunterlaufen war. Die Jüdin drehte sich zu Aleke um und flüsterte: »Aber was hilft es, wenn sie ihn sofort wieder foltern? Wie können Menschen nur anderen Menschen so etwas antun?«

Da Aleke keine zufriedenstellende Antwort einfiel, schwieg sie. Inzwischen war Kersten in einen heilenden Schlaf gesunken, so dass den beiden Frauen nur blieb zu warten, bis der *Büttel* sie wieder aus dem Kerker herausholte. Rina von Bremhen schaute sich um und schauderte.

»Schlimm genug, dass es hier so düster ist. Warum kann es nicht wenigstens etwas sauberer sein.« Sie zog ihre *Hoyke* enger um sich, als brächten der Schmutz und der Gestank sie zum Frösteln. »Es muss entsetzlich sein, hier eingesperrt zu sein. Allein mit sich selbst und den eigenen Gedanken. In Dunkelheit, umgeben von Dreck und Fäulnis.«

Wieder vermochte Aleke nichts darauf zu sagen, so dass sie stattdessen fragte: »Gab es viele Frauen, die in Salerno lernten?«

»Oh, es gibt sogar einige, die lehren.« Rina von Bremhen wirkte sichtlich erleichtert, dass Alekes Frage ihr etwas gab, um ihre Gedanken abzulenken. »Trota von Salerno schrieb ein Grundlagenwerk zur Frauenheilkunde.«

»Das auch Männer nutzen?«

»Ja.« Rina lächelte stolz. Dann verdüsterte sich ihr Gesicht. »Aber ich musste lügen. Jüdinnen haben auch dort keinen Zugang.«

Bevor Aleke eine weitere Frage stellen konnte, öffnete der *Büttel* die Kerkertür. Schweigend eilte sie mit Rina von Bremhen hinaus ins Licht des Tages, atmete tief die Luft ein, die ihr wohlriechend erschien, obwohl gerade ein Bauer drei Schweine an ihnen vorbeitrieb. Alles, alles war besser als der Gestank des Kerkers nach Schweiß, Urin und Blut.

»Ich bringe Euch zurück in die Jodhenstrate«, bot Aleke an, doch Rina von Bremhen schüttelte den Kopf.

»Danke. Aber sucht lieber weiter nach der Wahrheit, damit der arme Junge nicht noch einmal diesen entsetzlichen Qualen ausgesetzt wird.« Die Jüdin war sichtlich blass und wirkte mitgenommen durch das, was sie gerade hatte sehen müssen. »Wenn man ihm die Hand noch einmal bricht, wird er sie nie wieder richtig gebrauchen können.«

»Ich fürchte, dass *er* zusammenbrechen wird, sollte der Henker ihn noch einmal befragen.« Nervös knetete Aleke ihre Unterlippe mit den Zähnen. Wenn sie Kersten retten wollte, musste die *peinliche Befragung* erst einmal ausgesetzt werden. Sosehr sie es auch scheute, es blieb ihr nichts übrig, als mit Acchem van dem Broke zu reden, der sich beim Rat dafür verwenden musste, dass sein Sohn wenigstens ein paar Tage Schonung erhielte. »Ich danke Euch für Eure Hilfe. Gehabt Euch wohl.«

»Zögert nicht, mich erneut zu fragen.« Rina von Bremhen lächelte und neigte den Kopf zum Abschiedsgruß.

Mit schwerem Herzen machte Aleke sich auf den Weg zum Haus ihres Vaters, als ihr eine nur zu bekannte Gestalt in den Weg trat.

»Was wollt Ihr?« Nein, Righert van Anhald hatte auf keinen Fall verdient, dass sie ihm auch nur die kleinste Höflichkeit zeigte. Nicht er, der sie belogen und ihr seine wahren Beweggründe verschwiegen hatte. »Lasst mich durch.«

»Bitte. Gewährt mir die Möglichkeit, mich zu erklären.« Obwohl ihr Herz Aleke dazu verführen wollte, der Bitte des Mannes stattzugeben, schüttelte sie den Kopf, woraufhin er mit drängender Stimme weitersprach. »Bitte. Die Anzeichen mehren sich, dass wir einen gemeinsamen Feind haben.«

»Meinen Vater?«, spottete Aleke. »Was treibt Euch dazu, zu meinen, dass ich meinen Vater als Feind sehe?«

»Nicht Euren Vater.« Righert van Anhald hielt einen Augenblick inne, als müsste er überlegen. »Vielleicht Euren Vater. Ich will Euch nicht mehr belügen.«

Nun war Alekes Neugierde geweckt und größer als die Enttäuschung, die seine Lügen und Halbwahrheiten ihr bereitet hatten. Sollte der Magdeburger es wirklich ernst mit diesem Versprechen meinen? Und wer könnte der gemeinsame Feind sein?

»Also gut«, sagte sie schließlich. »Ihr könnt mich zum Haus meines Vaters begleiten und mir Eure Geschichte erzählen.«

»Euren Vater werdet Ihr nicht antreffen.« Righert van Anhald wirkte sichtlich erleichtert, dass Aleke ihn nicht von dannen gejagt hatte. »Er musste zu einer Sitzung des Stadtrates. Die Unzufriedenheit wegen der Steuererhöhung wächst.«

»Glaubt Ihr, es wird zu Unruhen kommen?«, fragte Aleke. Gestern im Konvent hatte die Vorsteherin die Schwestern gebeten, Augen und Ohren in der Stadt offenzuhalten. Als belesene Frau kannte Benedicte Muntaries die Geschichte des Aufstands der *Gildemeister*, der vor rund achtzig Jahren ausgebrochen war, weil die *Handwerkergilden* ihren Teil an der Stadtregierung eingefordert hatten. Die *Magistra* fürchtete erneuten Aufruhr, der die Schwesternschaft gefährden könnte. »Was haltet Ihr von dem Ganzen?«

»Es fehlt nur ein Funke, um den Brand eines Aufstands zu entzünden.« Dann zuckte er mit den Achseln. »Ich mische mich nicht in städtische Angelegenheiten und Politik ein.«

»Nein, Ihr folgt nur Eurer Agenda, egal, welche Opfer Ihr am Wegesrand zurücklasst.« Aleke erschrak über die Bitterkeit in ihrer Stimme. Schnell setzte sie nach:

»Was meintet Ihr, dass wir einen gemeinsamen Feind haben?«

»Habt Ihr Euch nicht gewundert, wie schnell Euer Halbbruder dem Scharfrichter in die Hände fiel?«, fragte Righert van Anhald.

»Warum wurde Kersten überhaupt der *peinlichen Befragung* unterzogen?« Aleke klopfte mit dem Zeigefinger gegen ihr Kinn, wie stets, wenn sie nachdachte. »Hätte nicht erst die Beweisung greifen müssen?«

»Es muss jemand seine Finger im Spiel haben.« Righert van Anhald musterte sie, als wartete er darauf, dass sie ihm mehr sagte.

»Wenn wir den finden, wissen wir, wer der Mörder ist.« Aleke sprang auf, zu aufgeregt, um länger sitzen zu bleiben. »Wie können wir das herausfinden?«

»Nein.« Righert van Anhald schüttelte den Kopf. »Nicht nur der Mörder kann dahinterstecken. Auch ein Konkurrent des Acchem van dem Broke kann die Gelegenheit genutzt haben.«

»Das glaube ich nicht.« Aleke wollte es nicht glauben. »Was meintet Ihr, wer unser gemeinsamer Feind ist. Sagt mir endlich seinen Namen. Bitte.«

»Kennt Ihr Gerwen Krameres?«

»Was heißt schon kennen?« Aleke zuckte mit den Schultern, während sie ihre Schritte beschleunigte. Noch immer konnte sie nicht glauben, dass Righert van Anhald ihr die Wahrheit sagte, so dass sie ihm nicht zu viel Gehör schenken wollte. »Ich weiß, wer er ist, aber ich habe noch nicht viele Worte mit ihm gewechselt.«

Der Krameres gehörte auch zu denen, die Aleke stets

ihre Herkunft hatten spüren lassen, wenn sie einander begegnet waren. Er und ihr Onkel Hinrek hatten Aleke, als sie gerade zwölf Jahre zählte, einmal auf dem Markt gestellt und sie so lange mit Spottreden und Gemeinheiten bedacht, bis das Mädchen zu weinen begonnen hatte. Aleke war damals so erschüttert von den Bosheiten gewesen, dass sie vergessen hatte, ihren Pflichten nachzukommen. Abends hatte Benedicte Muntaries sie aufgesucht und ihr ins Gewissen geredet.

»Kind. Wenn du ihnen zeigst, dass sie dich verletzen können, werden sie niemals aufhören«, hatte die *Magistra* ihr geraten. »Du musst lernen, Gleichmut zu spielen, wenn du unter Menschen bist. Ich weiß, es ist schwer, aber du musst dich schützen.«

Den guten Rat hatte Aleke sich zu Herzen genommen, und – wie die Vorsteherin es prophezeit hatte – danach wurden die Hänseleien weniger, auch wenn sie niemals völlig aufhörten.

»Man sagt, Gerwen Krameres ist gut Freund mit den van dem Brokes«, sprach Righert van Anhald weiter, der anscheinend nicht bemerkt hatte, dass Aleke in erinnernden Gedanken versunken war. Zu sehr schienen ihn seine Überlegungen zu beschäftigen. »Vor allem mit dem jüngeren Bruder. Eurem Onkel, wenn ich mich nicht irre?«

»Was soll das?« Aleke geriet in Zorn. Jeder in Braunschweig wusste doch, dass Acchem van dem Broke ihr illegitimer Vater war. »Ja, er ist mein Oheim. Nicht, dass er mich das je spüren ließ. Man könnte sagen, er ging mir aus dem Weg. Meistens.«

Wieder flogen ihre Gedanken zurück zu dem verhängnisvollen Markttag. Doch, wenn sie sich recht erinnerte, war es der Krameres gewesen, der sie verhöhnt hatte. Hinrek van dem Broke war ihr, so jung sie damals auch gewesen war, eher wie einer erschienen, der mit einer Meute mitlief, aber niemals an ihrer Spitze.

»Ich glaube, dass der Krameres und die van dem Brokes damals ihre Hände bei dem Brand im Spiel gehabt haben.« Righert van Anhalds Stimme klang rau, als er über das Feuer redete, dem seine Familie zum Opfer gefallen war. Aleke warf einen Blick zur Seite. Er schaute stur geradeaus, aber hielt die Hände zu Fäusten geballt, als wünschte er sich, jemanden für das damalige Verbrechen schlagen zu können. »Die drei haben öfter mit meinem Vater getrunken.«

»Das macht sie noch nicht zu Brandstiftern«, sagte Aleke tonlos. Die Vorstellung, dass ihr Vater am Tod der Familie Wagheman Schuld trug, ließ ihre Kehle austrocknen. Vor wenigen Wochen noch hätte sie einen derartigen Vorwurf vehement bestritten, doch jetzt, da sie nicht mehr sicher sein konnte, dass ihr Vater ihr nicht Wichtiges verschwieg und sie nicht für seine Zwecke benutzt hatte und ebenfalls, so wie Righert, einer geheimen Agenda folgte, jetzt wusste sie nicht mehr, ob Acchem van dem Broke nicht zu so einer Tat fähig wäre. »Habt Ihr Beweise, die vor dem Hohen Gericht standhalten?«

»Noch nicht«, knurrte er. »Aber ich werde nicht aufgeben.«

KAPITEL 19

Obwohl er sie noch einmal gebeten hatte, gemeinsam mit ihm nach dem Schuldigen zu suchen, hatte Aleke Ledinkhusen Righert vor dem *Beginenhaus* stehenlassen.

»Vielleicht in einigen Tagen. Heute muss ich meinen Pflichten bei den Schwestern nachkommen«, hatte sie gesagt, als sie sich verabschiedete. Auf ihrem Gesicht hatte er nicht lesen können, ob sie ihm vergeben hatte oder nicht. Immerhin, so tröstete er sich, hatte sie nicht gänzlich abgelehnt, ihn zu unterstützen. »Gebt mir etwas Zeit.«

Also hatte Righert zwei Tage gewartet, ohne dass Aleke Ledinkhusen ihm eine Nachricht gesandt hatte. Die Zeit hatte er genutzt, den Handel voranzutreiben, den er durch seine Suche doch arg vernachlässigt hatte, was ihm Onkel Bartoldus sicher verzeihen würde. Hanneke, die er nun Lucke nannte, weil die Kleine sich an diesen Namen gewöhnt hatte, blühte von Tag zu Tag mehr auf und schien langsam Vertrauen zu fassen.

Gestern, als sie alle gemeinsam das Abendessen eingenommen hatten, war es Righert beinahe so vorgekommen, als hätte er nun wieder eine Familie: Wynneke, Smalejohan und Hanneke. Mit zufriedenem Schnaufen hatte Hanneke das Brot in die Tunke getaucht, bis sie auch den letzten Tropfen damit aufgenommen hatte. Das Fleisch hatte sie mit dem Kater geteilt, obwohl Wynneke es ihr verboten hatte. Aber Hanneke hatte nur gelächelt und Beißer wieder etwas zugesteckt.

»Der wird nie eine Maus fangen, wenn du ihn fett fütterst«, hatte selbst Smalejohan gesagt, aber das Mädchen ließ sich nicht beirren, und Righert ließ sie gewähren, weil er dem Kater immer noch dankbar war, dass der Hanneke gerettet hatte. Sofort nach dem Essen war Hanneke aufgesprungen, um zu spielen. Wynneke hatte Hanneke einen Schnurrer gekauft, für den das Mädchen eigentlich schon zu alt war, aber es spielte gedankenverloren Stunde um Stunde damit, begleitet von dem roten Kater, der stets versuchte, das Knochenstück zu fangen, das Hanneke schnell über die beiden Stricke sausen ließ. Righerts Herz schlug schneller vor Glück, als er seine kleine Schwester so zufrieden und in sich versunken sah.

In diesem Augenblick häuslicher Harmonie hatte er sich gefragt, ob er die Suche nach dem Brandstifter nicht einfach aufgeben sollte. Würde er wirklich seinen Frieden finden, sobald er den Schuldigen zur Verantwortung gezogen hätte? Doch diese Zweifel hatten nur kurz angehalten, dann war Righert sich wieder gewiss gewesen, dass er seinem Weg folgen musste, um zur Ruhe zu finden. Solange der Brandstifter unbehelligt lebte, würde er sich stets fragen, ob er nicht hätte weitersuchen sollen. Der Gedanke, dass Acchem van dem Broke in seinem hochherrschaftlichen Haus lebte, ohne dass man ihn je zur Verantwortung gezogen hatte, brannte auf Righerts Seele, auch wenn er noch nicht genug Beweise für die Schuld des van dem Broke hatte.

Doch alle Anzeichen deuteten in dessen Richtung – in Richtung von Acchem van dem Broke, Hinrek van dem Broke und Gerwen Krameres. Dass Letzterer Righert aufgesucht und gewarnt hatte, weiter nach dem Schuldigen zu suchen, war Righert mehr als genug Beweis, dass er auf der richtigen Fährte war. Daher hatte er sich heute Morgen entschlossen, endlich nicht mehr um seinen Feind herumzuschleichen wie die Katze um den heißen Brei, sondern Acchem van dem Broke aufzusuchen und sich dem Mann als der vorzustellen, der er vor sechs Jahren gewesen war – als Drews Wagheman, Sohn des Olric Wagheman.

***

»Bitte kommt herein.« Obwohl die Magd ihn von oben bis unten gemustert hatte, als wäre er ein Bittsteller, der um Almosen bettelte, hatte sie Righert schließlich die Tür geöffnet und ihn in die *Dornse* geführt, wo sie ihn warten ließ, ohne ihm etwas zu essen oder zu trinken anzubieten. Ob die Sitten im Hause van dem Broke stets so unhöflich waren oder ob es dem Geschehen um die furchtbar geendete Hochzeit geschuldet war, fragte sich Righert, während er wartete.

Endlich öffnete sich die Tür, und Acchem van dem Broke trat ein, derart von Gram gebeugt, dass Righert beinahe Mitleid mit ihm verspürt hätte. Alt sah er aus, der van dem Broke, mit scharfen Falten um die Mundwinkel und Haaren, in denen sich das erste Grau zeigte. Dunkle Ringe unter seinen Augen verrieten Righert, dass der Händler nur schwer in den Schlaf fand, so wie Righert es ihm wünschte. »Rickele, bring meinem Gast und mir etwas von dem guten Weißen.« Acchem van dem Broke nickte Righert zu. »Guten Tag. Entschuldigt, dass Ihr warten musstet und dass die Magd Euch keinen Wein anbot. Hier geht alles drunter und drüber, seit … Sicher habt Ihr von dem Unglück gehört, das unser Haus heimsucht.«

»Ja.« Righert nickte. »Ich will Euch auch nicht lange aufhalten.«

»Euer Name. Die Magd hat ihn nicht genannt.«

»Ich hatte ihn ihr nicht gesagt.« Righert lächelte, gespannt, wie der van dem Broke diesem Affront begegnen würde. Doch sein Gegenüber nickte nur mit dem Kopf, als wäre das nicht von Bedeutung. »Ich wollte ihn Euch selbst nennen.«

Righert schwieg, beobachtete den van dem Broke, der immer noch ruhig blieb und keinerlei Neugier zeigte, was Righert verwunderte und verärgerte. Er hatte sich das Treffen mit dem Mann, den er für den Mörder seiner Eltern hielt, anders ausgemalt, hatte gehofft, dass Acchem van dem Broke ihn erkennen würde, erbleichen würde und seine Schande eingestünde. Stattdessen wirkte der Mann wie ein Geist, dem nichts und niemand etwas anhaben konnte.

Bevor Righert offenbaren konnte, wer er war, polterte die Magd in den Raum, einen Krug in der Hand; mit der anderen balancierte sie ein Tablett mit zwei Tonbechern. Neugierig schaute sie von einem Mann zum anderen und verließ dann sichtlich enttäuscht, dass sie keine Neuigkeiten hatte aufschnappen können, das Zimmer. Gedankenverloren goss Acchem van dem Broke seinem

Gast und sich von dem Wein ein und reichte Righert einen Becher.

»Auf Euer Wohl.«

Righert nickte nur, während er an dem Wein roch. Ein angenehm milder und gleichzeitig würziger Duft. Ohne den Gruß zu erwidern, trank Righert einen Schluck. Der Geschmack des Weines war so erlesen, wie man es in diesem vornehmen Haus erwarten durfte. Sein Vater hätte diesen guten Tropfen sehr zu schätzen gewusst, dachte Righert, was den Wein gleich schal schmecken ließ. Konnte es wirklich wahr sein, dass die Liebe seines Vaters zu edlen Weinen ihn schließlich ins Grab gebracht hatte? Angeekelt stellte er den Becher auf den Tisch, er fühlte sich zu müde, um weiter mit dem van dem Broke zu spielen.

»Ich bin Drews Wagheman, der Sohn von Olric Wagheman«, sagte Righert mit gelassener Stimme, wobei er den Mann, der ihm gegenübersaß, aus halb geschlossenen Augen beobachtete. »Erinnert Ihr Euch?«

»Drews Wagheman?« Acchem van dem Broke schaute Righert mit ehrlichem Erstaunen an. »Ich hätte Euch nicht erkannt, wenn Ihr Euch nicht vorgestellt hättet.« Dann schwieg er einen Augenblick, als müsste er seine Gedanken sammeln. »Ich dachte …«

»Ihr glaubtet mich verbrannt wie meine Familie?«

»Ja.« Mit der Hand fuhr Acchem van dem Broke sich durch die Haare. »Es … es ist so lange her. Entschuldigt. Ich bin etwas abgelenkt.«

»Ja, es ist Zeit vergangen, aber der Mord an meiner Familie ist noch ungesühnt.«

Wieder beobachtete Righert, ob der Händler sich durch eine Geste oder ein Zusammenzucken verriet, doch Acchem van dem Broke ließ nicht erkennen, dass er sich angesprochen fühlte. Was hatte er auch erwartet, fragte sich Righert. Selbst wenn er noch so gutgläubig wäre, konnte er doch nicht hoffen, dass der Händler sich vor ihm auf die Knie werfen und ihn um Vergebung anflehen würde, dass der Mann sich schuldig bekennen würde, froh, nach all den Jahren endlich diese Last von seiner Seele werfen zu können? So ein Mensch war der Ratsherr nicht. Und warum auch hätte er nach der langen Zeit nun eine Beichte ablegen sollen?

Wenn er nur ein wenig mehr nachgedacht hätte, überlegte Righert, dann hätte er erkennen müssen, dass jetzt keinesfalls der richtige Augenblick war, um mit Acchem van dem Broke über das Feuer zu reden. Der Händler schien mit seinen Gedanken überhaupt nicht bei Righert zu sein, sondern wohl, wenig verwunderlich, bei seinem Sohn und dessen Schicksal.

»Möchtet Ihr einen *Clarêt*?«, fragte Acchem van dem Broke nach einer Weile, als hätte er sich auf seine Pflichten als Gastgeber besonnen. »Zur Feier Eurer Rückkehr nach Braunschweig.«

»Danke«, lehnte Righert ab. Auf keinen Fall wollte er so etwas Edles mit dem Mann trinken, den er verdächtigte, seine Familie auf dem Gewissen zu haben. »Ich werde nicht lange bleiben.«

»Was hat Euch zu mir geführt?«, fragte Acchem van dem Broke. »Kann ich Euch bei Euren Geschäften behilflich sein. Euer Vater, er war ein Freund.«

»Danke«, erwiderte Righert. »Mein Handel floriert. Deswegen bin ich nicht hier.«

»Wollt Ihr in den Rat?« Zum ersten Mal wirkte Acchem van dem Broke etwas lebendiger. Er lachte, nicht fröhlich, sondern eher bitter. »Da habt Ihr Euch den falschen Zeitpunkt ausgesucht. Wenn die Stimmung in der Stadt weiter so siedet, fürchte ich um unser aller Leben.«

»Stadtpolitik ist nicht mein Begehr.« Righert atmete hörbar aus. Er hatte es sich leichter vorgestellt, den Mann zu beschuldigen, den er für den Verursacher seines Leids hielt, aber Acchem van dem Broke wirkte nicht wie ein skrupelloser Brandstifter, sondern wie ein Vater, den die Sorge um seinen einzigen Sohn erschöpfte und zeichnete. »Ich muss erfahren, was in jener Nacht geschehen ist. Ich will die Schuldigen ihrer gerechten Strafe zuführen.«

Nun schaute der Händler Righert das erste Mal an. Obwohl Acchem van dem Broke sich bemühte, gleichmütig zu wirken, konnte Righert auf dessen Miene ablesen, dass der Mann sich sorgte.

»Habt Ihr Beweise oder Fürsprecher?«

»Noch nicht, aber ich habe auch gerade erst begonnen, nach den Brandstiftern zu suchen.«

»Viel Zeit ist vergangen. Meint Ihr nicht, dass es besser wäre, Euer Leben zu leben?«

»Ich werde niemals meinen Frieden finden, solange die Schuldigen noch frei sind. Sie haben mir alles genommen.«

Kaum hatte Righert die Worte hervor gestoßen, bereute er, sie gesagt zu haben. Sein Plan hatte vorgesehen, dass er

Acchem van dem Broke mit Kühle und Ruhe gegenübertreten würde, um möglichst viel von ihm zu erfahren. Falls Righert jedoch weiterhin so leidenschaftlich und wütend bliebe, würde der Händler ihm sicher nichts verraten.

Bevor Acchem van dem Broke antworten konnte, öffnete sich erneut die Tür.

»Die Magd sagte mir, dass ich dich hier finde.« Der Mann, der so unverfroren hereintrat, ähnelte Acchem van dem Broke genug, dass man in ihm den nahen Verwandten erkennen konnte, aber in wesentlichen Charakterzügen unterschieden sich die beiden. Wo Acchem van dem Broke trotz seiner Erschöpfung und Schlaflosigkeit zupackend und stark wirkte, sah der andere Mann aus wie einer, der nur darauf wartete, dass andere für ihn die Kastanien aus dem Feuer holten. »Ich muss mit dir reden. Oh, entschuldigt. Guten Tag.«

Täuschte Righert sich, oder musterte Hinrek van dem Broke ihn misstrauisch, als wüsste er bereits, wer er war.

»Störe ich?«

»Ich denke nicht.« Acchem van dem Broke schaute Righert fragend an. »Hinrek, das ist Drews Wagheman. Du erinnerst dich an Olric Wagheman?«

»Müsste ich?« Obwohl Hinrek van dem Broke sich bemühte, gleichmütig zu wirken, zuckte ein Muskel unter seinem rechten Auge. Sein Blick kreuzte sich mit dem Righerts, aber nur für einen Augenblick, dann wich Hinrek aus. »Kennen wir uns?«

»Olric Wagheman war mein Vater«, sagte Righert, der Hoffnung schöpfte, durch den unerwarteten Besucher der Lösung des Geheimnisses einen Schritt näher zu kommen. »Ich bin Drews Wagheman. Nein, das war ich. Heute nennt man mich Righert van Anhald.«

»Seid Ihr ein Handelspartner meines Bruders?«, fragte Hinrek van dem Broke, was Righerts Misstrauen verstärkte. Jeder andere hätte gefragt, warum man den Namen gewechselt hatte, doch der jüngere van dem Broke schien begierig, über etwas anderes als die Familie Wagheman zu sprechen. »Ich möchte Euren Geschäften nicht im Weg stehen.«

»Hinrek, sag, du erinnerst dich nicht mehr an Olric Wagheman? An das Feuer vor sechs Jahren?«, fragte Acchem van dem Broke ungläubig, was Righert überraschte. Er hätte gedacht, dass die beiden Brüder unter einer Decke steckten, aber nun schien es, als hätte der Ältere nicht viel für den Jüngeren übrig. »Das Haus der Familie brannte ab. Die Schuldigen wurden nie gefunden. Drews ist auf der Suche nach ihnen.«

»Nach derart langer Zeit«, sagte Hinrek van dem Broke mit spöttischem Ton. »Wie wollt Ihr da etwas herausfinden? Inzwischen ist so viel in Braunschweig geschehen, da erinnert sich niemand mehr an ein Feuer.«

»Man muss nur wissen, wen man zu fragen hat«, antwortete Righert. Nun gelang es ihm, kühl und gelassen zu bleiben. »Es ist ein wenig wie ein Stich in ein Wespennest. Man muss nur geduldig warten, dann schwirren die Wespen heraus, und man kann sie fangen.«

»Warum sollte man Wespen fangen wollen?« Hinrek van dem Broke zuckte mit den Schultern. Er wandte sich ab und ging zur Tür. »Ich überlasse Euch Euren Geschäften. Acchem, du findest mich in der *Däle*.«

»Entschuldigt meinen Bruder«, sagte Acchem van dem Broke, nachdem sich die Tür hinter Hinrek van dem Broke geschlossen hatte. »Er kannte Euren Vater nicht so gut wie ich. Gebt mir Bescheid, wenn ich Euch bei Eurer Suche helfen kann. Gehabt Euch wohl.«

»Danke. Gehabt Euch wohl.« Righert blieb nichts anderes übrig, als der schlecht verhüllten Aufforderung, nun zu gehen, Folge zu leisten.

Als er auf der Straße stand, nahm er sich ein wenig Zeit, um zu überlegen, was eben geschehen war und wie er es zu bewerten hatte. Entweder hatte Acchem van dem Broke ihn großartig getäuscht, oder aber er trug wirklich keine Schuld am Feuertod von Righerts Familie. Hinrek van dem Broke hingegen war nervös geworden, als sein Bruder von dem Brand gesprochen hatte. So wie Gerwen Krameres nervös gewesen war, als er Righert mehr oder weniger deutlich bedroht hatte. Auf jeden Fall musste Righert herausfinden, was diese beiden Männer miteinander verband und was sie mit seinem Vater zu schaffen gehabt hatten. Waren der jüngere van dem Broke und der Krameres nur Trinkkumpane gewesen, oder verband sie mehr mit Olric Wagheman?

Gedankenverloren schlenderte Righert zum Markt, um dort einen Gewandschneider zu treffen, der Interesse an Tuchen aus Venedig gezeigt hatte.

Dann stutzte er auf einmal: Täuschten ihn seine Augen, oder stand da wirklich Kinen, die eifrig auf den Gerwen Krameres einredete. Ihre Haltung erinnerte Righert an einen geprügelten Welpen, der ein Kunststückchen aufführte, um seinem Herrn zu gefallen, den er fürchtete. Was hatten die beiden nur miteinander zu schaffen? Um nicht gesehen zu werden, duckte Righert sich hinter einen Marktstand, von wo aus er beobachten konnte, wie seine Magd und der Händler miteinander sprachen. Endlich drehte sich Krameres um und ließ Kinen stehen. Nachdem er gewartet hatte, bis der Händler im Gewühl der Menschenmenge verschwunden war, die über den Markt strömte, um gute Geschäfte zu tätigen, schlich sich Righert leise an die Magd heran, die etwas verloren wirkte.

»Kinen«, sagte Righert leise, als er neben dem Mädchen stand.

»Herr!« Erschrocken tat sie einen Schritt zur Seite und ließ den Korb fallen, aus dem Lauch und Rüben auf den Boden kullerten. »Herr.«

»Was hast du mit Gerwen Krameres zu schaffen?«, fragte Righert so scharf, dass Kinens Gesicht rot anlief und das Mädchen zu zittern begann, was sie noch schuldiger aussehen ließ. »Sprich.«

»Er … er …«, stotterte die Magd, während ihre Unterlippe zu zittern begann. Da liefen auch schon die Tränen. Unter Schluchzen sprach Kinen weiter. »Er war mein Herr, bevor ich zu Euch kam.«

»Er hat dir befohlen, in meinen Dienst zu treten?«, fragte Righert, obwohl die schuldbewusste Miene des Mädchens ihm Antwort genug war. »Damit du herumschnüffeln und uns aushorchen kannst?«

»Hnn«, lautete die Antwort, gefolgt von einem herzzerreißenden Schluchzer und lautem Schniefen. »Er hat gesagt, sonst prügelt er mich tot.«

Die Wut, die Righert für die verräterische Magd empfunden hatte, wich Mitleid. Was war der Krameres nur für ein Mann, dass er ein Mädchen bedrohte. Woher hatte der Krameres so frühzeitig gewusst, dass Righert nach Braunschweig zurückgekehrt war? Der Händler musste seine Spitzel überall haben.

»Was solltest du herausfinden?«, fragte Righert etwas ruhiger und sammelte das Gemüse ein, bevor es noch jemand anderes tat. »Sag mir alles.«

»Er will wissen, was Ihr so macht. Mit wem Ihr redet …« Laut zog Kinen die Nase hoch. »Was Ihr mit dem van dem Broke zu schaffen habt.«

»Willst du zu ihm zurück?«, fragte Righert. Was sollte er nur mit dem Mädchen machen? Eine Spionin in seinem Haushalt konnte er nicht dulden, aber das ängstliche Kind zu einem Mann zurückzuschicken, der es prügelte, das brachte er nicht übers Herz. Ganz zu schweigen davon, dass seine Schwester die Magd mochte und an ihr hing. »Soll ich dich zum Krameres zurückschicken?«

»Nein!« Kinen schaute ihn aus derart panischen Augen an, dass Righert sich für die Frage beinahe schämte. »Bitte nicht. Bitte, Herr.«

»Gut.« Righert seufzte. »Du darfst bleiben, aber ich werde dir jetzt sagen, was du dem Krameres erzählen sollst.«

»Ja, Herr.«

»Wenn du etwas anderes sagst, –«, begann er, aber sofort unterbrach Kinen ihn.

»Das werde ich nicht. Das werde ich nicht.« Die Unterlippe der Magd zitterte, als wollte sie gleich in Tränen ausbrechen. »Ich werde alles tun, was Ihr verlangt, Herr.«

»Das will ich dir auch raten, weil ich dich sonst zum

Krameres schicke.« Righert schämte sich, dass er so ein hilfloses Mädchen bedrohte, aber er musste ihr deutlich machen, wie ernst es ihm war. »Oder in den Kerker werfen lassen.«

Kaum hatte er ausgesprochen, fiel Kinen ohnmächtig zu Boden, als hätte er ihr einen Schlag versetzt. Righert nahm sie auf den Arm, trug sie zum Marktbrunnen und spritzte ihr Wasser ins Gesicht, bis sie die Augen öffnete.

»Wenn du alles tust, was ich dir sage, wirst du bei uns ein Zuhause haben. Für immer«, versuchte er die Magd zu beruhigen, die ihn jedoch immer noch angstbebend anschaute. »Aber deine Arbeit musst du machen. Geh jetzt nach Hause.«

»Ja, Herr. Danke, Herr.« Kinen griff nach dem Korb und lief davon, als wäre Righert der Leibhaftige.

KAPITEL 20

Nach einem längeren Gespräch mit Benedicte Muntaries hatte Aleke sich dagegen entschieden, ihren Vater zu besuchen und ihn zu bitten, auf den Rat einzuwirken, um die *peinliche Befragung* für Kersten aussetzen zu lassen. Die Vorsteherin hatte Aleke zu sich gerufen, um sich nach Kersten van dem Broke zu erkundigen und Aleke zu fragen, ob sie etwas herausgefunden hatte.

»Meinst du nicht, er hätte seinem Sohn die Qualen erspart, wenn er es gekonnt hätte?«, hatte die *Magistra* gefragt. »Gerade, weil Acchem Mitglied des Rates ist, muss er sich an die Gesetze halten, so schwer es ihm auch fallen wird. Bist du fündig geworden?«

»Nein«, musste Aleke antworten. »Ich weiß nur, was für ein Trank die Schuld am Vergessen trägt, aber ich weiß immer noch nicht, wer ihn Kersten gegeben hat.«

»Beschäftige dich mit den Zehn Geboten«, sagte die Vorsteherin. »Vielleicht wirst du dort etwas finden, was dir hilft.«

»Danke«, hatte Aleke gesagt, ohne sich die Zweifel anmerken zu lassen. Was konnte Benedicte Muntaries nur meinen?

Da sie keiner anderen Fährte folgen konnte, nahm Aleke sich den Rat der *Magistra* zu Herzen und las ein ums andere Mal die Zehn Gebote, ohne dass ihr eine Erleuchtung kommen wollte. Erschöpft rieb sie sich mit Daumen und Zeigefinger die müden Augen. Warum konnte sie nicht sehen, was die Vorsteherin ihr hatte sagen wollen? Wo lag ihr gedanklicher Fehler? Vielleicht fing sie ihre Überlegungen falsch an.

Was waren die Zehn Gebote?

Gesetze, die Gott den Menschen gegeben hatte, damit sie friedlich und gottesfürchtig zusammenlebten.

Da schlug sich Aleke mit der Hand vor die Stirn. Natürlich. Auf einmal stand die Lösung so klar vor ihr wie ein Tautropfen an einem Frühlingstag. Bisher hatte sie versucht, etwas über das Opfer herauszufinden, hatte alles getan, um die Unschuld von Kersten zu beweisen. Woran sie nur am Rande gedacht hatte, war das Motiv des Täters. Sie hatte ihn schon in ihre Überlegungen einbezogen, vor allem, nachdem man sie heimtückisch überfallen hatte, aber eher als jemanden, den man fürchten musste, jemanden, der böse und skrupellos war. Angst hatte sie vor dem Menschen gehabt, der Ceffeken Horneborch umgebracht hatte, aber mehr hatte sie nicht über ihn wissen wollen.

Bestimmt hatte die *Magistra* ihr mit ihrem Hinweis das sagen wollen. Die Gebote zeigten auf, wo die Probleme der Menschen miteinander liegen konnten. Wenn man die Zehn Gebote genau studierte, erkannte man im neunten und zehnten Gebot mögliche Gründe, warum Menschen andere Menschen mordeten. Und wenn man die Beweggründe kannte, konnte man herausfinden, wer die Braut in ihrer Hochzeitsnacht erstochen hatte. Angespornt durch diese Erkenntnis las Aleke das neunte und das zehnte Gebot ein weiteres Mal.

Du sollst nicht begehren deines Nächsten Haus.

Du sollst nicht begehren deines Nächsten Weib, Knecht, Magd, Vieh oder alles, was sein ist.

Begierde nach Besitz oder nach der Frau eines anderen war schon zu biblischen Zeiten so verbreitet gewesen, dass sie Eingang in die Gebote gefunden hatte. Hatten nicht die Horneborchs berichtet, dass Hinrek van dem Broke sich erhofft hatte, Ceffeken Horneborchs Herz für sich zu gewinnen? Sollte die Lösung so einfach sein? Enttäuschte Liebe, die zu einem blutigen Mord führte. Grübelnd knetete Aleke ihre Unterlippe mit den Zähnen.

Wenn sie jemanden liebte und der sie enttäuschte, würde sie ihn dann töten wollen? War Liebe wirklich derart mächtig, dass sie Menschen zu schlimmen Taten trieb? Noch vor kurzer Zeit hätte Aleke es abgelehnt, der Liebe so viel Macht zu geben. Sie hatte nicht begreifen können, warum ihre Mutter Acchem van dem Broke nach all den Jahren immer noch geliebt hatte. Warum Herrade dem Mann, der ihr Herz gebrochen hatte, so viel Verständnis und Großmut entgegengebracht hatte.

Doch nun hatte sich Alekes Sicht auf alles geändert. Sie konnte es nicht länger vor sich selbst verleugnen. Ihr Herz gehörte Righert van Anhald, selbst jetzt noch, da sie wusste, dass er ihr seine Gefühle nur vorgespielt hatte, um über sie an ihren Vater zu gelangen. Sicher wünschte sie sich, ihn zu verletzen, ihm deutlich zu zeigen, wie sehr er ihr weh getan hatte, aber Righert van Anhald ermorden zu lassen – nein, das käme ihr nicht in den Sinn. Während sie grübelte, erkannte sie einen weiteren Grund, jemanden zu töten.

Rache.

Auch das war eine starke Antriebskraft. Aber stark genug, um einem Menschen das Leben zu nehmen?

Aleke überlegte weiter. Was konnte sie sich noch vorstellen, das einen Menschen dazu führen würde, einen anderen zu töten? Woher sollte sie so etwas wissen, war sie doch beschützt bei den Schwestern aufgewachsen. Doch selbst in ihrer friedlichen Gemeinschaft gab es Konflikte und Sünden. Aleke lachte laut auf und blickte sich dann erschrocken um. Hoffentlich hatte keine der Schwestern sie gehört, wie sie anscheinend grundlos lachte. Dabei war es nicht grundlos – endlich hatten ihre Überlegungen Aleke zu einer wichtigen Erkenntnis gebracht. Die Gebote waren nur der Anfang, der ihr die Fährte gezeigt hatte, die sie schließlich bis zu ihnen geführt hatte – den Todsünden. Aleke sprang auf. Sie musste mit Vater Eustacius sprechen, musste von dem Pater erfragen, ob er dachte, dass die Todsünden zu einem Mord führen könnten.

So schnell es die Schicklichkeit zuließ, eilte sie zur Petrikirche und hoffte, dass der Pater Zeit für sie fände. Zu Alekes Glück stand Vater Eustacius an der Kirchentür, um sich von zwei Frauen zu verabschieden, mit denen er wohl zuvor ein längeres Gespräch geführt hatte.

»Guten Tag, Vater.« Aleke neigte den Kopf. »Ich … entschuldigt … habt Ihr Zeit für mich?«

»Musst du wieder eine Verfehlung beichten?« Sein Lächeln und das Zwinkern zeigten Aleke, dass der Pater sich einen Spaß mit ihr erlaubte. »Was kann ich für dich tun?«

»Ich muss etwas über die Todsünden wissen«, stieß Aleke hervor, noch immer aufgewühlt durch die Einsicht, die sie gewonnen hatte. »Ob sie zu einem Mord führen können.«

Abwehrend hob Vater Eustacius die Hände. »Komm mit, das ist kein Gesprächsstoff vor der Kirche.«

»Entschuldigt.« Mit gesenktem Kopf folgte Aleke dem Pater in den Kirchengarten, wo eine Bank im Schatten einer ausladenden Linde stand. Nachdem sie sich gesetzt hatte, begann Aleke von neuem, dieses Mal etwas gefasster und ruhiger. »Die Todsünden, glaubt Ihr, dass man in ihnen Gründe findet, warum ein Mensch einen anderen tötet?«

»Es geht immer noch um Ceffeken Horneborch und Kersten van dem Broke, nicht wahr?«, fragte Vater Eustacius. Grübelnd strich er sich über das Kinn. »Nun, ja, das ist eine gute Überlegung. *Invidia*, der Neid oder die Missgunst, hat schließlich Kain seinen Bruder Abel töten lassen. Lass mich überlegen.«

»*Superbia*, der Hochmut oder die Eitelkeit«, nannte Aleke eine weitere der sieben Todsünden. »Ich kann mir nicht vorstellen, dass man aus Stolz mordet.«

»Oh Kind, du würdest dich wundern, wozu Menschen fähig sind«, sagte Vater Eustacius und seufzte. »Aber ich glaube, dass *Avaritia*, Geiz oder Habgier, für viele Morde verantwortlich ist.«

Gier. Begierde. Das hatte auch Aleke sich bereits überlegt. Sie musste mit Acchem van dem Broke reden, um herauszufinden, ob jemand begehrte, was Kersten van dem Broke gehörte.

»*Ira*, Zorn oder Rachsucht, ist eine starke Kraft, wenn du einen Grund suchst«, sprach der Pater weiter. »*Luxuria*, die Wollust oder Genusssucht, ist ebenfalls stark, aber ich denke, dass sie Menschen zu anderen Schandtaten als Mord verleitet.«

»Und *Acedia*, die Faulheit, kann ich auch ausschließen«, erwiderte Aleke, deren Herz schneller schlug, weil sie fühlte, der Lösung näher zu kommen. »Genau wie *Gula*, die Völlerei.«

»Täusche dich nicht, Aleke.« Wieder strich sich Vater Eustacius nachdenklich über sein Kinn. »*Gula* meint auch die Selbstsucht. Menschen, die nur an sich denken, sind sehr wohl fähig, andere zu töten.«

»Habt Dank, Vater«, antwortete Aleke und wollte aufstehen, doch eine Geste von Vater Eustacius hielt sie zurück.

»Kind, sei vorsichtig. Der Mensch, den du suchst, hat bereits gegen ein Gebot verstoßen und einem Menschen das Leben genommen.« Der Pater schaute Aleke so ernst an, dass sie es mit der Angst bekam. Gleichzeitig wallte Zorn in ihr auf. Sie wollte sich nicht fürchten, wollte diesem Menschen nicht nachgeben. »Es ist gleich, warum er tötete, er hat eine Grenze überschritten. Meine Erfahrung sagt mir, dass es leichtfällt, sie ein zweites Mal zu überschreiten.«

»Ich werde achtsam sein«, antwortete Aleke. »Das verspreche ich Euch. Gehabt Euch wohl.«

»Gott sei mit dir, mein Kind.« Die Miene von Vater Eustacius war derart ernst, dass Aleke ein schlechtes Gewissen verspürte, weil sie trotz seiner guten Ratschläge nicht aufgeben würde, den wahren Mörder Ceffeken Horneborchs zu jagen. »Lass dich nicht von deinem Herzen allein leiten, sondern höre auf deinen Verstand.«

Während sie zum Konvent zurückkehrte, fragte Aleke sich, was Vater Eustacius wohl damit gemeint hatte, dass sie zu sehr ihrem Herzen folgte. Wusste der Pater von ihrer Liebe zu Righert van Anhald? Wie konnte Vater Eustacius das nur herausgefunden haben? Wohlweislich hatte Aleke dies in der letzten Beichte verschwiegen. Während sie sich durch die vielen Menschen drängte, die ihr entgegenkamen, beschäftigte sich Aleke nur mit der Frage, was ihr der Pater hatte sagen wollen, so dass sie keinen Blick für ihre Umgebung hatte. Doch obwohl sie tief in ihren Gedanken versunken war, konnte Aleke nicht umhin, das Getuschel der Menschen um sich herum wahrzunehmen, weil es lauter und lauter wurde. Die Frau neben Aleke geiferte so sehr, dass ihr Speichel Alekes Gewand benetzte.

»Schau nur, schau, das geschieht ihr ganz recht.«

»Da holen sie eine von denen.«

»Bestimmt der Zauberei schuldig.«

»Das hat sie verdient, Mörder unseres Herrn Jesus Christus.«

Diese Worte rissen Aleke endgültig aus ihrer Versunkenheit. Sie stellte sich auf ihre Zehenspitzen um herauszufinden, was die Aufmerksamkeit der Braunschweiger um sie herum fesselte. Die *Büttel* zerrten eine Frau mit sich, wohl eine *Hübschlerin*, die nun einige Zeit im Kerker zubringen würde, bis man sie an den Pranger stellte. Doch nein, niemand würde eine *gemeine Frau* als Mörderin Christi bezeichnen; so nannte man nur – Aleke stockte – nein, das durfte nicht sein. Unter Einsatz ihrer Ellenbogen drängte sie sich durch die Menschen, um einen Blick auf die Frau zu werfen, die von den *Bütteln* durch die Straßen Braunschweigs geschleift wurde. Erschrocken stieß sie einen Schrei aus, als sie die Frau erkannte.

Rina.

Rina von Bremhen.

Was war nur geschehen, dass die jüdische *Medica* ins Visier der Braunschweiger Gerichtsbarkeit geraten war? Hatte es mit den Unruhen zu tun, von denen Aleke immer wieder gehört hatte? Mit der Unzufriedenheit, die von Tag zu Tag wuchs wie ein Geschwür und sich über die ganze Stadt auszubreiten schien. Soweit Aleke es wusste, drehte sich alles um Steuererhöhungen und Geld. Doch wie konnte Rina von Bremhen da hineingeraten sein? Und warum gerade die Frau? Warum hatten die *Büttel* nicht ihren Gemahl abgeholt? Was war nur in den vergangenen zwei Tagen geschehen, seitdem Aleke und Rina von Bremhen gemeinsam Kersten van dem Broke besucht hatten?

Ein Gedanke schlich sich auf leisen Sohlen heran, so bitter, dass Aleke kaum wagte, ihn zu denken. Nein, das durfte nicht sein. Trug etwa Aleke die Schuld daran, dass Rina von Bremhen in den Kerker geworfen wurde? Getrieben von Angst und Schuld folgte sie den *Bütteln*, die Rina von Bremhen weiter und weiter trieben als wäre sie ein Stück Vieh, das auf den Markt kommen sollte. Um sie herum wogte die Flut der Menschen, ebenso wissbegierig wie Aleke, jedoch aus anderen Gründen.

»Was hat die Jüdin angestellt?«

»Was sagen die *Büttel*?«

»Erschlagt sie doch gleich wie einen tollen Hund.«

»Haben die Juden wieder unsere Brunnen vergiftet?«

»Kehrt das große Sterben zurück?«

Diese Frage, gestellt von einer Matrone in kreischendem Tonfall, raste wie ein Lauffeuer durch die Menge, die nun nicht mehr Tod und Strafe forderte, sondern panisch auseinanderlief, als könnte sie damit verhindern, dass die *große Pestilenz* die Stadt wieder heimsuchte. Bald waren nur noch Aleke und zwei, drei Gestalten auf der Straße, so dass Aleke den *Bütteln* folgen konnte, ohne sich sorgen zu müssen, dass der Mob Rina von Bremhen tötete. Aleke versuchte, die Aufmerksamkeit der Jüdin zu erlangen, doch Rina von Bremhen schien vor Angst wie betäubt zu sein. Ihr Körper hing zwischen den *Bütteln*, als wäre sie ohne Bewusstsein, die Füße schleiften über die dreckige Straße. Den Kopf hielt Rina von Bremhen gesenkt, als wollte sie ihrem Schicksal nicht ins Auge sehen. Aleke brach schier das Herz bei diesem Anblick. Sie musste handeln, schnell, bevor die Jüdin in den Kerker geworfen wurde und damit jede Hoffnung verloren war.

»Was werft Ihr der Frau vor?«, trat Aleke den *Bütteln* in den Weg, obwohl ihre Hände vor Angst zitterten. Die Stadtwächter durch Dreistigkeit zu verärgern würde weder Rina von Bremhen noch Aleke helfen. »Entschuldigt, aber ich kenne die Frau. Was soll sie getan haben?«

»Zauberei. So wie sie alle«, blaffte sie der *Büttel* an, ein hochgewachsener Mann, dessen Gesicht von einer Narbe verunziert wurde, die sich von der Stirn über die linke Wange zog. »Kersten van dem Broke hat gestanden, dass die Jüdin ihn verzauberte, seine Gemahlin zu morden, damit er der Jüdin verfalle.«

»Das ist doch …« Blödsinn, hatte Aleke sagen wollen,

aber im letzten Augenblick hielt sie inne. »Aber … die Frau ist verheiratet. Mit einem guten Mann.«

»So sind sie eben.« Der *Büttel* zuckte mit den Schultern, als wüsste das ein jeder. Er wandte sich um und zerrte Rina von Bremhen mit sich, die nur kurz aufgeschaut hatte, nachdem sie Alekes Stimme erkannt hatte. »Gierig nach mehr und immer mehr.«

»Bitte.« Aleke bemühte sich um ein holdseliges Lächeln, so schwer ihr das auch fiel. »Bitte, lasst mich kurz mit ihr reden. Es soll Euer Schaden nicht sein.«

Der *Büttel* betrachtete sie skeptisch. »Erst das Versprochene.«

Nachdem Aleke mit zitternden Fingern ein paar Münzen aus ihrem Beutel gesammelt hatte, die sie in die gierig ausgestreckte Hand legte, nickte der *Büttel* seinem Kumpan zu. Der ließ die Jüdin los, so dass die beinahe auf die Gasse gestürzt wäre. Nur einem beherzten Zugriff Alekes war zu verdanken, dass die Frau nicht fiel. Beide Männer traten ein paar Schritte zurück, aber blieben nahe genug, dass sie jederzeit eingreifen konnten, sollte Rina von Bremhen versuchen zu fliehen.

»Rina. Rina«, flüsterte Aleke, damit die *Büttel* nicht hörten, was sie der Jüdin zu sagen hatte. »Bitte, wie kann ich Euch helfen?«

Rina von Bremhen sah hoch und Aleke geradewegs in die Augen. »Niemand kann mir mehr helfen. Sie werden mich umbringen. Weil …« Ihre Stimme gewann an Kraft. »Weil Euer Bruder behauptet hat, ich hätte Magie genutzt.«

»Es … es tut mir so leid.« Aleke kämpfte mit den Tränen. Niemals hätte sie erwartet, dass die gute Samaritertat der jüdischen *Medica* zu einem derart üblen Ende gelangen würde. »Ich werde alles tun, was ich vermag, um die Wahrheit ans Licht zu bringen.«

»Niemand kann mich mehr retten.« Auch in Rina von Bremhens Augen standen Tränen. »Was Ihr für mich tun könnt … geht zu Ysake. Er darf keinen Fehler machen. Passt auf ihn auf.«

Bevor Aleke etwas erwidern konnte, nahmen die *Büttel* Rina von Bremhen wieder in ihre Mitte und zogen sie davon.

»Ich werde Euch befreien«, rief Aleke der *Medica* nach, mit mehr Zuversicht in der Stimme, als sie wirklich empfand. Niemand konnte einer Anklage wegen Zauberei entgehen.

KAPITEL 21

Ihre Schuld. Es war allein ihre Schuld. Aleke kämpfte nicht länger gegen die Tränen an, die aus ihren Augen drängten. Tränenblind stolperte sie durch die Goerdelinger Strate, die sie zur Jodhenstrate führen sollte. Wie eine düstere Prophezeiung stand der Rat von Vater Eustacius vor ihr. Als es darum ging, Kerstens Schmerzen zu lindern, hatte Aleke nur auf ihr Herz gehört und dort Hilfe gesucht, wo sie freundliche Aufnahme gefunden hatte. Hätte sie ihren Verstand auch nur ein wenig benutzt, dann hätte sie wissen müssen, wie gefährlich es für die Jüdin war, ihre Fähigkeiten als *Medica* zu zeigen. Aleke blieb stehen. Sie atmete tief ein. War sie nicht dabei, wieder genau denselben Fehler zu begehen? Irrte sie nicht wie ein kopfloses Huhn durch die Stadt, getrieben von Verzweiflung und vom Wunsch nach Wiedergutmachung?

Nun war nicht der Augenblick, in Trostlosigkeit zu verfallen. Sie musste ihren Verstand nutzen und überlegen, was kluge nächste Schritte sein könnten. Als Erstes musste sie zu Ysake von Bremhen gehen, so wie sie es seiner Frau versprochen hatte. Aleke musste den *Medicus* davon überzeugen, keine voreiligen Schritte zu unternehmen, die Ysake von Bremhens Leben, das von Rina und schlimmstenfalls das der gesamten jüdischen Gemeinde Braunschweigs gefährden könnten. Dann musste sie Unterstützung suchen, einen Fürsprecher, der Rina von Bremhen aus dem Kerker helfen konnte oder wenigstens dafür sorgen konnte, dass ihr die *peinliche Befragung* erspart bliebe. Ihr Vater. Niemanden sonst kannte Aleke, der so viel Macht im Rat und in der Stadt hatte. Auch wenn Acchem van dem Broke seine Macht nichts genutzt hatte, nichts nutzen konnte, als es um das Schicksal seines Sohnes ging, so konnte er vielleicht etwas für Rina von Bremhen tun. Schließlich gab es keinerlei Beweise, dass die Jüdin sich der Magie bedient hatte, außer Kerstens Wort – und das hatte er unter der *peinlichen Befragung* gegeben. Auch wenn es Aleke schwerfiel, ihrem Vater zu begegnen, weil sie ihm noch immer zürnte, dass er ihr etwas verborgen hielt, wie es auch die unbedachten Worte seiner Ehefrau gezeigt hatten, so fühlte sie sich verpflichtet, Rina von Bremhen aus dem Elend zu befreien, in das sie durch ihre Schuld geraten war.

Nun, da sie einen Plan gefasst hatte, ging Aleke mit ruhigerem Herzen weiter. Ihre Tränen versiegten, und sie schöpfte sogar ein wenig Hoffnung. Hoffnung, die sie sicher dringend bräuchte, wenn sie erst Ysake von Bremhen gegenübertreten würde. Nur zu gut erinnerte sich Aleke daran, dass der *Medicus* nicht damit einverstanden gewesen war, dass seine Gemahlin Kersten half. Wo Aleke und Rina von Bremhen nur ihren Herzen gefolgt waren, hatte Ysake von Bremhen Verstand und Umsicht walten lassen. Hätte sie nur auf ihn gehört, dachte Aleke.

Aber dann erinnerte sie sich an die schlimmen Verletzungen, die Kersten erlitten hatte. Verletzungen, die Aleke niemals hätte heilen können. Voller Bitterkeit musste sie erkennen, dass sie keine Wahl gehabt hatte. Wie immer sie sich entschieden hätte, ein Mensch hätte leiden müssen. Inzwischen verfluchte Aleke den Tag, an dem ihr Vater sie in seine Angelegenheiten hineingezogen hatte, was ihr und den Menschen, die sie um Hilfe bat, nur Unglück gebracht hatte.

Endlich stand Aleke vor dem Tor der Jodhenstrate. Sie verweilte noch einen Augenblick, aus Sorge, dass Ysake von Bremhen sie mit Vorwürfen überschütten würde, gegen die sie sich nicht würde wehren können, da der *Medicus* damit recht hätte. Aber bei all den Dummheiten, die ihr unterlaufen waren, eines konnte man Aleke nicht vorwerfen: dass sie sich feige vor den Folgen ihrer Entscheidungen drückte. Entschlossen öffnete sie das Tor und sah sich Ysake von Bremhen gegenüber, der wohl ebenfalls durch das Tor hatte gehen wollen.

»Habt Ihr sie gesehen?«, fragte der *Medicus*, in dessen Augen so viel Traurigkeit und Angst standen, dass Aleke beinahe wieder in Tränen ausgebrochen wäre und keine Antwort geben konnte. »Wie geht es ihr?«

»Eure Gemahlin hat mich gebeten, Euch zu sagen, dass Ihr nichts unternehmen sollt«, sagte Aleke, nachdem sie ihre Stimme wiedergefunden hatte. »Sie fürchtet mehr um Euch als um sich.«

»Aber ich muss doch etwas tun. Ich kann nicht zulassen, dass Rina etwas Schlimmes geschieht«, flüsterte Ysake von Bremhen, seine Stimme kaum hörbar. »Zauberei. Wie kann jemand ernsthaft daran glauben? Was ist das nur für eine Stadt?«

»Es tut mir so leid«, sagte Aleke, die sich bemühen musste, ihre Fassung zu bewahren. »Wenn ich Euch nicht um Hilfe gebeten hätte, …«

»Nein.« Ysake von Bremhen lächelte trotz seiner Sorgen. »Gebt Euch nicht die Schuld. Rina wusste, was sie tat, und sie würde jederzeit wieder so entscheiden. So ist sie eben.«

»Ich fühle mich dennoch verantwortlich.« Aleke sog scharf den Atem ein. »Gebt mir den heutigen Tag, bevor Ihr zum Rat geht. Mein … mein Vater, er ist Ratsmitglied. Ich werde ihn um Hilfe ersuchen.«

»Gut.« Ysake von Bremhen nickte. »«Aber ich werde zum Kerker gehen und den Wärtern Geld geben, damit Rina kein Leid geschieht.«

»Sendet Ihr einen Gruß von mir, und sagt Ihr, dass ich mich um Rettung bemühe.«

Ohne weitere Worte gingen sie auseinander. Ysake von Bremhen eilte mit gesenktem Kopf zum Kerker, Aleke begab sich schnurstracks zum Haus ihres Vaters.

»Der Herr ist nicht da«, gab ihr die Magd Bescheid. »Heut ist Ratssitzung. Wegen der Steuern.«

»Wann wird der Herr zurückerwartet?« Mühsam konnte Aleke ihre Ungeduld zügeln. »Wie lange tagt der Rat schon?«

»Seit dem Morgenläuten.« Die Magd zuckte mit den Schultern. »Kann bis zur Dunkelheit dauern.«

»So lange kann ich nicht warten«, sagte Aleke, mehr zu sich selbst als zur Magd. »Danke. Gehabt Euch wohl.«

Die Magd knallte ihr die Tür vor der Nase zu, ohne Alekes Abschiedsgruß zu erwidern. Noch vor wenigen

Wochen hätte diese Unhöflichkeit Aleke verärgert und ihre Gedanken für Tage beschäftigt, aber nun gab es Wichtigeres zu bedenken als eine bösartige Magd. Konnte sie es wagen, ihren Vater beim Rat zu behelligen, mit der Bitte, Rina von Bremhen zu helfen?

Obwohl sie in den letzten Wochen mehr Zeit mit ihrem Vater verbracht hatte als in ihrem Leben zuvor, wusste Aleke nicht zu sagen, ob Acchem van dem Broke überhaupt bereit wäre, sich für die Jüdin einzusetzen. In ihrer Euphorie, dass ihr Vater sie um Hilfe gebeten hatte, war Aleke einfach losgelaufen, um ihm zu Wünschen zu sein, ohne zu bemerken, dass sie dem Mann, an den sie so häufig in ihrem Leben gedacht hatte, überhaupt nicht kannte und ihm bisher auch kaum näher gekommen war. Acchem van dem Broke – der Händler, der Ratsherr, Vater von Kersten van dem Broke und Aleke Ledinkhusen, Ehemann von Fredereke – das war die eine Seite des Mannes. Acchem van dem Broke, der ihr die Wahrheit über einen Streit vorenthalten hatte und möglicherweise verstrickt war in ein lang zurückliegendes Verbrechen, das die Familie Wagheman das Leben gekostet hatte – das war die andere Seite, der Aleke sich nicht stellen wollte.

Wieder musste Aleke an den Rat von Vater Eustacius denken. Bisher hatte sie den Mann, der ihr Vater war, nur mit dem Herzen gesehen, so, wie sie ihn sich wünschte. Wenn sie das Verbrechen aufklären und Rina von Bremhen retten wollte, musste sie endlich beginnen, ihren Verstand zu nutzen. Sie musste aufhören, in Acchem van dem Broke den abwesenden Vater zu sehen, dem sie gefallen wollte, sondern musste ihn als den Vater des Mordverdächtigen betrachten und als den Ratsherrn, der Macht über die Stadt hatte. Selbst wenn es Aleke gelingen sollte, die Unschuld von Kersten zu beweisen, würde sie niemals Teil der Familie van dem Broke werden, so freundlich Fredereke van dem Broke auch zu ihr gewesen war. Die van dem Brokes gehörten zu den Patriziern, die Braunschweigs Schicksal beeinflussten; sie, Aleke, hingegen würde immer zu denen gehören, die am Rand der städtischen Gesellschaft standen. So, wie Rina und Ysake von Bremhen niemals dazugehören würden, egal, wie klug und gebildet sie waren.

Nachdem sie sich damit abgefunden hatte, wo ihr Platz im Leben war und in Zukunft sein würde, fühlte Aleke sich einerseits traurig und bitter, andererseits erleichtert, weil sie sich nun nicht mehr bemühen musste, jemand zu werden, der sie niemals sein konnte. Außerdem, so dachte sie mit einem feinen Lächeln, hat Rina von Bremhen mir gezeigt, dass man nicht unbedingt Ansehen und Status benötigt, um ein glücklicher Mensch zu sein. Dieser Gedanke gab Aleke Kraft und zeigte ihr die Richtung: Sie würde nicht mehr um die Anerkennung ihres Vaters buhlen, sondern sich bemühen, Kersten und Rina von Bremhen zu retten, die unschuldig im Kerker saßen. Die Ereignisse der letzten Tage hatten Aleke davon überzeugt, dass ihr Halbbruder Opfer einer Intrige geworden war, die es aufzudecken galt.

»Bitte. Bitte.« Aleke suchte in den Taschen ihres Gewands nach einer Münze, mit der sie die Wache bestechen konnte, aber sie wurde nicht fündig. »Bitte, ich muss mit meinem Vater sprechen.«

Als ihr die Worte herausgerutscht waren, biss sie sich auf die Lippe. Auch der Wächter hatte ihren Fehler bemerkt, was ein höhnisches Lächeln auf das hagere Gesicht brachte. »Euer Vater. So, so.« Der Mann beugte sich zu ihr, so dass Aleke den Atem anhielt, um seinem Gestank zu entgehen. »Ich hätte geschworen, dass ihr der Bankert seid, der bei den *Beginen* lebt.«

»Ihr habt recht«, antwortete Aleke so ruhig, dass sich Enttäuschung auf dem Gesicht des Wächters abzeichnete, der wohl gehofft hatte, sie mit seinen Worten zu treffen. »Ich muss mit dem Ratsherrn Acchem van dem Broke sprechen. Es ist wichtig.«

»Nichts kann wichtiger sein als die Sitzung.« Der Wächter baute sich vor Aleke auf, stolz über die Autorität, die ihm sein Amt gab. »Es sei denn, es geht um Leben und Tod.«

»Ja«, sagte Aleke schlicht. »Genau darum geht es.«

Dem Wächter fiel die Kinnlade herunter, aber er gab keine Widerworte, sondern öffnete die Tür zum Rathaus und verschwand darin. Wartend ging Aleke vor der Tür auf und ab, knetete nervös die Hände, während sie sich im Kopf die Worte zurechtlegte, mit denen sie Acchem van dem Broke davon überzeugen würde, sein Wort für Rina von Bremhen in die Waagschale zu werfen.

Endlich ging die Tür wieder auf, der Wärter trat heraus, gefolgt von Acchem van dem Broke, der sichtlich unerfreut über die Störung war.

»Guten Tag. Ist etwas mit Kersten?« Die Sorge ließ die Falten um seine Mundwinkel und seine Augen deutlich hervortreten. »Sprich. Was ist mit meinem Sohn?«

»Kersten hat die jüdische *Medica* der Zauberei beschuldigt«, antwortete Aleke. Dann griff sie nach dem Arm ihres Vaters, um ihn ein wenig zur Seite zu ziehen, weg von dem Wärter, der sich nicht einmal bemühte zu verbergen, wie wissbegierig er lauschte. »Die *Büttel* haben sie heute geholt und in den Kerker geworfen.«

»Was für eine *Medica*?« Acchem van dem Broke wusste sichtlich nicht, wovon Aleke sprach. Hatte er seinen Sohn in den letzten Tagen denn überhaupt nicht besucht? »Entschuldige. Mein Kopf ist voll mit Ratsbelangen.«

»Rina von Bremhen«, sagte Aleke. »Eine Jüdin, die in Salerno studierte. Sie hat Kerstens Wunden verbunden, nachdem ... nachdem man ihn der *peinlichen Befragung* unterworfen hatte.«

»Ja.« Acchem van dem Broke nickte bedächtig. »Fredereke hat mir davon erzählt. Sagt der Jüdin meinen Dank.«

»Mit Dank allein dürfte es nicht getan sein«, entgegnete Aleke scharf. Hatte ihr Vater nicht verstanden, was sie eben gesagt hatte? Oder wollte er es nicht verstehen? »Kersten hat die *Medica* der Zauberei beschuldigt. Sie ist im Kerker.«

»Das tut mir leid.« Mit drei Fingern strich Acchem van dem Broke sich über die Stirn, als würde sein Kopf ihn schmerzen. »Ist sie eine Zauberin?«

»Selbstverständlich nicht.« Aleke fühlte sich so verzweifelt, dass sie am liebsten mit dem Fuß aufgestampft hätte, damit ihr der Mann endlich seine gesamte Aufmerksamkeit schenkte und ihr zuhörte. »Sie ist eine *Medica* und hat Kersten mit einem Kräutertrank geholfen. So, wie ich es auch getan hätte.«

»Dann verstehe ich die Anklage nicht.«

»Kerstens Wort gilt mehr als das einer Jüdin, das solltet Ihr wissen.« Aleke zügelte den Zorn, der immer stärker in ihr emporkochte. Wie konnte ihr Vater es wagen, so einfach über die furchtbare Anschuldigung hinwegzugehen? Hätte Rina von Bremhen seinem Sohn nicht geholfen, würde sie jetzt noch unbehelligt in der Jodhenstrate leben können. »Ich bitte Euch, werft Euer Wort ins Gewicht, damit Rina von Bremhen der Anklage entbunden wird.«

»Ich wünschte, das könnte ich tun. Aber mein Wort gilt nicht mehr viel, seitdem mein Sohn sein Verbrechen gestanden hat.«

»Aber …« Nun stampfte Aleke doch mit dem Fuß auf, was den Wächter dazu veranlasste, einige Schritte näher zu treten. »Aber das hat Kersten doch nur getan, um der Folter zu entgehen. Er ist nicht stark, Euer Sohn, aber aller Voraussicht nach unschuldig.«

»Wie gerne würde ich dir glauben …« Aus müden Augen schaute Acchem van dem Broke Aleke an. Sein Rücken war gebeugt, als trüge er eine schwere Last, die ihn schon lange hatte aufgeben lassen. »Aber mein Sohn hat gestanden. Als Ratsherr muss ich den Regeln folgen, und nun bleibt mir nichts anderes übrig, als der Gerechtigkeit den Weg freizugeben.«

»Das ist keine Gerechtigkeit! Das ist tiefstes Unrecht.«

»Nein. Gesetz bleibt Gesetz und muss für alle gleich gelten.« Ihr Vater schaute Aleke an. Die Falten um seinen Mund hatten sich in den letzten Tagen vertieft, und er wirkte älter und gramgebeugt. »Gerade ich kann es mir nicht erlauben, Sonderrechte in Anspruch nehmen zu wollen.«

»Es geht nicht um Sonderrechte«, widersprach Aleke vehement. »Es geht um die Wahrheit.«

Bevor Acchem van dem Broke etwas sagen konnte, öffnete sich die Tür zum Rathaus erneut, und Tile van Damme, der Bürgermeister, steckte seinen Kopf heraus.

»Acchem. Wir brauchen dich für die Abstimmung.« Tile van Dammes Stimme klang drängend. Auf seinen Wangen zeigten sich hektische Flecken, und sein Blick glitt über Aleke, als würde er sie nicht sehen. »Es eilt.«

»Es tut mir leid. Ich kann nichts tun.«

Mit diesen Worten ließ ihr Vater Aleke stehen, die nur fassungslos und verzweifelt den Kopf schütteln konnte. Eben hatte sie Ysake von Bremhen noch vollmundig versprochen, dass sie alles in ihrer Macht Stehende unternehmen würde, um Rina von Bremhen aus dem Kerker zu befreien. Und nun hatte Aleke erkennen müssen, wie machtlos sie war. Wie machtlos selbst ihr Vater war, der doch einen Platz im Stadtrat hatte. Ihr Vater war kein Ritter, kein strahlender Held, wie Aleke sich erhofft hatte, sondern ein Mensch mit Ängsten und Fehlern, der sich zwischen seinen Aufgaben als Händler, Ratsherr, Gemahl und Vater aufrieb, sich wünschte, allen gerecht zu werden und scheitern musste – das erkannte Aleke in diesem Augenblick. Eines jedoch wurde ihr immer stärker bewusst. Sie hätte glücklicher gelebt, wenn sie ihren Vater nie so kennengelernt hätte. Der Vater, den sie sich erträumt hatte, den sie sich in ihren traurigen Tagen und Nächten als Helden ausgemalt hatte, den gab es nicht. Auch Acchem van dem Broke war nur ein Mensch, möglicherweise sogar, wie Aleke sich eingestehen musste, ein schwächerer, als sie gedacht hatte.

Erstmals verspürte sie Mitleid mit Acchem van dem Broke, in dessen Augen sie Einsamkeit und Verlorenheit zu lesen gemeint hatte. So viel Geld und Einfluss ihr Vater auch hatte, wenn der Bürgermeister rief, musste er gehorchen. Das konnte Aleke verstehen, nicht begreifen konnte und wollte sie jedoch, wie wenig ihn das Schicksal der Frau interessierte, die ihr Leben riskiert hatte, um seinem Sohn zu helfen. Vielleicht tat sie ihrem Vater auch unrecht, und er hatte wahrlich keine Handlungsspielräume. Das würde Aleke wohl nie erfahren oder mit Gewissheit wissen.

Aber er war auch der einzige Mensch, an den sie sich um Hilfe hatte wenden können. Die Vorsteherin, so einflussreich sie auch in vielen Belangen war, konnte kaum Einfluss auf die Entscheidungen des Stadtrats oder der Gerichtsbarkeit nehmen. Noch nie in ihrem Leben hatte Aleke sich so einsam gefühlt wie in dem Augenblick, als die Tür des Rathauses sich hinter ihrem Vater schloss. Sie raffte ihre Röcke und lief an dem Wächter, der sie überrascht ansah, vorbei, so schnell sie konnte.

KAPITEL 22

Sosehr Aleke auch um ihre Fassung rang, die Einsamkeit drückte sie derart nieder, dass sie erneut weinen musste. Weinen um sich, weil ihr Vater so wenig dem Bild entsprach, das sie sich von ihm gemacht hatte, weinen um Kersten, dem sie nicht hatte helfen können, weinen um Rina und Ysake von Bremhen, die sie ins Unglück gerissen hatte, und weinen schließlich um Righert van Anhald, dessen Gedanken so sehr seiner Rache galten. Schluchzer schüttelten ihren Körper so sehr, dass Aleke sich setzen musste. Sie ließ sich an der Mauer des Rathauses herabgleiten, bis sie wie eine Bettlerin im Dreck das Straße saß, die Unterarme auf den angezogenen Knien und das Gesicht in den Armen verborgen. Aleke weinte und weinte, mehr als in den letzten Jahren, mehr selbst als nach dem Tod ihrer Mutter. Sie weinte, bis ihr keine Tränen mehr kamen.

»Kann ich Euch helfen?«, fragte eine warme, nur zu bekannte Stimme.

Ein letztes Schniefen, und Aleke wagte es aufzusehen. Vor ihr stand Righert van Anhald, der auf sie herabsah, auf seinem markanten Gesicht eine Mischung aus Verwunderung und Mitgefühl. Sie schaute zu ihm hoch, zu erschöpft, als dass sie aufstehen und ihm Auge in Auge gegenüberstehen wollte. Nun, wo sie weder Rina von Bremhen noch Kersten van dem Broke würde helfen können, fühlte sich alles nur leer und hohl an. Es gab nichts mehr, für das Aleke noch kämpfen konnte. Nur ihre Neugier war nicht ganz versiegt und ließ sie fragen: »Wie kommt es, dass Ihr mich immer findet?«

»Ich habe gehört, dass die *Medica* in den Kerker geworfen wurde und …« Er zögerte leicht, als wagte er nicht, ihr den Grund zu verraten, warum er nach ihr gesucht hatte. »… und wollte Euch meine Hilfe anbieten.«

»Danke.« Noch vor zwei Tagen hatte Aleke sich geschworen, nie wieder auch nur ein Wort mit Righert van Anhald zu wechseln, doch auch das erschien ihr heute so belanglos, so stur und beinahe schon dumm. Als gäbe es nichts Wichtigeres als die Frage, ob Righert van Anhald ihr die Wahrheit sagte oder nicht. Heute nun hatte sie bitter erkennen müssen, dass es Bedeutsameres gab und dass sie keinerlei Handhabe hatte, um diesem Schrecken Einhalt zu gebieten. »Rina von Bremhen ist der Zauberei angeklagt. Es ist meine Schuld.«

»Erzählt mir alles.« Righert van Anhald reichte ihr seine Hand und zog Aleke hoch.

Ihr war so zitterig zumute, dass sie den Halt verlor und gegen ihn fiel. Er hielt sie fest in seinen Armen. Ihr Gesicht schmiegte sich an sein Wams, so dass sie ihm nicht in die Augen sehen musste, als sie die bittere Wahrheit aussprach.

»Es ist meine Schuld. Alles meine Schuld«, wiederholte Aleke mit leiser Stimme, als könnte sie so alles ungeschehen machen. »Ich habe noch keinen Hinweis darauf, was wirklich in der verhängnisvollen Hochzeitsnacht geschehen ist. Und nun ist auch noch Rina von Bremhen im Kerker, weil sie mir geholfen hat.«

»Bitte. Es hilft nichts, wenn Ihr Euch mit Vorwürfen überschüttet.« Seine Stimme klang so ruhig, so gelassen, dass Aleke ihm beinahe zustimmen wollte, obwohl sie es besser wusste. »Gemeinsam können wir herausfinden, wer die *Medica* angeschwärzt hat. So kommen wir auch Ceffeken Horneborchs Mörder näher.«

»Warum wollt Ihr mir helfen?« Langsam löste Aleke sich aus seinen Armen, sosehr sie auch diesen Augenblick der Schwäche und das Gefühl des Beschütztwerdens genossen hatte. »Habt Ihr nicht eine eigene Agenda, der Ihr seit dem ersten Tag in Braunschweig folgt?«

»Auch wenn Ihr mir nicht glauben wollt, ich bin sicher, dass die beiden Verbrechen zusammenhängen.« Righert van Anhald musterte Aleke, als suchte er auf ihrem Gesicht eine Antwort. »Selbst wenn Ihr es nicht sehen wollt, beide Male waren die van dem Broke und der Krameres dabei.«

»Ja, und Dutzende anderer Braunschweiger«, verteidigte Aleke ihren Vater. »Kersten van dem Brokes Hochzeit war eine riesige Feier. Wollt Ihr jeden verdächtigen, der anwesend war?«

Righert van Anhald schaute sie nur an, ohne ein Wort zu sagen, was Aleke sehr unbehaglich war, wusste sie doch selbst, dass sie mit ihren Worten mehr sich als ihn überzeugen wollte. Daher sagte sie kleinlaut: »Aber ich stimme Euch zu. Bisher habe ich zu sehr danach geschaut, die Unschuld von Kersten van dem Broke zu beweisen …«

»Ihr meint?« Nun wirkte Righert van Anhald sehr aufmerksam, beinahe, als könnte er nicht erwarten, was Aleke zu sagen hatte.

»Ich habe mit Vater Eustacius gesprochen. Über die Todsünden.«

»Entschuldigt, aber nun kann ich Euch nicht mehr folgen.« Righert van Anhald runzelte die Stirn. »Die Todsünden?«

»Ja.« Aleke nickte eifrig, bemüht, sich ihm verständlich zu machen. »Die *Magistra* hat mich auf die Idee gebracht, indem sie von den Zehn Geboten sprach.«

»Noch sprecht Ihr für mich in Rätseln.«

»Wenn ich nicht mehr versuche, Kersten van dem Brokes Unschuld zu beweisen, muss ich herausfinden, wer die Schuld trägt.« Righert van Anhald nickte, als Zeichen, dass er Aleke nun verstand. »Dafür muss ich überlegen, warum jemand so ein freundliches, allseits beliebtes Mädchen wie Ceffeken Horneborch töten würde.«

»Ich fange an zu begreifen. Entweder wollte jemand den Horneborchs schaden oder den van dem Brokes.«

»Genau.« Aleke lächelte, obwohl ihr Herz immer noch schwer war. Aber dass Righert van Anhald nachvollziehen konnte, wie sie dachte, zeigte ihr, dass sie auf der richtigen Fährte war. »So bitter es für die Horneborchs ist, ich glaube nicht, dass sie das Ziel waren. Ceffeken Horneborchs Tod ist nur das Mittel für einen bösen Zweck.«

»Jemand will die van dem Brokes leiden sehen.«

»Das ist eine Möglichkeit. Deshalb sprach ich mit Vater Eustacius.« Aleke ging auf und ab, während sie versuchte, Ordnung in ihre Gedanken und Worte zu bringen. »Neid kann ein Grund sein, denkt er. Oder Habgier. Natürlich auch Rache oder Zorn. Vater Eustacius schließt auch die Selbstsucht nicht aus.«

»Daran habe ich auch schon gedacht. Was, wenn nicht Rache oder Liebe das Feuer antrieben?« Righert van Anhald klopfte sich mit dem Zeigefinger an die Wange, als er nachdachte. »Vielleicht geht es nicht um Liebe oder Hass, sondern um Geld. Um Geld und Macht.«

Er stockte einen Augenblick, als zweifelte er, ob er Aleke mehr sagen konnte.

»Wenn wir wüssten, ob bei dem Feuer, das Euch Eure Familie raubte, auch Geld eine Rolle spielte, könnten wir wirklich beide Verbrechen verknüpfen«, sprach Aleke aus, was ihr schon längere Zeit im Kopf herumgegangen war. Vielleicht irrten Righert van Anhald und sie sich auch, aber zu viele Zeichen wiesen darauf hin, dass der Feuertod und der Mord an Ceffeken Horneborch zusammenhingen. Oder wollte sie nur diese Zeichen sehen, damit sie gemeinsam mit Righert van Anhald der Wahrheit nachspüren konnte?

»Mein Vater besaß einen Schatz. Ein Pergament der Templer.« Righert van Anhald schaute Aleke geradewegs an. Auf seinem Gesicht konnte sie lesen, wie schwer es ihm fiel, diese Worte zu sagen. »Wertvoll nur im geistigen Sinne, nicht monetär. Aber das vergaß mein Vater zu sagen. Und weckte so Begehrlichkeiten bei seinen Trinkfreunden. Dem Krameres und den Van-dem-Broke-Brüdern.«

»Ihr meint … Ihr fürchtet …«

»Ja. Ich glaube, meine Familie starb für dieses Pergament, das ein Opfer der Flammen wurde.«

Beide schwiegen. Aleke grübelte, ob sie ihm die Frage stellen konnte, die sie schon so lange beschäftigte, aber noch immer fürchtete sie, dass Righert van Anhald ihr nicht die Wahrheit sagen würde, dass er ihr ausweichen würde, was sie wieder verletzen und zurückstoßen würde. Aber sie musste es wissen, wenn sie gemeinsam mit ihm weitersuchen wollte.

»Warum …«, setzte sie an. Ihre Kehle fühlte sich rau an, so dass sie trocken schluckte. Endlich fand sie den Mut, ihm die Frage zu stellen. »Warum seid Ihr dem Feuer entkommen? Ohne Schaden? Nicht so wie Lucke.«

»Ich war nicht zu Hause.« Er lachte bitter. »Ich jagte selbst einem Schatz nach. Einem Floh, den mir mein Freund Calf ins Ohr gesetzt hatte. Einem sagenhaften Goldschatz, der an der Oker vergraben sein sollte. Aber Calf kam nicht.«

»Warum nicht?«

Erneut lachte Righert van Anhald, dieses Mal noch bitterer. »Diese Frage habe ich mir nie gestellt. Am Tag nach dem Feuer floh ich mit einem Händler nach Magdeburg. Zu Verwandten meiner Mutter. Calf habe ich nie wiedergesehen.«

»Vielleicht wollte er Euch aus dem Haus locken?«

»Nein, das glaube ich nicht. Mein Freund sprach schon so lange von dem Schatz … Außerdem, warum hätte jemand mich retten wollen?«

»Ihr habt recht.« Aleke versank erneut im Grübeln. Ihr war so, als läge vor ihren Augen die Lösung, aber sie war zu blind, um sie zu erkennen. Vielleicht musste sie einfach weiterfragen, bis sie die Antwort eingekreist hatte.

»Aber habt Ihr Euch nie gewundert, warum Euer Freund Euch im Stich ließ?«

Righert van Anhald schien überlegen zu müssen. Nach einigen Augenblicken des Schweigens sagte er: »Nachdem ich in Magdeburg angekommen war, habe ich getrauert. Mich gefragt, was geschehen war. Warum jemand meine Familie hatte töten wollen. An Calf habe ich nicht mehr gedacht. Bis ich den Plan fasste, nach Braunschweig zurückzukehren, um die Schuldigen zu bestrafen.«

»Warum habt Ihr Calf bisher nicht befragt?«

»Weil ich fürchtete, dass er mich erkennt.« Righert van Anhald wich Alekes Blick aus. »Ich wollte nicht zu schnell erkannt werden.«

»Das ist Euch misslungen«, konnte Aleke sich nicht enthalten zu sagen, aber sie milderte die Spitze mit einem Lächeln. »Begleitet mich zum Konvent, bitte. Beim Gehen kann ich besser denken.«

»Stimmt Ihr mir zu, dass viele Zeichen in Richtung Eures … Vaters deuten?«

»Ja.« Aleke wich einem Jungen aus, der eine Schar schnatternder Gänse vor sich hertrieb, die von rechts nach links liefen, als hofften sie, so dem Fleischhauer zu entgehen. »Aber ich meine, dass Ihr bisher auch nur in diese Richtung geschaut habt. Wir wissen zu wenig, um sicher zu sein.«

»Ihr habt recht«, sagte Righert van Anhald nach einem Augenblick des Nachdenkens. Er blieb stehen, um eine Münze zu suchen, die er einem bettelnden Kind zusteckte. »Aber wir sind auf der richtigen Fährte. Sonst wärt Ihr nicht überfallen worden.«

»Wir sollten unterschiedlichen Spuren folgen.« Aleke wollte nicht über den Überfall reden, der ihr immer noch in den Knochen steckte, auch wenn sie das nicht zugeben mochte. »Ich suche bei den van dem Brokes und Ihr befragt Calf.«

»Glaubt Ihr, dass Euer Vater Euch die Wahrheit sagen wird?«

»Fragt doch, was Ihr wirklich wissen wollt.« Sosehr Aleke sich bemühte, ruhig zu klingen, sie vermochte es nicht zu verbergen, wie sehr sein Misstrauen sie verletzte. »Ihr glaubt nicht, dass ich Euch meinen Vater ausliefern würde, sollte er schuldig sein.«

Erneut blieb Righert van Anhald stehen und hielt Aleke am Ellenbogen fest. Er wartete, bis sie sich zu ihm umgedreht hatte, bevor er antwortete. »Ich bin mir sicher, dass Ihr zu ehrlich seid, um einen Mörder zu schützen. Aber ich weiß nicht, ob Euer Vater ehrlich ist.«

»Ich will auch nicht mit ihm reden, sondern mit Fredereke van dem Broke. Eine Mutter wird alles tun, um ihr Kind zu retten, und sich nicht vom politischen Kalkül täuschen lassen so wie Acchem van dem Broke. Doch zuerst muss ich in den Kerker. Zu Rina von Bremhen.«

Aleke musste erneut schlucken, als sie an die Frau dachte, die ihr eine Freundin hätte werden können. »Wir müssen uns beeilen«, sagte Righert ernst. »Kersten van dem Broke ist unter der *peinlichen Befragung* zusammengebrochen. Ich fürchte, der *Medica* bleibt nicht viel Zeit. Seid vorsichtig.«

Er ließ Aleke los. Schweigend gingen sie nebeneinander, Aleke sehr darauf bedacht, dass sie einander nicht durch Zufall berührten.

»Wen wollt …«, begann sie, während er gleichzeitig sagte: »Ich werde Euch …«

»Bitte. Ihr zuerst.« Righert van Anhald verbeugte sich ein wenig.

»Wen wollt Ihr befragen?«

»Calf. Dann werde ich mich bei den Händlern kundig machen, was es mit Gerwen Krameres auf sich hat. Aber erst begleite ich Euch zum Kerker.«

»Ich kann gut auf mich allein aufpassen«, antwortete Aleke schmallippig. »Das konnte ich in den vergangenen Jahren auch. Und habt Ihr nicht selbst gesagt, dass uns nicht viel Zeit bleibt?«

»Ich weiß, dass Ihr fähig seid, allein zu leben. Aber unser Gegner kennt keinerlei Skrupel.« Nun stellte sich Righert van Anhald Aleke in den Weg, so dass sie stehen bleiben musste. »Wenn er für das Feuer und den Mord an Ceffeken Horneborch die Verantwortung trägt, dann schreckt er auch nicht vor Eurem Tod zurück.«

»Aber …« Nervös zog Aleke ihre Unterlippe zwischen den Zähnen hindurch. Diese Frage hatte ihr seit dem Überfall keine Ruhe lassen wollen. Schon mehrmals war sie nachts aus dunklen Träumen hochgeschreckt, in denen ihr der Fremde die Kehle durchgeschnitten hatte. »Aber warum hat er mich nicht getötet, als sich ihm die Gelegenheit bot? Warum hat er mir nur gedroht?«

»Vielleicht hatte er Angst, entdeckt zu werden?«

»Nein.« Vehement schüttelte Aleke den Kopf. Diese Idee hatte sie auch gehabt, aber schnell wieder verworfen. »Niemand war da, der mich hätte retten können. Er hat mich am Leben gelassen.«

Nachdem Righert van Anhald wieder neben sie getreten war und sie gemeinsam weitergingen, sagte er: »Vielleicht … vielleicht sind es zwei oder gar drei.«

»Wie kommt Ihr auf die Idee?«

»Nun. Auf jeden Fall gibt es einen, der vor nichts zurückschreckt, um seine Ziele zu erreichen.« Er nickte, wie Aleke aus dem Augenwinkel bemerkte. »Der hätte Euch ermordet, wenn es die Gelegenheit mit sich brächte. Dann gibt es sicher einen zweiten. Einen, der von allem profitiert, aber nicht den Mut oder die Boshaftigkeit besitzt, selbst zu töten.«

Obwohl der Gedanke Aleke erst undenkbar schien, konnte sie nicht umhin, seine Klugheit anzuerkennen. Righert van Anhald und sie jagten zwei Männer, einen Mörder, der Tod und Teufel nicht scheute, und einen, der im Hintergrund blieb und die Fäden zog.

Einen Strategen.

Einen Politiker.

So wie ihren Vater.

KAPITEL 23

Nachdem Aleke von der *Magistra* die Erlaubnis erhalten hatte, Rina von Bremhen im Kerker zu besuchen, suchte sie hastig ein paar Kräuter zusammen und bat die Köchin um ein paar Küchlein und einen Krug Wein. Obwohl Ylsebe von Ghotinghe darüber schimpfte, dass ihre guten Lebensmittel einer Jüdin und einem Mörder zugutekommen sollten, gab sie Aleke einen Krug des guten weißen Weins.

»Zauberei. So ein dummes Zeug«, grummelte die Köchin. »Ich mag sie nicht, die Mörder Christi, aber von Zauberei zu reden kann uns nur allen Unglück bringen.«

»Danke.« Überrascht von deren Freundlichkeit hatte Aleke Ylsebe von Ghotinghe umarmt, was wiederum beide Frauen so in Verlegenheit gebracht hatte, dass sie schweigend auseinanderstoben wie Hühner, in deren Mitte ein Fuchs auftauchte.

Endlich hatte Aleke alles in den großen Weidenkorb gepackt, der sonst Markttagen vorbehalten war, und eilte gemeinsam mit Righert zum Kerker. Keiner von ihnen sagte ein Wort. Aleke wollte und konnte nicht sprechen, weil sie sich ängstigte, wie es wohl Rina von Bremhen im Kerker ginge und dass die *Medica* ihr schwere Vorwürfe machen würde. Warum Righert van Anhald nicht mit ihr redete, darüber verlor Aleke keinen Gedanken, zu eingesponnen war sie in ihre eigenen Sorgen. Nur zu gut erinnerte sie sich an die Warnung Ysake von Bremhens, dass ihre Suche voller Gefahren sei. Was weder der *Medicus* noch Aleke bedacht hatten, war, dass diese Gefahr nicht nur Aleke in einen Abgrund reißen könnte, sondern auch jeden Menschen, der ihr bei ihrer Suche half. Musste sie fürchten, dass auch Righert bedroht war, fragte sich Aleke. Ja, gewiss, antwortete sie sich selbst, aber Righert nahm die Gefahr willig in Kauf, weil er seine Rache wollte und bereit war, dafür sein Leben zu riskieren.

»Soll ich Euch begleiten oder wollt Ihr allein mit der *Medica* sprechen?«, fragte Righert van Anhald, nachdem sie das Altstadtrathaus erreicht hatten.

»Ich … ich weiß nicht.« Aleke fühlte sich hin und her gerissen. Einerseits fürchtete sie sich davor, Rina von Bremhen gegenüberzutreten, die ihr sicher Vorwürfe machen würde, andererseits wollte Aleke nicht vor der Verantwortung und der Schuld fliehen, die sie auf sich geladen hatte. »Allein, denke ich. Geht Ihr doch zu Kersten van dem Broke. Vielleicht erzählt er Euch etwas, was er einer Frau nicht anvertrauen würde.«

Der Gehilfe des *Büttels*, ein schmaler Junge von vielleicht fünfzehn Jahren, brachte Aleke zu dem Diebeskeller, in dem Rina von Bremhen gefangen gehalten wurde. Mit heftig pochendem Herzen betrat Aleke den dunklen Raum. Die *Medica* stand an einer schmalen Ritze, durch die ein wenig Luft und Licht in den Kerker fielen. Als sie Aleke hereinkommen hörte, wandte die Jüdin sich um.

»Es tut mir leid«, stieß Aleke hervor, obwohl sie sich

fest vorgenommen hatte, etwas Hoffnungsvolles zu sagen. »Es ist meine Schuld.«

»Ich habe entschieden, Euch zu helfen.« Rina von Bremhen klang überraschend gefasst, obwohl sie einer Anklage wegen Zauberei entgegensah. Wegen Zauberei und Mordes, wenn Aleke den *Büttel* richtig verstanden hatte. Beides Verbrechen, die mit dem Tode gesühnt wurden. Einem schmerzvollen und gewaltsamen Tode. »Mein Eid verlangt von mir, kranken Menschen zu helfen, auch wenn es gefährlich ist.«

»Kersten hat es Euch nicht gut gedankt«, erwiderte Aleke voller Bitterkeit. Sie war froh, dass Righert van Anhald mit ihrem Halbbruder sprach. Ihr wäre es nicht möglich gewesen, Kersten freundlich gegenüberzutreten, obwohl sie verstehen konnte, dass er unter der Folter zusammengebrochen war. Und dennoch – wie hatte er es wagen können, die Frau anzuschwärzen, die ihm so selbstlos beigestanden hatte? »Ich begreife nicht, warum er das getan hat.«

»Schmerz bewirkt sehr viel. Euer Bruder ist kein starker Mann.«

»Ich weiß, aber ...« Je länger sie darüber nachgrübelte, desto mehr erschien es Aleke, als gebe es da etwas, was sie übersah, obwohl es deutlich vor ihr stand. »Ich kann es nicht verstehen, warum er Euch überhaupt anschwärzte. Er hatte bereits zugegeben, Ceffeken Horneborch getötet zu haben ...«

»Ihr meint, dass jemand nach mir gefragt haben muss?« Rina von Bremhen hob erschrocken eine Hand zum Herzen. »Dass es eine Verschwörung gegen mich gibt? Oh, nein. Ysake. Bitte sagt ihm, dass er fliehen soll. Er muss sein Leben retten.«

»Ich werde es ihm sagen, aber …«

»Ja. Ich weiß. Er wird bleiben, so, wie ich bleiben würde, wäre er eingesperrt.«

»Behandeln sie Euch gut?« Aleke hatte schlimme Dinge gehört, die Frauen im Kerker geschehen konnten.

»Sie fürchten mich, weil ich zaubern kann. Jedenfalls glauben die *Büttel* das.« Rina von Bremhen lächelte. »Und sie nehmen Ysakes Geld gerne.«

»Ich habe Euch Essen und Wein mitgebracht.« Aleke deutete auf den Korb. »Ich hoffe, Ihr dürft das essen und trinken?«

»Die Kuchen darf ich zu mir nehmen, den Wein leider nicht«, antwortete die Medica, nachdem sie einen Blick in den Korb geworfen hatte. »Er ist nicht koscher.«

Obwohl Aleke gern mehr darüber erfahren hätte, was dieses »koscher sein« bedeutete, drängte es sie nun, ihren Halbbruder zu fragen, ob er bei der letzten Befragung direkt auf Rina von Bremhen angesprochen worden war.

»Ich muss gehen, aber ich komme wieder.« Aleke hob die Hände, hilflos, weil es nicht in ihrer Macht stand, die *Medica* zu retten. »Ich werde alles versuchen, Euch von der Anklage zu befreien, aber ich kann nichts versprechen …«

»Macht Euch keine Vorwürfe.« Rina von Bremhen trat auf Aleke zu und griff nach deren Händen. »Ihr seid ebenso ein Opfer wie ich. Versucht, hinter das Offensichtliche zu sehen, bevor Ihr handelt.«

»Ich danke Euch.« Die Worte der *Medica* hatten Alekes Herz schwerer werden lassen, weil die Großzügigkeit der

Frau so weitreichend war, wie es Aleke nie möglich gewesen wäre.

»Wartet.« Rina von Bremhen griff in den Korb und gab Aleke ein Küchlein. »Gebt das dem Jungen. Er sieht hungrig aus.«

»Danke«, antwortete Aleke, erneut überrascht von der Großherzigkeit der *Medica.* Vor Rührung kämpfte sie gegen Tränen an, als sie gegen die Tür des Kerkers schlug, damit der Gehilfe des *Büttels* sie hinausließ.

»Führ mich zu Kersten van dem Broke«, sagte sie dem Jungen, der vor der Tür auf sie gewartet hatte. »Hier, für dich.«

Erstaunt sah er sie an, bevor er flink wie eine Katze nach dem Kuchen griff.

»Danke«, flüsterte er, so leise, dass Aleke ihn kaum verstand. Hungrig schlang er das Plätzchen in sich hinein, während er vor Aleke durch die Gänge eilte.

Bei ihrem nächsten Besuch würde sie dem Knaben auch etwas zu essen bringen, schwor sich Aleke, während sie ihm folgte. Falls Ylsebe von Ghotinghe bereit wäre, ihr noch etwas zu geben.

»Einen Augenblick, bitte«, sagte sie, als der Junge die Tür des Kerkers öffnen wollte, in dem ihr Halbbruder eingesperrt war. Sie musste sich erst fassen, bevor sie Kersten gegenübertreten könnte.

»Ihm geht es nicht gut«, wisperte der Junge, wieder so leise, dass Aleke sich zu ihm beugen musste, um ihn verstehen zu können. »Der Henker. Er hat ihm Schlimmes angetan.«

Scham stieg in Aleke auf. Scham, weil sie es ihrem Halbbruder zum Vorwurf machte, Rina von Bremhen angeklagt zu haben, ohne dass sie sich überlegt hatte, welche Qualen Kersten wohl erlitten haben musste, um alles zu gestehen und die *Medica* zu verraten. Prüfend schaute sie in ihren Korb. Ja, sie hatte Kräuter dabei, die Schmerzen lindern konnten.

»Ihr erinnert Euch immer noch an nichts?«, hörte sie Righert van Anhalds Stimme, als der Gehilfe des *Büttels* die Kerkertür öffnete. »Warum habt Ihr dann gestanden?«

»Weil ich Blut an der Kleidung hatte, weil mein Leben ohne Ceffeken nicht lebenswert ist, weil ich feige bin.« Kerstens Stimme klang flach und gepresst, als litte er unter Schmerzen. »Ich … ich hätte alles zugegeben, was sie mich fragten, nur damit die Qualen und Schmerzen enden.«

»Kersten«, sagte Aleke sanft, als sie an ihn herantrat. Erstaunt sah Righert van Anhald zu ihr auf. »Ich habe hier etwas, das die Schmerzen lindern kann. Ein wenig.«

»Danke.« Vorsichtig nahm er die Ampulle aus ihrer Hand. Die Schienen und der Verband, den Rina von Bremhen gemacht hatte, waren nicht mehr da. Stattdessen war erneut ein schmuddeliger Fetzen um Kersten van dem Brokes Hand gewickelt, ein Lumpen, in den Blut gesickert war. »Bitte sagt der *Medica*, es tut mir leid. Ich … wollte sie nicht …«

Er schwieg und ließ den Kopf hängen, seine Stimme hatte geklungen, als wäre er den Tränen nahe.

»Sie ist dir nicht böse«, sagte Aleke sehr sanft, weil sie

fürchtete, dass jedes harsche Wort ihren Halbbruder zerbrechen würde. »Aber … warum hast du sie angeklagt?«

»Der Scharfrichter …« Kersten schauderte. Er sah zu Boden, als würde die Scham ihn niederdrücken. »Er hat mich nach ihr gefragt.«

Aleke bemerkte, dass Righert van Anhald etwas sagen wollte, doch mit einer Geste bat sie ihn zu schweigen. Sie musste vorsichtig fragen, um Kersten nicht zu erschrecken, um ihm nicht Worte in den Mund zu legen, so wie es wohl bei der *peinlichen Befragung* geschehen war. Ihr glitt ein kalter Schauder über den Rücken, wenn sie nur daran dachte, wie der arme Kersten dem *Angstmann* gegenübergetreten war.

»Was hat er gefragt?« Aleke konnte es kaum glauben, dass Rina von Bremhen mit ihrem Verdacht recht behalten sollte. Wer nur konnte ein Interesse daran haben, die *Medica* einkerkern zu lassen? »Bitte, erinnere dich.«

Kersten schüttelte sich, sichtlich gefangen in schrecklichen Erinnerungen, aber ebenso sichtlich bemühte er sich, Alekes Frage zu beantworten. So viel Schmerz lag auf seinem Gesicht, dass Aleke ihren Zorn vergaß und nur noch Mitgefühl mit ihm empfand. Für einen armen Jungen, der genau wie sie nur ein Spielball in einem Spiel war, dessen Regeln ihnen niemand verraten hatte.

»Er fragte, ob die Jüdin mich verzaubert hätte.« Kerstens Stimme drohte zu brechen, so dass Aleke ihm den Wein reichte, der sicher beruhigend wirken würde. »Ob sie mir eingeflüstert hätte, Ceffeken zu morden. In einem Ritual ihres Volkes.«

Aleke und Righert van Anhald wechselten über Kersten

hinweg einen Blick, der Erstaunen, aber auch Zorn beinhaltete. Nun war es eindeutig bewiesen. Es gab jemanden, der im Hintergrund die Strippen zog und dafür gesorgt hatte, dass Rina von Bremhen angeklagt wurde. Aber warum nur? Wusste die *Medica* möglicherweise etwas, das Alekes Gegenspieler gefährlich werden konnte? Nein, es musste einen anderen Grund geben.

»Hattest du denn Rina von Bremhen schon zuvor gesehen?«, fragte Aleke, die sich beileibe nicht erklären konnte, wer die *Medica* und ihren Bruder gemeinsam anklagen wollte. »Kannte sie Ceffeken?«

»Nein.« Kersten seufzte. Er kämpfte sichtlich gegen Tränen an. »Als sie mich heilte, habe ich sie das erste Mal getroffen. Die Juden, sie … sie bleiben doch meist für sich. Aber ich … ich habe alles gesagt, was der Henker hören wollte. Es hat so weh getan.«

Sosehr er sich auch zu bemühen schien, Kersten hatte jeglicher Mut verlassen, und er begann zu schluchzen. Wieder wechselten Aleke und Righert van Anhald einen Blick. Righert van Anhald antwortete ihrer stummen Frage mit einem Heben der Hände, als wüsste er auch nicht, was zu tun wäre. Aleke sprang über ihren Schatten und nahm ihren Halbbruder in die Arme, flüsterte leise Trostworte und strich ihm sanft über den Rücken, bis die Schluchzer leiser wurden. Dann rückte Kersten ein wenig von ihr ab, als schämte er sich seiner Schwäche.

»Weißt du, wann sie mich richten wollen?« Aus weitaufgerissenen Augen starrte ihr Bruder Aleke an. »Kannst du mir etwas geben, damit ich den Schmerz nicht spüre, wenn sie mich aufs Rad binden?«

Aleke konnte nur nicken, zu grausam war die Vorstellung, dass dieser arme Junge einen derart entsetzlichen Tod sterben sollte. Der Junge, von dessen Unschuld sie nun überzeugt war. Aber es würde nicht reichen, dass sie ihm glaubte. Sie musste Fürsprecher finden und Beweise, die Kerstens Schuldlosigkeit zeigten. Nein, besser noch, sie musste die wahren Täter finden, damit Rina von Bremhen und Kersten van dem Broke ihr Leben behielten und ihre Freiheit gewannen.

»Ich weiß es nicht, wann das Hohe Gericht über dich entscheiden wird.« Aleke wünschte sich, sie hätte ihrem Halbbruder etwas Hoffnungsvolleres sagen können. »Aber ich werde nicht aufgeben, dich zu retten.«

»Wofür? Ceffeken ist tot, mein Vater besucht mich nicht mehr …« Kersten ließ sich zu Boden sinken und verbarg den Kopf in den Armen. »Wenn nicht einmal die Familie an mich glaubt …«

»Dein Vater … er ist im Rat sehr eingespannt. Wegen der Verhandlungen mit Magdeburg.« Selbst in Alekes Ohren klangen ihre Worte wie eine Ausrede, was sie ja auch waren. Warum nur besuchte Acchem van dem Broke seinen Sohn nicht? Ihr gemeinsamer Vater musste doch wissen, dass die Braunschweiger sein Fernbleiben als Zeichen der Schuld seines Sohnes sehen würden. »Deine Mutter – sie kommt doch?«

»Ja. Aber eine Mutter liebt ihr Kind auch dann, wenn es ein Mörder ist.« Bitter klang Kersten van dem Broke. Bitter und enttäuscht.

»Lasst uns gehen«, sagte Righert van Anhald leise. Er berührte Alekes Schulter. »Uns bleibt nicht viel Zeit.«

»Gib die Hoffnung nicht auf. Bitte.« Ihr Bruder hielt weiter seinen Kopf verborgen, so dass Aleke ihm nicht in die Augen sehen konnte. »Ich werde dich so bald wie möglich wieder besuchen.«

»Das habe ich nicht verdient«, flüsterte Kersten. »Warum hilfst du mir?«

»Weil …« Zum ersten Mal sprach Aleke aus, was sie schon lange dachte. »Weil wir eine Familie sind, auch wenn wir uns kaum kennen.«

»Eine Familie?« Kersten lachte. Hohl und harsch. »Wir haben einen Vater, der uns beide im Stich ließ. Das verbindet uns, sonst nichts. Du bist mir zu nichts verpflichtet.«

»Ich weiß.« Aleke stand auf, um gemeinsam mit Righert van Anhald den Kerker zu verlassen. »Aber ich will dir helfen. Deinetwegen. Nicht für unseren Vater.«

Kerstens Dank kam so leise, dass man ihn für einen Hauch halten konnte.

»Eine Familie?«, fragte Righert van Anhald, nachdem Aleke und er das Rathaus verlassen hatten und frei durchatmen konnten. »Seht Ihr Euch wirklich als Teil der Familie van dem Broke?«

»Ich war immer ein Teil der Familie, sosehr alle das leugnen wollten.« Aleke zuckte mit den Schultern. »Wäre ich nicht Acchem van dem Brokes Kind, dürfte ich niemals im Konvent leben. Aber wenn Eure Frage wissen will, wie wichtig mir die Familie ist …«

»Ja?« Righert van Anhald schaute sie fragend an, weil Aleke schwieg, in Gedanken versunken. »Wie lautet Eure Antwort?«

»Ich dachte immer, mein Leben wäre ein besseres, wenn Acchem van dem Broke mich als seine Tochter anerkannte, aber nun …« Wieder hob sie die Schultern. Ihr fiel es schwer, die Gedanken, die durcheinanderliefen, in Worte zu fassen. »Ich bin, wer ich bin. Die Tochter Herrade Ledinkhusens, einer wunderbaren Frau.«

»Aber Ihr habt dem Jungen etwas anderes gesagt?«

»Kersten hat kaum noch Hoffnung. Da musste ich eine barmherzige Lüge finden.«

»Er ist ein Junge. Nicht stark genug, um gegen die Schmerzen zu bestehen.« Mit zwei Fingern rieb sich Righert van Anhald die Stirn. »Was sagt die *Medica*?«

»Sie ahnte, dass jemand Kersten anstiftete, sie zu verraten, aber sie weiß auch nicht, wer.«

»Das weiß nur einer.« Righert van Anhald schauderte, obwohl die Frühlingssonne wärmend über der Stadt lag.

Auch Aleke lief es kalt den Rücken herunter.

»Wir müssen …« Aleke schluckte. Ihr grauste bei dem Gedanken, dass sie den Scharfrichter treffen sollte, aber der *Meister Ungenannt* war der Einzige, der Licht in das Dunkel bringen konnte, wenn er es denn wollte. Also sprach sie aus, was zu tun war, auch wenn sie sich gruselte. »Wir müssen mit dem Henker reden. Von ihm erfahren, warum er nach der *Medica* fragte.«

»Lasst mich das tun.« Righert van Anhald lächelte. »Es schickt sich nicht für Euch, mit ihm zu sprechen.«

KAPITEL 24

Gerwen!« Hinrek stieß die Tür zu Gerwen Krameres' *Dornse* auf. Sein Atem ging schwer, weil er so schnell gelaufen war, um den anderen endlich sprechen zu können, um gemeinsam mit ihm planen zu können, wie sie der neuesten Entwicklung Herr werden könnten. »Gerwen! Wir müssen reden.«

Der Krameres schaute von seinem Buch auf, in das er im flackernden Licht einer Kerze Zahlenreihen schrieb. Obwohl helllichter Tag war, war der Raum dunkel wie die Nacht, da Gerwen Krameres alle Fensterläden geschlossen hielt, als wollte er nicht, dass jemand von der Straße in sein Reich hineinspähen könnte, als hätte er Geheimnisse zu verbergen, die das Licht scheuten. Mit einer Geste der linken Hand bedeutete Gerwen Krameres seinem Gesellen, einem Jungen, der an einem schmalen Holztisch saß, auch er über ein Buch gebeugt, zu verschwinden. Mit gesenktem Kopf huschte der Geselle aus dem Raum, sichtlich froh, seinem Herrn zu entkommen.

»Auch dir einen guten Tag, Hinrek«, spottete Gerwen Krameres. Gemächlich legte er die Feder zur Seite und schob das Buch von sich. »Was hat dich so in Aufregung versetzt, dass du nicht einmal die Höflichkeit wahrst?«

»Wenn du wüsstest, was ich weiß, würdest du ebenfalls aufgebracht sein«, antwortete Hinrek, verärgert durch die

Sorglosigkeit, mit der sein Kumpan das Leben betrachtete. Eine Sorglosigkeit, deren Folgen sie nun zu spüren bekamen. »Wo warst du? Ich habe dich schon mehrfach aufgesucht.«

»Ich hatte Geschäfte in Helmstedt zu erledigen. Nun, sprich, was ist geschehen?«

»Der Mann, der sich Righert van Anhald nennt …«, stieß Hinrek hervor. »Es ist der Sohn vom Wagheman. Er hat meinen Bruder besucht. Durch Zufall kam ich hinzu und habe alles erfahren.«

»Das ist alles?« Gerwen Krameres zuckte mit den Schultern. »Damit erzählst du mir nichts Neues.«

»Du wusstest es?« Hinrek konnte es kaum glauben. »Du hast es mir nicht gesagt.«

»Weil es dich nur aufregen würde. War das alles?« Gerwen Krameres zog das Buch wieder an sich heran und nahm die Feder in die Hand. »Gehab dich wohl.«

»Nein!« Wie ein erbostes Kind stampfte Hinrek mit dem Fuß auf. So einfach konnte der andere ihn doch nicht abspeisen, nicht nachdem die Vergangenheit ihr hässliches Haupt erhoben hatte. »Was wollen wir nun tun?«

»Was du tust, weiß ich nicht. *Ich* muss mein Rechnungsbuch führen.«

»Gerwen! Der Sohn von Wagheman wird sich rächen wollen. Er wird keine Ruhe geben.« Hinrek musste schlucken, weil seine Kehle sich so ausgedörrt anfühlte, als hätte er des Nachts zuvor wieder einmal zu viel Wein geschluckt. Nicht einmal etwas zu trinken hatte Gerwen Krameres ihm angeboten. »Er und Aleke Ledinkhusen können uns auf die Spur kommen.«

»Das ist deine Schuld.« Gerwen Krameres sprang auf, um mit großen Schritten auf Hinrek zuzukommen. Als er ihn erreicht hatte, packte er Hinrek am Schlafittchen und schob ihn durch den Raum, sosehr Hinrek sich auch wehrte, bis sie an der Wand standen. Gerwen Krameres presste seine Faust so hart an Hinreks Kehle, dass dieser kaum noch Luft bekam. »Wärst du nicht so feige …«

Mit beiden Händen zerrte Hinrek an Gerwen Krameres' Händen, um wieder Luft zu bekommen. Endlich ließ der andere ihn frei. Mühsam rang Hinrek nach Atem, bis er endlich sprechen konnte.

»Du hast mir nicht gesagt, dass ich sie töten sollte. Ich sollte Aleke Ledinkhusen nur überfallen. Sollte ihr Angst einjagen.«

»Sehr erfolgreich bist du nicht gewesen«, sagte Gerwen Krameres abfällig. Auf seinem Gesicht konnte Hinrek derart viel Abscheu lesen, dass er seinem Gegenüber gern das Grinsen aus dem Gesicht geschlagen hätte, aber er wagte es nicht. »Wenn ich nicht alles selbst erledige.«

»Ich sollte sie erschrecken. Mehr nicht«, verteidigte sich Hinrek, wohl wissend, dass er Aleke Ledinkhusen niemals hätte töten können. Nicht sie, nicht Herrades Tochter. Nicht … nein, er wollte nicht weiter darüber nachdenken. Jetzt galt es, eine Lösung für das Problem Righert van Anhald zu finden. »Das Mädchen ist neugierig, aber nicht sehr klug. Sie wird unsere Pläne nicht gefährden.«

»Überlass mir die Entscheidung, wer gefährlich ist und wer nicht.«

»Was wollen wir wegen Righert van Anhald unternehmen?«, beharrte Hinrek. In den vergangenen Tagen hatte er sich einen Schrecken nach dem nächsten ausgemalt, hatte bei jedem Klopfen erwartet, dass es der *Büttel* wäre, der ihn in den Kerker bringen wollte. Gerwen Krameres musste doch begreifen, was für eine Gefahr der Sohn von Olric Wagheman für sie beide und ihre Pläne darstellte. »Der steckt seine Nase in Angelegenheiten, die ihn nichts angehen.«

»Ja. Und er hat mit Hanses Oldehof und Widekint von Goslere gesprochen.«

»Aber Widekint von Goslere hasst dich.«

»Ja, aber er liebt das Bier mehr, als er mich hasst.« Gerwen Krameres begleitete seine Worte mit einem zynischen Grinsen, das erneut Wut in Hinrek anfachte. Was bildete sich der andere nur ein, dass er jeden Menschen benutzte und manipulierte? »Nach drei Krügen Bier hat er mir alles erzählt, was der van Anhald ihn gefragt und ihm gesagt hatte.«

»Und?«

»Ja. Er will Rache. Was denkst du denn?«

Hinrek musste erneut schlucken. Der Wunsch nach einem guten Roten wurde schier übermächtig, aber das letzte bisschen Stolz, das ihm geblieben war, hinderte ihn daran, Gerwen Krameres darum zu bitten. Mit der Zungenspitze benetzte er die trockenen Lippen.

»Was wollen wir dagegen unternehmen?« Seine Hände zitterten wie Espenlaub. »Wir müssen Righert van Anhald aufhalten.«

»Ich war bei ihm, habe mit ihm gesprochen, aber er wollte nicht aufgeben.«

»Bist du wahnsinnig? So machst du ihn auf uns aufmerksam.«

»Er weiß von uns.« Gerwen Krameres lachte. »Aber er hält deinen Bruder für den Schuldigen, was uns nur recht sein kann. Von dir hält er anscheinend wenig.«

»Es ist nur eine Frage der Zeit«, flüsterte Hinrek, der das Gefühl hatte, dass sich die Schritte des *Büttels* bereits näherten. »Dann wird er es erfahren.«

»Righert van Anhald wird bald keine Zeit mehr haben, sich um die Vergangenheit zu kümmern.« Wieder lachte Gerwen Krameres. Ein Geräusch, das Hinreks Nackenhaare sträubte und ihn sich wieder fragen ließ, warum er sich nur mit Haut und Haaren diesem Manne verschrieben hatte. Ob es wohl Zauberei gewesen war? »Dafür habe ich gesorgt. So, wie ich mich um Aleke Ledinkhusen gekümmert habe.«

Eisig schoss der Schrecken in Hinreks Glieder. Was hatte Gerwen Krameres dem Mädchen angetan? Auch wenn er in den vergangenen Jahren nur selten an Herrade Ledinkhusen und deren Tochter gedacht hatte, so spürte er doch immer noch so etwas wie Verantwortung für deren Schicksal, auch wenn er dies selten zeigte. Genau dieser Hauch von Verantwortung trug Schuld daran, dass Hinrek sich sofort bereit erklärt hatte, Aleke Ledinkhusen zu überfallen, um das Mädchen davon abzuhalten, weiter Fragen zu stellen. Doch das und vor allem den Grund für sein Zögern würde er Gerwen Krameres niemals gestehen.

»Was hast du schon wieder getan? Deine Pläne ziehen uns nur immer tiefer in den Morast. Bis wir darin versinken werden.« Der Anflug von Sorge um Aleke Ledinkhusen ließ Hinrek seine Furcht vor Gerwen Krameres einen Augenblick lang vergessen. »Du kannst nicht jeden vernichten, der dir im Weg steht.«

»Wer sagt das?« Bei jedem anderen hätte Hinrek über diese Frage lachend den Kopf geschüttelt, doch bei Gerwen Krameres fürchtete er, dass dieser jedes Wort bitterernst meinte. Seit jener verhängnisvollen Nacht, die Hinrek an Gerwen Krameres gebunden hatte, hatte er mehr und mehr lernen müssen, dass er sich einem Teufel verschrieben hatte. Einem Mann, der sich nicht vor der Hölle fürchtete und bereit war, alle Mittel einzusetzen, um sein Ziel zu erreichen. »Aber sorge dich nicht. Ich werde die Kleine, an der dir so viel liegt, nicht töten.«

Hinrek zuckte erschrocken zusammen. Woher wusste der Krameres das nur? Wie war es dem Mann nur möglich, Schwächen zu erkennen, sosehr Hinrek diese auch zu verbergen trachtete? Je länger er Gerwen Krameres kannte, desto mehr wünschte er sich, er hätte sich damals anders entschieden, wäre nicht feige vor den Konsequenzen seines Handelns zurückgeschreckt und hätte sich damit nicht in die Hände des Krameres begeben. Doch zu spät. Mit seiner Entscheidung war Hinrek den ersten Schritt auf den Pfad der Verdammnis gegangen, den er nun bis zum bitteren Ende beschreiten musste.

»Ich habe Aleke Ledinkhusen etwas gegeben, das sie beschäftigt, so dass sie unsere Pläne nicht weiter stören wird.«

»Was hast du getan?«

»Das Mädchen dort gepackt, wo es zu fassen ist.« Gerwen Krameres genoss es sichtlich, Hinrek im Unklaren zu lassen. »Ich habe dem Henker gesagt, dass er deinen Neffen nach der Jüdin fragen soll.«

»Warum?« Manchmal fürchtete Hinrek, dass der andere komplett verrückt war, dass Gerwen Krameres es schaffte, seinen Wahnsinn und seine Gier unter einer dünnen Tünche eines ehrbaren Händlers vor den Augen der Welt und der Braunschweiger zu verbergen, dass es jedoch immer mehr Risse in der Fassade gab, so dass es nur eine Frage der Zeit wäre, bis der wahre Gerwen Krameres sich zeigte. Und davor fürchtete sich Hinrek, mehr, als er sich vor dem Kerker und dem Rad fürchtete.

»Weil Aleke Ledinkhusen sich verantwortlich fühlen wird. Das wird sie dazu treiben, alles zu unternehmen, um der Jüdin zu helfen.« Gerwen Krameres lächelte, aber seine Augen blieben kalt wie die Oker im Winter. »Deinen Neffen wird sie darüber vergessen.«

»Sei dir nicht so sicher. Das Mädchen wird alles tun, um meinem Bruder zu gefallen.« Auch wenn Hinrek die Menschen nicht so gut verstand wie Gerwen Krameres, so war es doch nicht schwer, zu erkennen, was Aleke Ledinkhusen antrieb. Wenn sie die Wahrheit kennen würde … »Und vergiss Righert van Anhald nicht.«

»Um den habe ich mich gekümmert.« Gerwen Krameres scheuchte Hinrek mit einer Geste der rechten Hand hinaus, als wollte er eine lästige Fliege verjagen. »Und nun geh. Ich habe zu arbeiten.«

So gern Hinrek die Unhöflichkeit entsprechend erwidert hätte, blieb er doch nach außen hin ruhig und ging, immerhin ohne einen Abschiedsgruß. Als er aus der Tür auf den Steinweg vor dem Haus trat, fiel ihm die Anspannung wie eine Last von den Schultern. Bei jedem Gespräch, das er mit Gerwen Krameres führte, fühlte er sich, als tanzte er auf dünnem Eis, so, wie es die Oker in kalten Wintern bedeckte. Eis, das unter jedem Schritt knirschte und das trügerische Versprechen barg, dass es einen tragen würde. Ein Versprechen, das nur bis zu dem Augenblick galt, in dem es unter den tastenden Füßen barst. Unschlüssig blieb Hinrek stehen, überlegte, wohin er seine Schritte wenden sollte.

In die Einsamkeit seines Hauses wollte er nicht zurückkehren, fürchtete er doch, dass er dann seinen Gedanken erliegen würde, dass er wieder und wieder das Gespräch mit Gerwen Krameres durchspielen würde, bis die Panik ihn zu überwältigen drohte.

Vielleicht sollte ich in die Petrikirche gehen und dem Marienbild oder der Veronica etwas opfern, um mir einen Ablass zu verschaffen, überlegte Hinrek für einen Augenblick. *Vielleicht gibt es doch noch Hoffnung, wenn ich nur genügend gebe.* Vielleicht würde es helfen, ihn befreien, wenn er nach langen Jahren endlich eine offene und ehrliche Beichte ablegte, alle seine Verfehlungen eingestünde und die Buße akzeptierte. Dann lachte er. Für das, was er inzwischen auf dem Kerbholz hatte, würde keine noch so große Gabe reichen, ihn aus dem Höllenfeuer zu befreien. Selbst wenn er sich einen Ablass kaufte, so blieb ihm das Himmelreich verschlossen. Für Hinrek gab es nur die Verdammnis. Er stieß ein Lachen aus, so hohl, dass es ihm den erstaunten Blick einer Magd einbrachte, die mit einem Weidenkorb voller Eier an ihm vorbeieilte.

»Glotz nicht so dumm«, schrie er der Magd hinterher und freute sich daran, dass diese ängstlich zusammenzuckte. Zu sich selbst sagte Hinrek: »Wenn ich der Verdammnis anheimfallen werde, dann kann ich mein Leben auf Erden genießen.«

Wie von selbst trugen ihn seine Füße in Richtung des Gasthauses, in dem er gerne und oft gesehen war. Der Wirt hatte einen Raum für die Dobbelspieler eingerichtet, für die, die sich nicht an die Verordnung des Stadtrates halten wollten, die vorgab, dass man nicht mehr als fünf Schilling gewinnen oder verlieren durfte. Wieder stieß Hinrek sein hohles Lachen aus. Hätten sich alle an das Gesetz gehalten, hätte er keine Schwierigkeiten. Aber heute, da war er gewiss, heute würde sein Geschick sich wenden. Heute würde er endlich wieder gewinnen. Er konnte nur hoffen, dass keiner seiner Gläubiger dort war. Aber selbst wenn, noch war sein Name gut genug für weitere Kredite.

KAPITEL 25

Du?« Calf starrte Righert ungläubig an. Der Freund aus Kindertagen hatte sich kaum verändert. Noch immer hoch aufgeschossen mit Schultern wie ein Bär, noch immer mit strubbeligen braunen Haaren und Augen, in denen der Schalk blitzte. Jetzt allerdings waren die Augen vor Erstaunen weit aufgerissen. »Aber wie kann das sein? Ich dachte, du seist tot.«

»Auch dir einen guten Tag«, antwortete Righert spöttisch und genoss die Verwunderung, die sich auf dem Gesicht seines Freundes abzeichnete. »Hast du Zeit für mich?«

»Was meinst du denn?« Calf warf den Lappen zur Seite, mit dem er den Holztisch abgewischt hatte. Er breitete die Arme aus, schloss Righert ein und hob ihn hoch, als würde er nichts wiegen. »Das müssen wir feiern. Mein Freund Drews ist zurück. Roten oder Weißen?«

»Roten«, antwortete Righert, nachdem er sich aus der Umarmung befreit hatte. »Ich heiße nicht mehr Drews, sondern Righert.«

»Warum? Und wie konntest du dem Feuer entkommen?« Mit der rechten Hand deutete Calf nach links. »Setz dich dahin. Ich hole Brot und Wein.«

Nachdem sein Freund mit einem Krug, zwei Bechern und dick mit Käse belegten Brotscheiben zurückgekehrt war, mit vielen Worten seinem Erstaunen über Righerts Rückkehr Ausdruck gegeben hatte, erzählte ihm Righert in wenigen Worten, was ihm in den letzten Jahren geschehen war, bevor er Calf die Frage stellte, die ihm schon so lange unter den Nägeln brannte.

»Warum bist du in jener Nacht nicht zur Oker gekommen?«

»Mein Vater hat mich nicht gehen lassen.« Mit dem Kopf deutete Calf auf den kräftigen Mann mit grauen Haaren, der sie argwöhnisch musterte, während er ein Bierfass durch den Schankraum rollte. »Es waren zu viele Gäste, so dass jede Hand gebraucht wurde. Ich hatte so ein schlechtes Gewissen …«

»Wäre ich nicht auf Schatzjagd gewesen, wäre ich tot wie meine Familie.« Noch immer schmerzte der Gedanke an die entsetzliche Nacht. Konnte er Calf die Wahrheit sagen? Konnte er dem Mann neben ihm vertrauen? »Ich suche den, der damals das Feuer legte.«

Calf erbleichte. Suchend schaute er sich um, als fürchtete er Lauscher, die sie verraten konnten. Seine Finger schlangen sich ineinander, als wollte er beten und so um Vergebung bitten. Endlich schaute Calf auf.

»Ich habe damals etwas gehört …« Der Gastwirtssohn schüttelte sich. »Aber nie gewagt, es jemandem zu erzählen.«

»Was?« Righert ballte die Hände zu Fäusten, atmete flach, weil er fürchtete, sonst seinem Zorn nachzugeben. »Was hast du gehört? Sag es.«

Calf zuckte zurück. »Hier im Schankraum sprachen sie immer wieder von dem Schatz, der bei euch zu finden sei.

Ein Schatz, den dein Vater nicht verdient hätte, der ihnen viel besser zu Gesichte stünde …«

Calf schwieg, als wollte er sich genau erinnern, als wollte er im Geist zurück zu jener Nacht reisen.

»Wer?« Righert fletschte die Zähne. »War es der van dem Broke?«

»Woher weißt du?« Calf, der nie schnell im Denken gewesen war, glotzte Righert überrascht an. »Mit wem hast du geredet?«

»Mit diesem und jenem.« Righert sprang auf. Nun, da er seinen Verdacht bestätigt bekommen hatte, hielt ihn nichts mehr. »Wer war der zweite? Der Krameres?«

»Ja.« Calf nickte. »Der Gerwen und der Hinrek, die steckten ja immer zusammen.«

»Hinrek?« Schwer ließ sich Righert wieder auf die Bank fallen. »Hinrek?«

Wie hatte er das nur übersehen können? Hatte sein Hass auf Acchem van dem Broke ihn so blind werden lassen, dass er den naheliegenden Täter aus den Augen verloren hatte? Nein, das konnte nicht sein. Hinrek van dem Broke war niemand, der allein so einen perfiden Plan fasste. Und der Krameres – auch der kam Righert nicht vor wie ein Denker, sondern eher wie einer, der tat, was man ihm sagte. Wie man es auch drehte und wendete, alles wies immer darauf hin, dass es einen Strategen gab, der für den Brand verantwortlich zeigte.

Aber sollte Acchem van dem Broke auch in den Mord an Ceffeken Horneborch verwickelt sein? Wäre der Händler wirklich so skrupellos, dass er seinen eigenen Sohn dem Henker überantwortete?

Righert wollte das nicht glauben, doch da fiel ihm ein, dass Kersten van dem Broke geklagt hatte, dass sein Vater ihn nicht besuchte. Sollte das ein Zeichen sein, dass Achem van dem Broke schuldig war?

»Ich danke dir«, sagte Righert, nachdem er sich gefasst hatte. »Nun muss ich mich sputen, aber ich komme wieder und wir …«

»Schon gut.« Calf lächelte das breite Grinsen, das Righert nur zu gut erinnerte. »Sei vorsichtig, in der Stadt kocht es.«

In Grübeln versunken, begab sich Righert auf den Weg zu seinem Haus. Sosehr er der neuen Spur auch nachzugehen wünschte, erst wollte er gemeinsam mit Lucke zu Mittag essen, um seiner Schwester die Gewissheit zu vermitteln, dass er nun für immer für sie da wäre und sie nicht mehr verlassen würde, bevor er mit dem Scharfrichter sprach. Der Gedanke, dem *Meister Ungenannt* gegenüberzutreten, ließ Righert schaudern. Wenn selbst er sich vor dem Henker fürchtete, wie musste erst Kersten van dem Broke gelitten haben, der auf Righert so jung und naiv wirkte. Righert spürte einen Stich des schlechten Gewissens, als er sich bewusst machte, dass auch er zu den Leiden des Kersten van dem Broke beitragen würde, sollte er seinen Racheplänen folgen. Möglicherweise würde es Aleke Ledinkhusen und ihm gelingen, die Unschuld des Jungen zu beweisen, aber bald danach würde Kersten van dem Broke der nächste Schicksalsschlag erwarten, wenn er erfahren müsste, dass sein Vater und sein Onkel mörderische Brandstifter waren.

»Immer müssen Unschuldige leiden, wenn die Schuldigen ihre gerechte Strafe erhalten«, murmelte Righert, während er sich beeilte, noch vor dem Mittagsläuten nach Hause zu gelangen. Die Blicke, die ihm einige Braunschweiger zuwarfen, weil er mit sich selbst sprach, tat er mit einer Handbewegung ab. Zu wichtig war es ihm, seine Gedanken in Worte zu fassen, damit sie ihm nicht weiter entglitten. »Aber was kann Acchem van dem Broke daran gelegen sein, die *Medica* und seinen Sohn anzuschuldigen?«

Zu schade, dass er nicht mit Aleke Ledinkhusen über seinen Verdacht sprechen konnte, dass die Brüder van dem Broke gemeinsam ihre Finger in dem Verbrechen hatten. Ihre Gedanken trugen oft dazu bei, dass er seine Gedanken schärfer formulierte und schneller zu einer Lösung kam. Ach, was redete er sich da ein. Es war nicht nur, dass er den Gedankenaustausch mit ihr schätzte. Trotz ihrer manchmal harschen Art und ihres Misstrauens, das dazu geführt hatte, dass sie ihn nicht wiedersehen wollte, hatte Righert Aleke schätzen gelernt. Mehr sogar, er liebte sie. Schon damals, als sie noch Kinder waren, hatte er sie für ihren Mut bewundert. Für ihre Stärke, sich gegen das Unrecht zur Wehr zu setzen. Damals hatte er gefürchtet, dass Aleke irgendwann verbittern würde, vom Leben geschlagen, doch sie war sich selbst treu geblieben. Eine mutige Frau, bereit, sich für das einzusetzen, was sie für richtig erachtete, auch wenn es nicht den Konventionen entsprach und Ärger für sie einbrachte. Je mehr Zeit er mit ihr verbracht hatte, desto mehr hatte er sich danach gesehnt, noch mehr Zeit mit ihr zu verbringen, hatte Ausreden und Vorwände gesucht und gefunden, um sie aufzusuchen.

Mit ihrer gradlinigen Art hatte Aleke erst seinen Respekt errungen und sich dann langsam in sein Herz geschlichen, so dass es Righert schwerfiel, seine Gedanken von ihr zurück zu seiner Rache zu lenken. Er könnte sich ein Leben mit ihr vorstellen, ein glückliches, ein erfülltes Leben. Und hätte sie sich nicht in den Kopf gesetzt, dass er sie belogen hatte und weiter belügen würde, dann …

Ach, was machte er sich da vor? Selbst wenn Aleke Ledinkhusen ihm verzeihen könnte, dass er ihr nicht die Wahrheit gesagt hatte, würde sie ihm niemals vergeben, wenn er ihren Vater vor den Scharfrichter brächte, dort, wo ein Brandstifter und Mörder hingehörte. Oder konnte er darauf vertrauen, dass ihr die Wahrheit mehr bedeutete als die Blutsverwandtschaft, so wie sie es ihm gegenüber gesagt hatte?

In Gedanken spielte Righert seine Möglichkeiten durch: Er könnte all seine Kraft darauf verwenden, Kersten van dem Broke zu retten, Ceffeken Horneborchs Mörder finden und – möglicherweise, mit viel Geduld und noch mehr Glück – Aleke Ledinkhusens Liebe gewinnen, wäre er bereit, seinen Eid zu vergessen, dass er die Morde an seiner Familie sühnen wollte. Oder er hielte seinen Schwur ein, brachte die van dem Brokes vor den Henker und würde Aleke Ledinkhusen möglicherweise verlieren.

»Ein Eid ist ein Eid«, sagte er so laut und kraftvoll, dass sich eine Magd, die verzweifelt versuchte, ein fettes Schwein wieder zurück auf den Hof zu treiben, so erschreckte, dass sie das Schwein entkommen ließ, das mit hocherhobenem Ringelschwanz über die Gasse galoppierte und dort einen gewaltigen Haufen hinterließ.

»Was sprecht Ihr mit Euch, wenn ehrbare Leute ihrer Arbeit nachgehen?«, schimpfte die Frau, bevor sie fluchend dem Schwein nachjagte, das seine Freiheit bis zur Neige auskosten wollte, wie es Righert schien. »Bleib stehen, du vermaledeites Teufelstier!«

Trotz der düsteren Gedanken, die ihn beschäftigten, konnte Righert nicht umhin, über das Bild zu lächeln, das die Magd und der Flüchtling abgaben, wie sie einander umtanzten, als hörten sie Spielleute, die ihnen eine Melodie vorgaben. Lucke würde sich bestimmt freuen, wenn er ihr die Geschichte erzählen würde. Lucke. Egal, wie Righert sich entschiede, seine kleine Schwester konnte ihm niemand mehr nehmen. Sie und den bissigen Kater würde er aus Braunschweig mitnehmen, egal, was sich sonst in der Stadt ereignete.

Endlich bog er in die Straße ein, die zu seinem Haus führte, vor dem zu Righerts Überraschung mehrere Männer standen, an ihrer Kleidung erkennbar als Söldner des Stadtrates, angeführt vom Stellvertreter des Stadthauptmanns Anno von Heymburg, der immer noch in Magdeburger Gefangenschaft war. Obwohl er noch zu weit entfernt war, um die Worte verstehen zu können, konnte er an den ausladenden Gesten erkennen, dass der Stellvertreter sich mit Wynneke stritt. Wieder musste Righert lächeln – der arme Mann konnte reden, was er wollte, selbst Engelszungen würden ihn nicht an Wynneke vorbeibringen. Trotzdem beschleunigte Righert noch einmal seine Schritte, weil es nie etwas Gutes bedeuten konnte, wenn die Stadtwachen ihn aufsuchten.

»Da seid Ihr ja, Herr«, rief Wynneke, deren Wangen vor Zorn gerötet waren. Die Magd stand in der Tür, die Hände in die Hüften gestemmt, den Kopf zurückgeworfen, bereit, jeden zu vertreiben, der versuchen würde, ins Haus einzudringen. »Dieser … dieser Mann behauptet, dass wir ein Verbrechen begangen hätten.«

»Guten Tag«, sagte Righert, betont freundlich. »Was ist hier los?«

»Ihr seid angeklagt, Malz nach Braunschweig eingebracht zu haben.« Der Stadthauptmann wandte sich Righert zu, sichtlich erleichtert, dass er sich nicht mehr mit der sturen Magd zanken musste. Drohend traten seine beiden Soldaten an die Seite ihres Anführers. »Wie Ihr sehr wohl wisst, hat der Rat das bereits vor vierundzwanzig Jahren verboten. Der Stadtrat schickt uns, Eure Lager danach zu durchsuchen.«

»Wer klagt mich an?« Righert bemühte sich, ruhig zu bleiben, obwohl ihn die falsche Anschuldigung in Rage brachte. Aleke Ledinkhusen und er mussten ihrem Feind näher gekommen sein, als sie selbst ahnten, wenn der zu derartigen Mitteln griff. Erst die Anklage der *Medica* wegen Zauberei, nun die des Malzschmuggels, der in Braunschweig bei schwerer Strafe verboten war. »Ich bin kein *Höker*, sondern ein Tuchhändler. Ihr werdet weder Malz noch Hopfen in meinem Lager finden. Damit handele ich nicht.«

Aus dem Augenwinkel sah Righert, dass Wynnekes Gesicht für einen Augenblick beinahe verängstigt wirkte, bis sie wieder so empört schaute wie zuvor. Prüfend wandte er sich ihr zu. Mit einem Kopfnicken zeigte sie ihm, dass es wohl Schwierigkeiten gab. Schnell überlegte Righert: Wynneke, die wie ein Zerberus das Haus bewachte, Smalejohan, der nirgends zu sehen war, obwohl er sonst seiner Frau stets zur Seite sprang. Wenn Righert nicht gänzlich falschlag, war sein Knecht wohl damit zugange, das Lager nach Malz zu durchsuchen, das es dort eigentlich nicht geben dürfte. Nun galt es, Smalejohan Zeit zu verschaffen, damit dieser ungestört seiner Arbeit nachgehen konnte.

»Bitte, meine Herren.« Righert deutete auf die Haustür. »Lasst uns bei einem Bier besprechen, was mir vorgeworfen wird. Eure Kehlen müssen trocken sein an diesem schönen Frühlingstag.«

»Vor allem vom Streiten«, murmelte der Stadthauptmann, der Wynneke einen scheelen Blick zuwarf. Er wirkte unschlüssig, ob er die Einladung eines Angeschuldigten annehmen durfte oder nicht. »Unser Auftrag lautet, Euer Lager zu durchsuchen.«

»Und das um die Mittagszeit«, sagte Righert, der ahnte, dass er mehr als nur Bier in die Waagschale werfen musste. »Niemand wird Euch befehlen, dass Ihr mit leerem Magen und trockener Kehle Eurem Auftrag nachkommen müsst.«

Die drei Männer wechselten mehrere Blicke. Schließlich brummelte der Stadthauptmann: »Ein Schuldiger würde uns bestimmt nichts zu essen anbieten. Aber Euer Lager müssen wir dann sehen.«

»Ich werde Euch beim Essen Gesellschaft leisten, damit Ihr gewiss sein könnt, dass ich es nicht bös meine.« Righert lächelte und hoffte, dass es offen und ehrlich wirkte. »Wynneke kocht Freitag immer einen wunderbaren Fischtopf.«

»Wenn Ihr ihn auch esst, können wir ja hoffen, dass sie kein Gift hineingetan hat«, knurrte einer der Söldner, der sich tunlichst etwas von Wynneke entfernt hielt. »Habt Dank für die Einladung.«

Auf Righerts Geste hin gab Wynneke die Tür frei und ging vor den Männern her in die *Däle*. Mit lautem Gepolter stellte sie Holzteller und Tonbecher auf den Tisch. Als sie den herzhaft duftenden Eintopf aus dem großen Topf über der Feuerstelle in eine Schüssel schaufelte, klapperte sie noch lauter, so dass die Soldaten zusammenzuckten.

»Bier muss ich aus dem Keller holen.« Wynneke starrte den Stadthauptmann an, was dem sichtlich unangenehm war. »Falls Ihr das erlaubt.«

»Ja, ja. Selbstverständlich.«

Nachdem Wynneke den Krug mit Bier auf den Tisch gestellt hatte, begannen die Soldaten und Righert zu essen. Erst nach dem dritten Bier begannen die Männer aufzutauen und miteinander und mit Righert zu reden. Über die Magdeburger Gefangenen, die demnächst wohl wieder nach Braunschweig zurückkehren würden, über den Mord an Ceffeken Horneborch, der wohl bald verhandelt würde und über die Arbeiten an der zweiten Stadtmauer, die wohl kein Ende finden würden. Righert hörte mit halbem Ohr zu, gab ab und zu zustimmende Geräusche von sich, während er wie auf heißen Kohlen saß und sich fragte, ob Smalejohans Tun bald ein Ende fände.

»Danke, aber mehr dürfen wir wohl nicht trinken.« Der Stadthauptmann lehnte sich im Stuhl zurück, rülpste und kratzte sich am Bauch. Er wandte sich an Wynneke. »Vielen Dank. Das war der beste Fischtopf, den ich je gegessen habe. Selbst besser als der meiner seligen Mutter.«

Die Magd verzog ihre Mundwinkel nur zu einem schmalen Lächeln, aber ihre Wangen liefen vor Stolz rot an. Mit etwas Abfall in der Hand ging sie aus der *Däle*. Als sie nach kurzer Zeit wiederkam, nickte sie Righert zu.

»Also gut, meine Herren.« Righert sprang auf. »Kommt bitte mit. Ich zeige Euch mein Lager. Dort werdet Ihr nur feinstes Tuch und beste Stoffe finden. Geht damit bitte sorgsam um.«

»Wo ist Lucke?«, flüsterte Righert Wynneke zu, als er an der Magd vorbeiging. »Hatte sie keinen Hunger?«

»Später.«

Der Ausdruck von Besorgnis auf Wynnekes Gesicht erschreckte Righert, aber erst musste er sich dem drängenden Problem der falschen Anklage widmen. Er folgte den Männern in den Hof und von dort aus in das große Gebäude, das ihm als Lagerplatz diente. Smalejohan war noch immer nicht zu sehen, und Righert begann sich zu fragen, wohin der Knecht wohl verschwunden war.

Mit Argusaugen beobachteten Righert und Wynneke, wie die drei Männer das Lager nach Malz durchsuchten, wirklich jeden Stoffballen aus den Regalen zerrten und prüften, ob sich darin nichts verbarg. Nach einer Zeit, die

Righert schier unendlich vorkam, wandte sich der Stadthauptmann ihm zu.

»Habt Ihr noch ein weiteres Lager? Oder einen anderen Lagerraum?«

»Ihr könnt gerne das Wohnhaus durchsuchen«, antwortete Righert ruhig. »Aber alles, was ich zu verkaufen habe, ist hier gestapelt.«

Erneut wechselten die drei Männer Blicke.

»Entschuldigt, aber wir müssen uns das Haus auch ansehen.«

»Bitte sehr.« Righert trat zur Seite, damit der Stadthauptmann und seine Leute an ihm vorbei zurück ins Haus gehen konnten. Obwohl er sich bemühte, gelassen zu bleiben, begann Righert sich zu fragen, wo Smalejohan wohl steckte und was er zu verbergen hatte. »Seht Euch alles genau an.«

Nachdem die Männer alles genau inspiziert hatten, vom Keller bis hin zu den Schlafzimmern im ersten Stock, zogen sie schließlich unverrichteter Dinge von dannen.

»Entschuldigt«, sagte der Stadthauptmann höflich. »Aber wir sind gehalten, jedem Verdacht auf fremdes Malz nachzugehen.«

»Ihr werdet mir nicht sagen, wer diese Anschuldigung aufbrachte?«, fragte Righert in der Hoffnung, dass Bier und Eintopf den Mann vielleicht milde gestimmt hätten, so dass er ihm etwas verraten würde. »Sicher war es ein Konkurrent, der meinen Erfolg neidet.«

»Ich weiß es nicht.« Der Stadthauptmann hob bedauernd die Hände. »Wir haben nur den Auftrag vom Stadtrat erhalten. Gehabt Euch wohl.«

»Gehabt Euch wohl.« Righert schloss die Tür hinter den Soldaten. Aufatmend sank er auf die Truhe, die vorn in der Däle stand und Bankkissen und Laken enthielt.

»Herr.« Lautlos wie ein Kater tauchte Smalejohan in der *Däle* auf. »Drei Säcke mit getrocknetem Malz habe ich gefunden.«

»Danke, dass du so schnell gehandelt hast.« Righert schloss einen Augenblick die Augen, erschüttert über die Gefahr, der er nur knapp und nur dank der Klugheit von Wynneke und Smalejohan entgangen war. »Wo hast du das Malz versteckt?«

»In die Jauchegrube habe ich es geworfen.« Smalejohan grinste. »Weil, da guckt bestimmt niemand nach.«

»Wer war das nur? Und wann hat er das versteckt?« Nachdenklich strich sich Righert mit zwei Fingern über die Stirn. »Wo hast du die Säcke entdeckt?«

»Versteckt zwischen den Tuchballen. Schlampig versteckt.« Smalejohan schüttelte den Kopf. »Kurz bevor die Wache kam, wollte Euch der Händler sprechen, der schon einmal hier gewesen war.«

Gerwen Krameres. Nur zu gut erinnerte sich Righert daran, wie selbstverständlich der Händler auf seinem Hof gestanden und auf ihn gewartet hatte.

»Meinst du, er hat etwas mit dem Malz zu tun?«

»Kann sein. Kann auch nicht sein.« Smalejohan zuckte mit den Schultern. »War lange keiner im Lagerhaus.«

Dennoch. Das war etwas zu zufällig, dass der Händler, der ihm gedroht hatte, sich auf dem Hof herumtrieb, kurz bevor die Wache nach Malz suchte, das Righert gewiss nicht eingeschmuggelt hatte. Dem musste er nachgehen. Aber erst galt es die wichtigste Frage zu lösen.

»Wynneke. Wo ist Lucke?«

»Die Kleine muss weggelaufen sein, als die Soldaten an die Tür polterten, als wollten sie durchbrechen.« Die Magd schüttelte empört den Kopf. »Ich hab's zu spät bemerkt, dass sie weg war. Da konnt' ich nicht mehr hinterher, weil ich die Männer aufhalten musste. Und Smalejohan … Es tut mir leid.«

»Nein, nein. Ihr beide habt alles richtig gemacht. Danke.« Righert nickte Smalejohan und Wynneke zu. »Ohne eure Gewitztheit wäre ich nun auch im Kerker. Wo kann Lucke sich nur verstecken?«

»Überall.« Wynneke seufzte. »Die Kleine kennt die Stadt und viele Verstecke.«

»Vielleicht ist sie zu den *Beginen* zurückgekehrt?« Hoffnung leuchtete für einen Augenblick auf Smalejohans Gesicht. »Dort ist sie zu Hause.«

»Bleibt ihr hier, falls Lucke zurückkehrt.« Righert öffnete die Tür. »Ich gehe zu den *Beginen*.«

Der Scharfrichter würde warten müssen, bis er seine Schwester gefunden hatte. Schließlich hatte er Lucke versprochen, dass er sie nie wieder im Stich lassen würde. Und dieses Versprechen gedachte er zu halten, koste es, was es wolle.

KAPITEL 26

Sie hatte den Konvent gerade erst verlassen, als Aleke Righert van Anhald erkannte, der die Gasse heraufeilte, in ihre Richtung. Sicher war er auf der Suche nach dem Mädchen, dessen kleine Hand Aleke in der ihren hielt. Als Aleke von ihrem Besuch im Kerker zurückgekehrt war, innerlich aufgewühlt von all dem, was sie dort erfahren hatte, hatte Lucke vor dem Haus gesessen, das Gesicht voller Angst. Erst hatte Aleke befürchtet, dass Righert van Anhald etwas geschehen wäre, doch dann hatte die Vernunft ihr gesagt, dass Lucke das gar nicht wissen könnte, da Aleke Righert erst vor kurzem verlassen hatte. Also fragte sie nach dem Naheliegenden.

»Ist Maustod etwas geschehen?«

Der Kater war schon älter, was ihn nicht davon abhielt, sich mit anderen Katern und mehr noch mit jedem Hund, dessen er nur von fern ansichtig wurde, zu bekriegen. Aleke hatte es irgendwann aufgegeben, zu zählen, wie oft sie den roten, sich windenden und wild fauchenden Kater mit Salben und Tinkturen hatte behandeln müssen, weil er sich geprügelt hatte. Jedes Mal war Lucke mit dem Tier im Arm zu Aleke gekommen und hatte diese so flehend angesehen, dass Aleke nicht anders konnte, als ihre kostbaren Mittel für den Kater einzusetzen, wohl wissend, dass er bald wieder blutend und zerschunden wäre. Aber dieses Mal hatte es den Kater nicht getroffen, denn Lucke schüttelte den Kopf.

»Ist etwas in dem Haus geschehen, wo du jetzt lebst?«, fragte Aleke nach reiflicher Überlegung. Niemals wäre Lucke ohne einen triftigen Grund von ihrem Bruder weggelaufen.

Das Mädchen nickte. So heftig, dass Alekes Besorgnis wuchs. Was sollte sie unternehmen? Sicher könnte sie das Mädchen weiter befragen, was allerdings lange dauern könnte, weil so vieles geschehen sein könnte. Nein, das Klügste wäre es, Lucke zurückzubegleiten, um auf diesem Wege herauszufinden, was geschehen war.

»Lucke.« Aufmerksam sah das Kind Aleke an. »Ich muss schnell mit der *Magistra* reden. Vorher bringe ich dich zu Ylsebe, die gibt dir sicher einen Schmalzkringel.«

Luckes Augen leuchteten auf. Vertrauensvoll streckte sie ihre Hand aus, damit Aleke sie nehmen konnte. Aleke lächelte, ergriff Luckes Hand und brachte die Kleine zu Ylsebe von Ghotinghe, die es sich zwar nicht anmerken ließ, sich aber freute, das Mädchen wiederzusehen.

»Na Kleine, du kommst doch nur für meine Schmalzkringel«, grummelte Ylsebe vor sich hin. »Immerhin ist das rote Biest nicht bei dir. Obwohl er schon fehlt. So einen guten Mäusefänger findet man selten.«

Luckes Lächeln strahlte, als sie das Lob für ihren Liebling entgegennahm. Mit herzhaftem Appetit biss die Kleine in den Schmalzkringel, während ihre Hand bereits nach dem nächsten griff.

»Dank soll ich sagen für Essen und Wein«, sagte Aleke, die sehr wohl wusste, wie viel Wert die Köchin auf gute

Umgangsformen legte, auch wenn man das bei Ylsebe von Ghotinghes harschem Wesen nicht vermuten sollte.

»Wie geht es dem Jungen und der Jüdin?«

»Nicht gut. Er hat die *peinliche Befragung* schlecht ausgehalten.« Aleke seufzte. »Die *Medica* ist mutiger, aber noch hat sie die *Territion* nicht ertragen müssen.«

»Kannst du ihr helfen?«

»Ich hoffe es«, antwortete Aleke. »Entschuldige. Ich muss zur *Magistra* und Lucke dann nach Hause bringen.«

Schnell hatte Aleke der Vorsteherin erzählt, was sie herausgefunden hatte, und diese um die Erlaubnis gebeten, Lucke zu ihrem Bruder zu bringen. Benedicte Muntaries hatte zugestimmt, so dass sich Aleke gleich auf den Weg gemacht hatte, da sie ahnte, dass Righert van Anhald sich um seine Schwester sorgen würde. Was war das nur für ein Mann, fragte sich Aleke. So harsch und beharrlich in seinem Wunsch nach Vergeltung und gleichzeitig so liebevoll, wenn es um seine kleine Schwester ging. Als hätte sie ihn mit ihren Gedanken gerufen, stand er nun vor ihr, merkliche Erleichterung auf dem Gesicht.

»Lucke.« Righert van Anhald ging vor dem Mädchen in die Knie. Obwohl seine Stimme ernst klang, lächelte er seine Schwester liebevoll an. »Du brauchst nicht wegzulaufen, wenn du Angst hast. Wynneke und Smalejohan beschützen dich genauso wie Maustod und ich.«

Ernsthaft nickte die Kleine, als wollte sie ihm versichern, dass sie sich von nun an daran halten würde.

»Ich danke Euch.« Righert erhob sich und nickte Aleke zu. »Gut, dass meine Schwester bei Euch einen sicheren Hafen findet.«

»Was ist geschehen?«, fragte Aleke, die ihre Neugier nicht zügeln konnte. Wovor hatte Lucke sich so gefürchtet, dass sie wieder in die Sicherheit des Konvents geflüchtet war? »Ihr wart nicht da, oder?«

»Ich war bei Calf. Als ich nach Hause kam, wollte die Stadtwache mein Haus und mein Lager durchsuchen«, begann er, aber Aleke unterbrach ihn sofort: »Was warfen sie Euch vor?«

Obwohl sie nur zu gern erfahren hätte, was er von seinem Freund erfahren hatte, wollte sie zuerst wissen, warum die Stadtwache ihn heimgesucht hatte. Die Vorstellung, dass noch einer der wenigen Menschen, die ihr etwas bedeuteten, im Kerker enden würde, ließ Aleke panisch nach Luft ringen.

»Malzschmuggel.« Righert van Anhald schüttelte den Kopf. »Unser Feind muss sehr verzweifelt sein, wenn er zu derartigen Mitteln greift.«

»Und Lucke ist vor der Wache davongelaufen?« Darauf konnte Aleke sich keinen Reim machen. In den Jahren, in denen das Mädchen im Konvent gelebt hatte, hatte sie niemals Angst vor den Soldaten gezeigt. »Waren es so viele Männer?«

»Nur drei.« Righert van Anhald schien einen Augenblick zu überlegen. »Aber Smalejohan sagte mir, dass kurz vor der Wache Gerwen Krameres auf dem Hof gewesen ist. Ich dachte …«

»Ja?« Der Gedanke, der Aleke kam, war so bedrohlich, dass sie ihn nicht verfolgen wollte, aber gleichzeitig schien er alles zu erklären, doch sie wagte nicht, ihn auszusprechen. Falls Righert van Anhald auf die gleiche Eingebung wie sie käme, dann wüssten sie, wer ihr Gegner war, dann wäre ihr Vater möglicherweise unschuldig. Aleke hielt den Atem an, während sie auf Righert van Anhalds Antwort wartete.

»Was, wenn Lucke …?« Erneut ging Righert van Anhald vor seiner Schwester in die Knie, legte seine Hände auf ihre schmalen Schultern und sah ihr in die Augen. »Lucke, hattest du Angst vor den drei Soldaten?«

Das Mädchen schüttelte den Kopf. So heftig, dass ihre feinen dunklen Haare ihr Gesicht verdeckten. Righert van Anhald holte tief Luft, so wie Aleke auch. Die beiden wechselten einen Blick. Aleke meinte, in Righert van Anhalds Gesicht die gleiche Anspannung zu erkennen, die auch sie ergriffen hatte.

»Lucke, bist du weggelaufen, weil du Angst vor dem einen Mann hattest, der auf dem Hof wartete?«

Luckes Augen wurden groß, sie öffnete ihren Mund, als wollte sie etwas sagen, aber brachte keinen Ton heraus. Stattdessen kullerten Tränen über ihre Wangen. Sie musste nicht einmal nicken, damit Aleke und Righert van Anhald verstanden, dass das Mädchen vor Gerwen Krameres geflohen war.

»Kanntest du den Mann?«

Erneutes Nicken.

»Kanntest du –«

»Nein«, unterbrach Aleke Righert van Anhalds Frage. »Einen Augenblick.«

Sie winkte ihn zu sich heran. Er stand auf, lächelte seiner Schwester zu und folgte Aleke ein Stück zur Seite, außer Hörweite des Kindes, das sie beide mit immer noch aufgerissenen Augen beobachtete. Lucke zitterte am ganzen Leib.

»Ihr dürft Eure Schwester nicht fragen, ob sie sich an Gerwen Krameres aus der Nacht des Feuers erinnert.« Aleke hoffte, dass Righert van Anhald verstehen würde, was sie ihm sagen wollte. »Seit jener Nacht spricht Lucke nicht mehr. Jede Erinnerung kann sie noch mehr verletzen.«

Righert van Anhald sah sie schweigend an, bis Aleke sich unbehaglich fühlte.

»Woher wollt Ihr das wissen?«, fragte er schließlich. »Bisher habe ich nicht bedacht, dass Hanneke, dass Lucke in jener Nacht die Männer gesehen haben könnte.«

»Ich weiß es nicht«, musste Aleke zugeben. Mit ihrem Wissen als Heilerin konnte sie einige Krankheiten des Körpers heilen, aber einer Krankheit der Seele, so wie Lucke sie erlitten hatte, standen Aleke und auch ihre Lehrerin Ghese Ysernehagen hilflos gegenüber. »Aber wollt Ihr wirklich wagen, dass es Eurer Schwester schlechter geht? Ihr habt sie nicht gesehen, als sie zu uns gekommen ist.«

Viel zu gut erinnerte Aleke sich an das verschüchterte Kind, das bei jedem Geräusch aufschreckte und sich panisch ein Versteck suchte. Die Flammen von Kerzen oder Fackeln erschreckten Lucke so sehr, dass das Kind entweder starr stehen blieb, ohne sich zu regen, oder zu Boden fiel und an allen Gliedern zitterte. Erst nach Monaten, in denen die Schwestern ihr viel Ruhe und Zuneigung gaben, begann Lucke, nicht mehr zusammenzuschrecken und sich nach Verstecken umzusehen, sobald sie aus der Kammer kommen musste, in der sie ihr Leben fristete. Unter dem Bett, wie Aleke mit Entsetzen hatte feststellen müssen. Aber das schien der einzige Ort zu sein, an dem die Kleine sich sicher fühlte. Also ließ man sie dort verweilen und hoffte, dass sich ihr Zustand besserte.

In jener Zeit war Aleke zutiefst dankbar gewesen, dass die Schwestern sich der Pflege armer und hilfloser Menschen verschrieben hatten, so dass sie Lucke die Behandlung gaben, die dem Kind half. Schaudernd dachte Aleke an die armen Menschen, die ein weniger gnädiges Schicksal gefunden hatten, die man in Ketten gelegt hatte, weil das Leiden ihrer Seele sie zum Toben brachte.

»Bitte«, flehte sie daher, nachdem sie sich an die arme, zitternde Lucke erinnerte. »Bitte, fügt Eurer Schwester nicht so ein Leid zu, nur damit Ihr Eure Vergeltung bekommt.«

»Sprecht Ihr wirklich für Lucke, oder wollt Ihr damit Euren Vater retten?«, fragte Righert van Anhald.

Aleke fuhr zurück, als hätte er sie ins Gesicht geschlagen. Wie konnte er nur so etwas von ihr denken?

»Ich erinnere mich nicht, Euch jemals belogen oder Wichtiges verschwiegen zu haben«, sagte sie mit kalter Stimme, nachdem sie ihre Fassung zurückgewonnen hatte. In ihrem Zorn hatte sie die Hände zu Fäusten geballt und atmete schwer. »Wie könnt Ihr es wagen, mir derartige Hintergedanken zu unterstellen?«

Bevor Righert van Anhald antworten konnte, spürte Aleke, wie eine kleine Hand ihre Faust berührte. Sie schaute nach unten. Lucke stand neben ihr, Tränen in den Augen, ihr Blick so flehentlich, dass Aleke sich schämte, weil das Temperament mit ihr durchgegangen war. Sie öffnete die Faust, um dem Mädchen sanft über die Hand zu streicheln.

»Entschuldigt.«

Righert van Anhald streckte eine Hand nach Aleke aus, die jedoch vor ihm zurückwich. Zu tief war der Schmerz, den er ihr zugefügt hatte. Sie hatte sich so sehr bemüht, ihm zu vergeben und gemeinsam mit ihm dafür zu kämpfen, dass Kersten van dem Broke und Rina von Bremhen die Freiheit zurückerlangten. Aber anscheinend reichten alle ihre Anstrengungen nicht aus. Noch immer glaubte Righert van Anhald, dass sie die Tochter ihres Vaters sei und ihr Vater ihr mehr bedeute als die Wahrheit und das Leben der Unschuldigen. Der Wunsch nach Rache ließ ihn blind werden für alles andere. Selbst seine kleine Schwester, die er vor kurzem erst wiedergefunden hatte, würde Righert van Anhald opfern, nur damit er Vergeltung erlangen könnte.

So sollte es denn sein. So sollte er seinem Weg der Rache folgen. Sie würde ihn nicht mehr unterstützen, würde ihm nicht mehr zur Seite stehen.

»Geht. Bitte«, sagte Aleke schließlich mit tonloser Stimme. »Geht Euren Weg. Aber ich werde Euch nicht weiter begleiten.«

Righert van Anhald schaute sie nur an, ohne ein Wort zu sagen, was Aleke auch nicht von ihm erwartet hatte.

Sie beugte sich zu Lucke hinab: »Du weißt, dass du mir und den Schwestern immer willkommen bist. Der Konvent ist ein Schutz für alle, die in ihm leben.«

Lucke nickte und lächelte unter Tränen. Aleke umarmte das Kind zum Abschied. Dann wandte sie sich ab, ohne Righert van Anhald eines Blicks oder eines Abschiedsworts zu würdigen.

KAPITEL 27

Nun, Aleke, hast du deine Entscheidung getroffen?« Benedicte Muntaries schaute Aleke so durchdringend an, dass diese sich fühlte, als könnte die *Magistra* ihr bis auf den Grund der Seele blicken, als würde Benedicte Muntaries alle Geheimnisse, Nöte und Sorgen von Aleke kennen, ohne sie dafür zu verurteilen.

»Noch nicht.« Zu sehr hatte der Streit mit Righert van Anhald Aleke aufgewühlt, als dass sie sich in der Lage fühlte, eine derart gewichtige Entscheidung zu fällen. Voller Zorn auf Righert van Anhald hatte sie den Eintritt in den Konvent für das einzig Richtige gehalten, bis sie erkannte, dass sie aus den falschen Beweggründen eintreten wollte. Nicht die Flucht vor einem Mann sollte sie zur Schwester werden lassen, sondern der Wunsch, Teil dieser Frauengemeinschaft zu werden. »Erst muss ich meine Pflicht gegenüber der *Medica* erfüllen. Und Kersten van dem Broke retten, sofern das noch möglich ist.«

»Ich wage kaum zu fragen, wie es meinem Neffen geht.« Ein Schatten aus Traurigkeit legte sich über das alterslos schöne Gesicht der Vorsteherin. Wieder einmal konnte Aleke die *Magistra* für deren Beherrschtheit nur bewundern. »Ich habe versucht, mit meinem Bruder zu sprechen, aber er war in einer Ratssitzung.«

»Kersten hat aufgegeben. Alle Hoffnung verloren.« Aleke war immer noch zu aufgewühlt, um freundliche Worte zu finden. Außerdem kannte sie Benedicte Muntaries gut genug, um zu wissen, dass die *Magistra* Ehrlichkeit der Höflichkeit vorzog. »Sein Vater besucht ihn nicht mehr. Die *peinliche Befragung* hat ihn gebrochen.«

»Auch ich war bisher nicht bei dem Jungen«, sagte die *Magistra* sachlich. »Es erschien mir nicht klug, als Vorsteherin der Schwestern meinen Neffen im Kerker zu besuchen. Was denkst du?«

Nun musste Aleke doch überlegen, was sie antworten konnte, wie ehrlich und offen sie gegenüber der *Magistra* sprechen konnte. Schließlich hatte Benedicte Muntaries die Macht und Befugnis, jede Schwester, die den Frieden des Konvents störte, aus der Gemeinschaft zu vertreiben. Aber Aleke hatte genug von Lügen, Halbwahrheiten und falscher Höflichkeit.

»Wir sind keine Nonnen, die ihren Familien entsagt haben. Wenn Euch etwas an Kersten liegt, solltet Ihr ihn bald besuchen.«

»Danke für deine Offenheit.« Benedicte Muntaries nickte. »Ich würde mich freuen, wenn du unserer Gemeinschaft beitrittst.«

»Danke.« Aleke neigte den Kopf. »Eine Bitte habe ich noch. Eine große.«

»Willst du wieder zu den Juden gehen?«

»Nein. Ich muss … mit dem Scharfrichter reden.«

»Aleke!« Benedicte Muntaries hob erschüttert die Hand zum Mund. »Du kannst nicht zum Henker gehen. Nicht nur, dass er unehrenhaft ist, denk nur an die … an die *gemeinen Häuser*, die er beaufsichtigt.«

»Habe ich das Recht, auf den Scharfrichter herabzusehen?«, fragte Aleke und erschrak über die Bitterkeit in ihrer Stimme. »Bin ich doch selbst von unehrenhafter Geburt, wie mir einige Schwestern nicht müde werden vorzuwerfen.«

»Hör nicht auf Mechtylde.« Die *Magistra* zuckte mit den Schultern. »Eine Frau, die so sehr darauf bedacht ist, giftige Sticheleien zu finden, muss zutiefst unglücklich sein.«

»Warum verweist Ihr sie nicht des Konvents?« Das hatte Aleke sich so häufig im Stillen gefragt, dass sie nun mit den Worten herausplatzte. »Warum darf sie bleiben, obwohl sie nur Unfrieden bringt?«

»Weil ich geschworen habe, dass unser Haus auch schwierigen Menschen offenstehen soll.« Benedicte Muntaries schaute Aleke ernst an. »Damals, als ich deine Mutter aufnahm …«

Mehr musste sie nicht sagen, wusste Aleke doch nur zu gut, wie sehr es den Regeln der Gemeinschaft widersprach, eine Frau in ihre Mitte zu lassen, die gesündigt hatte. Wäre nicht Acchem van dem Broke mein Vater, hätte meine Mutter ihr Leben elend auf der Straße fristen müssen und wäre wohl auch in einem *gemeinen Haus* geendet, dachte Aleke, wobei die Bitterkeit wie Galle in ihr hochstieg.

»Was willst du beim Scharfrichter?« Benedicte Muntaries sah Aleke fragend an. »Er wird Kersten keine Schonung gewähren.«

Die Traurigkeit, die die Worte der Vorsteherin begleitete, verlieh Aleke den Mut, ihren Wunsch zu erläutern. So kurz wie möglich berichtete sie der *Magistra*, was sie im

Kerker erfahren hatte und welche Bedeutung es hätte, wenn sie vom Henker erführe, wer ihm von Rina von Bremhen erzählt hatte.

»Warum sollte er dir helfen?«, fragte Benedicte Muntaries, nachdem Aleke geendet hatte. »Warum sollte der Scharfrichter dir seine Geheimnisse verraten?«

»Weil ...« So weit hatte Aleke nicht vorausgedacht. Nachdem Righert van Anhald sie derart enttäuscht hatte, hatte sie nur geplant, ihre Suche allein fortzusetzen, ungeachtet möglicher Gefahren. Die einzige Spur, die sie hatte, war der Hinweis auf eine mögliche Verschwörung, die der Scharfrichter lüften könnte. Dass der Henker ihr sein Wissen nicht preisgeben würde, daran hatte Aleke nicht gedacht. Fieberhaft überlegte sie, ohne dass ihr etwas einfallen wollte.

»Selbst, wenn ich es erlaubte, würde ich dich nie allein gehen lassen. Aber nun sag mir, warum sollte Bertramme Swalenberch ehrlich zu dir sein?«

»Weil er sich bestimmt nicht gern benutzen lassen wird.« Mit Bitterkeit ergänzte sie: »Niemand lässt sich gern benutzen.«

Benedicte Muntaries schloss die Augen, als müsste sie in Ruhe nachdenken. Unruhig rutschte Aleke auf dem harten Holzstuhl hin und her, bis die Vorsteherin endlich die Augen öffnete und sie anschaute.

»Also gut, ich erlaube es dir. Aber nimm eine von den Schwestern als Unterstützung mit.« Benedicte Muntaries legte die Fingerspitzen aneinander. »Am besten Ghese. Sie ist alt und klug genug, sich nicht vor dem *Meister Ungenannt* zu fürchten.«

»Danke.« Aleke verneigte sich schnell, bevor sie aus der Kammer der *Magistra* eilte, so schnell es die Schicklichkeit zuließ.

»Ghese. Schnell. Wir müssen zum Henker«, stieß Aleke, atemlos vor Aufregung, Angst und Eile hervor. »Ihn befragen.«

»Zum *Angstmann*?« Die Kräuterfrau schaute erstaunt von dem Folianten auf, den sie seelenruhig weitergelesen hatte, auch als Aleke lautstark in ihre Kammer gepoltert war. »Was willst du ihn fragen. Obwohl …«

»Ja?« Bereits in ihrer Lehrzeit hatte es Aleke zur Weißglut getrieben, dass ihre Meisterin so häufig Sätze begann, die sie dann nicht beendete. »Obwohl …?«

»Man kann von dem Scharfrichter viel lernen.« Ghese Ysernehagen schüttelte bedächtig den Kopf, bevor sie das in Leder gebundene Buch zur Seite schob. »Was willst du von ihm? Weiß die *Magistra* von deinem Vorhaben?«

»Selbstverständlich. Ich muss den Scharfrichter befragen, um Kersten van dem Broke und die jüdische *Medica* zu retten.«

»Nun gut, dann lass uns auf den Weg machen.« Sorgfältig strich die Kräuterfrau die Seiten des Buches glatt, bevor sie es schloss. Langsam, wie es ihrem Alter gemäß war, stand sie auf, suchte ihren Mantel und schlurfte zur Tür, ungeduldig beobachtet von Aleke. Ghese Ysernehagen lächelte, was die Fältchen und Falten in Ghese Ysernehagens Gesicht vertiefte. »Kind. Du musst noch lernen, dass man manchmal langsam gehen muss, um sein Ziel zu erreichen. Ein jeglich Ding will seine Zeit haben.«

Auf dem Weg zur Echternstrate, der sich durch Ghese Ysernehagens langsame Schritte endlos hinzog, setzte Aleke die Kräuterfrau über alles in Kenntnis, was sie erfahren hatte, und mehr noch über die offenen Fragen, die trotz all ihrer Bemühungen geblieben waren.

»Die *Alraune* müsste sich finden lassen«, sagte Ghese Ysernehagen schließlich, lange nachdem Aleke ihre Erzählung zu einem Ende gebracht hatte. »Es ist eine seltene und teure Pflanze. Nur wenige Händler führen sie.«

»Ich habe den Stadtapotheker gefragt. Und den auf dem Altstadtmarkt.« Aleke hob die Schultern. »Niemand hat *Alraune* verkauft.«

Ghese Ysernehagen lachte laut auf, was Aleke etwas verärgerte, aber sie bemühte sich, das nicht zu zeigen, weil sie ahnte, dass die Kräuterfrau etwas wusste, das ihr helfen könnte.

»Warum hast du nicht mich gefragt?«

»Habt Ihr mit *Alraune* gehandelt?«

»Kind!« Ghese Ysernehagen schüttelte den Kopf. »Als würde ich mit der Zauberpflanze zu tun haben wollen. Aber ich kenne den *Höker*, der *Mandragorawurzeln* verkauft.«

»Einen *Höker*?« Das konnte Aleke kaum glauben. »Ich habe an einen *Bader* oder vielleicht eine *Weißfrau* gedacht. Wie soll ein Kramhändler erkennen, ob es eine echte *Alraune* oder ein *Allermannsharnisch* ist.«

Wieder lachte Ghese Ysernehagen. »Du musst noch viel lernen, Aleke. Der *Höker* muss das Kraut nicht kennen. Er muss nur einen verlässlichen Verkäufer kennen.«

»Lasst uns zum Markt gehen und ihn befragen.« Vor

Aufregung schlug Alekes Herz schneller. Warum nur hatte sie die Kräuterfrau nicht früher gefragt?

»Nein!« So ernst wirkte Ghese Ysernehagens Miene, dass Aleke überrascht und erschrocken stehen blieb. »Kind. So jemanden befragst du nicht. Das überlass dem *Büttel*.«

Schweren Herzens musste Aleke anerkennen, dass die Kräuterfrau wahrscheinlich recht hatte, einfach, weil sie erfahrener und älter war. Dennoch spürte Aleke einen Stich des Bedauerns, so einer guten Fährte nicht folgen zu können.

Endlich hatten sie das Haus erreicht, in dem der Scharfrichter lebte. Nun musste Aleke doch schlucken, als ihr bewusst wurde, dass sie bald dem Mann gegenüberstehen würde, der ihren Halbbruder so furchtbar zugerichtet hatte und der die Verantwortung dafür trug, Menschen vom Leben zum Tode zu befördern.

»Na, bekommst du es nun doch mit der Angst zu tun?« Die Kräuterfrau lächelte Aleke an. »Schäm dich nicht. Das ist ein Zeichen von Klugheit. Nur dumme Menschen fürchten sich nicht.«

Bevor Aleke antworten konnte, klopfte Ghese Ysernehagen schon an die Tür. Nach kurzer Zeit öffnete ein Mädchen, vielleicht vierzehn Jahre alt, mit langen, dunklen Zöpfen, das einen nackten Säugling im Arm hielt, der ihr auf der Hüfte saß. Aufmerksam musterte die junge Frau Aleke und die Kräuterfrau.

»Was wollt Ihr?«

»Guten Tag«, antwortete Ghese Ysernehagen, die nicht erkennen ließ, ob sie die rüde Art des Mädchens verärgert hatte. »Wir möchten deinen Vater sprechen.«

Aleke fiel ein Stein vom Herzen, da sie befürchtet hatte, dass das Mädchen die Frau des Henkers und der grinsende Säugling sein Sohn wäre.

»Da seid Ihr nicht die Ersten. Folgt mir.«

Nein, dachte Aleke, das konnte nicht sein, während sie der Henkerstochter in das Haus folgte, das sehr sauber und aufgeräumt wirkte. Am anderen Ende der *Däle* standen drei Tische vor hohen Regalen voller Flaschen mit Tinkturen und Tiegeln, die fein säuberlich auf Lateinisch beschriftet waren, wie Aleke auf den zweiten Blick erkannte. In einem Regal neben der Tür standen mehr Folianten als bei den Schwestern. Auf einem Tisch lag ein aufgeschlagenes Buch, dessen schweres Pergament reichverziert mit Malereien in den buntesten Farben war. Was diese Kostbarkeit wohl für einen Preis hatte, fragte sich Aleke, die sich neugierig weiter umschaute. Auf dem zweiten Tisch standen Mörser und Stößel, leere Flaschen und Tiegel. Im Raum roch es nach Kräutern, die zum Trocknen an einem Strick aufgespannt waren.

Am dritten Tisch schließlich saß ein Mann, der wohl der Henker sein musste. Ihm gegenüber saß ein Mann, der der Tür den Rücken zugedreht hatte. Trotzdem erkannte Aleke sofort, wer es war. Die rabendunklen Haare, die starken Schultern waren unverkennbar – jedenfalls für sie. Am liebsten wäre sie umgedreht und, so schnell sie ihre Füße trugen, aus dem Haus des Scharfrichters geflohen. Doch zu spät. Als der Henker Aleke und Ghese Ysernehagen eintreten sah, erhob er sich, um sie zu begrüßen, was auch seinen Gast dazu brachte, sich umzudrehen. Mit Befriedigung bemerkte Aleke, dass Righert van Anhald erbleichte, als er sie sah.

»Ihr?«, sagte Aleke zu Righert van Anhald. Sie hatte nicht erwartet, dass der Händler den Scharfrichter so bald schon aufsuchen würde, wusste doch jeder in Braunschweig, dass man in Verruf geriet, wenn man nur mit dem Henker sprach.

»Ich hatte es Euch versprochen«, antwortete Righert ruhig, als hätte es den Zwist zwischen ihnen nicht gegeben.

»Guten Tag«, begrüßte Bertramme Swalenberch, der Henker, sie mit einer angenehm dunklen Stimme. »Was ist das nur für ein Tag. Sonst bekomme ich nie Besuch, und jetzt muss ich Euch vertrösten.«

Aleke hatte einen schweren Mann erwartet, mit einem rohen Gesicht und groben Händen. Bisher hatte sie den Scharfrichter Braunschweigs noch nie zu Gesicht bekommen, da sie es nicht über sich brachte, einer Hinrichtung zuzusehen. Sie vermochte kein Vergnügen dabei zu empfinden, wenn ein Mensch zu Tode gebracht wurde oder eine Leibstrafe erhielt.

Entgegen Alekes Annahme war Bertramme Swalenberch ein mittelgroßer Mann mit vollkommen unauffälligen Gesichtszügen, der ihr niemals aufgefallen wäre, wenn sie ihm auf Braunschweigs Straßen begegnet wäre. Auch seine Hände waren nicht riesig, wie sie gedacht hatte, sondern beinahe schmal. Allerdings verrieten Schwielen und Muskeln, dass Bertramme Swalenberch ein Mann war, der von seiner Hände Arbeit lebte.

»Meinetwegen können die Schwestern bleiben«, sagte Righert van Anhald mit rauer Stimme. »Sie haben sicher die gleichen Fragen an Euch wie ich.«

»Guten Tag. Wir können auch später wiederkommen«,

stieß Aleke hastig hervor. »Wir möchten Euch nicht stören.«

»Ich grüße Euch«, hörte sie Ghese Ysernehagen sagen. »Wir danken für die Einladung und bleiben.«

Mit mehr Kraft, als man der alten Frau zugetraut hätte, schob Ghese Ysernehagen Aleke zu der Bank, auf der bereits Righert van Anhald saß. Da ergab sich Aleke in ihr Schicksal, aber achtete darauf, dass sie möglichst weit entfernt von Righert van Anhald zu sitzen kam. Auf dem Tisch standen ein Krug mit Bier und nur ein Becher, da der Scharfrichter sehr wohl wusste, dass weder Righert van Anhald noch Aleke und Ghese Ysernehagen in seinem Haus etwas zu trinken annehmen würden. Erschüttert fragte sich Aleke, was es wohl für ein Leben war, wenn man als Unehrlicher galt, wenn die Kinder nur in des Vaters Fußstapfen treten konnten oder ähnlich verrufene Berufe annehmen mussten.

»Ihr wollt auch wissen, warum ich Kersten van dem Broke nach der *Medica* fragte, nehme ich an.« Die ausgesuchte Höflichkeit und die sanfte Stimme des Henkers verwirrten Aleke, die erwartet hatte, einen harten und raubeinigen Gesellen vorzufinden, dem ein Leben nicht viel bedeutete. »Nun, wo Ihr mich fragt, wundere ich mich, dass ich nicht misstrauischer war.«

Bevor er ausführen konnte, was er meinte, worauf Aleke hoffte, kam das Mädchen, das ihnen geöffnet hatte, auf leisen Sohlen herein, schlüpfte neben dem Henker auf die Bank und flüsterte in sein Ohr. Sorgenvoll lauschte er ihr, flüsterte ihr etwas ins Ohr, woraufhin sie aufstand und das Zimmer verließ.

»Ihr entschuldigt.« Er nickte, erhob sich und suchte aus dem Regal zwei Flaschen und einen Tiegel, deren Inhalte er in einem Becher mischte. Scharf stieg der Geruch von Kräutern und Branntwein in Alekes Nase. »Meine Frau liegt nach der Geburt darnieder.«

Neugierig beobachtete Aleke, wie geschickt der Scharfrichter mit Tiegeln und Tinkturen hantierte. Ihre geschulte Nase erkannte den Gestank der Baldrianwurzel und den unverkennbaren Geruch des Knoblauchs. Schließlich gab Bertramme Swalenberch frische Salbeiblätter hinzu, die ihm das Mädchen brachte.

Nachdem er alle Zutaten mit dem Stößel zerkleinert und vermischt hatte, goss er Wein auf die Kräuter, rührte um, seihte sie ab und gab dem Mädchen den Trunk. »Wenn sie nicht trinken will, sag mir Bescheid.«

»Ihr kennt Euch gut aus mit Pflanzen.«

»Ich kenne auch den Körper.« Der Henker zuckte mit den Achseln. »Wahrscheinlich besser als Ihr. Ich muss ihn kennen, damit ich weiß, wo ich bei der *peinlichen Befragung* anzusetzen habe.«

Scharf sog Aleke die Luft ein. Auch Righert van Anhald neben ihr rutschte unbehaglich auf der Bank hin und her. Nur Ghese Ysernehagen blieb ruhig, als hätte er sie nicht überrascht. Als Aleke aufsah, schaute sie direkt in die Augen des Henkers, der sie aufmerksam musterte. Der Blick aus seinen dunklen Augen war so durchdringend wie der der *Magistra*, so dass Aleke sich unbehaglich fühlte. Unbehaglich, weil sie verwundert war, dass der Scharfrichter über Heilwissen verfügte, aber auch deshalb, weil er so gelassen über seine Arbeit sprach. Nur zu gut erinnerte sich

Aleke an die Wunden, die der arme Kersten erdulden musste.

»Um jemandem Schmerzen zufügen zu können, muss man auch wissen, wie man ihn heilt.« Erneut blieb die Stimme des Henkers ruhig, aber seine Augen prüften Aleke, die seinen Blick erwiderte, ohne zurückzuzucken, was den Henker lächeln ließ. »Ich bin ein *Bader* der Armen und Ausgestoßenen. Aber Ihr seid nicht gekommen, um über mich zu reden.«

»Warum wurde Kersten van dem Broke so schnell der *peinlichen Befragung* unterworfen?«, fragte Righert van Anhald, nachdem er sich ausgiebig geräuspert hatte. »Sonst geht es nie so schnell. Vor allem nicht, wenn es der Sohn eines Patriziers ist.«

»Der, der das einforderte, ist der Gleiche, der mir von der jüdischen *Medica* berichtete.« Bertramme Swalenberch trank einen Schluck Bier. »Ein Mitglied des Stadtrats. Gerwen Krameres.«

»Ich ahnte es.«

Righert van Anhald sprang auf, als könnte er vor Zorn nicht auf der Bank sitzen bleiben. »Immer wieder der Krameres. Aber der ist nicht klug genug, um sich so einen Plan zu überlegen.«

»Seid Ihr da gewiss?« Der Scharfrichter legte fragend den Kopf schief. »Der Krameres will, dass alle ihn für einen Frauenhelden und Mitläufer halten, aber ich bin mir nicht sicher, dass –«

Erneut öffnete sich die Tür, und das Mädchen schaute herein, ihr Gesicht düster vor Sorge. Der Henker nickte ihr zu.

»Nun, wo alles geklärt ist, muss ich mich um mein Weib kümmern.«

»Seid Ihr bereit, vor dem Stadtrat auszusagen?«, fragte Righert van Anhald. »Bekräftigt Ihr dort, dass der Krameres Euch anstiftete?«

»Ich habe nichts zu verbergen. Aber was wird es Euch nützen?« Der Henker stand auf. Seine Bewegungen waren ruhig, aber voller Kraft, so dass ihm sicher jeder aus dem Weg gehen würde.

»Selbst, wenn ich dem Stadtrat davon berichte«, sagte Bertramme Swalenberch, »…, so wisst Ihr doch, dass mein Wort vor Gericht nichts gilt.«

»Ich weiß.« Righert van Anhald nickte. »Doch dieses Mal wird ein Ratsherr Euch stützen, um seinen Sohn zu retten.«

»Wenn Ihr meint.« Der Scharfrichter zuckte mit den Schultern. »Lasst mich rufen, wenn Ihr mich braucht. Gehabt Euch wohl.«

Er wartete ihren Antwortgruß nicht ab, sondern eilte hinaus. Aleke wollte es ihm nachtun, doch Righert van Anhald fasste sie am Ellenbogen.

»Auf ein Wort. Bitte.« Sie schoss ihm einen wütenden Blick zu, so dass er seine Hand zurückzog. »Ich muss … mit Euch reden. Bitte.«

»Ghese und ich müssen in den Konvent zurückkehren.«

»Kind. Ich werde vorgehen. So langsam, wie ich bin, holst du mich bald ein.« Die Kräuterfrau lächelte. Ihr Lächeln vertiefte sich, als Aleke ihr einen zornigen Blick zuwarf. »Nehmt ihr beide euch die Zeit, die ihr braucht.«

Viel, viel schneller, als sie vorhin gegangen war, war Ghese Ysernehagen aus der Kammer verschwunden. Aleke schaute ihr nach und hegte äußerst unchristliche Gedanken, für die sie sicher einige Ave-Maria würde beten müssen.

»Was wollt Ihr?«, sagte sie kurzangebunden zu Righert van Anhald. »Zwischen uns ist alles gesagt.«

Ohne ein weiteres Wort wandte sie sich ab und eilte Ghese Ysernehagen nach. Erst nachdem sie die Kräuterfrau erreicht hatte, fiel Aleke ein, dass sie immer noch nicht wusste, was Righert herausgefunden hatte, als er mit Calf gesprochen hatte.

KAPITEL 28

Euer Vater ist unschuldig.« Zu Alekes Überraschung hatte Righert van Anhald sie am Tag nach ihrer letzten Begegnung im Konvent aufgesucht. Mit gelassener Stimme hatte er ihr diese Nachricht überbracht. »Ich habe von Calf erfahren, was in der Nacht damals geschehen ist. Die Worte des Scharfrichters haben die letzten Zweifel zerstreut. Wir müssen Euren Vater aufsuchen.«

Nachdem sie sich etwas gefasst hatte, konnte Aleke nur eines denken. Sie verspürte Erleichterung, dass sie nicht die Tochter eines Mörders und Brandstifters war, aber gleichzeitig wunderte sie sich, warum Righert van Anhald gemeinsam mit ihr zu Acchem van dem Broke gehen wollte, doch der Zorn, der in seinen Augen loderte und seine ruhige Stimme Lügen strafte, hielt Aleke davon ab, ihn das zu fragen.

»Ich hole meine *Hoyke.*«

Er nickte. Auch nachdem sie zurückgekehrt war, sprach er kein weiteres Wort. Schweigend gingen sie nebeneinander durch die Stadt. Nie war Righert van Anhald ihr fremder vorgekommen als jetzt. Es wird schon nichts Schlimmes sein, versuchte Aleke sich einzureden, aber ein schneller Blick auf den Mann an ihrer Seite belehrte sie des Gegenteils. Righert van Anhald wirkte angespannt vor Zorn, wie eine Bogensehne, auf der ein tödlicher Pfeil nur darauf lauerte, abgeschossen zu werden, um sein Ziel zu erlegen.

»Ich will deinen Herrn sprechen. Sofort.« Righert van Anhalds Stimme klang derart barsch, dass er selbst die stämmige Magd einschüchterte, die sich Aleke gegenüber immer so brüsk verhalten hatte. »Hol ihn. Und seine Gemahlin.«

»Bitte kommt herein.« Die Magd trat zur Seite, damit Aleke und Righert van Anhald ins Haus gelangen konnten. »Bitte folgt mir.«

Nachdem die Magd sie in die *Dornse* geführt hatte, wagte Aleke es endlich, Righert van Anhald die Frage zu stellen, die ihr schon so lange auf der Seele brannte: »Wer hat Eure Familie ermordet?«

»Bitte, geduldet Euch noch einen Augenblick.« Sein Lächeln erreichte die Augen nicht, die kühl und voller Zorn blieben. »Ihr werdet es gleich erfahren.«

»Herr van Anhald. Aleke. Was führt Euch zu mir?« Obwohl ihr Vater sich sichtlich um Gelassenheit bemühte, sah Aleke, wie ein Muskel unter seinem rechten Auge zuckte. Was ging hier nur vor sich? »Meine Gemahlin wird gleich kommen. Was möchtet Ihr trinken? Braunschweiger Bier? Einen Weißwein aus Italien?«

»Danke. Nichts.« Die Schärfe in Righert van Anhalds Tonfall ließ das Lächeln ihres Vaters schmelzen wie Schnee in der Frühlingssonne. »Ich habe mit Euch zu reden.«

»Aleke! Ist etwas mit Kersten?« Während die beiden Männer einander mit ihren Blicken maßen, war Frederekе van dem Broke auf leisen Sohlen eingetreten. Ihr Blick voller Panik. »Sag schon. Geht es meinem Sohn gut?«

»Wir sind nicht wegen Kersten hier.« Aleke hob die Hände. »Herr van Anhald will mit Euch reden.«

»Worum geht es?«, fragte Acchem van dem Broke, aber er wirkte so, als wüsste er bereits, was Righert van Anhald ihm sagen wollte, was Aleke vollends verwirrte. »Ich habe nicht viel Zeit. Heute Nachmittag tagt der Stadtrat.«

»Über den Brand vor sechs Jahren will ich mit Euch sprechen.« Für Aleke sah es aus, als ob Righert van Anhald ihren Vater lauernd musterte, als er diese Worte aussprach. »Ich habe nun endlich erfahren, wer meine Familie ermordete.«

Fredereke van dem Broke sog scharf den Atem ein, während ihr Gemahl gar nichts sagte oder tat, sondern einfach zu Boden sah. Alekes Herz schlug schneller vor Angst, was sie nun erfahren würde. Aber … aber hatte Righert van Anhald ihr nicht gerade gesagt, dass ihr Vater unschuldig sei. Warum also wirkte Acchem van dem Broke derart erschüttert? Warum zeigte auch Fredereke van dem Brokes schönes Gesicht nur schlecht verhüllte Angst?

»Ihr wusstet es. Vom ersten Tag an.« Righert van Anhalds Stimme klang so ruhig, dass Aleke es mit der Angst zu tun bekam. Hätte er geschrien oder getobt – das hätte sie verstehen können, aber diese kalte Ruhe … »Ihr wusstet, dass Euer Bruder meine Familie ermordet hat.«

Mit großen Augen schaute Aleke ihren Vater an, sandte ein stilles Gebet zum Himmel, dass alles ein furchtbares Missverständnis sei, dass Acchem van dem Broke niemals eine derart entsetzliche Tat verschwiegen hätte. Doch schon ein Blick auf ihren Vater zeigte ihr die bittere Wahrheit. Acchem van dem Broke stand Righert van Anhald gegenüber, den Kopf gesenkt, die Schultern zusammengefallen – ein Bild der Schuld. Fredereke van dem Broke, die neben ihm stand, auch sie wirkte schuldbewusst. Aleke schloss die Augen, weil sie den Anblick nicht ertragen konnte. Sie fühlte sich so elend, dass sie nicht einmal weinen konnte.

»Ja. Ich ahnte es«, flüsterte ihr Vater. Seine Stimme rau und gebrochen. Als Fredereke van dem Broke ihm über den Unterarm streichen wollte, drehte er sich weg, als verdiente er keinen Trost. »Aber ich dachte damals, dass alle gestorben wären …«

»Als machte es das besser. Trotzdem hättet Ihr Euren Bruder beim Rat anklagen müssen.« Righert van Anhald beugte sich so weit vor, dass sein Gesicht beinahe das von Acchem van dem Broke berührte. Mit kalter Stimme zischte er: »Was Eurem Sohn geschah und dem armen Mädchen, das ist Eure Schuld. Wie könnt Ihr nur damit leben?«

»Was soll das heißen?«, schrie Fredereke van dem Broke auf. »Was hat der Brand mit Kersten zu tun? Sprecht.«

»Die beiden, die den Brand legten, heckten auch den Plan aus, Ceffeken Horneborch in ihrer Hochzeitsnacht zu ermorden.«

»Was?« Aleke stieß das Wort aus wie einen Schrei. Ihr Onkel sollte seinen Neffen in den Kerker gebracht haben – warum nur? »Das kann nicht sein.«

»Doch.« Righert van Anhald schaute sie an. So voller Hass, dass sie einen Schritt zurücktrat. »Hinrek van dem Broke und Gerwen Krameres planten den Mord, damit sie an das Vermögen der Familie van dem Broke gelangen.«

»Nein. Nein. Nein«, wiederholte Fredereke van dem Broke wieder und wieder, als könnte und wollte sie diesen Worten keinen Glauben schenken. »Hinrek. Nein, das würde er nie tun.«

»Fragt Euren Gemahl.«

»Acchem?«

»Ich musste meinen Bruder schützen«, sagte Acchem van dem Broke, mehr zu sich selbst als zu den anderen. »Meine Mutter war so glücklich, als er geboren war. Fünf Kinder waren ihr gestorben, bevor sie das zweite Lebensjahr erreichten. Sie hat Hinrek so geliebt. Sie hat mich in die Pflicht genommen, ihn zu schützen.«

»Vielleicht zu sehr geliebt«, antwortete Righert van Anhald. »Er hat nie gelernt, Verantwortung zu tragen. Ihr wisst von seinen Schulden?«

»Nein.« Acchem van dem Broke sah auf. »Hinrek hat mir geschworen, dass er nicht mehr spielt.«

»Acchem. Hat er mit dem Tod von Ceffeken zu tun? Sag es endlich.« Fredereke van dem Broke war von ihrem Gemahl weggetreten, als könnte sie es nicht ertragen, in seiner Nähe zu bleiben. »Wusstest du davon?«

»Was denkst du von mir?« Die Miene ihres Vaters war so gequält, dass Aleke eine Woge von Mitleid verspürte, die Schrecken und Entsetzen davonspülte. »Niemals hätte ich geschwiegen … ich kann es nicht glauben. Das würde Hinrek doch nicht tun. Das Feuer … es war ein Unfall. Mord ist … nein …«

»Euer Bruder vielleicht nicht. Sein feiner Kumpan hingegen schreckt vor nichts zurück.« Righert van Anhald sprach nun leise und beschwörend. »Seid Ihr bereit, Euer Schweigen endlich zu brechen und vor dem Rat die Wahrheit zu gestehen?«

»Ich kann nicht glauben, wessen Ihr Hinrek anklagt.« Acchem van dem Broke schüttelte den Kopf. »Habt Ihr Beweise?«

»Das Wort des Scharfrichters. Es belastet Krameres.«

»Das Wort eines unehrenhaften Mannes. Das wird dem Rat nicht reichen.«

»Der Henker kann bezeugen, dass Gerwen Krameres darauf drängte, dass Euer Sohn der *peinlichen Befragung* unterworfen wurde«, antwortete Righert van Anhald. »Und der Krameres hat ebenfalls dafür gesorgt, dass die jüdische *Medica* angeklagt wird. Alles, um den Verdacht von sich und Eurem Bruder abzulenken.«

»Das wird den Rat nicht überzeugen.« Täuschte sich Aleke, oder klang ihr Vater, als schöpfte er Hoffnung? War er wirklich nicht bereit, seinen Bruder zur Verantwortung zu ziehen? »Ihr habt keinen Beweis für den Brand und den Mord.«

»Calf, der Wirt des Schwans, hat Kenntnis von der alten Verschwörung.« Righert van Anhald ging im Zimmer auf und ab, während er die Fakten an den Fingern abzählte. »Aber er hat geschwiegen, weil ihm niemand glauben würde.«

Acchem van dem Broke hielt die Hand an seine Kehle, als würde er ersticken. »Aber das Feuer und der Mord an Ceffeken – das waren unterschiedliche Täter. Das muss so sein.«

Aleke schaute von ihrem Vater, der aussah, als würde ihn gleich der Schlag niederstrecken, zu Righert van Anhald, der ruhig und gelassen derart schreckliche Anschuldigungen vorbrachte. Dann fiel ihr Blick auf Fredereke van dem Broke, die ihren Mann voller Abscheu und Entsetzen musterte.

»Ich bin Hinrek gefolgt«, sagte Righert van Anhald mit leiser Stimme. »Dorthin, wo er spielt. Gestern hat er dem Roten zugesprochen und geprahlt, dass er bald schuldenfrei und reich sei. Weil es niemanden sonst gebe, der das Van-dem-Broke-Vermögen erben könnte. Er und Krameres stecken unter einer Decke.«

»Das reicht nicht. Das mag dumme Großsprecherei sein, aber es beweist nicht, dass er Ceffeken Horneborch töten ließ.« Aleke beobachtete, wie ihr Vater den Kopf schüttelte, als wollte er nicht glauben, was er zu hören bekam. »Mein Bruder ist gedankenlos, leicht verführbar, aber kein Mörder.«

»Dann kommt mit zum Rat, lasst sie fangen und befragen, damit die Wahrheit ans Licht kommt.« Righert van Anhald trat näher an Alekes Vater heran, doch Fredereke van dem Broke trat zwischen die beiden Männer.

»Das kann ich nicht.« Erneut schüttelte Acchem van dem Broke den Kopf, als könnte er dadurch ungeschehen machen, was er hören musste. »Hinrek ist mein Bruder.«

»Kersten ist unser Sohn!« Fredereke van dem Broke schlug ihrem Gemahl mit aller Kraft ins Gesicht. Ihre Hand zeichnete einen sich rötenden Abdruck auf seiner Wange. »Du willst unser Kind opfern für den Nichtsnutz von deinem Bruder. Wie kannst du es wagen?«

»Ich trage die Sorge für ihn.« Acchem van dem Broke benetzte seine Lippen mit der Zungenspitze. »Das hat meine Mutter mir auf ihrem Totenbett auferlegt. Ich habe es ihr versprochen.«

»Glaubst du wirklich, deine Mutter würde wollen, dass ihr Enkel stirbt? Für eine Tat, die Hinrek begangen hat?« Verzweifelt schüttelte Fredereke van dem Broke den Kopf. »Wo ist der Mann von Ehre, den ich geheiratet habe? Acchem! Acchem, besinne dich.«

»Die Wahrheit wird ans Licht gelangen«, beharrte Righert van Anhald. »Wenn Ihr mir nicht helft, dann werde ich so lange weitersuchen, bis ich genügend Beweise und Fürsprecher finde.«

»Bitte, Acchem.« Fredereke van dem Broke faltete flehend die Hände. »Bitte, lade nicht noch mehr Schuld auf dich. Man wird unseren Sohn rädern.«

Acchem van dem Broke unterbrach seinen Gang durch den Raum. Flehend schaute er erst seine Gemahlin an, dann Aleke. Nur dem Blick von Righert van Anhald wich er aus. Niemand von ihnen sagte ein Wort. Das Schweigen kam Aleke erdrückend vor, so dass sie am liebsten die Tür geöffnet hätte, um Luft und Licht in das Zimmer zu lassen. Stattdessen kam die Magd herein, die ein Tablett trug, beladen mit Tonbechern und zwei Krügen. Lautstark stellte sie das Tablett auf den Tisch, bevor sie sich sichtlich unbehaglich umwandte.

»Soll ich noch Bier bringen, Herrin?«

»Danke, Rickele, lass uns bitte allein«, sagte Fredereke van dem Broke, die um Fassung rang. Ihre Lippen waren nur ein schmaler Strich, ihre Augen voller Traurigkeit.

Nachdem die Magd gegangen war, trat Fredereke van dem Broke an ihren Gemahl heran, der sofort stehen blieb. Sanft legte sie ihm eine Hand auf den Arm. »Acchem, bitte. Du hast für Hinrek getan, was du konntest. Nun rette bitte unseren Sohn.«

»Du hast recht.« Er senkte den Kopf. Seine Schultern sanken noch etwas tiefer, und er wirkte um Jahre gealtert. »Ich muss Kersten helfen. Aber ich kann und will nicht glauben, dass mein Bruder …«

»In dieser Familie gibt es viel zu viele Lügen.« Fredereke van dem Broke wandte sich Aleke und Righert van Anhald zu. »Es tut mir leid um Eure Familie. Das müsst Ihr mir glauben. Und, Aleke, auch du solltest –«

»Nicht«, unterbrach sie ihr Gemahl derartig heftig, dass Fredereke van dem Broke und Aleke zusammenzuckten. »Zieh das Mädchen nicht mit herein. Es gibt schon genug Schmerz und Elend.«

Alekes Kehle fühlte sich an wie zugeschnürt. Was mochte das für ein Geheimnis sein, das Acchem van dem Broke unbedingt bewahren wollte? Was hatte sie mit dem Ganzen zu tun? Neben der Furcht stieg Zorn in ihr auf. Zorn über den Mann, der ihr sein Leben lang aus dem Weg gegangen war, bis er sie brauchte. Zorn über die Lügen und Halbwahrheiten, mit denen er sie dazu gebracht hatte, ihm zu helfen. Zorn über sich selbst, weil sie ihm so sehr hatte gefallen wollen, dass sie nicht nachgedacht hatte und blind drauflosgelaufen war, nicht nur sich selbst in Gefahr gebracht hatte, sondern auch Rina von Bremhen und Righert van Anhald.

Bevor sie ihrem Zorn Ausdruck geben konnte, ließ Fredereke van dem Broke sich erschöpft auf einen Stuhl sinken.

»Daran sind nur die Heimlichkeiten schuld. Wenn du beichten willst, sag doch gleich alles«, flüsterte Fredereke van dem Broke, die ihren Gemahl mit einer Mischung aus Abscheu und Traurigkeit anschaute. »Keine Geheimnisse mehr. Offenbare endlich alles, was dein Bruder verbrochen hat.«

»Nein!« Acchem van dem Broke hob den Kopf, wirkte das erste Mal an diesem Tag wieder wie der starke und mächtige Kaufmann, der er sonst gewesen war. »Genug!«

Bevor Fredereke van dem Broke etwas erwidern konnte oder Aleke nachfragen konnte, polterte es an der Tür, so als wollte jemand sie einschlagen. Bis auf Righert van Anhald, der das Geschehen aus harten Augen beobachtete, zuckten alle zusammen.

»Ein *Utrydere* des Stadtrats, Herr.« Die Magd wirkte vollkommen aufgelöst, erschüttert über all das, was sich an diesem Morgen abgespielt hatte. »Ihr sollt sofort zur Ratssitzung kommen.«

»Nutzt die Gelegenheit, reinen Tisch zu machen«, sagte Righert van Anhald so kalt, dass Aleke schauderte. Wie hatte sie nur annehmen können, dass sie den Mann kannte. Hier und heute zeigte er sich von einer Seite, die sie zutiefst erschütterte. »Sonst erledige ich das.«

»Dann begleitet mich, damit Ihr sehen und hören könnt, dass ich Euren Wunsch erfülle.« Mit ausdrucksloser Miene trat Acchem van dem Broke vor Righert van Anhald, als wollte er ihn herausfordern. »Ihr könnt ergänzen, was ich nicht weiß.«

»Gut. So soll es sein.«

»Aleke, bitte bleibt bei mir«, sagte Fredereke van dem Broke, was Aleke erfreute, weil sie sich erhoffte, nun auch das letzte Geheimnis lüften zu können.

»Nein.« Harsch und herrisch klang ihr Vater, so, wie Aleke ihn noch nie mit seiner Gemahlin hatte sprechen hören. »Aleke kommt mit uns. Du solltest zum Kerker gehen, um Kersten zu begrüßen, wenn sie ihn freilassen.«

»Bitte«, flehte Aleke. »Ich möchte zu Ysake von Bremhen gehen, um ihm zu sagen, dass seine Frau bald von allen Vorwürfen befreit sein wird.«

Sosehr es sie auch interessierte, alle Geheimnisse zu erfahren, viel mehr fühlte sie sich Rina und Ysake von Bremhen gegenüber verpflichtet. Gemeinsam mit dem *Medicus* würde sie zum Kerker eilen, um Rina von Bremhen die gute Nachricht zu verkünden. Und Kersten natürlich. Vielleicht böte sich dann eine Gelegenheit, von Fredereke van dem Broke zu erfahren, was ihr Vater so unbedingt vor ihr verborgen halten wollte.

Als hätte er Alekes Gedanken gelesen, sagte Acchem van dem Broke: »Fredereke, auf ein Wort.«

Ihr Vater zog seine Gemahlin in eine Ecke und flüsterte auf sie ein, was er mit ausdrucksstarken Gesten begleitete. Fredereke van dem Broke schüttelte mehrere Male vehement den Kopf, bis sie schließlich nickte.

»Lasst uns gehen.« Jeder Zoll wieder der mächtige Patrizier nickte Acchem van dem Broke Aleke zu. »Bitte sag dem *Medicus*, dass ich ihm helfe, wenn er Unterstützung benötigt.«

Doch als sie aus dem Haus ins Freie traten, in die sanfte Sonne des Apriltages, in den Lärm der Braunschweiger Gasse, da fiel Acchem van dem Broke in sich zusammen. Seine Schultern sackten herab, und er strauchelte. Hätte Righert van Anhald nicht zugegriffen, wäre ihr Vater wohl in den Dreck der Gasse gefallen. Mitleid überkam Aleke, als sie ihrem Vater nachsah, wie er neben Righert van Anhald und dem Boten zum Rathaus stolperte. Acchem van dem Broke sah aus, als würde er zum Galgen geführt.

»Ich werde am Kerker auf dich warten«, sagte Fredereke van dem Broke, deren Gesicht vom Kummer gezeichnet war.

»Was ist das für ein Geheimnis?«, fragte Aleke, die ihre Neugier nun nicht mehr zügeln konnte. »Was will mein Vater mir nicht sagen?«

»Ich … ich kann es dir nicht sagen. Es tut mir leid.« Fredereke van dem Broke wandte sich ab und eilte davon, als wäre der Leibhaftige hinter ihr her.

Langsam wandte Aleke sich ab, um zur Jodhenstrate zu gehen. Sosehr sie sich freute, dass Rina von Bremhen bald von der entsetzlichen Anklage freigesprochen wäre, so wenig konnte sie ihre Gedanken von der Frage lösen, was ihr Vater wohl noch alles vor ihr verborgen hielt. Wie hatte er nur seinen Bruder schützen können, nachdem dieser Righert van Anhalds Familie ermordet hatte? Was war ihr Vater nur für ein Mensch? Sicher nicht der strahlende Ritter, als den Aleke ihn immer hatte sehen wollen, auch wenn er ihre Mutter nicht geheiratet hatte.

KAPITEL 29

Komm mit. Verflucht.« Bevor Hinrek wusste, was ihm geschah, zerrte ihn Gerwen Krameres hinter sich her in eine schmale Gasse. »Der *Büttel* ist auf der Suche nach uns.«

Vor Schreck drohte Hinrek das Herz stehenzubleiben. Seine Knie wurden weich, seine Hände begannen zu zittern. Verloren. Er hatte alles gewagt und alles verloren. Schlimmer noch. Nun würde er auch sein Leben verlieren. Warum nur war er damals auf den wahnwitzigen Plan des Krameres eingegangen, den Schatz der Familie Wagheman zu stehlen. Damit hatte alles angefangen. Von da an war sein Leben immer weiter in die ewige Verdammnis gelaufen. Alles wegen einer dummen Entscheidung. Alles, weil die Magd der Waghemans erwacht war und Zeter und Mordio gebrüllt hatte. Ohne zu zögern, hatte Gerwen Krameres die Magd getötet und die zweite, dann das Ehepaar Wagheman – und schließlich hatte er das Feuer gelegt. Damit niemand sie verraten würde, hatte Krameres gesagt. Er hätte einschreiten müssen, sagte sich Hinrek. Er trug Mitschuld am Tod der Familie.

Nein.

Sein Bruder trug die Schuld. Hätte Acchem ihm nur einen angemessenen Anteil am Erbe gegeben, hätte Hinrek sich niemals mit so einem wie dem Krameres einlassen müssen. Zu spät. Die Reue kam zu spät und würde ihn auch nicht mehr retten.

Der Schlag ins Gesicht traf Hinrek unvermutet und warf ihn beinahe zu Boden.

»Hör auf zu träumen. Wir müssen fliehen, müssen uns verstecken.« Gerwen Krameres, in dessen Augen Wahnsinn glomm, zerrte Hinrek am Schlafittchen hoch und schüttelte ihn wie einen jungen Hund. »Überleg dir, wo wir sicher sind.«

»Nirgends. Wenn der *Büttel* uns sucht …« Hinrek konnte nicht weitersprechen. Angst vor der Strafe überwältigte ihn. Mörder wurden aufs Rad gebunden. Nein. Lieber würde er in die Oker gehen, einen schnellen, kalten Tod finden. Obwohl er nicht gewiss sein konnte, dass er es über sich brächte, sich zu ertränken. »Ich … ich weiß nichts.«

Acchem – er muss mir helfen. Doch sobald er den Namen seines Bruders gedacht hatte, erkannte Hinrek, dass er dieses Mal zu weit gegangen war, dass sein älterer Bruder ihm niemals verzeihen würde, was er angestellt hatte. Bereits bei Hinreks erster großer Verfehlung hatte Acchem ihn nur unter der Bedingung gerettet, dass Hinrek über alles schweigen, dass er nicht mehr spielen und übermäßig trinken würde. Als hätte Hinrek jemals die Absicht verfolgt, darüber zu reden. Auch die anderen Versprechen hatte Hinrek gegeben und sogar geglaubt, dass er sie einhalten würde. Eine Weile war er der Sohn gewesen, den sein Vater sich gewünscht hatte.

Doch dann waren seine Geschäfte wieder dem Untergang geweiht gewesen, so dass Hinrek nach Ablenkung suchte, was mit Schulden und dem Feuer endete. Nach dem Brand des Hauses der Waghemans hatte Acchem seinen Bruder vor den *Büttel* und das Gericht schleifen wollen, hatte ihn und Gerwen Krameres anklagen wollen, doch der Krameres hatte Acchem bedroht und gesagt, dass er ihn mit in den Abgrund reißen würde. Zähneknirschend hatte Acchem sich gefügt, aber von Hinrek gefordert, dass er sich von Gerwen Krameres fernhielte. Erschüttert über die Flammentode hatte Hinrek sich gefügt, bis … ja, bis sein Neffe ihm die Braut abspenstig gemacht hatte. Da musste er doch wieder spielen und trinken, um sein Elend zu vergessen.

Hätte er sich nur an sein Versprechen gehalten, hätte er nur die Wirtshäuser nicht mehr aufgesucht, um zu spielen. Wie ein Falke hatte der Krameres auf ihn gelauert, hatte abgewartet, bis Hinreks Schulden übermächtig waren und sich ihm dann mit dem Plan genähert, wie Hinrek doch noch an sein Erbe kommen könnte. Indem er Kersten aus dem Weg räumte. Und sich noch an Ceffeken Horneborch rächte, die seinen Neffen ihm vorgezogen hatte. Trunken vom Wein und zornig darüber, dass er schon wieder eine Frau, die er begehrte, verloren geben musste, hatte Hinrek eingewilligt. Den Dolch hatte er nicht führen wollen, aber er hatte Kerstens Wein mit dem Zaubertrunk versetzt, den ihm der Krameres gegeben hatte. Und Hinrek hatte seinem Kumpan geholfen, sich in Kersten van dem Brokes Haus zu verstecken, bis das frischvermählte Paar, trunken vor Glück, heimgekehrt war.

Erst am nächsten Morgen, als er mit schwerem Schädel

erwacht war, hatte Hinrek erkannt, was für eine Untat er mit ausgeheckt hatte, was er seinem Neffen und seinem Bruder angetan hatte, von der armen, schönen Ceffeken Horneborch gar nicht erst zu reden. Aber da war es zu spät gewesen. Einen Augenblick hatte Hinrek mit sich gerungen, überlegt, seinem Bruder die Wahrheit zu sagen und somit seinen Neffen zu befreien, doch die Angst vor dem Rad war zu stark gewesen.

Doch das Lügen und Täuschen hatte alles nichts genützt, dachte er bitter. Hier und heute holte sein Frevel ihn ein, mochte Gerwen Krameres auch glauben, dass sie entkommen konnten. Die Stadttore waren bewacht, die Torwächter kannten ihn und sicher auch Gerwen Krameres. An keinem der großen Tore würden sie entkommen können. Sicher würde der Stadtrat dafür sorgen, dass selbst die Nebenpforten bewacht waren. Einen Mord verfolgte die Stadt mit aller Härte. Hinreks Kehle fühlte sich ausgedörrt an, als hätte er gestern zu stark dem Weine zugesprochen, doch es war die Angst, die ihn in ihren Fängen hielt. Sollten der *Büttel* und sein Gehilfe ihn fangen, würde er sicher dem Scharfrichter begegnen, außer wenn er alles gestünde.

Vielleicht war das das Beste – aufgeben, sich dem *Büttel* stellen und den Stadtrat und das Gericht um Gnade anzuflehen. Ja, das war eine kluge Idee. Er würde alles dem Krameres anlasten. Schließlich war es auch dessen Plan gewesen – erst der Raub beim Wagheman, dann der Mord an Ceffeken Horneborch.

»Überlegst du, mich auszuliefern?«, fragte Gerwen Krameres mit einem falschen Lächeln. Geduckt lief er, eng an die Hauswände gepresst, als könnte ihn das davor bewahren, entdeckt oder erkannt zu werden. »Versuch es nicht. Ich ziehe dich mit in den Abgrund. Mitgefangen, mitgehangen.«

»Ich würde dich niemals verraten«, log Hinrek, dessen trockene Kehle ihm das Sprechen erschwerte. Das hätte er wissen müssen, dass der Krameres niemals aufgeben würde, dass der Krameres nichts unversucht lassen würde, dass Hinrek die gleiche Strafe erleiden musste wie er. »Aber vielleicht sollten wir uns trennen und uns später treffen. In Süpplingen oder Helmstedt?«

»Du bleibst bei mir.« Mit fester Hand griff Gerwen Krameres nach Hinreks Arm, drehte diesen, bis Hinrek einen Schmerzensschrei ausstieß, was dieses teuflische Lächeln auf Krameres' Gesicht brachte. »Ich will mir sicher sein, dass du nicht wieder zu deinem Bruder läufst und uns anschwärzt.«

»Wer hat uns angeschwärzt? Woher wissen die *Büttel* von uns?« Immer wieder warf Hinrek einen Blick über die Schulter, meinte die Rufe der *Büttel* zu hören oder einen von ihnen zu sehen. »Du wolltest dich doch um alles kümmern? Nicht sehr erfolgreich, wie mir scheint.«

»Werd' nur nicht frech.« Ohne Zögern bog Gerwen Krameres in eine Gasse ab, die in den verrufenen Teil der Stadt führte. Dort, wo *Hübschlerinnen* in Hurenhäusern ihre Dienste feilboten. Dort, wo die Wirte sich nicht an das Gesetz hielten, wenn es um das *Dobbelspiel* ging. Hier hielt Gerwen Krameres kurz an, damit sie beide Atem holen konnten. »Der Sohn vom Wagheman und die Ledinkhusen sind gemeinsam mit deinem feinen Herrn Bruder bei der Ratssitzung erschienen. Statt über die Freilassung der Magdeburger Gefangenen zu verhandeln, haben die Ratsherren beschlossen, ihnen zu glauben und uns zu jagen.«

»Woher weißt du davon? Wie konntest du entkommen?«

»Ich habe überall Freunde«, stieß der Krameres hervor. Beim Lachen bleckte er die Zähne. »Männer, die mir einen Gefallen schulden. Manchmal auch Frauen.«

»Wo wollen wir hin?« Hinrek musste darüber nachdenken, was der andere eben gesagt hatte. Immer wieder fragte er sich, wie der Mann, der sich Righert van Anhald nannte, ihm auf die Schliche gekommen war. Und dass Aleke Ledinkhusen ihm geholfen hatte, nun, das konnte man wirklich nur eine Laune des Geschicks nennen. »Wie haben sie von uns erfahren können?«

»Das ist doch gleichgültig«, stieß Gerwen Krameres zwischen den Zähnen hervor. Inzwischen war er in einen leichten Trab verfallen, so dass auch Hinrek laufen musste und kaum noch Luft hatte, Fragen zu stellen. »Aber sie werden es bereuen. Hier ist es.«

Gerwen Krameres deutete auf ein Hurenhaus, in das er Hinrek einmal mitgenommen hatte. Aber Hinrek hatte dort kein Vergnügen finden können, die Weiber waren ihm zu derb und frech gewesen, so dass er sich vorgenommen hatte, nie wieder einen Fuß über diese Schwelle zu setzen. Nun musste er froh sein, hier Unterschlupf beziehen zu können.

»Bist du gewiss, dass wir hier sicher sind?«, zweifelte Hinrek. Die *Hübschlerinnen*, die ihren Körper für Geld feilboten, würden Gerwen Krameres und ihn sicher ebenfalls verschachern, sollte der Preis stimmen. »Mir scheint es klüger, wenn wir die Stadt verlassen.«

»Du hast doch selbst gesagt, dass wir nicht aus den Toren gelangen werden. Jedenfalls heute nicht.«

»So schnell werden die *Büttel* nicht nachlassen, uns zu jagen. Nicht für Mord«, widersprach Hinrek. Nun, wo sie beide auf der Flucht waren, fühlte er sich Gerwen Krameres ebenbürtiger als vorher. Jetzt konnte der andere ihm nicht mehr vorschreiben, was er zu tun hatte. Nun waren sie beide Ausgestoßene, und der Krameres hatte ihm nichts mehr zu befehlen. Der Gedanke gefiel Hinrek, auch wenn er das Einzige war, an dem er sich erfreuen konnte. »Sie werden selbst in anderen Städten nach uns suchen lassen. Hier sind wir gefangen wie Ratten. Wir können nur abwarten, bis sie uns holen.«

Gerwen Krameres, der die Hand schon an der Tür des Hurenhauses hatte, drehte sich zu Hinrek um. »Hab mehr Vertrauen, Junge.«

Überrascht stolperte Hinrek in das Haus. Was das nur wieder bedeuten mochte?

Zu Hinreks Erstaunen war keine Frau zu sehen. Nur der hagere Wirt, dessen Wangen eingefallen aussahen, da er nur noch wenige Zähne im Mund hatte, stand hinter der hölzernen Schanktheke und füllte Wein aus einem Fass in Krüge. Als er sie hereinkommen sah, nickte er ihnen knapp zu und deutete mit dem Kopf nach links. Gerwen Krameres, der sich gut auszukennen schien, öffnete eine Tür, die eine Treppe hinab in den Weinkeller führte.

»Was soll das? In Kellern suchen die *Büttel* als Erstes«,

murrte Hinrek. Wie hatte er nur je so dumm sein können, auf den Krameres hereinzufallen? In Zeiten der Not konnte man sich auf den auch nicht verlassen. »Da können wir uns gleich an den Brunnen des Altstadtmarktes stellen.«

»Warte erst, bevor du dein Maul aufreißt.« Gerwen Krameres schob ein Fass zur Seite, das eine schmale Tür verbarg, die in einen winzigen Raum führte, gerade so hoch, dass man dort gebückt stehen konnte, gerade so breit, dass drei Männer dort schlafen konnten. Sicherlich war es dort dunkel wie in der tiefsten Hölle, wenn die Tür geschlossen war. »Los, geh da rein.«

Panik griff mit kalten Knochenfingern nach Hinrek und drohte, ihn zu überwältigen. Plante der Krameres, Hinrek auf diesem Wege loszuwerden? Sollte er in diesem Loch lebendig begraben werden und elendig verhungern und verdursten? Hinrek musste würgen. Alles würde er dem Krameres versprechen, wenn dieser ihn nur nicht lebendig einsargte.

»Nun geh schon. Probier' aus, ob's passt.« Gerwen Krameres gab Hinrek einen Stoß, so dass der auf Händen und Knien in dem winzigen, dunklen Loch landete. »Ich hole uns Wein und Brot, damit wir etwas zu essen haben. Solange die Weiber da sind, müssen wir hier drin bleiben. Wenn der Wirt allein ist, lässt er uns raus.«

Erleichtert krabbelte Hinrek aus dem Loch und ließ sich gegen die Lehmwand sinken, die sich leicht feucht anfühlte und stark nach Erde roch. Aber nun, wo er wusste, dass er nur für einige Stunden am Tag hier eingesperrt war, konnte er die Enge und die Feuchtigkeit ertragen. Im

Geiste bat er Gerwen Krameres um Verzeihung, weil er an seinem Freund gezweifelt hatte. Das musste Hinrek ihm lassen, der Krameres dachte wirklich weit voraus und hatte einen Plan für jede Gelegenheit zur Hand.

Nachdem Gerwen Krameres mit Brot, Käse und Starkbier zurückgekehrt war und sich die beiden Männer gestärkt hatten, fragte Hinrek: »Was hast du gemeint, ich soll Vertrauen haben?«

»Sei nicht so neugierig.«

»Nun sag schon«, behaarte Hinrek, der nur zu gut wusste, wie gern Gerwen Krameres über seine Pläne redete, da dieser sich für klüger und findiger als alle anderen Menschen hielt. »Was hast du dir ausgedacht?«

»Ich musste nicht viel denken.« Gerwen Krameres nahm einen großen Bissen von dem Brot und kaute geräuschvoll, während Hinrek angespannt auf seine Antwort wartete. »Nur ein bisschen reden und ein paar Brocken Wissen an die richtige Stelle streuen.«

»Ich verstehe kein Wort.«

»Deshalb bin auch ich der, der die Pläne schmiedet, und du der, der nur mitläuft.«

Die Verachtung, die in Worten und Stimme von Gerwen Krameres lag, ärgerte Hinrek zutiefst, aber er schluckte sie runter, weil er unbedingt erfahren wollte, was sein Kumpan erdacht hatte. Also schwieg Hinrek, bis Gerwen Krameres aufgegessen hatte. Nach all den gemeinsamen Jahren wusste Hinrek nur zu gut, wie er erfahren konnte, was er wissen wollte. Auch dieses Mal zahlte seine Strategie sich aus.

Gerwen Krameres trank einen großen Schluck des Rotweins, rülpste und sagte: »Schon lange sind die *Gildemeister* mit dem Stadtrat unzufrieden. Sie wollen ihren Teil an der Macht, aber die Patrizier kleben an ihren Stühlen.«

»Ich weiß, aber wie soll uns das helfen?«

»Nun.« Gerwen Krameres lächelte grimmig. »Wenn die *Gildemeister* erst erfahren, wie hoch die Schulden sind und um wie viel mehr sie steigen werden, wenn wir die Gefangenen aus Magdeburg auslösen, dann …«

»Was geschieht dann?«

»Wenn man es geschickt anstellt und sie ein bisschen lenkt, werden sie sich erheben.« Gerwen Krameres lehnte sich gegen ein Weinfass und schloss die Augen. »Ein paar Worte zur rechten Zeit und …«

»Ich verstehe.« Hinrek musste schlucken, weil er nicht glauben konnte, dass sein Gegenüber wirklich einen derart perfiden Plan geschmiedet hatte. Einen Plan, dessen Grundstock schon vor langer, langer Zeit hatte gelegt werden müssen. Selbst Gerwen Krameres konnte nicht so weit vorausschauen, oder? Höchstens der Teufel konnte so planen. »Wenn die *Gildemeister* einen Aufruhr verursachen, sind die *Büttel* und der Stadthauptmann beschäftigt. Wir können fliehen.«

»Du denkst zu klein.« Gerwen Krameres öffnete die Augen. Kalte, seelenlose Augen. »Ich denke nicht an einen Aufruhr. Ich will die Stadt brennen sehen.«

KAPITEL 30

Auf ihrem Weg in die Jodhenstrate kam Aleke am Barfüßerkloster entlang und wunderte sich, wie viele Menschen sich dort versammelt hatten. Doch dann beschäftigte sie sich wieder mit ihren Gedanken und vergaß die Männer, die in so eifrigem Gespräch miteinander gestanden hatten. Zum ersten Mal seit langer Zeit fühlte ihr Herz sich heute leicht und froh. Nach vier Tagen des bangen Wartens hatte der Rat Kersten van dem Broke vorgestern aus dem Kerker entlassen, wobei er allerdings noch nicht gänzlich von allem Verdacht befreit war, solange Gerwen Krameres und Hinrek van dem Broke sich noch auf der Flucht befanden. Rina von Bremhen hingegen konnte den Kerker als freie Frau verlassen, weil sich alle Anklagen gegen sie als Auswuchs der *peinlichen Befragung* erwiesen hatten.

Dank Righert van Anhald und den Worten des Henkers, selbst wenn dieser einen unehrlichen Beruf innehatte, hatte der Rat sich erneut mit der Frage des Mordes an Ceffeken Horneborch beschäftigt und war Righert van Anhald und auch Acchem van dem Broke gefolgt, die in Gerwen Krameres und Hinrek van dem Broke die wahren Schuldigen sahen. Aussagen von Calf, dem Schwanenwirt, und dem *Höker*, der Gerwen Krameres die *Alraunenwurzel* verkauft hatte, hatten die Verschwörer weiter belastet. Der einzige Schatten, der auf Alekes Freude fiel, war, dass die beiden Schuldigen durch jemanden gewarnt worden waren und ihrer gerechten Strafe entkommen konnten. Aber lange würden Gerwen Krameres und Hinrek van dem Broke den Häschern nicht entgehen, da war sich Aleke sicher.

Befugt von der *Magistra*, durfte sie heute die *Medica* aufsuchen, um sich von Rina und Ysake von Bremhen zu verabschieden, die in wenigen Tagen in ihre Heimatstadt reisen wollten. Ihren Besuch wollte Aleke auch nutzen, um Rina von Bremhen zu fragen, ob sie ein Heilmittel für Lucke wüsste, damit das Mädchen irgendwann einmal ihre Sprache wiedergewinnen würde.

Weil Benedicte Muntaries so glücklich darüber war, dass ihr Neffe aus dem Kerker freigelassen war, hatte Aleke ihr abhandeln können, dass sie so viel Zeit mit der *Medica* verbringen durfte, wie sie es sich wünschte.

Ein Knecht, der ein sichtlich schweres Weinfass über die Straße rollte, lächelte Aleke an und nickte ihr fröhlich zu. Erst wollte sie sich über die Frechheit des Mannes erbosen, bis sie bemerkte, dass er ihr wohl nur hatte antworten wollen. Bei dem Gedanken, dass sie so viel mehr über die Schule von Salerno erfahren könnte, hatte Aleke derart glücklich gestrahlt, dass es dem Mann aufgefallen sein musste. Hastig senkte sie den Kopf. Obwohl die Kirche sich gegen Aberglauben wandte, kam Aleke nicht umhin, sich zu fürchten, dass ihr Glück sich ins Gegenteil verkehrte, wenn sie es zu offen zeigte. Wer zu viel will haben, dem wird gar nichts, lautete einer von Gheses Lieblingssprüchen. Righert würde Aleke sicher dafür auslachen, stand er doch fest mit beiden Beinen auf der Erde, ohne sich um Vorzeichen und dunkle Mächte zu scheren.

Righert. Alekes Herz schlug ein wenig schneller, erneut wollte sie lächeln, wie jedes Mal, wenn sie an ihn dachte. Nachdem sich endlich herausgestellt hatte, dass nicht ihr Vater, sondern dessen Bruder im Verbund mit Gerwen Krameres das Feuer gelegt hatte, in dem Righerts Familie gestorben war, war es ihnen beiden endlich gelungen, die Mauern aus Misstrauen und Halbwahrheiten zu überwinden und sich ihrer Gefühle bewusst zu werden und sie einander einzugestehen, auch wenn es noch sehr vorsichtig und tastend geschah. Daher hatte Aleke sich ein wenig mehr Bedenkzeit bei der *Magistra* ausbedungen, bevor sie sich endgültig entschied, ob sie eine der Schwestern werden wollte oder nicht. Erst wollte sie Righert van Anhald ein wenig besser kennenlernen, bevor sie sich gegen die Zuflucht des Konvents aussprach. Heute Nachmittag würde Aleke ihn wiedersehen, um gemeinsam mit ihm zur Familie van dem Broke zu gehen. Aleke wollte erfahren, wie es ihrem Halbbruder ging und wie ihr Vater ihr nun gegenübertreten würde, nachdem sie seinen Auftrag ausgeführt hatte. Würde es ihnen beiden je möglich sein, sich unbefangen zu begegnen? Oder würde Alekes Herkunft weiterhin unausgesprochen zwischen ihnen stehen?

Nein, den heutigen Tag wollte sie sich nicht mit düsteren Gedanken verderben. Sie wollte ihn genauso genießen wie die sanfte Frühlingssonne, die der wechselhafte April ihr heute schenkte. Endlich hatte sie die Jodhenstrate erreicht und klopfte an die Tür des Hauses, in dem Rina und Ysake von Bremhen wohnten. Nachdem die Magd ihr geöffnet hatte, stieß Aleke einen Überraschungsruf aus, als sie die Truhen entdeckte, die in der *Däle* standen und ihr den Durchgang blockierten.

»Aleke.« Über Rina von Bremhens schmales Gesicht huschte ein Lächeln, bevor sie wieder konzentriert ausschaute und den beiden Knechten, die an der Tür zum Hof standen, Anweisung gab. »Bitte, die große Truhe muss zuerst auf den Wagen.«

»Guten Tag.« Aleke runzelte die Stirn. »Das sieht aus, als …«

»Ja, wir reisen heute noch ab.« Erschöpft wischte sich die *Medica* mit dem Handrücken den Schweiß von der Stirn. »Schlechte Nachrichten aus Bremen. Ysakes Mutter ist schwer erkrankt. Er ist bereits vorausgeritten und hat mich mit allem allein gelassen. Männer!«

»Ich … ich dachte, Ihr wolltet erst viel später nach Bremen zurückkehren.« Der Gedanke, dass sie mit Rina eine Frau verlieren würde, die ihr eine Freundin hätte werden können, schmerzte Aleke. Sie hatte noch so viele Fragen an die *Medica*. »Wie schade. Ich wollte so gern noch mehr über Salerno erfahren.«

»Kommt mit uns.« Obwohl sie durch die Knechte abgelenkt war, die gerade die große Truhe hatten fallen lassen, drehte sich Rina von Bremhen zu Aleke um und ergriff deren Hände. »Das meine ich aus vollem Herzen. Fangt in Bremen neu an. Ohne den Ballast, den Ihr in Braunschweig immer tragen werdet.«

»Wovon soll ich denn leben?«

»Auch in Bremen gibt es *Beginen*. Oder Ihr bittet Euren Vater um Unterstützung. Schließlich verdankt er Euch das Leben seines Sohnes.« Die *Medica* überlegte einen Augenblick. Dann zwinkerte sie Aleke schelmisch zu. »Oder gibt es etwa einen anderen Grund, warum Ihr Braunschweig nicht verlassen wollt.«

Aleke spürte ihre Wangen heiß werden und schaute zu Boden. »Ich weiß es nicht. Ich bin mir nicht sicher.«

»Wenn er seinen Rachedurst überwinden kann, ist er ein guter Mann.« Rina von Bremhen sah Aleke ernst an, während sie mit den Händen die Knechte lotste. Endlich waren alle Truhen auf den Wagen geschafft und sollten nun festgezurrt werden, eine Aufgabe, die nicht mehr Rina von Bremhens Anwesenheit bedurfte. »Kommt. Lasst uns einen Wein zum Abschied trinken.«

»Gern.« Beinahe meinte Aleke, sie hätte diesen überstürzten Aufbruch selbst heraufbeschworen, als sie sich auf dem Weg in die Jodhenstrate so sehr darüber gefreut hatte, was für eine glückliche Wendung ihr Schicksal genommen hatte. Sie konnte nur hoffen, dass mit dem Abschied ihrer Freundin alles Unglück für den heutigen Tag geschehen wäre. »Werdet Ihr länger in Bremen bleiben?«

»Ysake wünscht es.« Rina von Bremhen lächelte etwas bitter. »Ich würde lieber nach Salerno zurückkehren und dort lehren. Aber solange seine Mutter krank ist …«

»Es klingt ein wenig, als zweifelt Ihr an der Krankheit.«

»Unsere Lebensführung sollte so sein, dass wir nur Gutes über andere Menschen sprechen.« Die *Medica* seufzte. »Aber ich muss gestehen, bei Ysakes Mutter fällt es mir schwer, mich an diese Regel zu halten.«

»Herrin. Wir können aufbrechen«, platzte der größere Knecht herein. »Wir sollten auch aufbrechen, damit wir vor Sonnenuntergang eine sichere Herberge erreichen.«

»Ich bin froh, dass ich mich noch verabschieden konnte.« Aleke nahm Rina von Bremhen in die Arme. »Alles Gute für Euch.«

»Kommt nach Bremen.« Rina von Bremhen erwiderte Alekes Umarmung. »Manchmal ist es gut, einen Neuanfang zu wagen.«

»Danke. Grüßt Euren Mann. Gute Reise.«

Schneller, als sie es erwartet hatte, fand sich Aleke wieder auf dem Weg zurück zum Konvent. Da die Sonne den Tag immer noch verschönte, entschloss sich Aleke, nicht zu den Schwestern zurückzukehren, sondern dem Altstadtmarkt einen Besuch abzustatten. Vielleicht fände sie dort etwas Schönes, das sie Fredereke van dem Broke mitbringen könnte. Oder eine besondere Süßigkeit, mit der sie Lucke eine Freude machen könnte. Oder vielleicht etwas, das Righert gefallen könnte. Doch ihre Gedanken wanderten immer wieder zurück zu Rina von Bremhens Einladung.

Bremen.

Konnte es wirklich so etwas wie einen Neubeginn geben? Trug man nicht die Verletzungen und Narben, die man in der Vergangenheit erworben hatte, mit sich, egal in welcher Stadt man lebte? Obwohl Aleke dies nur zu bewusst war, barg die Vorstellung, in einer fremden Stadt als Aleke Ledinkhusen zu leben, ohne dass ein jeder wusste, dass sie das uneheliche Kind des Acchem van dem Brokes' war, einen gewissen Reiz.

Aber warum sollte sie Bremen wählen? Aleke schüttelte

den Kopf über ihre Überlegungen. Wenn sie wirklich Braunschweig den Rücken kehren wollte, könnte sie mit Righert nach Magdeburg gehen, in die Stadt, in der er nach dem Brand gelebt hatte. Andererseits – Magdeburg war Righerts Heimatstadt, wo Aleke eine Fremde wäre, die sich anpassen müsste. Wenn sie wirklich einen Neubeginn wagen wollte, gemeinsam mit ihm, dann sollten sie eine Stadt wählen, in der sie beide fremd wären. Wer zu viel will haben, dem wird gar nichts, pflegte Ghese Ysernehagen gern zu sagen, erinnerte sich Aleke mit einem Lächeln. Erst wollte sie den Nachmittag abwarten, bevor sie ihr Leben neu plante.

Je näher sie dem Altstadtmarkt kam, desto lauter ertönten Stimmen, die einander zu überschreien suchten. Sosehr Aleke auch überlegte, sie konnte sich nicht erinnern, schon einmal einen Markttag erlebt zu haben, der mit einem derartigen Tumult verbunden war. Neugierig, aber gleichzeitig vorsichtig setzte sie ihren Weg fort.

Als sie auf den Marktplatz trat, hob sie erschrocken die Hand vor den Mund, um den Schrei aufzuhalten, der in ihr aufstieg. Vor ihr bot sich ein grauseliges Bild. Das Haus mit den sieben Türmen, das wunderschöne Haus des Altstadtbürgermeisters Tile van Damme, stand weit offen. Marktvolk und Braunschweiger Bürger liefen hinein und hinaus, schleppten Gewänder, Hausrat und sogar Teppiche mit sich. Schreckerstarrt hörte Aleke immer mehr Rufe, die forderten, dass der Bürgermeister sterben müsse. Was war hier nur geschehen, dass die Menschen, die sich friedlich zum Markttag versammelt hatten, auf einmal zu Plünderern und sogar Mördern werden sollten.

Hatte nicht Benedicte Muntaries die Schwestern vor einem Aufstand gewarnt?

Die Schwestern! Der Gedanke an den Konvent half Aleke, sich aus der Starre zu lösen und langsam davonzugehen, damit sie den wütenden Pöbel nicht auf sich aufmerksam machte. Righert und Lucke. Ihr Vater. So viele Menschen waren in Gefahr. Wen sollte sie zuerst warnen?

Unschlüssig verhielt Aleke ihre Schritte. Dem Konvent und den Schwestern gegenüber fühlte sie sich verpflichtet, ihrem Vater als Stadtrat drohte sicher die meiste Gefahr, aber ihr Herz zog sie zu Righert. Also wandte sie sich um und lief zum Steyn Markt. Es waren nur noch wenige Schritte bis zu Righerts Haus in der Jacopes-Strate, als ihr jemand in den Weg trat. Eilig, wie sie war, erkannte sie den Mann erst auf den zweiten Blick, so dass sie nicht schnell genug handelte, als er an sie herantrat und sie umarmte. Gerwen Krameres' Berührung war Aleke so ekelhaft, dass ihr Körper erstarrte.

»Aleke Ledinkhusen. Ich hatte erwartet, Euch hier zu sehen«, sagte er spöttisch. Sie ballte die Hand zur Faust, um ihm das feiste Grinsen aus dem Gesicht zu schlagen, als sie die Spitze des Dolches an ihrem Rücken spürte. Gerwen Krameres zischte ihr ins Ohr. »Ich bin kein *Medicus* wie Euer jüdischer Freund, aber ich weiß, wo ich zustechen muss, dass ihr langsam und qualvoll sterbt.«

»Was wollt Ihr?«, antwortete Aleke, die es nicht wagte, sich zu regen. Aber sich einfach fügen konnte sie auch nicht. »Die *Büttel* werden Euch bald holen.«

»Oh nein.« Gerwen Krameres lächelte, wie Aleke aus dem Augenwinkel erkennen konnte, als hätte sie einen

Scherz gewagt. »Hast du es nicht gesehen. Die *Gilden* wagen den Aufstand gegen den Rat. Die *Büttel* und auch der Stadthauptmann werden Besseres zu tun haben, als mich zu suchen. Wir werden allein bleiben. Du und ich.«

Er trat ein wenig von ihr zurück, um sich mit der linken Hand die Kapuze seines Mantels über den Kopf zu ziehen, so dass sein Gesicht im Schatten lag. Mit der rechten Hand presste er weiterhin den Dolch an Alekes Rücken.

»Komm mit.« Sein Gesichtsausdruck versetzte Aleke in Angst. Sie war sich gewiss, dass sie niemals zurückkehren würde, wenn sie mit Gerwen Krameres ginge. Als spürte er ihre Gedanken, fletschte er die Zähne. »Komm mit. Ohne ein Wort. Oder ich töte erst dich und dann alle, die dir wichtig sind. Mit dem stummen Balg fange ich an. Glaub mir, ich bringe es zum Schreien. Deinen Righert hebe ich mir für den Schluss auf.«

Fieberhaft überlegte Aleke, ob es ihr gelingen könnte, ihm zu entkommen. Vielleicht, wenn sie in die Menschenmenge gerieten, die vom Altstadtmarkt aus grölend und rasend in die Stadt lief. Aleke gab vor, sich Gerwen Krameres' Befehlen zu fügen, aber sie blieb wachsam und wartete nur auf eine Gelegenheit, zu entkommen. Ihr Feind führte sie am Altstadtmarkt vorbei, wo noch immer Menschen tobten und brüllten, während sie sich weiter zusammenrotteten. Alekes Hoffnung sank. In dem Lärm würde niemand hören, wenn sie um Hilfe riefe.

Gerwen Krameres stieß sie weiter, am Markt vorbei, in Richtung des Michaelis-Tores. Mit jedem Schritt, den sie sich von anderen Menschen, selbst wenn es ein mordlüsterner Mob war, entfernte, sanken ihre Chancen, zu überleben. Als Gerwen Krameres ihr Zögern bemerkte, drückte er den Dolch fester in ihren Rücken, so dass Aleke einen Schmerzensschrei ausstieß. Inzwischen hatte er auch die linke Hand wieder um sie gelegt, so dass sie keine Möglichkeit sah, sich zu befreien.

Sie musste sich gedulden. Bis zum Stadttor. Dem Wächter dort ein Zeichen geben.

Aleke atmete tief ein. Die Stelle, an der Gerwen Krameres sie verwundet hatte, schmerzte, aber schlimmer war die Sorge, ob der Mann wirklich auch Lucke und Righert gefangen hatte.

Weiter und weiter trieb er sie, als wäre sie ein Stück Vieh, das er zum Markte tragen wollte. Endlich hatten sie das Michaelis-Tor erreicht. Aleke schöpfte ein wenig Mut, doch Gerwen Krameres zerrte sie daran vorbei.

»Glaubst du, ich bin so dumm, durch eines der großen Tore zu gehen«, flüsterte er in ihr Ohr. Sein Atem strich unangenehm über ihren Hals und ihre Wange. »Wir nehmen das Bruchtor, um in den Wald zu gelangen.«

»Der Aufstand wird nicht lange anhalten«, zischte Aleke. »Dann werden sie Euch suchen. Mit mir als Gefangener kommt Ihr viel zu langsam voran.«

»Wer sagt denn, dass ich dich lange gefangen halte.« Sein Lachen machte Aleke schaudern. Hatte sie vorher noch ein wenig Hoffnung gehegt, so wusste sie nun, dass er sie ermorden würde. Also konnte sie jetzt auch um ihr Leben kämpfen. Als läse er ihre Gedanken, knurrte er ihr zu: »Denk dran. Ein Fehler und dein Liebster und das stumme Gör müssen leiden.«

»Soll ich Euch etwa glauben, dass Ihr ihnen kein Leid antun werdet, wenn ich brav bin?«

»Vor der Stadt wartet ein Pferd auf mich. Wenn ich mit dir fertig bin, verlasse ich Braunschweig.« Er schnaubte. »Schade, den Sohn vom Wagheman hätte ich auch gern gefangen, aber du bist mir Preis genug. Er wird leiden, wenn du verschwunden bist.«

Als Aleke die Nebenpforte sah, zu der Gerwen Krameres sie mit Gewalt hinzerrte, traf sie ihre Entscheidung. Lieber im Kampf sterben als nicht wenigstens zu versuchen, ihr Schicksal zu ändern. Dass Righert und Lucke nicht in Gefahr waren, hatte ihr Gerwen Krameres eben verraten. Ihr Feind wollte und musste fliehen, ihm blieb nicht die Zeit, zurückzukehren, um ihre Lieben zu morden. Also trat sie heftig nach Gerwen Krameres, doch der Mann musste ihre Überlegungen geahnt haben. Bevor Aleke handeln konnte, hob er den Dolch und stieß ihn mit Macht nach unten.

KAPITEL 31

Herausgelockt durch die Frühlingssonne und die Hoffnung, dass Aleke bereits etwas früher vorbeischaute, war Righert vor die Tür getreten und blickte die Straße entlang. Die Sonne blendete ihn, so dass er die Augen mit der Hand beschatten musste, um mit Sicherheit herauszufinden, ob die Frau, die er dort sah, Aleke sein könnte. In dem Augenblick trat ein Mann an die Frau heran und nahm sie in die Arme. Righert brummte enttäuscht und wollte wieder ins Haus gehen, als etwas an der Szene seine Aufmerksamkeit erregte. Die Frau wirkte angespannt, beinahe ängstlich, als sie nun, immer noch umarmt von dem Mann, die Straße zurückging, die sie gerade erst entlanggekommen war.

Je länger Righert dem Paar nachsah, desto mehr geriet er ins Zweifeln, ob die Frau nicht doch Aleke sein könnte. Ihre Art, sich sehr gerade zu halten, ihre großen Schritte – wäre der Mann nicht, wäre Righert gewiss, dass es seine Liebste war. Aber Aleke hätte sich niemals von einem Fremden derart vertraut umarmen lassen. Jedenfalls nicht ohne Zwang. Er benötigte einen Augenblick, bis er die Tragweite dieses Gedanken begriffen hatte. Dann lief er los, rannte den beiden nach, so schnell er konnte, doch sie waren bereits verschwunden.

Ziellos lief Righert die Sutstrate auf und wieder ab,

spähte in die Gassen, aber es war kein Paar zu sehen. Beruhige dich, denk nach, sprach er lautlos auf sich ein. Überlege dir, wohin sie ihre Schritte führen könnten. Zum Altstadtmarkt führte die Straße und von dort aus … Sollten seine schlimmsten Befürchtungen eintreffen und es war Gerwen Krameres oder Hinrek van dem Broke, die Aleke aufgelauert hatten, dann würden die Männer sicher aus der Stadt fliehen wollen, schließlich waren die *Büttel* hinter ihnen her. Also zum Hohen Tor. Righert lief los, drängte sich an einer Gruppe feister Weiber vorbei, die ihm entgegenrannten, Panik auf den Gesichtern, was ihn einen Augenblick verwunderte, dann jedoch von der Sorge um Aleke sofort überlagert wurde.

Zum Hohen Tor. Aber – dieser Gedanke ließ Righert innehalten. Gerwen Krameres und Hinrek van dem Broke mussten doch wissen, dass sie gesuchte Verbrecher waren. Niemals würden sie an den Torwächtern vorbeigelangen. Hilflos ballte Righert die Hände zu Fäusten, während er seine Möglichkeiten im Kopf durchspielte. Wenn sie nicht zum Tore gingen, wohin würden die Männer seine Aleke sonst verschleppen? Er konnte nicht weiter stillstehen und nachdenken. Seine Schritte führten ihn wie von selbst in Richtung des Altstadtmarktes, von wo aus es nicht mehr weit zum Hohen Tor oder zum Petri-Tor wäre. Righert war so sehr in seiner Sorge um Aleke versunken, dass er von der Menschenmenge überrascht und wie ein Blatt von der Oker mitgerissen wurde. Sosehr Righert sich auch sträubte, die schreienden und Fäuste schüttelnden Männer und wenigen Weiber spülten ihn mit sich mit.

»Bringt sie um!«

»Lasst Gerechtigkeit walten!«

»Weg mit dem Stadtrat!«

Diese und ähnliche Rufe erklangen wieder und wieder. Begleitet wurden die Schreie von einem Geruch, den Righert sofort erkannte und der sein Herz schneller schlagen ließ: Feuer. Righert richtete den Blick zum Himmel und sah dunkle Rauchwolken, die der Wind vom Altstadtmarkt her vor sich hertrieb. Was nur mochte die wütende Menge dort angezündet haben?

Trotz der Panik, die durch den Brandgeruch in ihm aufstieg, stemmte Righert die Füße in den Boden und stand wie ein Fels in der Brandung, während die Menge um ihn herumeilte. Mit kräftiger Faust hielt Righert einen wohl fünfzehnjährigen Jungen fest, der ihm weniger bedrohlich und geifernd erschien als der Rest der Menschen.

»Was ist los? Sag an!«

»Der Stadtrat – sie wollten die *Gildemeister* morden.« Fanatisch glitzerten die Augen des Jungen. »Jetzt ziehen wir los und töten sie. Und alle ihre Freunde. Seit Ihr einer von uns oder einer von denen?«

»Ich stehe auf meiner Seite.« Righert stieß den Jungen von sich. »Verschwinde mit deinen feinen Freunden.«

Langsam war die Menge weitergezogen, so dass er sich freier bewegen konnte. Aber nun beschäftigte ihn die nächste Sorge. Ein Aufstand in Braunschweig. Menschen, die nach Blut dürsteten und nicht aufhören würden, ehe sie es erhielten. Lucke. Er musste seine Schwester schützen. Doch wenn er zurück zu seinem Haus liefe, würde er

Aleke im Stich lassen. Lucke oder Aleke – welche von beiden wollte er retten? Righert drängte sich ohne Rücksicht durch die Menschen in Richtung der Stadttore. Dann jedoch sah er wieder die ängstlich aufgerissenen Augen seiner kleinen Schwester vor sich, erinnerte sich an sein Versprechen, dass er sie beschützen würde, dass ihr nie wieder ein Leid geschehen würde, solange er lebte. Aleke war klug, eine starke Frau – sie würde sich retten können, Lucke hingegen wäre dem Pöbel hilflos ausgeliefert. Also wandte er sich um und rannte zurück zu seinem Haus, um seine Schwester und Wynneke und Smalejohan zu warnen.

Dort angekommen, riss Righert die Tür auf und polterte in die *Däle*, wo Wynneke Lauch schnitt, während Lucke sich an einem Küchlein guttat.

»Schnell. Packt eure Sachen. Alles, was gut und teuer ist«, keuchte Righert. »Wir müssen weg. Die Stadt ist im Aufruhr.«

Von ihm und seinen harschen Worten erschreckt, fing Lucke an zu weinen, während Wynneke das Messer fallen ließ. Ebenfalls großäugig starrte sie ihn an.

»Keine Zeit für mehr Worte. Der Krameres oder der van dem Broke hat Aleke. Ich muss ihnen nach.«

»Und wir, Herr?« Wynneke war aufgestanden. »Sagt schnell, was sollen wir tun?«

»Sag Smalejohan, er soll alles Geld und alle Papiere packen. Ihr nehmt das Notwendigste, verschließt Haus und Hof.« Righert rang nach Atem. Er wollte keine langen Erklärungen geben, wollte, so schnell es ging, Aleke suchen.

»Pack alles auf den Wagen. Aber eilt euch. Lasst die Tuche und Stoffe hier.«

»Ich weiß, was zu tun ist.« Smalejohan war in die *Däle* getreten. »Soll ich Euch den Rappen satteln?«

»Das dauert zu lange.« Righert schüttelte den Kopf. »Ihr braucht das Pferd für den Wagen.«

»Geht, sucht Eure Frau.« Smalejohan nickte ihm zu.

»Nehmt keines der Altstadttore. Dort ist der Aufruhr«, stieß Righert hervor. »Fahrt zum Ägidien-Tor. Wartet vor dem Tor auf mich.«

Sosehr es ihn auch zog, Aleke zu suchen, ging Righert zu seiner Schwester und vor ihr in die Knie. »Lucke. Du musst keine Angst haben. Smalejohan und Wynneke kümmern sich um dich. Ich komme nach.«

Lucke nickte, aber in ihren Augen lag immer noch Furcht.

Righert stand auf und eilte zur Tür. Dort angekommen, fiel ihm noch etwas ein, und er drehte sich um: »Vergesst bloß den verfluchten Kater nicht.«

»Verlasst Euch auf mich, Herr.« Smalejohan nickte ihm zu und wandte sich dann Lucke und Wynneke zu. »Sucht eure Sachen. Sputet euch.«

Beruhigt, dass seine Schwester und ihr Schicksal in guten Händen waren, lief Righert erneut in Richtung des Altstadtmarktes, wobei sich die Gedanken in seinem Kopf überschlugen. Wäre er Gerwen Krameres oder Hinrek van dem Broke, wie würde er handeln? Was konnte einen der beiden Männer – je länger Righert nachdachte, desto sicherer war er, dass es der Krameres war – dazu bewogen haben, Aleke zu entführen? Warum nicht den Aufstand und das Durcheinander nutzen, um das eigene Leben zu retten? Rache! Gerwen Krameres wollte sich an denen rächen, die seinen perfiden Plan durchkreuzt hatten. Er würde Aleke töten, um dadurch auch Righert zu treffen. Righerts Kehle schnürte sich zu. Warum nur war er zu seiner Schwester zurückgekehrt und hatte damit jede Chance vertan, Aleke zu finden?

Nein! So durfte er nicht denken. Er musste kühl und vernünftig bleiben, wenn er Aleke retten wollte. Der Krameres war ein schlauer Fuchs, der sicher nicht in der Stadt bleiben würde, in der er wie in einer Fuchsfalle gefangen wäre. Also würde der Mann versuchen, aus Braunschweig zu entkommen. Sicher nicht an einem der großen Tore, die gut bewacht waren, sondern an einer der Nebenpforten, wo die Torwächter auch mal ein Auge zudrückten. Das Wassertor gab es, dort in der Richtung, in die Gerwen Krameres mit Aleke gegangen war. Oder das Michaelis-Tor. Righert musste sich für eines entscheiden. Sollte er die falsche Entscheidung treffen, dann … Daran wollte er nicht denken. Er musste darauf vertrauen, dass der Herr sich um die Seinen sorgte, musste daran glauben, dass Aleke klug genug war, sich zu befreien oder wenigstens so lange am Leben zu bleiben, bis er sie erreichte. Sie und den Krameres. Den Mörder seiner Eltern.

Was für eine böse Laune des Schicksals, dachte Righert, während er durch die Sutstrate hetzte. Der Mann, der seine Eltern gemordet hatte, wollte ihm nun auch die Frau nehmen, die Righert liebte. Aber dieses Mal nicht. Dieses Mal würde der Krameres keinen Erfolg mit seinen üblen Machenschaften haben. Hier und heute würde Righert den Kaufmann zur Verantwortung ziehen für all das Böse, das der getan hatte. Weil der Krameres seine Rache wollte, würde er Righert die Gelegenheit geben, sich endlich an ihm zu rächen. Sofern er ihn fände.

Righert wurde langsamer. Nun musste er sich entscheiden. Welche der Pforten wollte er wählen? Die Konsequenz seiner Entscheidung ließ ihn für einige Augenblicke erstarren. Wählte er das falsche Tor, würde er Aleke verlieren, nachdem er sie gerade erst gefunden hatte. Nachdem es ihm endlich gelungen war, ihr berechtigtes Misstrauen zu überwinden. Nachdem er ihr das Versprechen gegeben hatte, dass er für sie sorgen und sie schützen wollte. Gerade als Righert sich nach rechts zum Michaelis-Tor wenden wollte, entdeckte er jemanden, den er nur als Geschenk des Himmels betrachten konnte.

Schnell trat Righert zur Seite und wandte sein Gesicht ab, damit Hinrek van dem Broke, der die Straße hochkam, wobei er sich immer wieder über die Schulter sah, Righert nicht erkannte. Righerts Herz pochte schneller. Wo der van dem Broke war, konnte der Krameres nicht weit sein. Und wo der Krameres war, war auch Aleke. Sollte er den anderen aufhalten, ihn dazu zwingen, das Versteck zu verraten, in dem – so konnte Righert nur hoffen – Gerwen Krameres mit Aleke wartete? Nein, entschied sich Righert. Es war klüger, Hinrek van dem Broke nicht zu warnen, sondern ihm zu folgen, damit er Righert zu dem Schlupfloch führte, in das die Brandstifter und Mörder sich zurückziehen wollten.

Mit weiter pochendem Herzen ließ Righert den jüngeren van dem Broke an sich vorbeigehen, gab ihm einen kleinen Vorsprung, bevor er ihm folgte. Nach links – zum Wassertor. Righert sandte ein kurzes Dankgebet zum Himmel, dass er nicht die falsche Entscheidung gefällt hatte. Mit großen Schritten, aber darauf bedacht, Abstand zu wahren, folgte er Hinrek van dem Broke. Jedes Mal, wenn der sich über die Schulter sah, duckte Righert sich in einen Hauseingang, bis er sich überlegte, dass ihn das in Hinrek van dem Brokes Augen nur verdächtig machen würde. Also ging Righert einfach weiter, wobei er sich bemühte, sich geduckt zu halten, damit seine Größe ihn nicht verriet. Endlich hatte Hinrek van dem Broke die Pforte erreicht. Mehrfach blickte er sich um, bis er endlich die Tür öffnete.

»Halt! Bleibt stehen!« Hinter Righert erklangen Schritte, als jemand auf ihn zulief. »Sofort! Schaut mich an.«

Verflucht! Das konnte doch nicht wahr sein. Righert konnte nur ohnmächtig zusehen, wie Hinrek van dem Broke durch die Pforte schlüpfte und ihm entkam. Schweratmend und die Hände zu Fäusten geballt, gehorchte Righert dem Befehl und drehte sich um. Vor ihm stand der Torwächter, die Hellebarde zum Stoß bereit.

»Ich muss dem Mann nach«, knurrte Righert zwischen den Zähnen. »Er hat mein Weib entführt.«

»Ich habe keinen Mann gesehen.« Der Wächter musterte Righert prüfend von oben bis unten. »Der Stadtrat hat angeordnet, alle Tore zu schließen. Ihr müsst in Braunschweig bleiben, wie alle anderen.«

Im Bewusstsein seiner eigenen Bedeutung baute sich

der Mann vor Righert auf, dem vor Wut die Worte fehlten.

»Bitte, ich will doch nur meine Frau retten.« Righert atmete tief ein und aus, um nicht zu schreien. »Lasst mich gehen.«

»Geht nach Hause, guter Mann«, sagte der Wächter, der nicht einmal zu ahnen schien, was für ein Zorn in Righert kochte. Beinahe väterlich legte er Righert eine Hand auf die Schulter. Er schien einfach nicht begreifen zu wollen, was Righert ihm sagte. »In Zeiten des Aufruhrs solltet Ihr bei Eurer Familie sein und die schützen.«

Das versuche ich, aber Eure Dummheit hält mich davon ab, wollte Righert antworten, aber stattdessen senkte er die Schultern und den Kopf, nickte nur und schlich an dem Wächter vorbei wie ein geprügelter Hund. Als er beinahe an dem Wächter vorbeigegangen war, wandte Righert sich blitzschnell um und schlug dem Mann die geballte Faust an die Außenseite des Kopfes. Gefällt wie eine Eiche stürzte der Wächter zu Boden.

»Entschuldigt«, sagte Righert. »Aber ich muss die Frau schützen, die mir alles bedeutet.«

Er zog den Wächter vor die Mauer und lehnte ihn dort an, bevor er die Pforte öffnete und durch sie hindurchschlüpfte.

Dreimal verflucht!

Von Hinrek van dem Broke war keine Spur zu sehen. Hatte der Mann etwa doch bemerkt, dass Righert ihm gefolgt war? Righert ließ seinen Blick über die Landschaft schweifen. Das Sumpfland des Bruches erstreckte sich vor ihm. Rechts vom Tor aus führte der staubige Weg geradewegs in das Wäldchen, das vor der Stadt lag. Wenn Hinrek van dem Broke über die Felder gegangen wäre, müsste er ihn noch sehen. Also sandte Righert ein Stoßgebet zum Himmel, dass er die richtige Wahl traf und lief den Weg hinunter, in den Braunschweiger Wald hinein.

KAPITEL 32

Täuschte er sich oder war ihm tatsächlich jemand gefolgt? Nachdem er die Pforte durchquert hatte, trat Hinrek ein paar Schritte zur Seite und duckte sich an die Stadtmauer. Nein. Die Furcht hatte ihn Gespenster sehen lassen. Aber nun wollte er Gerwen Krameres nicht länger warten lassen, weil er seinem Kumpan nicht vertraute.

»Wir gehen auf getrennten Wegen zur alten Hütte im Wald«, hatte Gerwen Krameres heute Mittag gesagt, nachdem der Hurenwirt ihnen Nachricht von dem Aufruhr gebracht hatte. »Eine bessere Gelegenheit zur Flucht finden wir nicht.«

»Und dann?« Nach den Tagen im Keller, immer lauschend, ob nicht eine der *Hübschlerinnen* oder ein Gast sich hierherverirrte, stundenlang eingesperrt, gemeinsam mit Gerwen Krameres in dem winzigen, stinkenden, lichtlosen Loch hatte Hinrek kaum noch Angst vor dem anderen. »Dann werden die *Büttel* uns eben vor der Stadt jagen. Da sind wir hier ja noch sicherer.«

»Ich weiß, was ich tue.« Gerwen Krameres' Augen blickten so kalt und durchdringend, dass Hinrek nichts mehr gesagt hatte. »Ich habe Proviant und Pferde in die Hütte bringen lassen.«

Da überwand seine Neugier Hinreks Furcht: »Du hast wohl für alle Eventualitäten vorgeplant?«

»Darum bekomme ich, was ich will, und du wirst immer jammern, dass dein Bruder dir nicht genügend abgegeben hat.«

Sosehr Hinrek sich wünschte, dass er den Mut fände, eine passende Antwort zu geben, erschien es ihm klüger, zu schweigen. Noch brauchte er Gerwen Krameres und dessen Pläne, um aus Braunschweig und vor der Mordanklage zu fliehen. Aber wenn er erst auf dem Pferd saß, würde er den Krameres für immer hinter sich lassen. Niemals wieder würde er sich mit diesem Mann einlassen, der vor nichts zurückschreckte.

»Zähle bis einhundert, bevor du mir folgst«, hatte Gerwen Krameres gesagt, nachdem er sich aufbruchsfertig gemacht hatte. »Exakt bis einhundert. Dann gehst du durch das Wassertor. Ich warte auf dich.«

»Warum soll ich so lange warten?«, hatte Hinrek aufbegehrt, der nicht länger in dem Keller verweilen wollte.

»Weil ich etwas vorhabe. Und nun schweig.«

Also hatte Hinrek gezählt, gewartet und war dann durch die Stadt geeilt, immer in Sorge, dass die *Büttel* ihn entdeckten. Aber die hatten wohl genug mit der Menschenmenge zu tun, die von Stund zu Stund anwuchs und tobend durch die Gassen lief. Nun sputete sich Hinrek, um endlich zur Hütte zu gelangen und dann Braunschweig und Gerwen Krameres für immer zu entkommen. Endlich hatte er den verfallenen Schuppen gefunden, vor dem ein großer Brauner angebunden war. Nur ein Pferd?

Verdammt!

Da hatte der Krameres wohl den gleichen Plan wie Hinrek gehegt und ihre Flucht genutzt, sich von einem Kumpan zu befreien, den er nun nicht mehr brauchte. Obwohl er den gleichen Vorsatz gefasst hatte, ärgerte sich Hinrek, dass Gerwen Krameres ihn so einfach im Stich gelassen hatte. Schließlich hatte der Krameres Hinrek erst in das Unglück gestürzt, das ihn nun zum Weggang aus Braunschweig getrieben hatte. Zornig wollte Hinrek nach dem Zaum des Braunen greifen, als er aus der Hütte Stimmen hörte. Erschrocken duckte er sich, bevor er sich gebückt an die Hütte heranschlich, um durch den Türspalt ins Innere zu lugen. Erleichtert richtete er sich auf, als er Gerwen Krameres erkannte, der mit jemandem sprach, der vor ihm auf dem Boden im Dreck der Hütte lag und so Hinreks Blick verborgen blieb.

»Wo ist der zweite Gaul?« Hinrek stieß die Tür auf, die nur noch aus wenigen Brettern bestand und beinahe zusammenfiel, als er sie mit Wut öffnete. »Soll ich etwa laufen?«

»Hinter der Hütte. Hättst nur gucken müssen.« Gerwen Krameres stellte sich so, dass Hinrek immer noch nicht erkennen konnte, wer denn da im Schmutz lag. Hinrek konnte nur einen Blick auf einen Rock und mit Stricken verschnürte Füße werfen und so bemerken, dass es eine Frau sein musste. »Jetzt sind wir ja alle beisammen, und der Spaß kann losgehen.«

Mit einem bösen Grinsen im Gesicht trat Gerwen Krameres zwei Schritte zur Seite, so dass Hinrek Aleke Ledinkhusen erkennen konnte, die ihn flehend anstarrte. Ihre Hände waren mit einem Kälberstrick zusammengebunden, in ihrem Mund steckte ein schmutziger Lappen.

»Was soll das?« Nach dem ersten Schrecken bemühte sich Hinrek, sich seine Gefühle nicht anmerken zu lassen. Der Krameres durfte auf keinen Fall erfahren, was Hinrek mit Aleke Ledinkhusen verband. Also überlegte Hinrek, so gut es ihm möglich war, wie er sich und Aleke Ledinkhusen retten konnte. »Wir haben keine Zeit für deine Spielchen. Noch sind die Stadttore geschlossen, aber der Aufstand der *Gilden* wird bald beendet sein.«

»Zerbrich dir nicht den Kopf.« Das Lächeln auf Gerwen Krameres' Gesicht wurde noch breiter. »Das ist alles eingeplant.«

»Dann nehme ich mir den Gaul und reite schon mal vor.« Hinrek drehte sich um. Hoffentlich fiel der andere auf diese Täuschung herein. »Wir treffen uns in Wolfenbüttel.«

»Willst du wirklich gehen?«, fragte Gerwen Krameres lauernd. »Bist du nicht neugierig, was ich mit ihr tun will? Schließlich hat das Weib uns verraten.«

»Was hast du vor?«, fragte Hinrek beiläufig, während er beobachtete, wie Gerwen Krameres in seiner Tasche kramte und etwas herausholte. Auf den ersten Blick erkannte Hinrek *Flint* und Schlageisen. »Wofür brauchst du Zunder?«

»Ich will das tun, was man mit Weibern wie ihr machen sollte.« Gerwen Krameres stieß ein Lachen aus, dass es Hinrek kalt den Rücken herunterlief. »Geh mir aus dem Weg.«

Hinrek blieb stehen, was Aleke Ledinkhusen nutzte, um ihr Entkommen zu suchen. Scheinbar getrieben von panischer Angst warf sie sich nach vorn, versuchte, trotz der Fesseln aufzustehen, stolperte aber und fiel nach vorn, was Gerwen Krameres mit einem bösen Lachen quittierte. Langsam nahm er das Schlageisen in die Hand, schlug den *Flint* probeweise dagegen und lachte noch einmal laut auf, als ein paar Funken auf den Boden der Hütte fielen. Gerwen Krameres kniete sich hin. In einer alten Feuerstelle häufelte er Zweige, Moose und Heu an, auf die er den Zunder verteilte.

»Nein. Des Mordens ist genug.« Obwohl er fürchtete, wenig ausrichten zu können, trat Hinrek neben Gerwen Krameres, den er an der Schulter berührte. Gerwen Krameres stand auf, um Hinrek in die Augen zu starren. »Du hast gesagt, du willst sie zum Schweigen bringen. Wir lassen sie hier und verschwinden aus Braunschweig. Wie wir es planten.«

»Ich bringe sie zum Schweigen. Für immer.« Wieder lachte der Krameres. Erschüttert und entsetzt erkannte Hinrek, dass der Mann toll war wie ein Hund, den der Fuchs gebissen hatte. Krameres tötete nicht aus Rache oder für Gold, nein, er mordete, weil er Vergnügen daran fand. Er würde Aleke Ledinkhusen umbringen, egal, was Hinrek sagen würde. »Wenn du das nicht erträgst, verschwinde.«

Mit einem gezielten Stoß schubste der Krameres Hinrek aus dem Weg, um sich vor Aleke Ledinkhusen aufzubauen, die sich mühevoll wieder aufgesetzt hatte. Erneut schlug er Funken aus dem *Flint* und ließ sie auf den Zunder regnen wie winzige Sternschnuppen. Langsam begann der Zunder zu glimmen. Nach und nach griffen die Flammen auf das Heu und die Äste und Zweige über. Der dunkle Rauch, der sich aus dem feuchten Holz entwickelte, brannte in Hinreks Augen.

»Musstest deine neugierige Nase in meine Angelegenheiten stecken, Weibsbild«, zischte Gerwen Krameres Aleke Ledinkhusen zu. »Das hättest du besser nicht getan.«

Nachdem Gerwen Krameres diese Drohung ausgestoßen hatte, zerrte er den Knebel aus Aleke Ledinkhusens Mund, so brutal, dass ihre Lippe aufplatzte und blutete. Aber sie gab keinen Laut von sich, sondern starrte den Mann, der so erwartungsheischend vor ihr stand, nur voller Verachtung an. Beinahe spürte Hinrek so etwas wie Bewunderung für sie.

»Mutig bist du und frech und schlau«, spie Gerwen Krameres ihr entgegen. »Hast aber nicht bedacht, wie's für dich ausgehen könnte. Und deinen feinen Liebsten, den kriege ich auch noch. Ihn und seine Schwester.«

»Ihr habt versprochen, sie zu schonen«, stieß die Frau keuchend hervor. Sie krabbelte vom beginnenden Feuer weg, so schnell es ihr mit gefesselten Gliedmaßen möglich war. »Wenn ich Euch folge.«

»Nun, du bist nicht gefolgt, oder?« Gerwen Krameres lächelte kalt. »Ich musste dich mit dem Dolch niederschlagen. Also sterben der Wagheman und seine Schwester. Durch deine Schuld.«

Zu Hinreks Erstaunen gab Aleke Ledinkhusen nicht auf, sondern schien an Kraft und Mut zu gewinnen. Mit einem Aufschrei warf sie sich nach vorn, den Kopf gesenkt, um den Mann umzuwerfen. Doch auch dieses Mal musste Aleke Ledinkhusen sich den Fesseln geschlagen geben. Wohl vor Zorn und Enttäuschung traten ihr Tränen in die Augen. Wütend versuchte sie, sich von dem Strick zu befreien, doch die Fessel war zu gut geknüpft. Ihre Bemühungen führten nur dazu, dass Gerwen Krameres erneut sein irres Lachen ausstieß. Aleke Ledinkhusen senkte einen Augenblick den Kopf, dann schaute sie Hinrek hilfesuchend an.

»Bitte«, flehte sie. »Bitte. Ihr könnt nicht so verroht sein wie er. Bitte helft mir.«

Wusste sie es, fragte sich Hinrek. Kannte sie sein Geheimnis?

»Noch ein paar letzte Worte, *Bankert*?« Gerwen Krameres schien jeden Augenblick zu genießen. Aleke Ledinkhusen schloss die Augen, wahrscheinlich wollte sie ihren Frieden mit dem Schöpfer machen. Hinrek wandte den Blick ab, als der Krameres ihn überraschend ansprach. »Hinrek, willst du dem Weib nicht wenigstens jetzt die Wahrheit sagen?«

Krameres' Worte überraschten Hinrek und wohl auch Aleke Ledinkhusen, die ihre Augen wieder öffnete. Hinrek starrte sie an, unfähig ein Wort zu sagen oder sich gegen Gerwen Krameres zu wehren, der nun vor ihm stand. Inzwischen knisterte das Feuer bedrohlich, aber noch war es durch die Feuerstelle eingedämmt.

»Gerwen, lass uns fliehen«, sagte Hinrek tonlos, während er sich fragte, woher der Krameres davon wissen konnte. »Lass sie leben. Bitte.«

»Entdeckst du auf einmal dein Vaterherz?« Gerwen Krameres lachte so dröhnend, dass Hinrek sich nichts sehnlicher wünschte, als den feisten Kerl zu schlagen, doch noch immer fehlte ihm der Mut. »Oder sogar dein Gewissen?«

»Was … was soll das bedeuten?«, hörte er Aleke Ledinkhusen mit rauer Stimme fragen. »Ihr lügt, um mich zu quälen.«

»Keiner der feinen Van-dem-Broke-Familie hielt es für nötig, dir die Wahrheit zu sagen, scheint mir.« Gerwen Krameres wandte sich von Hinrek ab, Aleke Ledinkhusen zu. »Ja, er, der dort steht und glotzt wie ein Kalb, wenn es donnert, er ist dein Vater.«

»Nein. Nein. Nein«, flüsterte Aleke Ledinkhusen. Sie ließ sich gegen die baufällig wirkende Wand der Hütte sinken, musterte Hinrek mit großen Augen, als könnte sie nicht fassen, dass er und nicht sein älterer Bruder wirklich und wahrhaftig ihr Vater war.

»Gerwen«, sagte Hinrek mit leiser Stimme. Nun, wo sein Kumpan es wusste, schien alles verloren. Gerwen Krameres würde Hinreks Tochter töten, egal, was Hinrek sagen würde, aber er konnte nicht aufgeben. »Braunschweig wird bald brennen. Das Volk ist aufgestachelt. Eine bessere Gelegenheit, zu flüchten, finden wir nicht. Lass Aleke. Sie ist keine Gefahr für uns.«

»Gleich. Aber erst muss ich beenden, was ich begann.« Als Krameres sich für einen Augenblick zu ihm wandte, nahm Hinrek ein gefährliches Glitzern in dessen Augen wahr, das ihm den Angstschweiß auf die Stirn trieb. Der Krameres würde sich nicht damit zufriedengeben, Aleke Ledinkhusen zu ermorden, erkannte Hinrek mit schrecklicher Gewissheit, der Krameres würde sie leiden lassen, einfach, weil er die Macht dazu besaß. »Nun wollen wir doch einmal sehen, wie weit du dein Maul aufreißen kannst, Weib.«

»Ihr macht mir keine Angst. Unehrenhaft seid ihr«, schrie Aleke Ledinkhusen ihn an. »Der Henker besitzt mehr Ehre als Ihr.«

»Noch bist du frech, Weib.« Siegessicher klangen Krameres' Worte und sein böses Lachen. »Wenn ich mit dir fertig bin, wirst du mich um einen schnellen Tod anflehen. Anbetteln wirst du mich.«

Aus seinem Gürtel zog Gerwen Krameres einen Dolch, den er langsam Aleke Ledinkhusens linkem Auge näherte. Sie versuchte zurückzuweichen, doch die Hüttenwand begrenzte ihre Flucht. Gerwen Krameres lachte lauthals auf.

»Nein, bitte nicht«, flehte sie schließlich, als das Metall ihre Wange berührte. »Bitte.«

»Krameres! Es ist genug.« Hinrek legte dem Krameres eine Hand auf die Schulter und zerrte ihn von Aleke weg. Mit aller Kraft, die er aufbringen konnte, stieß Hinrek den Krameres einmal quer durch die Hütte. »Komm jetzt. Lass das Weib in Ruhe. Komm mit, oder ich lasse dein Pferd frei.«

Hinrek wandte sich ab, um aus der Hütte zu gehen, als Aleke Ledinkhusens Worte ihn aufhielten. »Halt. Wartet. Bitte. Seid Ihr … seid Ihr wirklich mein Vater?«

Einen Augenblick stand Hinrek still, die Hand an der zerborstenen Tür. Er überlegte, einfach zu gehen, ohne das Wort an sie zu richten. Dann stieß er einen Seufzer aus und drehte sich zu ihr um.

»Ja. Ich begehrte deine Mutter, aber sie mich nicht.«

Hinrek schaute an Aleke Ledinkhusen vorbei, unfähig, ihren Blick auszuhalten. »Ich nahm sie mir. Gegen ihren Willen. Heute schäme ich mich. Aber es ist zu spät.«

»Und der Brand?« Aleke schaute ihn aus weit aufgerissen Augen an. »Habt Ihr auch die Familie Wagheman getötet?«

»Nicht ich.« Hinrek blickte zu Boden. Er konnte den Vorwurf in ihrem Blick nicht ertragen. »Krameres. Eine Magd erwachte und schrie …«

»Ich musste sie alle töten, damit sie uns nicht verraten. Du hast mich nicht aufgehalten.« Gerwen Krameres hatte sich aufgerappelt und war aufgestanden. Hinrek bemerkte, dass der Mann weitere Äste auf das Feuer warf, das inzwischen so groß geworden war, dass die Hitze ihm Schweiß auf die Stirn trieb. »Was bist du nur für ein Schwächling. Nur Lügen und Feigheit. Also tu, was du am besten kannst, Hinrek, verschwinde. Lauf weg, wie immer.«

»Nein! Dieses Mal nicht.« Nun endlich fand Hinrek die Stärke, sich seinem Gegenüber entgegenzustellen. »Ich habe gesagt, lass sie in Frieden. Komm, wir verschwinden.«

»Erst, wenn ich Blut gesehen habe.« Mit einem Lächeln, das Aleke Ledinkhusen zurückrutschen ließ, näherte sich Gerwen Krameres ihr. Schneller, als Hinrek es erwartet hatte, zog der Krameres ihr die Spitze des Dolchs über den Arm. So schnell, dass Aleke Ledinkhusen nicht einmal aufschrie, sondern mit großen Augen verwundert auf das Blut schaute, das aus dem Ärmel ihres Kleides quoll. »Und wenn ich sie hab schreien hören.«

Da endlich gab Aleke Ledinkhusen einen erstickten

Laut von sich, wohl, weil ihre Kraft für einen Schrei nicht ausreichte. Voller Entsetzen starrte sie auf den Ärmel ihres Kleides, der inzwischen dunkel von ihrem Blut war. Gerwen Krameres hob erneut seinen Dolch, auf dem sich die Flammen spiegelten.

»Es reicht!« Hinrek fiel seinem Kumpan in den Arm, der abwehrend die Hände hob. Doch Hinrek ließ sich nicht beirren. »Lass es gut sein, Gerwen. Genug ist genug.«

»Du, du wagst es? Du!« Das irre Funkeln in Gerwen Krameres' Augen hätte ihm eine Warnung sein sollen, doch Hinrek hatte nur daran gedacht, Aleke Ledinkhusen zu retten. »Dafür wirst du büßen.«

»Nein!«, hörte Hinrek Aleke Ledinkhusen aufschreien, als Gerwen Krameres den Dolch hob und ihn tief in Hinreks Brust stieß. »Nein! Um Gottes willen!«

Hinrek spürte den Stich und brach zusammen.

»Es gibt kein zweites Pferd«, sagte Gerwen Krameres, als er den Dolch aus Hinreks Brust herauszerrte. »Du solltest nicht überleben.«

Nun spürte Hinrek einen furchtbaren Schmerz und dann nichts mehr. Langsam entglitt er in eine tiefe Dunkelheit, die ihm zu seinem Erstaunen erstmals in seinem Leben Frieden brachte. Nur einen letzten Gedanken des Bedauerns verspürte er – dass er seine Tochter nicht hatte retten können …

KAPITEL 33

Verflucht! War er nicht bereits zweimal an diesem Baum vorbeigekommen, dem die Witterung ein grinsendes Gesicht verliehen hatte, das Righert zu verspotten schien. Getrieben von seiner Sorge um Aleke war Righert einfach drauflosgerannt und hatte sich mehr und mehr verlaufen. Verdrossen ballte er die Hand zur Faust und schlug sie gegen das grinsende Baumgesicht. Hätte er nur ein bisschen vorausgedacht und einen Hund mitgenommen, der eine Fährte finden könnte. Nun stand er hier, möglicherweise nicht einmal weit von Aleke entfernt, ohne ihr helfen zu können.

Noch einmal schlug er wütend gegen den Baum, als er etwas roch, etwas allzu Bekanntes. Feuer! Wo Flammen waren, waren auch Menschen. Righert schloss die Augen, konzentrierte sich und lauschte in den Wald, bis er sich sicher war, dass er die Fährte des Feuers finden würde. Der Gedanke an Flammen, die Aleke verzehrten, so wie sie seine Eltern ermordet hatten, gab ihm die Kraft, sich durch das struppige Unterholz zu kämpfen. Plötzlich hörte er, wie ein Pferd wild aufwieherte, sicher in Angst vor dem Feuer. Righert lief noch schneller, selbst als sein Atem keuchend kam und seine Rippen schmerzten.

Endlich brach er aus dem Dickicht auf eine kleine Lichtung, auf der eine Holzhütte stand, aus der Flammen züngelten. Righert stand wie erstarrt. Sein Blick hing gebannt an dem Feuer, das die rechte Seite der Hütte verbrannte. Feuer wie das, das seine Familie vernichtet hatte. Der Geruch des brennenden Holzes, das leise Knistern der Flammen versetzte ihn zurück in die furchtbare Nacht, die ihm die Eltern und – wie er lange geglaubt hatte – die Schwester geraubt hatte. Righert schluckte trocken, noch immer unfähig, die Augen von dem Feuer abzuwenden. Die Flammen hielten ihn so sehr in ihrem Bann, dass er den Mann, der aus der Hütte rannte, als wäre der Leibhaftige hinter ihm her, erst auf den zweiten Blick bemerkte.

»Krameres!«, stieß Righert keuchend aus. »Krameres!«

Der Mörder seiner Familie. Der Mann, den er suchte wie keinen zweiten. Der Mann, den er nun endlich nach all den langen Jahren seiner verdienten Strafe zuführen würde. Ohne zu überlegen, rannte Righert auf den Händler zu, der mit dem braunen Pferd kämpfte, das panisch mit den Augen rollte, vor Angst stieg und mit den Vorderhufen schlug.

»Bleib stehen, dummes Biest«, schrie Gerwen Krameres das Tier an, das wild am Zaumzeug zerrte. Noch hatte sein Feind Righert nicht entdeckt, sondern kämpfte verzweifelt mit dem Braunen, der sich gegen ihn wehrte.

Righerts Herz raste. Wo mochte Aleke sein? Die Angst um die Frau, die er liebte, trieb ihn an. Bald jedoch trat ein zweiter Gedanke neben die Furcht, dass Aleke etwas Schlimmes geschehen war.

Endlich. Endlich würde er seine Vergeltung erhalten. Nur noch wenige Schritte, und er könnte den Mörder seiner Eltern packen. Den Mann würde er nicht noch einmal entkommen lassen. In diesem Augenblick hörte Righert das leise Rufen, kaum wahrnehmbar hinter der Gewalt der Flammen, die mit jedem Holzstück, das sie fraßen, an Kraft gewannen.

»Hilfe! Zu Hilfe! Rettet mich!« Trotz der Verzweiflung, die ihre Stimme verzerrte, erkannte Righert sofort, wer dort in der brennenden Hütte eingesperrt war. Aleke. Seine Aleke. »Bitte, lasst mich nicht verbrennen.«

Ein furchtbares Husten folgte ihren Worten. Righert blieb stehen, gefangen zwischen dem Verlangen, endlich den feigen Mörder zu fangen und zu bestrafen, und dem Wunsch, die Frau, die er lieben könnte, vor dem Feuertod zu retten. Er zögerte nur einen Augenblick, stieß einen Fluch aus, zog den Ärmel seiner *Schegge* vor das Gesicht und stürzte sich in die Hütte, begleitet von Gerwen Krameres' spöttischen Worten: »Ihr seid zu spät. Das Weib wird brennen.«

Righert ließ sich nicht beirren. Getrieben von Liebe, überwand er seine Furcht vor den Flammen und stieß die Brettertür auf. Dunkler Rauch füllte den winzigen Raum, so dicht, dass Righert nichts sehen und kaum atmen konnte.

»Aleke! Aleke! Wo bist du?«

Als keine Antwort kam, schlug Righerts Herz schneller. Panik durchraste ihn. Sollte Gerwen Krameres recht gehabt haben? Sollte er zu spät gekommen sein, erneut zu spät gekommen sein, um einen geliebten Menschen zu retten? Obwohl die Hitze schier unerträglich war, kämpfte Righert sich weiter, setzte Fuß um Fuß, obwohl alles in ihm schrie zu flüchten, davonzulaufen, den Flammen zu entgehen.

»Hier.« Ein schwaches Wort, gefolgt von heftigem Husten. Aber es reichte, um Righert zu zeigen, wo Aleke sich befand.

Er stürzte weiter, stolperte über einen Körper, der am Boden lag, und fiel. Während er sich aufrichtete, erkannte Righert, wer ihn aus blicklosen Augen anstarrte, das Gesicht überraschend friedlich. Was mochte in dieser Hütte vorgefallen sein? Aber diese Frage war jetzt unbedeutend. Nun galt es, Aleke zu retten. Mit jedem Schritt fiel Righert das Atmen schwerer.

Ein brennender Balken fiel krachend um. Ein Stück der brennenden Decke löste sich und schlug mit einem lauten Knall neben Righert auf dem Boden auf.

Schneller. Er musste schneller sein, wollte er Aleke und sich retten.

Dort. Endlich erspähte er sie. An die Hüttenwand gepresst, die Augen geschlossen, den Mund geöffnet, wurde sie von einem Husten geschüttelt. Dann lag sie still, wie tot. Mit zwei Schritten war Righert bei ihr, zog sie in seine Arme. Sie lebte, aber ihr Atem war schwach. Ihre Hände und Füße waren gefesselt. Aber er hielt sich nicht damit auf, die Stricke durchzuschneiden, sondern warf sich Aleke wie einen Sack über die Schulter und suchte einen Ausweg. Erneut fiel ein brennender Balken um, blockierte die Tür. Nicht mehr lange, und die Hütte würde zusammenbrechen.

Ohne lange zu überlegen, warf sich Righert gegen die Hüttenwand, an der Aleke gelehnt hatte. So baufällig die

Hütte auch war, diese Wand war stabil und gab Righerts Angriff nicht nach. Er holte tief Luft, warf sich erneut dagegen, achtete darauf, dass Aleke nicht verletzt würde. Nichts. Hastig blickte er über die Schulter. Nein, zur Tür konnte er nicht zurück. Dann würden Aleke und er verbrennen.

Schon jetzt musste Righert um jeden Atemzug ringen. Viel Zeit blieb ihm nicht mehr. Vorsichtig legte er Aleke auf den Boden, damit er sich mit ganzer Kraft gegen das Holz werfen konnte. Endlich, mit einem lauten Krachen, gab es nach. Bretter splitterten weg. Mit den Händen vergrößerte Righert die Öffnung, ignorierte Splitter, die sich in seine Finger bohrten.

Mit letzter Kraft zog er Aleke erneut hoch, schob sie durch das Loch in der Hüttenwand, bevor er selbst hinauskletterte. Draußen angekommen, hob er Aleke hoch und trug sie so weit von der Hütte weg, wie es ihm möglich war. Sanft legte er sie auf einen Moosflecken unter einer großen Linde, lehnte ihren Rücken an die Rinde des Baums. Er selbst ließ sich auf den Rücken fallen und rang schwer nach Atem. Dann zog er seinen Dolch, um Aleke von den Fesseln zu befreien. Vorsichtig beugte Righert sich über sie. Ihr Gesicht war bleich, ihr Atem flach.

Wasser.

Sie brauchte sicher Wasser.

Während seines Irrwegs war er an einem Flüsschen vorbeigekommen. Doch in welche Richtung sollte er gehen? Konnte er Aleke allein lassen? Was, wenn Gerwen Krameres nicht davongeritten war, sondern ihnen auflauerte?

»Aleke«, sagte Righert sanft. Sein Herz war schwer vor

Angst, dass sie nicht wieder aufwachen würde. »Aleke. Bitte. Du musst zu dir kommen. Bitte.«

Vorsichtig strich er über das Gesicht. Warum nur hatte er nicht an Wasser gedacht?

Endlich flatterten ihre Augenlider. Nach einer Zeit, die ihm unendlich vorkam, öffnete Aleke die Augen und schaute ihn an.

»Du. Du hast mich gerettet«, stieß sie keuchend hervor. »Gerwen Krameres?«

»Entkommen.« Righerts Stimme war rau, vom Feuer, aber auch von Zorn. »Hinrek van dem Broke ist tot. In der Hütte.«

»Ich weiß«, flüsterte sie. »Ich weiß.«

Tränen traten in ihre Augen. Sie senkte den Kopf. Aufmerksam schaute er sie an, doch sie sagte kein weiteres Wort.

Hinrek van dem Broke tot. Ihr wahrer Vater verbrannte in der Hütte. Ihr Vater. Alekes Herz schlug schneller, als ihr die Bedeutung der Worte nach und nach bewusst wurden. Es war, als wollte ihr Kopf sich dem Wissen verweigern, als könnte sie es nicht ertragen. Hinrek van dem Broke – ihr Vater. Nicht Acchem, der Mann, den sie in den letzten Wochen besser kennengelernt hatte, den sie schätzte, auch wenn er nicht der wunderbare Mann war, den sich ihre Kindheitsträume ausgemalt hatten. Nein, sein nichtsnutziger junger Bruder, über den sich die Marktleute das Maul zerrissen, weil ihm keine seiner vielen Unternehmungen je hatte gelingen wollen. Der Großsprecher, der Spieler.

Und schlimmer noch. Die Wahrheit, die sie eben in der

Hütte erfahren hatte, lastete wie ein Fels auf Aleke. Schlimm genug, dass Hinrek van dem Broke ihr Vater war. Ihr Vater, der … Nun wünschte Aleke, sie hätte ihn nicht gefragt. Warum nur musste sie immer der Wahrheit nachjagen, selbst wenn diese nur Schmerzen brachte?

Wie sollte sie weiterleben in dem furchtbaren Wissen, dass sie das Kind einer erzwungenen Nacht war, dass ihre Mutter nicht von dem Mann, den sie geliebt hatte, schwanger geworden war, sondern von dessen Bruder. Warum nur hatte ihre Mutter Aleke nicht einmal auf ihrem Sterbebett die Wahrheit gesagt? Warum musste sie die Wahrheit so furchtbar erfahren? In dieser Hütte, kurz bevor ihr wahrer Vater ermordet wurde. Ihr Vater, der gemeinsam mit Gerwen Krameres das Feuer zu verantworten hatte, in dem Righerts Familie starb. Ihr Vater, der gemeinsam mit Gerwen Krameres den furchtbaren Plan ausgeheckt hatte, Ceffeken Horneborch zu töten. Ihr Vater, ein abgrundtief schlechter Mensch.

Aleke stieß einen dumpfen Verzweiflungslaut aus und wünschte sich, dass Righert sie nicht aus den Flammen gerettet hätte. Was nützte es ihr, am Leben zu sein, wenn Righert sie verlassen würde. Aber die Wahrheit konnte und wollte sie ihm nicht verschweigen. Dafür liebte sie ihn zu sehr. Heiß fühlten sich die Tränen an, als sie ihre Wangen hinunterliefen.

»Aleke!«, sagte Righert mit hörbarer Besorgnis in der Stimme. Er zog sie in seine Arme und wiegte sie wie ein Kind, während sie weiter schluchzte. »Aleke. Kann ich dir helfen? Es tut mir leid. Wir müssen zurück nach Braunschweig gehen. Ich habe kein Pferd.«

»Hinrek. Er … er war mein Vater.« Aleke fühlte sich, als hätte ihr jemand einen Hieb mit einem scharfen Schwert versetzt. Als liefe alles Blut aus ihrem Körper und mit ihm ihr Leben. »Nicht Acchem. Es war eine Lüge. Alles.«

Selbst Benedicte Muntaries hatte Aleke angelogen. Sie konnte sich beim besten Willen nicht vorstellen, dass die Magistra nicht davon wusste, welcher der Van-dem-Broke-Brüder ihr Vater war. Hell loderte Hass in ihr auf. Hass auf den Mann, der sich als ihr Vater ausgegeben hatte. Hass auf den Mann, der ihr Vater war. Hass auf die Vorsteherin, die sie ihr Leben lang angelogen hatte. Hass selbst auf ihre tote Mutter, die Aleke die Wahrheit verschwiegen hatte. Hass auf sie alle, die Schuld daran trugen, dass Righert sie verlassen würde.

»Es ändert nichts daran, wer du bist.« Righert hielt sie fest in seinen Armen, schien ihr Kraft geben zu wollen, aber für Aleke fühlte es sich falsch an. Sie durfte diesen Mann nicht lieben. Nicht mit dem Wissen, das sie nun mit sich trug. »Du bleibst die Frau, die ich liebe. Mit der ich leben möchte.«

»Nein!« Mit letzter Kraft wand sie sich aus seinen Armen und stieß sie ihn von sich. »Nein. Du verstehst es nicht. Alles … mein ganzes Leben …«

Schluchzend brach sie zusammen. Alles, was sie ausgemacht hatte. Alles, was sie für wahr gehalten hatte, war eine Lüge gewesen. Ihr Vater hatte ihre Mutter nicht verführt und dann fallengelassen, weil es sich für einen Patrizier nicht schickte, eine Magd zu ehelichen. Nein, ihr wirklicher Vater hatte ihrer Mutter Gewalt angetan und sie dann davongejagt.

Aleke tat es nicht leid, dass Hinrek van dem Broke in dem Feuer zu Tode gekommen war. Sie wünschte sich nicht, den Mann kennenzulernen, dem sie ihr Leben verdankte. Aber sie wollte auch Acchem van dem Broke, den Mann, der sie im Glauben gelassen hatte, dass er ihr Vater wäre, nicht wiedersehen. Mochten Kersten, Fredereke und er glücklich werden. Für Aleke gab es keine Familie mehr. Und keine Heimat. Morgen früh, wenn sie sich ein wenig ausgeruht hatte, würde sie Braunschweig verlassen, um irgendwo in der Fremde einen Neuanfang wagen zu können. Unbelastet von ihrer Familie. Und – wieder entrang sich ihr ein Schluchzen – unbelastet von Righert.

Noch glaubte der Mann, dem sie ihr Herz geschenkt hatte, dass er ihr verzeihen könnte, doch bald würde sich der Zweifel in seinem Herzen einnisten. Jedes Mal, wenn er Aleke ansehen würde, sähe er auch Hinrek. Ihren Vater. Den Mann, der so sehr von den Morden an Righerts Familie profitiert hatte. Wie sollte Righert das vergessen können – Aleke konnte es nicht.

»Aleke«, sagte er. Mit zwei Fingern hob er ihr Kinn, so dass sie ihm in die Augen sehen musste. »Wenn ich eines in den letzten Wochen gelernt habe, dann das, dass es auf den Menschen selbst ankommt. Nicht auf seine Familie. Dass die Zukunft wichtiger ist als die Vergangenheit. Komm mit mir.«

»In Braunschweig kann ich nicht mehr leben. Will ich nicht mehr leben.«

»Wir können auch nicht nach Braunschweig zurückkehren.«

»Was? Was meinst du?«

»Gerwen Krameres und …« Righert zögerte einen kaum wahrnehmbaren Augenblick. »Hinrek van dem Broke konnten aus der Stadt entkommen, weil die *Gildemeister* gegen den Stadtrat ins Felde ziehen.«

»Aber …« Aleke konnte kaum mehr sprechen. Ihre vom Rauch gequälte Kehle weigerte sich, noch etwas von sich zu geben. »Wo wollen wir hin?«

»Erst einmal nach Magdeburg zu meinem Onkel und dann …« Righert stand auf und zog sie hoch. »Kannst du gehen?«

»Du … du willst mich mitnehmen, obwohl …« Sie schwieg, erschüttert und unfähig, Worte zu finden, die ihre Gefühle ausdrücken konnten.

»Obwohl Hinrek dein Vater ist?«, fragte Righert. »Ich will dich nicht für die Sünden deines Vaters strafen. Ich …«

Er schwieg, weil es ihm immer noch schwerfiel, die Worte auszusprechen, die er ihr sagen wollte. Erwartungsvoll hob Aleke den Kopf, schaute ihn fragend an.

»Ich liebe dich. Dich, egal, wer deine Eltern waren.«

Sie antwortete nicht. Ihre Unterlippe begann zu zittern. Erneut zogen Tränen helle Spuren in den Ruß, der ihr Gesicht bedeckte.

»Ich liebe dich auch. Mehr, als ich will.«

»Komm.« Righert reichte Aleke die Hand, um sie in seine Arme zu ziehen. »Komm, wir gehen nach Braunschweig.«

»Der Aufstand … wir wären dort nicht sicher.«

»Ich will auch nicht nach Braunschweig hinein.« Righert schüttelte den Kopf. Noch immer hielt er ihr die Hand entgegengestreckt. »Wir verlassen die Stadt, die uns so wenig Gutes gebracht hat.«

»Warum?« Sie ergriff seine Hand und lehnte sich an ihn.

»Wynneke und Smalejohan warten mit Hanneke … Lucke am Stadttor auf mich … auf uns.« Righert lächelte ein wenig. »Mit einem Wagen, so dass wir dann nicht mehr laufen müssen. Kannst du gehen?«

»Mit dir? Ja. Wohin immer du willst.«

Aufeinander gestützt, humpelten sie langsam in Richtung der brennenden Stadt, in ein besseres Leben miteinander.

GLOSSAR

Allermannsharnisch: Lauchgewächs, dessen Wurzeln denen einer Alraune ähneln

Alraune: →*Nachtschattengewächse*, Halluzinogen, das narkotisierend wirkt und hochgiftig ist. Aufgrund der menschenähnlichen Wurzel galt die Alraune als Zauberpflanze

Angstmann: →*Meister Ungenannt.* Namen, mit denen der Volksmund den Scharfrichter belegte

Aqua Vitae: Lebenswasser oder Lebenselixier; Branntwein, der als Heilmittel verwendet wurde

Bader: niederer Heilberuf, gilt auch als Arzt der Armen, der an der Stadtmauer seine Dienste anbot; ohne Studium; folgte häufig der Vier-Säfte-Lehre (Blut, Schleim, gelbe Galle, schwarze Galle)

Bankert: Schimpfwort für nichtehelich geborenes Kind

Beginen: nennen sich selbst Schwestern. Frauengemeinschaft, die – zölibatär und fromm – zusammenlebte, ohne sich den strengen Regularien eines Klosters zu unterwerfen. Allerdings gaben sich die Beginen eigene Regeln

Belladonna: auch →*Tollkirsche*, →*Nachtschattengewächs*, Narkotikum, das darüber hinaus in Form von Augentropfen als Kosmetik diente, weil es die Pupillen vergrößert

Bilsenkraut: →*Nachtschattengewächs*, das hauptsächlich zur Schmerzlinderung eingesetzt wurde

Büttel: Gerichtsdiener

Clarêt: ein teurer und hochgeschätzter Wein, mit Zimt, Ingwer, Paradieskörnern, Gewürznelken, Nardenwurzeln und Safran gewürzt

Däle: auch Diele: der Hauptaufenthaltsraum eines mittelalterlichen Hauses; oft Wohn- und Arbeitsraum, der die Feuerstelle enthielt und durch sie geheizt wurde

Dobbelspiel: beliebtes Glücksspiel

Dornse: auch Döns oder Dörnße: beheizter Raum, vergleichbar der Stube oder dem Wohnzimmer; in Kaufmannshäusern auch Schreibstube

Flint: Feuerstein, mit dem Funken geschlagen wurden, die den Zunder in Brand setzten

Gemeine Frau: auch *Hübschlerin:* Prostituierte

Gemeines Haus: Bordell

Garbrader: Garköche

Gilde: Vereinigung von Handwerkern, auch Zunft oder Amt genannt. Der Vorsteher hieß Gildemeister

Gugel: mittelalterliche Kopfbedeckung für Frauen und Männer, eine Kapuze mit Schwanz, der im Laufe der Zeit länger getragen wurde und um den Hals oder als Turban um den Kopf gewickelt wurde

Höker: Kleinhändler, die häufig ihre Waren aus einem Tragekorb heraus verkauften

Höllisches Feuer: auch Antonius-Feuer oder Heiliges Feuer, wurde im Mittelalter für eine Krankheit gehalten, obwohl es sich um eine Vergiftung durch Mutterkorn handelt. Symptome sind Gefäßverengungen, so dass die Gliedmaßen abstarben und amputiert werden mussten. Bettler trugen häufig abgeschnittene Hände und Füße mit sich, um Mitleid zu erregen und damit Almosen zu fördern

Hoyke: auch Heuke oder Hoike: ärmelloser, glockenförmig geschnittener, langer Umhang des Mittelalters für Frauen und Männer. Männer schlossen die *Hoyke* über der Schulter; Frauen legten sich den Umhang über den Kopf

Hübschlerin: auch *gemeine Frau:* Prostituierte

Hypocras: Würzwein, der medizinisch wirken sollte

Kemenaten: mit Wandkaminen ausgestattete Steinhäuser

Kruseler: ein Schleier oder Kopftuch, das an den Seiten mit Rüschen oder Kräuseln besetzt ist

Magistra: auch Vorsteherin: Leiterin der Beginengemeinschaft, die gewählt wurde oder aufgrund ihres Alters diesen Posten bekleidete

Mandragora: →*Alraune* →*Nachtschattengewächse*

Manus Christi: Süßigkeit

Medicus: akademisch gebildeter Arzt, im Volksmund auch Maularzt oder Bücherarzt, weil er sein Wissen nicht aus der Praxis, sondern aus dem Studium zog

Meister Ungenannt: →*Angstmann*; Name für den Scharfrichter

Nachrichter: →Ein Henker, da er nach dem Richter kommt

Nachtschattengewächse: Heil- und Drogenpflanzen, zur Schmerzlinderung und Betäubung eingesetzt, auch als Halluzinogen verwendet. Bei geringer Dosierung trocknen Hals und Rachen aus, verbunden mit Herzrasen. Eine mittlere Dosierung führt daneben noch zu Verwirrung bis hin zu Halluzinationen, die sehr real wirken, oft mit sexuellem Unterton. Bei starker Dosierung besteht das Risiko von Atemstillstand und Tod

Nusche: Brosche oder Spange, mit der ein Mantel verschlossen wurde

Peinliche Befragung: Folter, um ein Geständnis zu erhalten, »peinlich« kommt von »Pein«. Folter durfte nur bei dringendem Tatverdacht eingesetzt werden, sofern sich weder durch Beweise noch durch ein Geständnis die Schuld erwiesen hatte

Pest, große: heute als Schwarzer Tod bekannt, im Mittelalter großes Sterben oder große Pestilenz genannt

Schauteufellaufen: Brauch, in norddeutschen Städten des Mittelalters verbreitet. Dabei liefen verkleidete junge Menschen, die Teufelsmasken trugen, durch die Stadt, um deren Bewohner zu erschrecken

Scheggenrock/Schegge: auch Schecke: männliches Obergewand, aus dem Rock entstanden, der sich im Lauf des 14. Jahrhunderts verkürzte

Simplicium: Arzneiform

Specerie: Bezeichnung für Apothekerwaren

Stäupen: eine Leib- und Ehrenstrafe, der Delinquent wurde an den Pranger gestellt und mit dem Staupbesen geschlagen

Stechapfel: Nachtschattengewächse, wirkt narkotisierend, halluzinogen, verbunden mit Krampfneigung

Surcot: Obergewand von Frauen, eine Art ärmelloses Kleid, das über einem Unterkleid getragen wurde

Taphart: auch Tappert oder Daphart: ein Mantel, eine Art knielanger Überwurf, oft an den Seiten geschlitzt

Territion: Schreckung, vor der Folter, in welcher dem Angeklagten die Folterinstrumente vorgeführt und erläutert wurden, um ihn zu einem Geständnis zu bewegen

Tollkirsche: auch *Belladonna* genannt, *Nachtschattengewächs*

Trippen: hölzerne Unterschuhe, mit denen die Lederschuhe vor Straßenschmutz geschützt werden sollten

Utrydere: Ausreiter, Söldner unter der Führung des Stadthauptmanns; ihre Aufgaben lagen in Botendiensten für den Stadtrat und bewaffnetem Geleit auf Tagesfahrten des Rates

Weißfrau: Hebamme

HISTORISCHE HINTERGRÜNDE

DAS ENDE DER TEMPLER

Die Templer als reicher Ritterorden standen immer wieder im Fokus der Herrschenden, die sich das Vermögen der Templer aneignen wollten. Philipp IV., genannt der Schöne, benötigte Geld, um seinen Lebensstil und Kriege zu finanzieren. Mit Zustimmung des Papstes Clemens V. führte der König einen Prozess gegen die Templer an. Freitag, den 13. 10. 1307, ließ Philipp IV. die Templer verhaften und die Besitzungen des Ordens beschlagnahmen.

Den Tempelrittern wurden Ketzerei und Sodomie vorgeworfen; Geständnisse wurden durch Folter erpresst.

Im Jahr 1312 schließlich wurde der Orden offiziell beim Konzil von Vienne aufgelöst.

Zwei Jahre später starb der letzte Großmeister des Tempels, Jacques de Molay, in Paris auf einem Scheiterhaufen.

URSACHE UND VERLAUF DER GROSSEN SCHICHT 1374

Die sogenannte Große Schicht in Braunschweig des Jahres 1374 wird oft als Aufstand der Gilden gegen die Patrizier, die den Stadtrat stellten, bezeichnet. Die Gildemeister strebten schon länger danach, eine bessere Vertretung in der städtischen Regierung zu erhalten, was die Kaufleute abwehrten, was natürlich zu Unmut führte.

Konfliktschürend kam hinzu, dass Braunschweig hoch verschuldet war, weil die Stadt viele Burgen und Schlösser gekauft hatte, um die Sicherheit der Reise- und Handelswege zu gewährleisten. Es war absehbar, dass die Schuldenlast steigen würde, da Gefangene freigekauft werden mussten. 1373 hatte der Braunschweiger Stadtrat die Entscheidung getroffen, sich in einer Fehde zwischen Jerxheim und Magdeburg auf die Seite von Herzog Ernst zu schlagen. Unglücklicherweise verloren die Braunschweiger die Schlacht, und etliche Bürger, unter ihnen der Stadthauptmann Anno von Heimburg, gerieten in Gefangenschaft. Nach langen Verhandlungen boten die Magdeburger am 16. April 1374 an, die Gefangenen gegen ein Lösegeld von 4000 Mark freizulassen.

Am Montag, den 17. April 1374 versammelte sich der Stadtrat im Barfüßerkloster, um über diese Forderung zu verhandeln. Hierzu waren auch die Gildemeister geladen. Der Rat wollte die Getreidesteuer, Kornziese, erhöhen, um Geld aufzubringen, was die Gildemeister aufbrachte. Als die Gildemeister von der Schuldenhöhe und den geplanten Steuererhöhungen erfuhren, kam es zu heftigem Streit, in dessen Verlauf der Stadtrat mit Gewalt drohte. Ein Kleinschmied lief mit dieser Nachricht in den Hagen und löste damit einen Bürgeraufstand aus. Nachdem der Stadtrat davon erfuhr, wurde die Sitzung beendet. Nichtsahnend, was sie noch erwartete, gingen die Ratsmitglieder und die meisten Gildemeister heim, um Mittag zu essen.

Die Gildemeister der Gerber und der Schumacher jedoch gingen zum Schuhhof, wo sich deren Gilden trafen, um denen von der Sitzung zu berichten, was furchtbare Folgen nach sich zog. Die Gildebrüder zogen wütend zum Haus des Bürgermeisters Tile von Damme, das am Schuhhof lag, steckten es in Brand und plünderten das Haus aus. Die Familie des Bürgermeisters konnte knapp fliehen.

Obwohl der Fronbote und der Stadthauptmann den zweiten Bürgermeister Tile Döring aufforderten, gegen die Aufständischen vorzugehen, entschied sich dieser dagegen und suchte sein Heil in der Flucht.

Die wütende Menge jagte den Bürgermeister, fand ihn schließlich und zerrte ihn in den Hagen, wo Tile von Damme an die Schandsäule gebunden wurde. Die Aufständischen verschlossen die Stadttore, damit die Ratsherren nicht fliehen konnten. Etliche Ratsmitglieder und reiche Braunschweiger wurden in den Kellern unter den Ratshäusern gefangengesetzt. Zwei Tage später wurden sieben Bürgermeister getötet.

KLEIDERVERORDNUNG

Als Maßnahme innerstädtischer Ordnung erließ der Braunschweiger Stadtrat Verordnungen gegen den übermäßigen Kleiderluxus. Um 1350 untersagte es der Rat, Kleider zu tragen, die mit Seide gefüttert waren. Bei Zuwiderhandlung musste eine Strafe von 5 Mark gezahlt werden. Frauen und Männer sollten keinen Kleiderbesatz mit Gold, Silber oder Perlen tragen. Nur Kindern unter acht Jahren war dies gestattet.

Es gab detaillierte Bestimmungen, was Kleidung straflos kosten durfte. So sollte der Kleiderbesatz von Frauen höchstens ¼ Mark kosten. Ein teurerer Besatz führte zu einer Strafe von 2 Mark.

Aber auch die Sittlichkeit der Mode unterlag städtischen Bestimmungen. 1349 erließ der Stadtrat eine Verordnung, die vorschrieb, dass Röcke mindestens eine Handbreit über das Knie reichen sollten.

Nach 1360 bezogen sich die Vorschriften überwiegend auf die Kleidung von Frauen.

HOCHZEITSVERORDNUNG

Auch das Ausmaß und der Luxus von Hochzeitsfeiern waren per städtischer Verordnung reguliert. Sowohl für die Feiern im Vorfeld als auch die Feier selbst (de brutlacht) galten einschränkende Zahlenvorgaben. Zum Hochzeitsmahl durfte man 60 Gäste einladen. Erlaubt waren sechs unterschiedliche Gerichte und ein Wildbraten. Zum Tanz, der mit dem Läuten der Wächterglocke enden musste, durften höchstens sechs Spielleute aufspielen. Falls die Braut von außerhalb kam und mehrere Begleitpersonen mitbrachte, mussten diese nicht bei den 60 zulässigen Personen eingerechnet werden.

DOBBELSPIELVERORDNUNG

Um die Verluste beim Dobbelspiel zu begrenzen, erließ der Braunschweiger Stadtrat eine Verordnung, die zu hohe Einsätze beim Spiel bestraften. In der ältesten Verordnung (1340) war ein Höchsteinsatz von 5 Schillingen zugelassen. Wer mehr gewann, musste alles bis auf die 5 Schillinge an den Rat abgeben und konnte der Stadt verwiesen werden. Spätere Verordnungen drohten auch denen Strafe an, die Spielern Geld liehen, oder zogen die Wirte, in deren Häusern das Spiel stattfand, zur Verantwortung.

Juden, Dienstboten, Fremden und Pfarrern war das Dobbelspiel verboten, solange sie sich in Braunschweig aufhielten.

(Quelle: Hermann Dürre)

LITERATURHINWEISE

Aus der Vielzahl spannender, interessanter und hilfreicher Bücher, die sich mit Beginen, Braunschweig und dem Spätmittelalter beschäftigen, empfehle ich eine willkürliche Auswahl für diejenigen, die mehr über die Stadt oder die Zeit erfahren wollen. Sollten sich trotzdem noch sachliche Fehler im Roman finden, gehen diese zu meinen Lasten.

SPÄTMITTELALTER

Alltag im Spätmittelalter, Herausgegeben von Harry Kühnel. Graz, Verlag Styria, Edition Kaleidoskop 1984

Bildwörterbuch der Kleidung und Rüstung vom Alten Orient bis zum ausgehenden Mittelalter, Herausgegeben von Harry Kühnel. Stuttgart, Kröner 1992

Borst, Otto: Alltagsleben im Mittelalter. Frankfurt am Main, Insel-Verlag 1983

Das Leben in der Stadt des Spätmittelalters. Internationaler Kongress, Krems an der Donau, 20.–23. September 1976, Herausgegeben von Heinrich Appelt. Wien, Verlag der Österreichischen Akademie der Wissenschaften 1977

Ennen, Edith: Frauen im Mittelalter. München, Beck 1984

Evamaria Engel/Frank-Dietrich Jacob: Städtisches Leben im Mittelalter. Schriftquellen und Bildzeugnisse. Köln/Weimar/Wien, Böhlau 2006

Kirchlicher und religiöser Alltag im Spätmittelalter. Akten der internationalen Tagung in Weingarten, 4.–7. Oktober 2007/

Herausgegeben von Andreas Meyer. Ostfildern, Thorbecke 2010
Le Goff, Jacques: Das Mittelalter in Bildern. Stuttgart, Klett-Cotta 2002

Beginen

Fößel, Amalie/Hettinger, Anette: Klosterfrauen, Beginen, Ketzerinnen. Religiöse Lebensformen von Frauen im Mittelalter. Idstein, Schulz-Kirchner 2000
Fromme Frauen oder Ketzerinnen? Leben und Verfolgung der Beginen im Mittelalter, Herausgegeben von Martina Wehrli-Johns. Freiburg, Herder 1998
Hofmann, Gertrud/Krebber, Werner: Die Beginen. Geschichte und Gegenwart. 2. aktualisierte Auflage, Kevelaer, Topos plus, 2008
Reichstein, Frank-Michael: Das Beginenwesen in Deutschland Studien und Katalog. Berlin, Köster 2001
Schulz, Ilse: Schwestern, Beginen, Meisterinnen. Hygieias christliche Töchter im Gesundheitswesen einer Stadt. Ein Beitrag zur Geschichte der Pflege und Heilkunde. Ulm, Universitäts-Verlag 1992
Spies, Martina: Beginengemeinschaften in Frankfurt am Main. Zur Frage der genossenschaftlichen Selbstorganisation von Frauen im Mittelalter. Dortmund, Edition Ebersbach 1998
Voigt, Jörg: Beginen im Spätmittelalter: Frauenfrömmigkeit in Thüringen und im Reich. Köln, Böhlau 2012

Braunschweig

Arnhold, Elmar: Die Braunschweiger Kemenate. Steinwerke des 12. bis 14. Jahrhunderts in Braunschweig. Braunschweig 2009 (Braunschweiger Werkstücke Band 111)

Boldt, Annette: Das Fürsorgewesen der Stadt Braunschweig im Spätmittelalter und früher Neuzeit. Eine exemplarische Untersuchung am Beispiel des St. Thomas-Hospitals. Hildesheim. Georg Olms Verlag 1988 (Braunschweiger Werkstücke Band 69)

Die Braunschweigische Landesgeschichte. Jahresendrückblick einer Region. Herausgegeben von Rüdiger Jarck und Gerhard Schildt. Braunschweig, Appelhans Verlag 2000

Die Wirtschafts- und Sozialgeschichte des Braunschweiger Landes vom Mittelalter bis zur Gegenwart. Band 1. Mittelalter. Herausgegeben von Claudia Märtl, Karl Heinrich Kaufhold und Jörg Leuschner. Hildesheim / Zürich / New York, Georg Olms Verlag 2008

Dürre, Hermann: Geschichte der Stadt Braunschweig im Mittelalter. Grüneberg, Braunschweig 1861

Ebeling, Hans-Heinrich: Die Juden in Braunschweig. Die rechtliche, wirtschaftliche und soziale Stellung der Juden in der Stadt Braunschweig von den Anfängen bis zur Emanzipation (1282–1848). Braunschweig, Waisenhaus-Buchdruckerei GmbH 1987 (Braunschweiger Werkstücke Band 65)

Festschrift zur Ausstellung. Brunswiek 1031 – Braunschweig 1981. Die Stadt Heinrichs des Löwen von den Anfängen bis zur Gegenwart. Vom 25. 04. bis 11. 10. 1981. Herausgegeben von Gerd Spies.

Garzmann, Manfred R. W.: Stadtherr und Gemeinde in Braunschweig im 13. und 14. Jahrhundert. Braunschweig, Waisenhaus-Buchdruckerei und Verlag 1976 (Braunschweiger Werkstücke Band 53)

Moderhack, Richard: Braunschweig, das Bild der Stadt in 900 Jahren. Bd. 1. Braunschweigs Stadtgeschichte 1985

Ohm, Matthias: Das Braunschweiger Altstadtrathaus. Funktion – Baugeschichte figürlicher Schmuck, Braunschweig 2002 (Braunschweiger Werkstücke Band 106)

Rat und Verfassung im mittelalterlichen Braunschweig. Festschrift zum 600-jährigen Bestehen der Ratsverfassung 1386 bis 1986 Braunschweig: Waisenhaus-Buchdruckerei GmbH 1986 (Braunschweiger Werkstücke Band 64)

Reimann, Hans Leo: Unruhe und Aufruhr im mittelalterlichen Braunschweig. Braunschweig, Waisenhaus-Buchdruckerei und Verlag 1962 (Braunschweiger Werkstücke Band 28)

Schicht – Protest – Revolution in Braunschweig 1292 bis 1947/48. Beiträge zu einem Kolloquium der Technischen Universität Braunschweig, des Instituts für Sozialgeschichte und des Kulturamtes der Stadt Braunschweig vom 26. bis 28. Oktober 1992. Herausgegeben von Birgit Pollmann unter wissenschaftlicher Mitarbeit von Annette Boldt-Stülzebach. Braunschweig, Waisenhaus-Druckerei GmbH 1995 (Braunschweiger Werkstücke Band 89)

Stadt im Wandel : Kunst und Kultur des Bürgertums in Norddeutschland 1150–1650 : Ausstellungskatalog; Braunschweig, 24. August bis 24. November 1985, Braunschweigisches Landesmuseum (Vieweghaus), Herzog-Anton-Ulrich-Museum (Burg Dankwarderode) und Dom am Burgplatz/Landessausstellung Niedersachsen, 1985. Herausgegeben von Cord Meckseper. Band 1 und 2: Katalog der Objekte, Band 3 und 4: Aufsätze

Tschipke, Ina: Lebensformen in der spätmittelalterlichen Stadt: Untersuchungen anhand von Quellen aus Braunschweig, Hildesheim, Göttingen, Hameln und Duderstadt. Hannover, Hahn, 1993

Urkundenbuch der Stadt Braunschweig, Teil 6: 1361–1374 samt Nachträgen. Herausgegeben von Manfred R. W. Garzmann. Hannover, Hahn, 1998

DANKSAGUNG

Von der ersten Idee bis zum fertigen Manuskript haben mich viele Menschen begleitet, denen ich an dieser Stelle danken möchte:

– *Natalja Schmidt* von der Literaturagentur Schmidt & Abrahams für ihren Einsatz für das Manuskript
– *Sabine Lindecke* und *Matthias Hofinger* für das Testlesen des ersten Entwurfs sowie für ihre Nachfragen und Kommentare
– *Andrea von Oldenburg*, die in unglaublich kurzer Zeit das Manuskript gelesen hat und Fragen stellte, die die Qualität der Geschichte verbesserten
– *Mark Opalka* vom Stadtarchiv Braunschweig für die Antworten auf meine Fragen
– *Prof. Dr. Claudia Märtl* für Hinweise zur weiteren Recherche
– *Inge Schittkowski*, Organisatorin des Braunschweiger Krimifestivals, und *Korinna Schröder* dafür, dass sie Detailfragen beantwortet haben, die der Geschichte Leben verleihen
– den ehrenamtlichen Museumsführern des Städtischen Museums Braunschweig für ihre Geduld, mit der sie meine vielen Fragen beantworteten
– *Frank Renpenning* und *Sabine Lindecke* für das Quartier in Braunschweig, als ich dort zur Vor-Ort-Recherche weilte, und für die Begleitung auf der Historischen Stadtführung, die sehr interessant und empfehlenswert ist
– *Anne Gabler* für ihre Begeisterung für Alekes Geschichte

sowie für die kenntnisreichen Anregungen und Fragen, die aus dem Manuskript ein besseres Buch werden ließen

— Schließlich bleiben noch die Kater, die einen mehr oder weniger guten Job als Musekater erledigen. Vor allem Graubrot, dessen charmantes Wesen ihn zum Vorbild für Beißer/Maustod machte.

Christiane Lind
Die Medica und das Teufelsmoor
Historischer Roman
448 Seiten
ISBN 978-3-7466-3130-1
Auch als E-Book erhältlich

Denn Liebe ist stärker als Hass

Bremen, 1381: Für Aleke ist ein Traum in Erfüllung gegangen. Sie hat sich in Salerno zur Medica ausbilden lassen und wagt nun gemeinsam mit ihrem Ehemann Righert in der Hansestadt Bremen einen Neuanfang. Doch plötzlich taucht eine Bedrohung aus der Vergangenheit auf und bringt ihr mühsam erkämpftes Glück in Gefahr. Alekes heilerische Kenntnisse werden auf eine harte Probe gestellt.
Wird es ihr gelingen, das Leben ihrer Liebsten zu retten?

Die mitreißende Geschichte einer selbstbewussten Frau zur Blütezeit der Hanse.

Regelmäßige Informationen erhalten Sie über unseren Newsletter. Jetzt anmelden unter: www.aufbau-verlag.de/newsletter

atb aufbau taschenbuch

Birgit Jasmund
Luther und der Pesttote
Historischer Roman
432 Seiten
ISBN 978-3-7466-3189-9
Auch als E-Book erhältlich

Die Luther-Verschwörung

Wittenberg im Jahre 1517. Die Residenzstadt an der Elbe wird von der Pest heimgesucht. Alle nehmen an, dass auch der Student Tamme zu den Opfern gehört, obwohl seine Leiche nie auftaucht. Almuth, seine Verlobte, glaubt als Einzige an ein Komplott und schafft es, bei Martin Luther Gehör zu finden. Wenig später jedoch braucht der Geistliche selbst Almuths Hilfe. Denn nachdem seine 95 These öffentlich wurden, fürchtet er um sein Leben.

Spannend und emotional: Eine Geschichte um Martin Luther zur Zeit der Reformation.

Regelmäßige Informationen erhalten Sie über unseren Newsletter. Jetzt anmelden unter: www.aufbau-verlag.de/newsletter

atb aufbau taschenbuch

Guido Dieckmann
Die sieben Templer
Historischer Roman
585 Seiten
ISBN 978-3-7466-3174-5
Auch als E-Book erhältlich

Ein Mysterium, das die Welt verändern könnte

Der Tempelritter Thomas Lermond hat die Vernichtung seines Ordens überlebt und hütet seitdem mit sieben Vertrauten ein Geheimnis, das um keinen Preis in die falschen Hände geraten darf. Im Jahr 1314 jedoch ist ihr Vermächtnis in Gefahr, und Lermond schickt eilig Boten aus, um die mittlerweile über halb Europa verstreuten Templer zusammenzurufen. Deren Reise nach Berlin wird schnell zu einem Alptraum. Ein Gesandter der Inquisition folgt ihrer Spur, besessen davon, die letzten Templer zur Strecke zu bringen. Am Ende erreichen nur sechs der Männer sowie eine junge Frau den abgelegenen Tempelhof – wo ihre Widersacher sie schon erwarten.

Regelmäßige Informationen erhalten Sie über unseren Newsletter. Jetzt anmelden unter: www.aufbau-verlag.de/newsletter

atb aufbau taschenbuch